랑
호

달

랑호 2

초판 1쇄 인쇄 2017년 11월 22일
초판 1쇄 발행 2017년 11월 29일

지은이 네르시온
발행인 오영배
기획 박성인
책임편집 심지은
디자인 권지연
제작 조하늬

펴낸곳 (주)삼양출판사 · 단글
주소 서울시 강북구 도봉로 173
대표 전화 02-980-2112 **팩스** / 02-983-0660
편집부 전화 02-980-2116 **팩스** / 02-983-8201
블로그 blog.naver.com/dan_gul
출판등록 1999년 3월 11일 제9-00046호

ISBN 979-11-283-9319-8 (04810) / 979-11-283-9317-4 (세트)

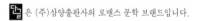은 (주)삼양출판사의 로맨스 문학 브랜드입니다.

랑호

네르시온 장편소설

두 번째 이야기

단글

| 차 례 |

1장

느지막한 새벽이었음에도 불구하고, 황제는 여전히 대전에 남아 있었다. 황제만이 앉을 수 있는 상석에 자리한 그는 편안한 차림으로, 머리도 하나로 묶어선 한쪽 어깨로 흘러내린 채였다. 근처에 있던 촛불 위에 향이 나는 막대를 갔다 댔다가 떼는 등의 간단한 행동을 반복하던 그는 건너편의 문 열리는 소리에 그리로 시선을 옮겼다.

어둠 속에서 나타나는 건 그림자와 그에게 뒷덜미가 잡힌 채로 질질 끌려오는 단이었다. 저항하길 포기했는지 고개를 푹 숙인 채인 단은 황제 앞까지 끌려와 그대로 던져졌다. 철푸덕, 소리가 날 정도로 엎어진 단은 꼼짝도 하지 않았다.

어찌 보면 돌에 맞아죽은 개구리 같은 모습이었다.

그걸 물끄러미 보던 황제는 제 그림자를 바라봤다.

"월담을 해서 궁을 빠져나가려 했습니다."

그런 게 정말로 가능하다고 생각했던 걸까. 애초에 단이 이 앞까지 올 수 있었던 건, 알면서도 봐주었기 때문이었다. 그리고 그건 두 번은 없을 일이었다.

황제는 들고 있던 향을 내려놨고 동시에 그림자가 사라졌다. 여전한 모습으로 엎어져 있는 단에게서 본인이 저지른 잘못을 전부 다 아는 것 같은 분위기가 풍기기도 했다. 하지만 정말로 그런 생각을 할 리가 없음을 알기에 황제가 먼저 입을 열었다.

"언제까지 그렇게 엎드려 있을 셈이더냐. 고개를 들어."

고집을 부리면서 꼼짝도 하지 않을지도 모른다 생각했지만, 아니었다. 단은 꾸물거리면서 일어나 앉았지만, 여전히 고개를 푹 숙이고 있었다. 그것에서 이쪽에 대한 불만이 읽혔다.

"궁에서 월담을 하다니. 있을 수 없는 일이다."

"……애초에 원해서 들어온 게 아니니 원래 있던 제 자리로 돌아가려 했을 뿐입니다."

"산매골의 이름난 싸움꾼으로 말이더냐?"

차분하게 묻는 목소리 안쪽에서 빈정거림이 읽혔다.

내내 황제를 쳐다도 보지 않던 단이었지만, 더는 참을 수 없었던 그녀는 당장 고개를 들었다. 크고 좋아 보이는 자리에 앉아 있는 황제는 눈을 내리뜬 채로 있었다. 그가 저런 식으로 느긋하고 편안해 보일수록, 단의 마음은 급하고 초조해졌다.

"절 조롱하지 마십시오. 싸움꾼이든 뭐든 전 그걸로 먹고 살았습니다. 제가 배가 고프다면서 폐하께 손을 벌린 적도 없는데 왜 우습게 보십니까."

단의 맹랑한 말에 황제의 한쪽 눈썹이 올라갔다.

그 미묘한 표정 변화도 누군가와 무척 겹쳐졌지만, 전처럼 마음이 동하거나 흔들리는 게 없었다. 이제야 비로소 무헌과 닮은 낯짝을 한 저 재수 없는 사내가 황제라는 걸 제대로 인지할 수 있게 된 단은 그 얼굴에서 시선을 떼질 않았다.

공격적이라 할 만큼 빤히 바라보는 단을 두고 황제가 재차 입을 열었다.

"무식하면 눈치라도 빨라야지. 이런 식으로 굴면 안 된다고 알려 주는 자들도 없더냐."

"월담을 하는 게 잘못된 일이라는 건 조금 전 폐하께 들었고, 지금은 무식하다는 말을 들을 정도로 잘못한 일은 없는 것 같습니다."

"그런 식으로 눈을 치뜨고 내 하는 말에 따박따박 토를 달아선 안 된다. 그 점을 알려 주는 사람이 없더냐."

"아무도 없었습니다. 폐하를 보면서 말대꾸를 해서는 안 된다는 것도 지금 알았습니다."

정말은 전부터 알고 있었다. 누군가 알려 주지 않아도 높으신 분들에게 이리해선 안 된다는 걸 알고 있었다. 목숨이 열 개가 아닌 이상, 그 누가 자신처럼 당돌하게 굴 수 있을까.

지금이라도 눈을 내리떠야 했지만 그리하고 싶지가 않았다. 이리 죽나 저리 죽나 마찬가지라면 마지막에는 하고 싶은 대로 할 셈이었다.

"폐하는 위대하고 높으신 분이라 저 같은 천것이 무슨 말을 해도 귀담아 들으실 필요가 없으시겠지요. 암만 입 아프게 위험한 일이 벌어진다 알려도 그 대상이 들은 척도 하지 않는다면 제가 이곳에 있을 필요가 뭐 있겠습니까. 애초에 전 이곳 사람이 아니니 다시 궁을 나가서 제가 할 일이나 하겠습니다."

"네가 해야 할 일이라는 게 구체적으로 무엇이더냐. 나를 시해하려 했던 그놈을 잡아 족치기라도 하겠다는 거냐?"

"제가 왜 그래야 한답니까. 그놈이 시해하려는 건 제가 아닌 폐하신데요. 전 그 일은 이제 신경 끄기로 했습니다. 전 제 가족이나 보살피렵니다. 아무도 신경 써 주지 않는 제 가족들을 데리고 쥐도 새도 모르는 곳으로 기어들어 가서 찍소리도 내지 말고 살아야겠습니다."

"……."

해야 할 말을 함에 있어 비굴해지거나 다른 누군가의 눈치를 볼 필요는 없었다. 그럼에도 왜 이 말을 하는 마음이 편치가 않을까. 역시나 자신은, 제 일족은 보통의 다른 사람들 같은 삶이 허락될 수 없는 것일까. 쓸데없는 욕심 부리지 말고 주어진 것들에 만족하고 살아야 했던 걸까.

거기까지 생각하는 순간 말도 못 하게 울적해진 단은 주먹으로 눈 아래를 문질렀다. 지지 않고 말대꾸를 하던 단이 계속 눈을 비벼대자 황제의 표정이 굳어진다. 마음에 들지 않는 것처럼 탐탁지 않은 얼굴로 있던 그는 이내 입을 열었다.

"하고 싶은 말 죄 하고 난 주제에 뭐가 억울해서 눈물을 보이는 거냐."

"눈물은 뭔 놈의 눈물입니까. 그런 거 이미 말라 버린 지 오래입니다."

이건 그저 눈에 뭔가가 들어갔기 때문에 간지러워서 문지른 것뿐이었다. 뭐 눈을 비비기만 하면 죄 우는 거냐면서 단은 재차 고개를 들었디.

심통 난 것처럼 입술을 툭 내민 그 얼굴로 확실히 울었던 흔적은 없었다. 그걸 확인한 황제는 한동안 단을 봤다. 고개를 들면 다시금 시비를 걸 거라 생각했는데 왜 보기만 하는지 모르겠다.

애초에 황제든 뭐든 이미 재수탱이로 확실하게 자리를 잡고 있어서 저런 식으로 쳐다본다고 해서 겁을 먹거나 하진 않았다. 단은 눈빛을 피하지 않았고, 눈 하나 깜박이지 않은 그 태연한 모습을 확인한 황제가 천천히 입을 열었다.

"네가 이 궁을 빠져나가야지만 네 가족을 지킬 수 있을 거라 생각하는 것이더냐."

"그렇습니다."

답이 정해져 있는 그런 쓸데없는 말은 해서 무얼 하느냐며 단은 망설임 없이 대꾸했다.

"네가 내 곁에 붙어 있기에 그놈이 쓸데없는 행동을 하지 못할 거라는 생각은 하지 않는 거냐. 그놈, 모주화라는 작자가 말이다."

"……."

이게 무슨 말인지 도통 이해가 되질 않았던 단은 잠자코 있다가 느리게 눈을 끔벅였다. 참으로 백치미 넘치는 모습이었다.

그저 하나밖에 모르고 그것 외에는 다른 생각을 하질 못하지.

황제는 올라가려는 입꼬리를 한 손으로 감춘 채로 말했다.

"만약 내가 모주화라면, 그런 일을 꾸미기 위해 보낸 놈이 황제 옆에 붙어 있는 걸 크게 불안하게 생각할 거다. 네가 무슨 말을 했는지 모르고, 황제가 그 말을 듣고 난 후 어떤 식으로 행동할지 짐작할 수 없을 테니 말이야. 차라리 황제가 널 죽였으면 싶은데, 계속 옆에 두면서 이런저런 일을 부리니 더더욱 속이 복잡해지겠지. 분명 어떤 꿍꿍이가 있어 저런다고 생각할 거야. 자연스럽게 놈은 스스로의 두 발에 족쇄를 걸게 될 것이다. 함부로 행동했다가 일이 더 틀어지고 꼬일 거라 생각할 테니."

"……."

"지금 내가 하는 말이 이해되는 것이냐."

황제가 긴 말을 이어 가는 내내 단은 멍한 얼굴이었다. 지금 저게 대체 뭔 말인지 하나도 모르겠다면서 듣기만 하니 이상했다. 하지만 앞서 한 말을 알아듣기 쉽도록 풀어서 설명하는 건 우습지도 않았다. 그럼에도 단이 이해했든 말든, 그걸 가볍게 넘

길 수 없었던 황제가 재차 입을 열려 하는 때에 맞춰 단이 물었
다.

"그러면 지금 당장은 제 가족들에게 해코지를 하지 않으려 들
까요?"

지금 단에게 있어 중요한 건 가족인 걸까.

하긴 황제 시해라고는 해도 어차피 남이었다. 남인 황제에게
닥치는 불행보다는 가족들이 어찌 되면 어쩌나 싶어 그걸 더 두
렵게 느낄 수 있었다. 누구나 다 그렇겠지. 거기까지 생각한 황
제는 고개를 끄덕였다.

"만약 내가 그놈이라면 굳이 네 가족들에겐 손을 대지 않을 거
다."

그런다 해서 취할 수 있는 이득이 있을까. 가족을 인질로 삼아
단의 다음 행동을 촉구하는 건 별 의미 없는 짓이었다. 놈이 단
에게 접근할 수 없을뿐더러, 단을 협박하기 위해 그 가족을 건드
리는 건 지나치게 눈에 띄었다. 지금은 납작 엎드리고 숨죽이고
있어야 할 때였다.

황제는 한 번 더 단을 보면서 거의 보이지 않을 만큼 고개를
끄덕였다.

본인이 한 말을 믿으라고, 그놈은 절대로 네 가족을 선드리지
않을 거라고 말하는 것 같았다. 그 순간 단의 웅어리져 있던 무
언가가 녹아내렸다.

"다행이다."

만약 놈이 황제가 말한 대로 행동한다면, 당장은 걱정을 던 셈이었다.

단은 스스로 제 가슴을 쓸어내리면서 고개를 숙였다.

"정말 다행이야."

가족들이 어찌 되려나 싶어 걱정되어서 죽을 것만 같았는데, 많이 풀어졌다.

어색하게 웃으며 움켜쥔 손으로 한 번 더 가슴을 쓸어내리려는데 벌어져 있던 옷깃 사이로 무언가가 툭, 하고 떨어졌다. 붉은 천이 깔려 있는 바닥 위로 데구루루, 굴러가는 걸 본 단은 당황해선 움찔했다.

저게 왜 떨어지나 싶었던 단은 눈을 내리떴다. 그리고 조금 전 그림자에게 뒷덜미가 잡혔을 때 있는 힘을 다해 저항하다가 허리띠가 느슨해지고 앞섶이 죄 벌어져 있었음을 깨달았다. 물론 안쪽으로 더 옷을 챙겨 입긴 했지만, 가슴에 댄 붕대도 헐렁해져 있었던 모양이다.

대체 어디가 풀려서 가슴 가운데에 딱 붙게끔 해 둔 게 떨어지나 싶어 단은 당황해하면서도 옷깃을 바로 여몄다. 황제를 앞에 두고 잔뜩 성이 났을 땐 옷차림이 어땠는지를 신경 쓸 필요가 없었지만, 지금은 아니었다.

어쩌면 좋아. 안절부절못하면서 재빠르게 허리띠를 당겼다. 가슴의 붕대는 잔뜩 감아 둬서 조금 헐렁해진다 해서 풀리는 일은 없겠지만 미친 듯이 신경 쓰였다. 그리고 그때 앞에서 뻗어진 손이 단의 가슴팍에서 떨어져 나온 그것을 집어 들었다.

"……"

눈앞에서 위로 올라가는 그것을 본 단은 숨을 삼켰다.

큰소리를 내지도 못한 채로 천천히 고개를 들자 어느새 아래로 내려온 황제가 제 비녀를 들고 서 있었다. 몇 년 흐르는 사이에 위에 달려 있던 장식은 부서지고 색도 살짝 바랬다. 처음에는 엄청나게 예뻤지만, 지금은 그저 그런 모양새였다.

5년 전, 늑대인 모습으로 검은 마차를 뒤쫓을 땐 저걸 놓치지 않으려 입으로 물었는데, 그 때문에 표면으로 자잘한 흠집도 많았다. 하여튼, 일부러 황제가 주워 들 만큼 특색 있는 물건도 아니었다. 그럼에도 그는 왜 저걸 집어 든 걸까. 설마하니 흥미가 있는 걸까. 워낙에 좋은 것들만 보고 살았더니 저런 평범한 물건에 끌리는 걸지도 모르겠지만—

단은 얼굴 앞에 붉은 비녀를 올린 채로 그걸 유심히 살피는 황제를 보다가, 저도 모르게 물었다.

"폐하, 혹시 쌍둥이 동생이 있으세요?"

그 말에 황제의 눈동자가 아래로 움직였다.

조금이라도 당황스러워하거나 표정에 변화가 생겼더라면 단도 편하게 말을 이어 나갔을 거다.

내가 아는 사람 중에 무헌이라는 놈이 있는데, 그놈하고 폐하가 정말로 똑 닮았다고. 누가 보더라도 쌍둥이라 할 만하다고.

하지만 그런 엄청난 우연이 가능할 리가 없겠지. 자신이 끝내 붙잡지 못한 무헌은 어둡고 깊은 숲 속으로 빨려 들어가듯 사라져 버렸으니.

거기까지 생각한 단은 짧은 한숨을 쉬고는 위로 손을 뻗었다.

"그건 제 물건이니 돌려주세요."

황제는 여전히 대꾸 없이 그저 단을 내려다보기만 했다.

먼저 이상한 말을 꺼냈기에 그가 저런 얼굴이란 걸 모르지 않지만, 그럼에도 단은 눈 하나 깜박이지 않았다. 그때 황제가 비녀를 흔들었다.

"이 물건은 어디서 난 것이냐. 사내인 네가 왜 굳이 이런 걸 품고 있었던 건데."

"나중에 어여쁜 색시를 얻으면 주려고 품고 있는 겁니다."

비녀와 관련해선 굳이 많은 말을 하고 싶지가 않았다. 때문에 되는 대로 대충 내뱉듯 던진 말에 황제는 비녀를 단의 얼굴 앞으로 내밀었다.

"여인들은 사치스럽고 욕심이 많다. 이런 멀쩡하지도 않은 비녀로는 색시를 얻기 힘들 거다."

"좋아할 여인이 있기도 하겠지요."

순간적으로 울컥했던 단은 채가듯이 비녀를 가지고 갔다. 동시에 투박한 무언가가 단의 어깨를 짓눌렀다. 등에서부터 올라오는 한기에 놀란 단은 눈을 크게 떴고, 지금 그림자가 제 등 뒤에 서선 검집으로 어깨를 짓누르고 있음을 깨달았다

아니. 자신이 뭘 했다고 갑자기 또 위협인지 모르겠다. 앞서

황제에게 말대꾸를 할 때에는 미동도 하지 않더니만.

알 수 없는 상황에 당혹감을 느낀 단은 황제를 올려다봤다. 이 음침한 사내가 왜 이러는지 자신 대신 물어봐 달라며 간절하게 바라보자 황제가 짧게 말했다.

"괜찮으니 치워라."

"폐하의 앞에선 그 누구도 무기가 될 만한 걸 쥐고 있을 수 없습니다."

"저놈의 손에 들린 비녀가 무기가 될 수 있을 것 같더냐."

"몸놀림이 빠르고 힘도 센 자입니다. 갑자기 무슨 짓을 할지 모릅니다."

그 순간 황제의 입가로 옅은 미소가 걸렸다.

"그런 짓을 할 녀석이 아니다."

마치 잘 알고 있는 사람인 것처럼 하는 말에 단은 눈을 끔벅였다. 여전히 그림자가 검집으로 어깨를 누르고 있어 적극적으로 행동하진 못하지만, 뚫어져라 저를 바라보는 눈빛이 느껴졌던 황제는 입가에 서린 미소를 지웠다. 대신 그는 그림자를 쳐다보며 말했다.

"이놈의 처소로 데리고 가라."

그 말에 그림사는 한 번 더 단을 내려다봤다. 한 손에 들린 낡은 붉은 비녀가 여전히 마음에 걸렸지만, 받은 명이 있기에 따를 수밖에 없었다. 검집을 치워 낸 후 그는 재차 단의 뒷덜미를 잡았다. 억지로 일으켜 세워지는 동안에도 단은 종이 인형처럼 별 반응이 없었다.

여전히 저를 올려다보기만 하는 그 곧은 시선에, 황제는 저도 모르게 손바닥을 펼쳐선 단의 눈앞을 가렸다. 그 순간 단이 눈을 끔벅였고, 황제의 손바닥으로 간지러운 느낌이 퍼졌다. 몇 번이고 깜박이는 동안 속눈썹이 피부 위를 스친다.

황제는 살짝 손을 물린 후, 입을 열었다.

"앞으로는 내가 부를 때 지체하지 말고 달려와라. 만약 조금이라도 늦거나 꾀를 부린다 싶으면 감옥에 처넣어질 줄 알아라."

그 순간 내내 조용히 있던 단의 입술이 열리고 그 사이로 허, 하는 탄식이 토해져 나왔다.

또 그 말인가 싶으면서도 안쪽으로는 분명한 불만이 담겨 있었다. 그걸 느낄 수 있었던 황제는 손을 치워 냈다.

조금 전만 하더라도 마주하기가 부담스러울 정도로 큰 눈으로 올려다보더니 지금은 아니었다. 감옥에 보낸다는 말이 어지간히 싫었던지 노골적으로 찌푸린 인상이었다. 불만 가득한 그 눈빛을 확인한 황제는 먼저 몸을 돌렸다. 계단을 올라서 원래 있던 제 자리로 간 황제가 긴 향나무를 집어 드는 순간 단도 그림자에게 잡혀선 질질 끌려갔다.

아까는 힘없이 끌려 다녔지만, 지금은 아니었다. 그림자의 보폭에 맞춰서 열심히 뒤로 걸었다. 대전을 나서고 문이 닫히자 그림자는 단을 놓아줬고, 단은 여전히 한 손에 비녀를 쥔 채로 흐트러진 제 옷을 바로 했다.

"저자를 따라서 숙소로 돌아가도록 해라."

부지런히 옷 정리를 하던 단은 그림자의 말에 대전 앞쪽의 긴 계단 아래에 서 있는 자를 봤다.

저자도 분명 조금 전까지 없었는데 갑자기 나타났다. 여기 있는 놈들은 죄 이런 식이었다. 눈 깜박이는 사이에 나타나거나 사라져서는 쓸데없이 사람 놀라게 한다. 그런 것들이 유쾌할 리가 없었던 단은 입술을 비죽였다.

"함부로 성벽을 넘지 마라. 이번에는 용서 받을 수 있었지만 다음에는 아니다."

막 뒤로 손을 뻗어선 옷깃을 앞으로 당기려 했던 단은 행동을 멈추곤 그림자를 올려다봤다.

"폐하 덕분에 목숨 보전한 것이다. 그걸 감사하게 여겨야 할 거다."

"⋯⋯."

그건 그쪽도 마찬가지였다.

만약 자신이 늑대가 되었더라면 이런 식으로 어이 없이 끌려오진 않았을 거라며 단은 작게 대답했다.

"앞으로는 월담을 하지 않겠습니다."

쏙 성벽을 넘어야 할 상황이 된다면 그땐 어쩔 수 없이 오늘과 같은 일이 발생할 수도 있었다. 하지만 굳이 그 말을 할 필요는 없었다. 그림자도 굳이 단이 하는 말을 믿는 눈치는 아니었지만, 뭐라 더 하진 않았다.

어서 가라며 아래로 손을 뻗었고, 단은 긴 계단을 내려갔다.
한 칸, 두 칸, 열 칸, 그렇게 내려가는 동안 머리 위로 달빛이 떨
어진다. 고개를 든 단은 많이 날씬해진 달을 보다가 제 손에 들
린 비녀로 시선을 옮겼다.

'예쁘다.'

한때에는 흐릿해져서 정확하지도 않았던 기억이 단숨에 되살
아난다. 과거의 그때보다 훨씬 더 선명하게 망막 위로 그려지는
건 황제 때문이겠지. 무헌 그 녀석하고 너무도 닮은 그 얼굴 때
문일 거라며 단은 비녀를 가슴 안쪽으로 깊이 밀어 넣었다. 벌어
진 옷깃을 두 손으로 잡아당기던 단은 재차 그때 그 말을 떠올렸
다.

'오늘따라 예뻐 보인다.'

무헌이 했던 그 말을 말이다.

*　　　*　　　*

단의 뒷모습이 보이지 않게 되자 그림자는 대전으로 들어갔
다. 황제 앞까지 걸어간 령은 나직한 목소리로 말했다.

"날이 많이 늦었습니다. 이만 잠자리에 드시지요."

하지만 령의 말에도 황제는 미동 없이 여전히 자리에 앉아 촛불에 향을 댔다 떼길 반복했다. 향을 댈 때마다 흔들리는 촛불의 불씨를 확인한 무헌은 눈을 가늘게 떴다.

조금 전에 쥐었던 붉은 비녀의 감촉이 아직, 손 안에 남아 있었다.

"난 아직 바깥일을 잊지 못하고 있는 것 같군."

그 말에 령은 고개를 들었다.

애초에 그가 황제의 곁에 있는 건 대화 상대가 되어 주기 위함이 아니었기에 혼잣말에 반응하지 않았다. 묘하게 안색이 굳어 있는 황제의 얼굴을 보고 난 령은 뒤로 한 발 물러섰고, 그림자와 한 몸에 되었다. 그렇게 혼자가 아님에도 혼자인 것처럼 남겨진 황제는 흔들리는 촛불을 응시했다.

촛불의 크기가 크고 작아짐에 따라서 사물의 그림자가 커졌다가 작아지길 반복했다. 그렇게 몇 번이고 반복하는 동안 황제는 한 사람을 떠올리게 되었다. 저를 바라보던 검고 큰 눈망울이 지워지고 대신 고목나무처럼 메마른 손이 떠오른다.

모두가 오늘을 버티지 못할 거라 했던 선황은 1년 넘게 버텼다.

그 짧지 않은 시간 동안 혼란스럽던 내부를 정리하면서 가장 총애했던 자식에게 전부를 쏟아부었다. 그걸 두고 많은 자들이 욕심이라고, 무리라고 했지만, 결국 선황이 뜻하는 대로 모든 걸 받아들였다.

병색이 완연했던 부황을 기쁘게 하고자 그랬던 건 아니었다. 하나라도 놓치지 않고 모든 걸 듣고 보고 익히려 했던 건, 그저 개인적인 욕심 때문이었다. 모두가 바라는 그 지위에 오르고 나면 뭔가가 달라지지 않을까에 대한 일말의 기대가 있었기 때문이었다. 지극히 개인적인 이유였고, 그건 그 무엇보다 강력한 원동력이 되었다.

물론, 이전부터 꾸준하게 학습한 게 있었기에 일이 보다 수월하게 진행된 것임을 부정할 순 없었다. 그리고 본인 생각보다 훨씬 더 많은 걸 해내는 게 흡족했던지 부황은 비밀을 알려 주었다. 그 누구도 알아선 안 되는 것. 알려지지 않은 진실을 전했다.

처음 그 말을 들었을 때, 온전히 받아들일 수 없었다. 대체 무슨 소리를 하는 건가 싶은 게 사실이었다. 하지만 불신과 마주하는 선황은 흔들림이 없었다. 본인이 하는 말을 가볍게 흘려 넘겨선 절대로 안 된다는 것처럼, 그 어느 때보다 진지하게 말을 꺼냈다.

  '그것은 어디까지나 구실일 뿐이다. 내가 인정하는 네가
  황제가 될 수 있다.'

너 외에 다른 자들은 결단코 황제가 될 수 없다는 욕심이 두 눈 가득히 담겨 있었다.

'내가 가장 사랑했던 여인에게서 태어난 네가 바로 다음 황제다.'

그들이, 인정하는 존재가 아니라—

입을 다문 선황의 표정은 두려울 정도로 결연했다. 언뜻 보면 '이렇게까지 하면서 널 황제로 올리려는 나에게 고마움을 표해야 하는 게 아니더냐.'라는 속마음이 보이는 것 같기도 했다.

하지만 그때 그를 앞에 두고 아무 말도 하지 않았다.

왜냐하면 고맙지가 않았기 때문이었다. 지금 이 자리에 앉아 있게 해 준 것에 대해서, 조금도 감사한 마음이 없었다.

거기까지 생각한 후 황제는 눈을 감았다가 떴다.

그 짧은 순간 더 어두워진 실내를 느끼며 그는 천천히 몸을 일으켰다. 아무도 없는 대전을, 홀로 빠져나왔다.

* * *

아침 조례를 마치고 난 후, 불당을 찾은 황제는 소율태국의 초대 황제의 뼈가 일부분 보관되어 있는 거대한 향로 앞에 무릎을 꿇고 앉아선 기도를 올렸다.

넓은 불당 안에서 홀로 오랜 시간 눈을 감고 기도를 올린 후 그는 몸을 일으켰고, 밖으로 향하자 기다렸던 것처럼 폭우가 쏟아졌다. 설마하니 그 짧은 사이에 날씨가 이렇게 변할 줄 몰랐던 이태감은 당황했다. 만약 근처에 다른 부인의 처소가 있었더라면 그곳으로 모셨겠지만, 그도 아니었다.

오랜 가뭄이 이어졌으니 갑작스러운 폭우라 할지라도 반가운 마음이 드는 것도 사실이었다. 하지만 그것도 황제를 안전하게 비를 피할 곳으로 모셔야지만 가능한 일이었다.

"폐하, 비가 심하게 내리니 잠시……."

불당으로 다시 들어가라 하는 건 경우가 아니었다. 그렇다면 이 근방으로 잠시 비를 피할 만한 좋은 곳이 어디에 있을까.

궁리하던 이태감의 안색이 칙칙하게 변했다. 본인이 생각을 한 것일 뿐, 그걸 입 밖으로 내뱉지 않았는데 괜히 안절부절못하는 게 있었던 이태감을 두고 황제가 말했다.

"그리고 보니 폐비를 뵌 지 오래된 것 같다."

그 순간 이태감은 제 발 밑을 확인했다. 너무 놀라서 심장이 가슴을 뚫고 튀어나온 건 아닌가 싶었던 거다.

불당 인근에 있는, 쉴 만한 장소는 딱 한 군데밖에 없었다. 하지만 그곳에는 불경한 죄를 저질러 그 업보를 씻으라며 폐위된 황후가 기거하는 곳이었다. 크게 진노한 선황은 황후를 비로 격하하고 살아선 궁 밖으로 나가지도 말라 했던 것이다.

폐비 자씨가 저지른 짓을 모두가 아는데 어찌 그런 곳에 황제를 모실 수 있을까. 황제가 그곳을 찾아 못 볼 꼴이라도 보게 된다면 이는 이태감의 책임이 될 수밖에 없었다.

"폐하, 모처럼 불당에 들어 몸과 마음을 정갈하게 하셨는데 굳이 안 좋은 곳에 가실 게 뭐가 있겠습니까. 한동안 그 누구도 걸음한 적 없는 불길한 장소입니다. 건강을 위해서라도 피해 가십시오."

조심스럽게 권하는 이태감이었지만, 황제는 들은 척도 하지 않았다.

"그곳으로 가 비를 피하겠다. 가자."

동시에 황제가 처마 아래에서 나와 그 몸에 비가 닿자 화들짝 놀란 이태감이 급히 손짓했다. 다른 환관과 호위무사들이 급히 비를 가리는 천을 높이 들었고, 황세는 대기하고 있던 어가에 오르지도 않고 그 앞을 지나쳐 갔다.

불당에서 폐비가 있는 초선당까지의 거리는 멀지 않지만 그래도 꽤 걸어야만 했다. 걷는 동안 빗물이 튀어서 황제의 신발과 금룡포를 적실 거다. 이를 어쩌나 싶어 발을 동동 굴리던 이태감은 급히 황제의 뒤를 쫓았다.

환관이 들고 있는 햇빛 가리개를 대신 고쳐 들고는 높이 세웠다. 하지만 애초에 볕을 가리기 위한 용도기 때문에 비를 온전히 막아 줄 순 없었다. 천 사이로 스며든 빗물이 떨어져 황제의 어깨에 떨어지는 걸 본 이태감은 심장이 덜컹 내려앉았다.

"폐하, 하다못해 어가에 오르시지요. 이러다 감기에 걸리실까 염려됩니다."

"고작 이 정도의 비에 감기에 걸릴 리가 없잖나."

"워낙 정정하신 폐하시니 그렇긴 하겠습니다만, 이번 일을 부인들께서 아신다면 절 가만 두려 하지 않을 겁니다."

본인 말로는 황제를 말릴 수 없으니 부인을 들먹였다.

궁에 있는, 여러 다양한 부인들 중에는 성격이 괄괄한 이도 있었다. 황제에게 비를 맞혔다는 걸로 매질을 할 수도 있었다. 이 늙은 나이에 매질을 당하면 다시는 일어서지 못할 거라고 하려던 찰나 황제가 말했다.

"자네가 떠드는 통에 빗소리가 하나도 들리지 않는군."

"……."

입 다물고 조용히 있으라는 거였다.

합, 하고 입을 다문 이태감은 눈을 굴렸다. 앞서 경고를 받았는데 모르는 척 재차 나불댈 순 없는 노릇이었다. 결국, 황제는 초선당을 찾을 셈인 거다. 비를 피할 곳이 마땅치 않기에 급히 결정한 사항은 아니었다. 황제가 왜 하필 지금 그곳에 걸음하려는지를 알 것 같았기에 이태감의 표정은 점점 더 굳어졌다.

옆을 졸졸 따르는 이태감의 초조함이 손에 잡힐 듯 전해진다. 지금이라도 발길을 돌렸으면 싶겠지만, 주기적으로 한 번 정도는 찾아봐야 할 사람이었다. 딱히 수상쩍은 짓은 하지 않겠지만, 숲에서 나온 저주 인형이 걸렸다.

그때 단이 발견하지 않았더라면 어찌 되었을까. 애초에 단 말고 다른 누군가 발견해야 할 사람이 정해져 있었던 게 아닐까. 그에 대한 의혹을 풀어주기 위해서 화씨 집안에서 꽤나 노력하

고 있다지만, 그래도 궁금했으니 직접 물어볼 참이었다. 이 궁
안에 저주 인형이라는, 금기가 되는 걸 가지고 온 당사자에게 말
이다.

                    *   *   *

　불당과 멀지 않은 곳에 자리한 초선당은 한때, 황제의 가장 큰
총애를 받았던 부인이 기거하는 곳이었다. 세 채의 큰 저택이 있
고, 두 채의 아름다운 전각과 세 군데의 화원을 끼고 연못이 연
결되어 있었다.
　황제의 지극한 총애를 받던 부인은 가장 아름다운 화원이 보
이는 곳에 앉아 비파를 연주하면서 달콤한 목소리로 노래를 불
러 황제를 기쁘게 하였다. 젊기에 수태는 시간 문제였지만, 본래
총애가 깊으면 시기도 큰 법이었다. 어느 날부터인가 여자는 목
소리가 굵어지더니 노래를 불러도 차마 못 들어줄 지경이 되었
다. 당황한 황제가 백방에 수소문을 해서 약을 구해 먹였으나,
그것이 화가 되어서 부인의 입은 돌아갔고, 더는 예전의 아름다
운 모습을 찾아볼 수 없게 되었다. 눈과 코는 여전히 아름다우
나 옆으로 돌아간 입술이 기괴하기 짝이 없었다.
　갑작스럽게 찾아온 불행에 절망한 여인은 밤새 목 놓아 울었
고, 그 소리는 마치 귀신이 곡을 하는 것 같았다. 처음에는 지극
한 사랑으로 모든 걸 보듬으려 했던 황제도 주변의 간언과 달라

진 여인의 모습에 서서히 마음이 변해 갔다.

황제는 더는 걸음하지 않았고, 더 깊고 큰 절망에 빠진 부인은 결국 가장 아름다웠던 기억이 잠들어 있던 전각에 목을 매 자결했다. 죽기 직전 여인은 '죽어도 이 자리를 떠나지 않고 임을 그리워하겠네.'라는 저주 아닌 저주를 남겼고, 그 불길함으로 인해 한동안 폐쇄되어서 아무도 찾지 않는 곳이 되었다.

그러다 시간이 지나 과거의 기억을 지운 자들이 초선당을 사용했지만, 우연인지 알 수 없게도 매번 사고가 생겨 크게 다치거나 죽는 사람이 생겨났다. 사람들이 기피하는 장소는 하나의 벌을 주기 위한 공간이 되어 버렸다. 그래서 궁 안에서 문제를 일으킨 부인들을 감금하기 위한 장소가 되었고, 지금 그 초선당에 기거하는 자는 폐비 자근목이었다.

이름에서 주는 강한 느낌에 걸맞게 그녀는 여장부였다. 보통 여인들보다 키가 크고 목소리가 걸걸한 데다 욕심 또한 컸다. 수많은 부인을 재치고 결국에는 일황후가 되었던 그녀는 여러 자식을 낳았지만, 그중에서 딱 하나만 살아남았다. 황제와의 사이에서 난 첫 번째 아들이었다.

유일하게 살아남은 자식이기도 하고, 황제의 장자였다. 제 아들이 다음 황제가 될 것이라는 데에 추호의 의심도 없었던 그녀지만, 일황자가 성인이 되었어도 중요한 일을 맡기지 않는 황제에게 의심을 품게 되었다. 여러 사람을 시켜 이것저것 알아보라 시켰고, 황제가 남들 시선을 피해 바깥에 둔 자식이 있음을 알아냈다. 황제가 바로 그 자식을 후계자로 염두에 두고 있음을 알게 된 황후는 가만히 있을 수 없었다.

그녀는 본인이 할 수 있는 모든 일을 했다. 하지만 결국 전부 다 실패를 하고선 마지막으로 손을 댄 것이 있었는데, 바로 주술을 통한 저주였다. 제 자식에게 해가 될 것이 자명한 바깥에 있는 또 다른 황자에게 살을 날려 그 숨통을 끊어놓으려 한 것이었다.

황후가 저지른 일은 그녀가 생각하기에도 믿을 수 없을 만큼 빠르고 신속하게 진행되었다. 하지만 직전에 황제가 알아차렸고, 그는 그녀를 용서하지 않았다. 황후를 비난하고 그 일과 관련된 모든 자들을 잡아들여 벌을 내렸다. 지난 몇 년 동안 병을 앓았던 힘없는 늙은이로는 여겨지지 않을 만큼 정정한 모습을 보였다. 때문에 더러는 황제가 이를 위해서 일부러 아픈 척을 했던가, 라고 떠드는 자들도 생겨났다.

하지만 황제는 본인을 해야 할 일을 모두 마친 후, 거짓말처럼 눈을 감았다. 편안하게 잠든 황제의 마지막을 준비한 건 다름 아닌 현 황제였다. 폐위된 황후가 죽이려 했던, 바깥에서 남들 모르게 길러진 황자였다.

"송구하옵니다. 폐하, 지금 폐비께서는 몸이 편찮으십니다."

황제의 방문은 갑작스러웠다. 미처 준비가 되지 않았던 초선당은 발칵 뒤집어졌고, 황제는 우왕좌왕하는 그들이 떠드는 소리를 귀담아 듣지 않았다. 눈 하나 깜박이지 않고 안까지 들어선 황제의 발이 묶인 건 폐비의 방 앞에서였다.

그 날 이후 그녀는 거의 밖으로 다니지 않고 얼굴을 보이려 들지도 않았다. 자존심이 강한 여인이었으니만큼, 일을 망치고 난 후 초라해진 모습을 그 누구에게도 보이고 싶진 않았을 거다.

하지만 황제가 찾아왔는데 그걸 피할 순 없었다. 물론, 지금처럼 정말로 몸이 안 좋은 상태라면 갑작스러운 방문을 피할 순 있었다. 문제는 지금 시비가 하는 말을 누가 믿느냐는 거였다.

문 하나만 남겨 둔 채로, 직전에 발이 묶인 황제는 미동이 없었다. 주변에 엎드린 채로 벌벌 떠는 시비들에겐 눈길도 주지 않는 황제 옆으로 다가온 이태감은 조심스럽게 말했다.

"원래 비가 내리는 날을 가장 싫어하셨습니다. 전에도 두통으로 꽤나 고생하셨지요."

"편찮으시다면 미리 의원을 불렀어야 할 게 아닌가."

황제가 말을 꺼내긴 했지만, 그 질문은 이태감에게 향해진 게 아니었다. 처음 폐비의 몸 상태가 좋지 않음을 알린 시비가 답을 해야 할 부분이었다. 당장 대답하지 않고 무얼 하는 거냐는 이태감의 매서운 눈빛을 받은 시비는 몸을 떨면서 입을 열었다.

"평소보다 편찮아하시며 소란스럽게 굴지 말라 하셔서 미리 처방 받은 약을 올려 드렸습니다."

"그러면 안 되지. 당장 가서 의원을 불러와라. 그동안 내가 안에 들어가 기다리고 있겠다."

동시에 황제는 앞으로 한 발 내밀었지만, 기겁한 시비가 급히 그리로 몸을 틀었다.

"폐하, 폐비께서는 그 누구도 안에 들이지 말라 하셨습니다."

"……."

연거푸 앞을 막는 시비의 행동에 황제의 눈빛이 굳어진다.

그걸 빠르게 감지한 이태감은 호통을 쳤다.

"네 이년! 지금 뉘 앞을 막는 것이더냐! 여봐라, 당장 이것을 끌어내서—!"

"내 앞을 제대로 막지 못한다면 널 죽일 거라 하시더냐."

그 순간 엎드려 있던 시비가 오열을 터트렸다. 대답을 하지 못하고 그저 흐느끼기만 하자, 그것이 전염된 듯 엎드려 있는 모두가 눈물을 쏟기 시작했다.

폐비의 괄괄한 성격을 모르는 자가 없었다. 지금도 그 성미는 여전해서 아랫것을 힘들게 할 게 분명했다. 황제를 보기가 껄끄러우니 죄 없는 아이들을 시켜 어떻게 해서든 그 앞을 막으라 했겠지. 이태감의 얼굴로 씁쓸함이 퍼졌다. 황제가 이 아이들의 고충을 알아준다면 모르는 척 굴 필요가 없었다.

"폐후가 하는 말을 따르지 않을 수 없을 것입니다. 아랫것들이 무슨 힘이 있겠습니까."

이태감의 말에 황제는 옆으로 손을 움직였다.

"시끄러우니 다들 물러나 있어라. 그리고 바로 이곳에서 일하던 아이들을 다 바꿔라."

단순히 바꾸기만 해서는 안 되고, 폐비가 나중에 찾아본다거

나 하는 짓을 못하게끔 궁 구석구석으로 잘 섞어 두라는 의미의
말이었다.

황제의 숨겨진 뜻을 파악한 이태감은 알겠다 대답하면서도
마음이 무거웠다. 결국 황제는 오늘 폐비를 만나볼 셈인 거다.
별 탈 없었으면 싶지만 쉽지 않겠지. 한 번 더 황제를 말려 볼까
싶었지만 그게 통할 리 없었다. 이태감은 손짓으로 모여 있는 아
이들을 내보냈고, 어느덧 황제 홀로 남아 있었다.

가만히 서 있는 동안 사방에서 울리는 빗소리가 조금 더 강해
졌다. 황제는 직접 문을 열고 안으로 들어갔다.

촛불이 하나도 켜져 있지 않은 방 안은 무척 어두웠다. 이런
곳에서만 생활한다면 누구라도 음침한 성격이 되지 않을까. 눈
을 가늘게 뜬 황제는 가운데 쪽에 마련되어 있는 자리로 향했다.
이제는 다 말라 버린 과일 몇 개가 담긴 바구니가 의자 사이의
책상에 놓여 있었다. 그 책상 위에 내려앉은 먼지를 확인하고선
의자에 앉았다.

눅눅하고 이상한 냄새가 났다. 이곳으로 온 시비들은 하나같
이 눈치가 빠르고 영특했다. 모시는 주인의 방이 이렇게나 엉망
인 걸 보고만 있진 않았을 거다. 그 나름대로 청소를 해 보려 했
겠지만, 당사자가 원하질 않으니 할 수 없었겠지. 억지로 문을
열고 들어왔다간 불호령이 떨어질 터이니.

"주인의 허락도 받지 않고 자리를 잡고 앉다니. 천것들과 별
반 다르지 않은 행동을 하시는군요."

나직한 목소리는 걸쭉했다. 몸이 좋지 않다는 건 사실인지 목은 완전히 갔고, 가래가 들끓는 듯 숨을 쉴 때마다 색색거리는 거친 숨이 섞였다.

　고개를 든 황제는 침상이 있는 안쪽으로 처진 두터운 천 너머에 몸을 숨기고 서 있는 여인을 바라봤다. 제대로 정리가 되지 않은 머리를 죄 풀어낸 채로 서 있는 모습이 마치 귀신같았다. 아무것도 모르는 사람이 저 모습을 봤다면 기절했을 거라며 황제는 담담하게 대꾸했다.

　"궁에서 나고 자라지 않아 배운 게 적으니 어쩔 수 없는 노릇 아니겠습니까."

　"그렇다면 피나는 노력을 해서 천한 티를 벗도록 노력하셔야지요. 노력 하나 없이 그 자리에 앉으셨으니 참으로 좋으시겠습니다."

　"좋을 것도 나쁠 것도 없습니다. 애초에 지금 이 자리는 제가 원했던 게 아니니까요."

　입을 다문 황제는 상대의 다음 말을 기다렸다.

　이제는 하도 들어서 특별할 것도 없고 화가 나지도 않는 그런 소리를 떠들어 댈까. 그게 아니면 당장 나가라고 소리를 지를까.

　그내 공기에 퍼지는 숨소리가 점점 가빠졌다. 평소와 달리 꽤나 잘 참는다. 그게 재미없었던 황제는 상대의 속을 한 번 더 긁어 주었다.

　"당신이 저주니 뭐니 하는 쓸데없는 짓을 하지 않았다면 애초에 벌어지지 않았을 일입니다. 그러게 왜 그런 되지도 않은 짓을 벌여서 사람을 성가시게 만드는 겁니까."

"이 무례한 놈! 이 내가 누군지 알고 감히 그딴 식으로 떠들어!"

폐비는 찢어져라 강하게 천을 틀어쥐고 흔들 뿐, 황제 앞으로 제 모습을 드러내려 하진 않았다.

"네놈 때문에 내가 이렇게 된 거야! 네놈만 없었다면 내 아들이 그리도 비참하게 죽지는 않았을 거야!!"

"그래서 아직도 포기하지 못하고 저를 원망하시는 겁니까."

"그럼! 다른 사람은 몰라도 네놈만큼은 절대로 용서할 수 없다! 내가 죽을 때 네놈도 같이 죽게 될 것이야!"

"그래서, 숲에 그런 어설픈 저주 인형을 넣어 두신 겁니까."

그 순간 흥분해서 미처 날뛰던 그녀가 갑자기 차분해졌다. 거의 매달려 있다시피 한 천의 윗부분에서 끼익, 하고 흔들리는 소리가 나더니 구부정한 허리를 바로 세운 그녀는 거의 들리지 않을 만한 목소리로 속삭였다.

"난, 하지 않았어."

떨리는 목소리 안쪽으로 일말의 진심이 느껴지는 것도 같았지만, 그녀를 바라보는 황제의 눈빛은 여전히 차가웠다. 의심을 거두지 않는 황제를 두고 그녀는 이를 드러내며 웃었다.

"내가 하지 않았어. 하지만 아무도 믿어 주지 않지. 그걸 후회하게 될 거야."

혼잣말하듯 중얼거린 그녀는 비틀거리면서 안으로 향했다.
벽을 앞에 두고, 흘러내린 머리카락 사이로 힘없이 눈을 치뜬 채
로 재차 난 하지 않았다는 고백을 하는 동안, 어느덧 자리에서
일어난 황제가 그녀의 등 뒤로 접근해 있었다.

"그렇다면 인형은 누가 당신의 손에 쥐여 준 것입니까."

폐비는 천천히 고개를 돌려선 황제를 올려다봤다. 아무것도
담기지 않아 혼탁하기만 한 그 눈동자를 주시하며 황제는 집요
하게 물었다.

"그자가 대체 누굽니까."

거듭되는 재촉에 그녀의 입술이 살짝 열리고, 그 사이로 메마
른 웃음이 흘러나왔다.

"하하하하……."

처음에는 작았던 웃음이 점점 커지더니 이윽고 그녀는 배를
잡고 그대로 무너져 내렸다. 무릎을 꿇고선 계속해서 웃으며 저
를 가리키는 폐비를 두고 표정 없이 있던 황제의 벌려진 입술을
타고 무거운 한숨이 새어 나왔다. 그 안쪽에 담겨 있는 건 '방문
에 대한 후회'가 담겨 있었다.

*　　*　　*

황제가 안에 들어간 직후 이태감의 표정은 굳은 채로 펴질 줄
몰랐다. 기다림의 시간은 짧았지만, 지금이라도 들어가 볼까 싶

은 기분이 들었다. 정말로 그럴까 싶어서 고개를 듦과 동시에 안쪽에서 나오는 황제가 보였다. 눈에 띄게 밝아진 얼굴로 이태감은 한달음에 달려갔다.

"폐하, 괜찮으십니까. 아무 일도 없으십니까."

묻는 말에도 별말 없이 황제는 고개를 들어 하늘을 올려다봤다.

구멍이라도 뚫린 걸까. 시원하게도 퍼붓는다.

한동안 하늘을 보던 황제는 아래를 내려다봤다.

황제가 안에 있는 동안 바깥에서 그걸 기다리는 자들은 죄 비를 맞고 있었다. 그들을 보던 황제의 눈동자가 눈치를 살피며 서 있던 의원에게 향했다. 황제가 보자 의원이 빠르게 그 앞으로 다가갔다.

"폐비께서 정신이 온전치 못하셔서 제대로 된 대화를 나누지도 못했다. 들어가서 잘 살펴봐 드려라. 그리고…….."

의원 쪽으로 허리를 살짝 굽힌 황제는 나직하게 말했다.

"무슨 말씀을 하시든지 귀담아 듣지 말고 함부로 바깥에 말을 흘리지도 말아야 할 거다. 주의하지 않는다면 더는 궁 안에서 살지 못할 것이다."

"눈으로 보고 귀로 들은 모든 말을 함부로 발설하지 않겠습니다."

깊이 고개를 조아리는 의원을 보고도 황제의 굳은 표정은 여전했다. 의원의 정수리를 주시하던 황제는 그래, 라고 짤막하게 말하고 난 후 허리를 세웠다.

＊　　　＊　　　＊

시간이 지나자 퍼붓기 시작하던 빗줄기가 점차 가느다랗게 변했다. 한동안 비가 내리지 않아 고생했던 만큼, 조금 더 시원하게 내려줘도 좋을 텐데 벌써 줄어드나 싶어 아쉬워하는 건 인간들만이 아니었다.

단단한 돌바닥 위로 팔짝팔짝 뛰어다니는 개구리가 있었다. 제 몸을 촉촉하게 감싸주는 빗줄기가 마음에 드는지 이기저기 신나게 뛰어다니던 개구리는 조금 더 안쪽으로 향했다. 앞뒤 분간 못하고 자유롭게 다니던 개구리는 검은 신 위로 내려앉아선 고개를 들었다. 그리고 기둥 앞에 서 있던 단과 시선이 부딪쳤다.

"……."

단은 여기저기 폴짝거리면서 뛰어다니던 개구리가 기어이 제 발등에 올라타자 기가 찼다. 이놈이 죽고 싶어서 일부러 이러는 건 아닐 테고, 꽤나 간덩이가 부운 놈이었다.

단은 발끝을 슬쩍 들어서 발을 좌우로 움직였다. 그럼에도 얌전히 있던 개구리는 단이 발을 위로 들어서야 저 멀리로 뛰어가 버렸다.

아무것도 안 하고 서 있기만 해서 지루하던 참이었는데 괜히 내쫓았나. 다시 이리로 와 보라고 하면 그 말을 알아들을까. 아쉬운 마음에 개구리가 뛰어간 쪽을 보는데 이태감과 시선이 부딪쳤다. 너 지금 뭐하는 거냐. 그리 말하는 것처럼 빤히 바라보는 눈빛에 단은 자세를 바로 했다. 그럼에도 이태감의 시선은 쉬이 거두어지지 않았다.

지금 단은 건평궁에 와 있었다. 건평궁은 대전의 오른편에 있는 곳으로, 듣자하니 황제가 정무를 보는 장소라 했다.

정무가 뭔지도 모르겠고, 황제가 사용하는 궁은 왜 또 이리도 많은 건가 싶었다. 그래 봤자 힘든 일이나 시키겠거니 싶어서 부름을 받고 왔는데 벌써 한 시진째 아무것도 안 하고 바깥에 서 있었다. 그나마 비가 내리는 곳에 세워 두질 않는 걸 감사하게 여겨야 하는 걸까.

아무것도 하지 못하고 서 있기만 하는 건 고된 노동을 하는 것만큼 힘든 일이었다. 오늘 하루 잠시 동안 서 있는 자신은 이렇게나 몸이 꼬이는데, 이곳에 하루 종일 있는 시위들은 얼마나 힘들까. 괜찮은 건가 물어보고 싶어도 그런 짓을 하면 저 이태감인지 뭔지 하는 늙은이가 뭐라 해대겠지. 입맛을 다시던 단은 어깨를 축 늘어뜨렸다.

여기에 이러고 있는 동안 밥도 안 챙겨 주는 건 아니겠지. 한 끼 정도는 굶어도 상관은 없지만, 그래도 공짜로 먹을 수 있는 밥이 있는데 그걸 놓치는 건 싫었다.

이런저런 생각을 하던 단은 저 앞에 서 있는 시위를 봤다.

단과 다르게 가벼운 무장을 하고 짧은 막대를 옆구리에 차고 있었다. 아까부터 눈알도 굴리지 않고 같은 자세를 주욱 유지하는 게 대단해 보였다. 대체 얼마나 여기서 일을 해야 저런 자세가 나올 수 있는 걸까. 노골적이다 싶을 정도로 쳐다보던 단은 이윽고 빗줄기를 피해서 서둘러 이리로 오는 시비들을 확인했다. 보통 시비와 다르게 옷이 화려하고 머리에 몇 가지나 되는 장신구를 달았다.

누구기에 이 시간에 여길 찾는 거지?

궁금했던 단은 그녀들을 빤히 바라봤고, 건평궁의 처마 아래로 들어온 시비는 그제야 숨을 돌리며 고개를 들었다 단을 보곤 흠칫했다.

저를 보자마자 안색이 변하는 걸 두고 단은 본능적으로 시선을 피했다. 난 지금 널 보고 있었던 게 아니니 쓸데없는 오해는 하지 마. 그런 티를 내는 단이었지만, 시비는 한동안 그를 보다가 앞으로 움직였다.

"이태감, 폐하께선 아직 오수 전이시지요?"

"그렇다네."

지금 황제가 오수를 즐길 때가 아니라는 건 시비가 훨씬 더 잘 알고 있을 거다. 그럼에도 모르는 척 묻는 걸 알고도 대충 대꾸를 해 주자 시비 나운은 정말 잘되었다면서 소중하게 들고 온 바구니를 위로 들었다.

"다행입니다. 조금만 늦었다면 화부인께서 정성껏 달인 차를 올리지 못할 뻔했습니다."

이태감은 나운이 들고 있는 화려한 바구니를 봤다.

평소 황제가 정무를 보는 동안 자주 차를 우려 올리던 화부인
이었다. 물론, 다른 부인들도 차를 올렸지만 그중에서 황제의 입
맛에 가장 잘 맞았던 게 바로 화부인의 것이었다. 때문에 웬만한
일이 없고서는 주로 화부인이 차를 올리곤 했었지만, 한동안 쉬
지 않을까 싶었는데 아니었던 모양이다.

하긴, 그런 일이 있었다고 해서 평소 하던 걸 중단한다면 오히
려 그게 더 말이 돌 수 있었다. 그렇다고 전처럼 똑같이 안으로
들어가라 할 수도 없었다.

"기다려 보게. 폐하께 여쭙겠네."

"그러지 마시고 제가 조용히 놓고만 오겠습니다. 이 차는 전
의 것들하고는 다릅니다."

차 한 잔으로 사람의 마음을 살 수는 없겠지만, 그 사람에 대
해서 생각하게 할 수는 있었다. 부인이 정성스럽게 달인 것이니
만큼, 그 마음이 황제에게 전해졌으면 싶었다. 숲에서의 일 때문
에 입장이 난처해진 부인에게 도움이 되고 싶었던 나운은 간절
하게 이태감을 바라봤다.

"네 욕심대로 할 수 없는 자리다. 함부로 나대다간 오히려 부
인께 폐가 될 수 있음을 명심해라."

"……그러면 태감께 부탁드리겠습니다."

자신이야 어차피 말만 전하면 그만이었다. 그에 대한 결정을

내릴 사람은 황제였고, 차를 마시지 않겠다 한다면 나운은 이걸 화부인에게 다시 가지고 갈 수밖에 없었다.

이태감은 문을 열고 안으로 들어갔다. 부좌에 앉아 책상에 쌓여 있는 상소를 확인하는 황제가 보였다. 오전에 폐비 때문에 기분이 언짢아 보였다가 업무에 집중하면서 점점 나아지는 것 같았는데 쓸데없는 말을 전하면 안 되는 게 아닐까. 걱정되었지만, 들어온 이상 무슨 말이라도 해야만 했다.

이태감은 황제의 옆으로 가서 먹을 들었다. 먹물의 양은 넉넉하고 농도도 적당했지만, 벼루 위를 문지르면서 말을 꺼냈다.

"폐하, 쉬시면서 허십시오. 바깥에 차가 준비되어 있습니다."

황제는 대꾸조차 없었다. 차든 뭐든 그다지 내키지 않는다는 거였다. 그래도 혹시 모를 일이니 조금 더 기다렸다가 나가 볼까 했을 때, 황제가 고개를 들었다.

내내 숙이고 있던 터라 목 뒤가 뻐근했던 걸까.

눈을 감은 채로 좌우로 고개를 움직이는 걸 본 이태감이 물었다.

"목을 주물러 드릴까요?"

"누가 준비한 차더냐."

"화부인입니다."

이미 예상했던 일일까.

표정에 큰 변화가 없는 황제를 두고 이태감은 작게 덧붙였다.

"숲에서의 일이 부인과는 상관없는 것일지도 모릅니다."

"만약 그녀와 관련된 일이라면 그땐 어찌하려고 그런 말을 입에 담는 것이냐."

별생각 없이 말하던 이태감은 말문이 턱, 하고 막혔다. 본인의 실수를 깨닫기도 전에 황제의 다른 지적이 날아왔다.

"그거 알고 있나? 나보다 훨씬 더 오래 궁 생활을 했던 자네가 말실수는 더 많아."

"폐하, 황송합니다. 노비가 괜한 말을 했습니다. 용서해 주십시오."

먹을 놓은 이태감은 책상에서 떨어져 바닥에 엎드렸다. 몇 번이고 용서를 빌어서 황제의 마음을 풀려 했지만, 황제는 그조차도 성가셔했다.

"나가서 차를 들고 와라. 단, 그 녀석에게 시켜라."

여기서 더 황제의 속을 건드려선 안 되었다. 알겠다며 빠르게 고개를 끄덕인 이태감은 서둘러 일어나 밖으로 나갔다.

* * *

이태감이 나오는 동안 나운과 다른 시비는 바깥에서 기다렸다.

이태감은 과거 부인의 도움을 받은 적이 있었다. 그가 은혜를 잊지 않았더라면 이번에 힘이 되어 줄 거라면서 초조하게 기다리던 나운은 바깥으로 시선을 옮겼다. 그곳에 단이 서 있었다.

다른 시위들 사이에 서 있는 시동이니 눈에 띌 수밖에 없었다. 그 외에도 체격이 왜소하고 일자로 대충 잘린 앞머리가 우스꽝스러웠기에 더더욱 눈에 띄었다. 하지만 단순히 그 이유 때문에 단을 주시하는 게 아니었다.

단은 앞서 화부인이 알아보라 시킨 자였다. 하지만 갑자기 궁에 나타나서인지 단에 대해 아는 사람이 적고, 최근에는 단에 대한 말만 꺼내도 모두가 쉬쉬하면서 말을 아꼈다.

다른 사람을 통한다면 결국에는 말이 새어 나가기 마련이었다. 중간에 잡음이 생기지 않기 위해서라도 이쪽에서 알아서 알아낼 수밖에 없고 또 그것이 최선일 거라는 생각이 들었던 나운은 단에게 다가갔다.

그게 느껴진 것일까. 애써 비가 내리는 바깥을 보고 있음에도 단의 어깨로 힘이 들어가는 게 죄 보였다. 아주 눈치가 없지는 않은 모양이라면서 나운은 곁에 서선 단을 올려다봤다.

"낮보다는 덜하지만 그래도 계속 내리는구나."

평범한 대화를 이어 가기 위해서 가장 좋은 방법은 역시나 날씨에 대한 말이었다. 그때 단이 나운 쪽으로 고개를 돌렸다.

나운보다 키가 조금 크긴 했지만, 그래도 시동을 할 만큼 몸이 좋지도 외모가 썩 잘난 것도 아니었다. 앞머리가 이상하다 싶었는데, 이리 가까이서 보니 눈이 동그라니 귀여운 인상이었다. 그럼에도 좀 이상하다 여겨지는 건 용모에서 풍기는 이질감 때문이었다. 콕 짚어 말할 순 없지만, 어딘가 어색한 구석이 있었다.

이리 느끼는 게 이상한 건가 싶어 계속해서 바라보는데 단의 눈동자가 반대편으로 굴러간다. 이쪽을 불편하게 여기면서 대화를 피하려 하고 있었다. 모처럼 가까이 다가설 수 있는 기회를 놓치고 싶지 않았던 나운은 재차 말했다.

"난 철산 태생이야. 넌 어디에서 왔니?"

"……."

"왜 말이 없니. 어디 태생인지 정도는 알려 줘도 되는 거잖아."

나운은 웃었다. 딱히 악의가 느껴지지 않는 미소였지만, 그럼에도 단은 대꾸할 수 없었다. 왜 갑자기 이러는 건지 그 의도를 알 수가 없었기 때문이었다.

애초에 잘 차려입은 시비가 자신에게 다가와 이런저런 걸 캐묻는 것 자체가 이상하게 여겨졌기에 계속 모르는 척하고 싶었지만, 나운은 집요했다.

"나랑 말하기 싫은 거니? 너 보기엔 내가 못나서 그러니?"

사내라면 애간장이 다 녹았을 거다. 농으로도 못났다 할 수 없는 나운이었다. 그걸 본인이 가장 잘 알고 있을 텐데 뭐 저리 서운한 말을 쉽게도 툭툭 내뱉는지 모르겠다. 본인도 진심이 아니기에 저렇게 말할 수 있는 거겠거니 싶었던 단은 머뭇거리다가 입을 열었다. 그때 이태감이 밖으로 나왔다.

막 단이 입을 열려던 차에 나온 태감이 원망스럽지만 앞서 그에게 부탁한 게 있었고, 지금 같은 상황에선 그게 가장 중요한 일이었다. 단에게서 떨어진 나운은 냉큼 이태감 앞에 서선 그를 올려다봤다.

"어찌 되었습니까."

묻는 목소리 안쪽으로 간절함이 담겨 있었다. 나운이 저런 식으로 구는 것도 이해하지 못하는 게 아니었지만, 곧장 답하기가 난처했다. 이태감은 나운과 함께 온 시비가 들고 있는 차 바구니를 확인하곤 단 쪽으로 고개를 돌렸다.

"여봐라."

처음에는 저를 부르는 것도 모르고 있었던 단은 재차 여봐라, 라는 부름에 이태감을 쳐다봤다.

왜 불리요. 그리 묻는 표정이나 기둥 앞에 서 있는 자세가 영 성성하기 짝이 없었다. 문득, 단이 차 시중을 제대로 들 수나 있을까 싶어 염려가 되었지만, 이미 지시를 받은 내용이 있었다.

이태감은 단에게 가까이 오라 손짓했다. 아까 저에게 집요하게 말을 걸려 했던 나운이 앞에 서 있었기에 그녀의 눈치가 보였던 단은 눈을 굴리면서도 그들 앞으로 접근했다. 살금살금 다가와 선 단은 두 손을 공손하게 모았다.

"부르셨습니까."

이태감은 시비가 들고 있던 바구니를 채가서는 그걸 단에게 들려 주었다. 지금 이걸 왜 자신에게 주는 것인가 싶을 수밖에 없었던 단의 눈이 화등잔만 해진다. 그건 나운도 마찬가지였다.

"태감, 왜 이러십니까. 이것은 화부인께서—"

"폐하께서는 이 아이의 차 시중을 원하신다네."

"……."

이태감의 입을 통해서 나온 말이 더 의외였던 걸까. 그건 또 무슨 소리냐면서 의문을 드러내는 나운을 두고 태감은 재차 말했다.

"화부인의 조급함은 알겠지만, 지금 같은 상황에선 조심하는 편이 낫겠지. 아닌 것 같아도 사방에서 주시하는 눈이 적잖을 거야. 그럴 때 네가 직접 들어가서 차 시중을 들면 그 또한 소문밖에 될 수 없지. 차라리 아무 상관도 없는 아이를 통해 화부인의 차만 받아들이셨다는 걸로 하는 편이 더 낫지 않겠는가."

여기까지 와서 다른 자들이 떠드는 소리가 죄 무슨 상관인가 싶었다. 직접 황제의 차 시중을 들면서 부인에 대한 두둔을 하고자 했으나, 틀린 모양이었다. 차를 마다하지 않으시는 게 어딘가 싶었던 나운은 복잡한 마음을 억누르며 고개를 끄덕였다.

"그래요, 태감의 말씀을 듣고 오늘은 이만 가 보겠습니다."

동시에 나운은 차 바구니를 든 채로 어정쩡하게 서 있는 단을 올려다봤다.

"화부인께서 정성을 다해 달인 차다. 폐하께 전할 때 한 번이라도 말해 주렴."

이럴 땐 어찌해야 하는 건지 알 수 없었던 단은 조용히 있었다. 커다란 눈을 끔벅이기만 하는 모습이 답답했지만, 나운은 더 뭐라 하지 않고 그 앞에서 몸을 돌렸다. 시비와 함께 다시금 빗속으로 들어가는 나운의 뒷모습을 보고 있으려니 이태감이 단의 팔을 툭, 쳤다.

"뭘 하느냐. 차가 다 식겠다. 어서 들어가라."

들어가라는 말에 냉큼 움직일 수도 없었다.

묵직한 바구니가 마치 이걸 준비한 사람의 마음인 것만 같았다. 자신이 제대로 황제에게 전달하지 못한다면 이걸 준비한 사람의 정성은 어찌 되는 것일까. 얼굴도 잘 모르는 부인의 일을 망쳐 버리면 어쩌나 싶어 단은 이태감을 올려다봤다.

난 이런 거 못합니다.

눈빛으로 전달하는 마음의 소리가 들리는 듯하다. 자신감이라곤 하나도 없는 얼굴을 보자마자 난에게 자 시중 경험이 없음을 알게 된 이태감은 속이 얹히는 것 같았다.

이를 어쩌나.

하지만 이런 건 자신이 고민한다고 해서 해결되는 그런 게 아니었다. 안에 계신 분이 원하시면 따를 수밖에 없었다.

매섭게 눈을 치뜬 이태감은 어허, 하고 짧게 위협했다.

"어서 들어가지 않고 뭘 하는 게야."

"……."

지금 자신이 원하는 게 뭔지 알면서도 모르는 척 구는 이태감이 원망스럽다.

망할 늙은이 같으니라고.

속으로 꿍얼거린 단은 이태감 앞을 지나쳐 걸어갔다.

문은 닫혀 있었고, 그 너머에 황제가 있었다. 이 문만 열면 안으로 들어갈 수 있는 셈인데 지금 두 손 가득히 바구니를 들고 있어 무거웠다. 이대로는 문을 쉽게 열 수가 없었다. 어찌해야 하나 싶어서 망설이던 단은 한쪽 다리를 들었다. 문을 밀고 들어가려 했을 때 화들짝 놀란 이태감이 단의 옆으로 와 서선 눈을 부라렸다.

"뭘 하려는 거야. 지금 발로 문을 열려고 했던 거냐?"

"손이 없는데 그러면 어떻게 해요."

발이 아니면 머리로 밀어야 했던 거냐면서 단은 인상을 썼다.

차 시중이라고 해 봤자 예전 남가주에 있었을 때 구량 님에게 다 식은 찻잔을 건넨 일밖에 경험이 없었다. 그것도 근처를 돌다가 너무 피곤해 보여서 뭐라도 주고 싶은 마음에 원래 준비되어 있던 걸 권한 거였고 말이다.

난생 해 본 적 없는 일을 하게 생겨서 예민해져 있는 자신을 건드리지 말라면서 오만상을 쓰는 단이었지만, 그걸 보는 이태감은 기가 막혔다. 이런 물건이 어디서 굴러온 건가 싶은 얼굴인 그는 고개를 설레설레 저으면서 문을 열어 주었다. 부드럽게 문이 밀리고 동시에 저 안쪽에 앉아 있는 황제가 눈에 들어왔다.

눈을 내리뜬 채로 잔뜩 심각한 얼굴을 하는 황제를 보자니 단의 신경도 대번에 그쪽으로 집중되었다.

"일단은 바구니를 책상 옆 바닥에 두고 거기서 다기를 꺼내 들면 되는—"

단을 그냥 들여보냈다간 엄청난 사고를 칠 수도 있겠다 싶었던 걸지도 모른다. 짧은 시간 동안 최대한 많은 설명을 해 주려 했지만, 그 말이 끝나기도 전에 단은 냅다 열린 문 안으로 들어 갔다. 미처 붙잡을 새도 없었다. 바구니를 든 채로 총총거리는 걸음으로 들어가는 단을 보고 이태감은 이를 악물었다. 어쩌면 좋나 싶지만 이미 제 손을 떠난 일이었다.

황제가 단에게 차 심부름을 시킨다 했을 때, 한 번만 더 생각 해 보라고 하는 거였는데. 나중에 황제가 저를 부르면 그땐 혼날 일밖에 남는 게 없겠구나 싶었던 이태감은 칙칙해진 얼굴로 문 을 닫았다.

바깥에서 넓어 보이던 건평궁은 내부도 으리으리했다. 상소 가 쌓인 책상도 그렇지만, 황제가 앉아 있는 부좌의 모서리 위로 는 금으로 된 용이 똬리를 틀고 앉아선 단을 응시하고 있었다. 너는 무슨 용건으로 이곳을 찾은 것이더냐. 그리 묻는 눈빛이 매 섭다. 움찔할 수밖에 없었던 단은 주위를 기웃거렸다.

안에는 황제만 있는 줄 알았는데 그도 아니었다. 왼쪽, 붉은 천으로 반쯤 가려진 그곳에는 환관이 하나 고개를 푹 숙인 채로 서 있었다. 저렇게 하루 종일 고개를 숙이고 있는 걸까. 힘들겠 다면서 반대편으로 시선을 옮기는데 그쪽도 천으로 가려진 곳 이 있었다.

안에 뭐가 이렇게 많아. 저곳에는 그림자인가 뭔가 하는 사람 이 있는 걸까.

입술을 씰룩인 단은 어느덧 책상 앞에 서 있었다.

"……."

바구니를 보물처럼 끌어안고선 책상 앞에 서선 황제의 정수리를 내려다봤다. 그 시간은 짧았지만, 누군가에겐 있어서 엄청난 사건이었을지도 모르겠다. 흠, 하고 짧은 소리가 들려서 왼쪽을 보자 내내 고개를 숙이고 있던 환관이 무섭도록 경직된 눈빛으로 노려보고 있었다.

너 지금 대체 뭘 하는 거냐.

그리 묻는 눈빛을 보고 나서야 이상한 짓을 했음을 깨달은 단은 급히 옆으로 물러섰다.

바구니를 든 채로 책상 위를 살피는데 상소도 그렇지만, 먹이며, 향로며, 이것저것 자리하고 있어서 둘 곳이 없었다. 저것들을 손으로 치워 내고 올려 두면 그걸로 혼날 것 같았던 단은 결국 그대로 쪼그리고 앉았다.

바구니를 내려놓고 위를 열자 금수가 들어간 천이 덮여 있었다. 그 천을 위로 들어 아래에 감추어져 있던 찻잔과 옥으로 된 주전자를 발견했다.

그래. 너희가 들어가 있을 줄 알았다. 그러니 쓸데없이 무거웠던 거겠지.

단의 눈으로는 옥으로 빚어진 주전자와 잔의 귀함을 알 수가 없었다. 그저 쓸데없이 무거운 것들, 이라는 인상밖에 없었기에 잔의 뚜껑을 열어 바구니 안쪽에 처박아 두고 그걸 바닥에 내려 놨다. 그리곤 주전자를 두 손으로 들어 그곳에 차를 따랐다. 쪼르륵, 하는 청명한 소리가 귓가를 간질인다. 동시에 공기 중으로 퍼지는 달콤한 향기에 단은 눈을 감았다.

정성을 다해서 달였다는 그 말을 알 것 같았다. 향에서부터 그게 느껴진다는 건 쉽지 않은 일인데.

단은 처음과 다르게 찻잔을 두 손으로 감싸듯이 들고선 일어 났다. 이게 어디까지 따르는 게 맞는지를 알지 못하니 가득히 따라버렸다. 넘칠 듯이 찰랑거리는 차는 아주 뜨겁진 않았지만, 그래도 두 손으로 쉽게 쥘 수 있을 정도는 아니었다. 그럼에도 뜨거운 걸 참는 이유는, 이걸 황제에게 주겠다고 노력했던 사람의 마음 때문이었다.

얼마나 본인이 와서 전하고 싶었을까. 그렇게 할 수 없어서 마음이 많이 상했겠지. 그런 걸 생각하면 이걸 함부로 어찌할 수 없다면서 단은 조심스럽게 옮긴 잔을 책상 위에 올렸다. 그 순간 안도한 얼굴이 된 단은 주먹으로 이마를 훔쳐 냈다.

나름 잘 된 것 같았다. 이제 남은 건 이걸 황제가 다 마시는 것뿐이었다.

처음에는 어떻게 해야 하는 건가 싶었지만, 하다 보니 잘 되지 않으냐면서 단은 의기양양한 얼굴로 고개를 들었다. 그리고 보이는 선 여전히 긴 상소를 읽고 있는 황제의 옆얼굴이었다.

"……."

아까부터 곁에서 얼쩡거리는 자신을 알아차리지 못했을 리는 없었다. 그럼에도 황제는 단에게 눈길조차 주지 않았다. 그만큼 지금 하는 일이 중요해서 그곳에서 시선을 뗄 수 없는 거였다.

원래 장부나 셈이 가장 힘들고 어려운 일이었다. 저렇게 많은 글자를 읽으려면 고생하겠다 싶긴 했지만, 뭘 저렇게 인상을 쓰는지 모르겠다.

암만 황제라 해도 본인이 해야만 할 일이라면 힘들어도 꾹 참아야 하는 걸까. 그래야 금으로 된 옷을 입고 꽃처럼 예쁜 부인을 양팔 가득히 품게 되는 걸까. 그것들을 죄 곁에 둘 수 없더라도 차라리 마음 편하게 지낼 수는 없는 걸까.

거기까지 생각한 단은 저도 모르게 입을 열었다.

"차 마시고 해요."

"……."

그 순간 미묘하게 공기가 달라졌다.

다른 목적이 있어 꺼낸 말도 아니고, 그저 황제의 인상 쓴 얼굴이 보기 싫었을 뿐이었다. 힘들면 조금 쉬어도 되는 거잖아. 그런 가벼운 생각으로 꺼낸 말에 바로 이렇게 공기가 변할 줄은 몰랐다.

단은 저도 모르게 뒤를 돌아봤다. 조금 전 싫은 눈빛으로 자신의 잘못된 행동을 지적했던 환관의 도움을 받을 셈이었다. 하지만 환관은 더 깊이 고개를 숙이고 있었다. 황제 곁에서 일하기 위해선 장님, 귀머거리, 벙어리여야 하는 법이었다. 그래서 저러는 것 같지만, 그보단 이쪽과 얽히면 성가셔질 것 같으니 바로 철벽을 치는 것 같았기에 단은 섭섭한 마음이 더 컸다.

정말 못 되었다. 그러지 말고 좀 도와주지─

그런 생각을 지울 수 없었던 단은 재차 앞으로 고개를 돌렸고, 허리를 세운 채로 저에게 굳은 눈빛을 던지는 황제와 시선이 부딪혔다.

"……."

세상에서 가장 불쾌한 말을 들은 사람처럼 응시해 오는 그 눈빛과 표정에 단은 왜인지 서운한 기분이 들었다.

정말은 황제의 일을 방해하고자 꺼낸 말도 아니고, 인상을 쓰고 있고 피곤해 보여서 쉬엄쉬엄하라는 의미에서 건넨 말이었다. 차 좀 미시라고 한 게 뭐 그렇게 엄청난 잘못이라고 저렇게 보는 건가 싶었던 단은 찻잔을 조금 더 앞으로 내밀었다.

"준비한 사람 정성을 봐서라도 좀 마시고 하라고요."

가득 담은 찻잔이 밀리면서 그 안에 담겨 있던 차가 바깥으로 흘러내렸다. 찻잔의 아래에 대어져 있던 단의 손가락에도 그 차가 묻어났다. 당황한 단은 급히 바닥에 둔 붉은 천을 집어선 그걸로 책상 위에 흘린 걸 닦아 내려 했다.

"멈춰라."

더는 보고만 있을 수 없었던 환관이 앞으로 움직였다.

지금 단이 하는 걸 눈으로 보고도 믿을 수 없을 지경이었다. 어쩌자고 저리도 부족한 게 이 안에 들어올 수 있었던 건가 싶었던 환관의 얼굴은 무섭도록 굳어졌지만, 이내 멈춰 서야 했다. 황제가 한 손을 들어선 가만히 있으라는 표시를 보내왔기 때문이었다. 그걸 보는 순간 언제 나서려 했냐는 것처럼 환관은 뒷걸음질을 쳐선 본래 자리로 돌아갔다.

그는 그렇게 입 다물면 그만이겠지만, 단은 아니었다. 아까 멈추라고 했던 말이 자신에게 하는 것인가 싶었던 단의 눈동자가 더 빠르게 움직인다. 동시에 황제는 찻잔을 집어 들고는 딱 한 모금 맛을 봤다. 목구멍으로 넘어가는 차 맛을 본 황제는 아직도 많이 남아 있는 찻잔을 원래 있던 자리에 내려놨다.

"치워라."

"……."

단은 지금 자신이 실수했다는 걸 알 수 있었다.

만약 바로 지적을 받고 혼이 났더라면 굉장히 비참했을 거다. 하지만 지금처럼 잘못한 게 있는데도 그것에 대해 지적하는 것 자체를 성가셔하는 황제의 모습에 더더욱 기분이 이상해졌다. 가슴이 울렁거렸던 단은 아직도 많이 남아 있는 찻잔을 가리켰다.

"아직도 많이 남았습니다."

그 말에 황제가 재차 눈동자를 위로 들었다.

말없이 쳐다보는 것에서 그가 하려는 말이 전해진다.

난 더 마실 생각 없으니 치우라고 할 때, 그냥 치워. 딱 그 짝이었다.

입술을 움직여서 말 몇 마디 하는 게 뭐 그렇게 힘든 일이라고 눈빛으로 의사 전달을 끝내려는지 모르겠다. 황제이다 보니 이런 식으로 눈빛으로 사람 부리는 게 익숙해졌을 테니 어쩔 수 없다 쳐도 단은 여전히 서운했다.

"이 한 잔을 위해서 얼마나 많은 정성이 들어갔는지 아십니까? 그 사람의 마음을 생각해서라도 한 잔을 다 비워야지요."

"딱 한 모금이면 된다. 안 마시고 돌려보낸 것도 아니고, 한 모금이라도 넘겼으니 상대도 감격스러워하겠지."

이 몸께서 한 모금이라도 맛을 봐준 게 어디냐는 말이었다.

숨이 턱 막히는 게 있었던 단은 표정 관리가 잘 되질 않았다. 굳은 눈빛으로 바라보는 단을 두고 황제는 눈 끝으로 찻잔을 가리켰다.

"이 한 잔을 다 비운다고 해서 차를 준비한 사람의 정성까지 전부 다 내 뱃속으로 집어넣을 수 있을 거라고 믿는다면, 멍청한 거지. 그리고……."

"……."

"정말로 무슨 생각을 하고 이 차를 달였는지 네가 뭘 안다고 함부로 지껄이는 거냐."

말하는 동안 황제는 화가 난 것 같지는 않았다. 하지만 언성을 높이지 않는다고 해서 그게 괜찮다는 의미인 것도 아니었다.

상내의 눈빛과 표정과 풍기는 분위기까지. 노골적으로 저를 무시하고 업신여기고 있었다. 여긴 네가 알지 못하는 일들이 많이 존재한다. 그걸 잘 알지도 못하면서 함부로 나대지 말라고 말이다.

정말 큰 잘못을 했다면 차라리 매질을 받는 게 나았다. 이런 식으로 사람 신경을 툭툭 건드리는 건 정말이지, 너무, 비참했다. 중간에 어정쩡하게 끼어서 화풀이 대상이 된 것 같았던 단은 움켜쥔 두 손에 힘을 주었다.

"차라리 몸 쓰는 일이나 하게 해 주십시오."

단의 말이 의외였던 걸까. 왜 저런 말을 하는지 알 수 없는 것처럼 빤히 올려다보는 황제의 시선을 피하지 않은 채로 단은 말했다.

"할 줄도 모르는 일 하느라 마음 졸이는 것도 싫고, 한마디 할 때마다 폐하의 빈정거림 듣는 것도 싫습니다."

가만히 있던 황제의 입꼬리가 올라간다.

빈정거림. 설마하니 그 단어를 듣게 될 줄은 몰랐던 것처럼 짙은 미소를 짓는 그였지만 단의 말은 온전히 다 끝난 게 아니었다.

"제가 지금 이곳에 있는 이유는 하나뿐입니다. 그리고 저에게 자꾸만 이러시면, 더는 이곳에 있을 수 없습니다."

"마치 네가 마음만 먹는다면 얼마든지 이곳을 빠져나갈 수 있다는 양 말하는군."

"제가 마음만 먹는다면 얼마든지 이곳을 나갈 수 있습니다."

"그런 것치곤 바로 잡혀서 끌려오지 않았던가."

그래. 그랬었지. 담을 넘기 직전 그림자와 마주쳤고 그놈에게 붙들렸다.

그림자는 힘이 세고 노련했다. 싸움판에서 몇 년을 굴렀지만, 그림자는 쉽게 쓰러뜨릴 수 없는 상대였다. 하지만 자신이 진심을 다했더라면 어찌 되었을까. 어떻게든 궁을 빠져나가야 한다고 생각했더라면 자신은 참지 않고 그걸 실행으로 옮겼을 거다. 막판에 멈춘 건 다른 이유 때문이 아니었다. 문득 하나의 생각이 떠올랐기 때문이었다.

"마지막 인사를 제대로 하지 못했던 게 떠올라 붙잡혀 준 것뿐입니다."

"……."

자신이 알고 있는 어떤 사람과 너무도 똑같은 황제에게 제대로 작별 인사를 하지 못했다. 전혀 상관없는 무헌과 황제였지만 같은 얼굴이기에 그에게 작별을 고하는 것으로, 몇 년 동안 지울 수 없었던 마음의 짐을 덜어낼 셈이었다. 그게 단의 마음이었다.

입을 다문 단의 표정과 눈빛은 서늘했다. 그걸 본 황제가 입을 열었다.

"이소야."

"부르셨습니까."

단과 황제가 대화를 나누는 동안에도 미동 없이 있던 환관 이소는 냉큼 앞으로 움직였다. 단의 뒤에 서선 고개를 깊이 숙이는 걸 확인한 황제가 말했다.

"내일부터 이 녀석에게 텃밭 일을 시켜라. 혼자 하게끔 해야 할 거다."

그 말에 이소는 슬그머니 고개를 들었다.

텃밭에서 일을 시키는 건 상관없지만, 혼자라는 부분이 마음에 걸렸다.

"힘쓰는 일을 하고 싶다고 하니, 할 수 있도록 해 줘야겠지."

"……알겠습니다."

환관은 단의 옆에 서선 이만 나가거라, 라고 말했다. 단은 기다렸던 것처럼 곧장 몸을 돌려 밖으로 향했다. 황제에 대한 예는 어디로 가 버린 것인가 싶을 정도로 당돌한 모습에 환관은 당황하지 않을 수 없었다. 환관 이소는 급히 단의 뒤를 따랐고, 밖으로 나가선 이태감에게 황제의 말을 전했다. 그 말에 안색을 굳힌 이태감은 '그러면 그렇지.'라는 눈빛으로 단을 흘겼다.

둘 사이에 껴서 영 안 좋은 눈빛을 받는 단이었지만, 그러거나 말거나 잔뜩 굳은 얼굴로 정면만 응시할 뿐이었다. 단의 주제에 저런 고집스러운 얼굴이 가당키나 하단 말인가. 하고 싶은 말은 많아도 하지 않았다. 이런 식으로 굴다가 나중에 낭패 보는 건 단이지, 이쪽이 아니었다. 한 번 혹독하게 당해 봐야 본인이 무슨 잘못을 했는지를 알게 될 거라면서 이태감은 단을 돌려보냈다.

이른 오후에 들어온 단은 숙소에 올라가지 않고 일 층 식당 구석에 앉았다. 의자에 앉아 세운 무릎 위에 얼굴을 묻은 단의 모습에 근처를 지나치던 용소가 한마디 던졌다.

"또 무슨 일이냐."

전에 단의 방을 엉망으로 만들고 돈까지 훔쳐간 놈들을 두들긴 일로 모두가 그녀를 어려워했다. 그 일이 벌어지고 나서 단과 말을 섞는 건 용소가 유일했다. 하지만 그것도 단이 대꾸를 해야지만 대화를 이어 갈 수 있었다. 모르는 척 입 다물고 있으면 아무리 용소라 할지라도 계속 떠들어 댈 수 없었다.

괜히 말을 걸었나 싶었던 용소지만, 그냥 지나칠 수 없었다. 오늘 단이 어디에서 일을 했는지를 알기 때문이었다. 환관과 태감들 외에 시동은 황제의 곁을 지킬 수 없었다. 그런데 이번에 단이 건평궁 안까지 들어갔으니 앞으로 어찌될지는 그 누구도 모를 일이었다. 단을 시작으로 그에 대한 저우가 좋아질 수도 있다는 것에 기대를 지울 수 없었던 용소는 재차 물었다.

"내일도 폐하 곁에서 일하는 거냐?"

"내일부터는 텃밭에서 일하라는데?"

"아니. 왜?"

단이 계속 건평궁에서 일하면 그 덕으로 자신도 슬쩍 합류할 수 있을 줄 알았는데.

노골적으로 실망한 얼굴인 용소였지만, 그때 단이 고개를 들었다.

"힘든 일이야?"

"어. 난 절대로 텃밭에서 일하고 싶지 않다. 거기선 딱 반나절만 일하면 피부가 검게 타거든."

"……"

그나마 언덕 위에선 그늘에 들어갈 수도 있고 교대가 잦은 편이라 쉬는 시간도 많았다. 하지만 텃밭이라니. 쓸데없이 넓기만 한 그곳에는 그늘도 없고 교대 인력도 적었다. 어찌 보면 꾀를 부리거나 주제 넘는 짓을 하던 시동이 벌을 받기 위해서 배정되는 곳이라 볼 수 있었다.

처음에 단이 건평궁으로 불려간다 했을 때 그게 무척 부러웠지만, 이제는 아니었다. 예법도 뭣도 제대로 익히지 못한 놈이 그런 중요한 장소에 가게 되었으니 첫날부터 사고를 쳐서 밉보인 거로구나. 그렇다면 굳이 단에게 이것저것 물을 필요도 없었다. 물어도 제대로 대답이나 해 주겠냐면서 고개를 저은 용소는 위로 올라가 버렸다.

다시금 혼자가 된 단은 고개를 떨구곤 긴 숨을 내쉬었다.

차를 다 마시라고 했던 게 그렇게나 큰 잘못이었던 걸까. 하지만 예쁜 부인이 준비한 거였다. 차가 배가 부르는 음식도 아니고, 한 잔 다 비우고 나중에 소변으로 내보내면 그만인 거잖아. 차 한 잔 비우는 것 가지고 이래저래 더럽게 거들먹거리긴.

입술을 비죽이던 단은 저를 보던 황제의 눈빛이 머릿속에서 지워지질 않았다.

네가 뭘 알아. 딱 그런 눈빛이었지.

문득, 자신이 정말 아무것도 모르는 소리를 해서 그의 속을 불편하게 한 게 아닌가 싶었던 단은 몇 번째일지 모르는 한숨을 내쉬었다. 때마침 문이 열리고 일단의 무리가 들어왔다. 다른 곳에

서 일하고 온 건지 저들끼리 신나게 떠들어 대다가 단을 발견하곤 바로 입을 다물었다. 쉬쉬하면서 눈빛을 주고받더니 서둘러 앞을 지나쳐 가 버린다.

일부러 와서 시비를 걸지 않아서 편하긴 하지만, 또 저렇게 눈에 보일 정도로 피해 버리면 그건 그것대로 싫었다. 사람을 뭐로 보는 건가 싶을 수밖에 없었던 단은 아예 고개를 돌려 버렸다.

"……."

이렇게 넓고 사람도 많은데 왜 쓸쓸한 걸까.

전에 살던 곳에서도 딱히 살갑게 굴던 사람들이 많은 것도 아니긴 했지만, 그곳하고는 비교도 되지 않는 적막함에 몸 깊은 안쪽까지 시리는 것 같다면서 단은 어금니를 악물었다.

＊　　　＊　　　＊

성벽 안으로 또 다른 나라가 존재하고 있었다. 한 나라의 궁이니 막연하게 넓겠거니 싶었지만, 그 수준이 아니었다. 어째서 이렇게 드넓은 땅이 있는 건가 싶어, 처음 단은 제 눈을 의심했다. 소매로 눈을 문질러도 보지만 보이는 건 사라지지 않았다. 직접 와서야 단은 용소가 진저리를 치던 텃밭의 위엄을 비로소 깨달았다.

두 개의 전각이 있던 곳을 허물고는 그곳에 새로운 건물을 세울 거라면서 뒤쪽에 있던 텃밭을 고르게 다지기 위한 현장이라고 했다. 일반적으로 이 작업을 할 땐 적어도 스물 이상의 사람이 투입된다 했지만, 오늘은 딱 한 사람뿐이었다. 바로 단이었다.

"혼자서 잘 할 수 있겠나."

본인이 생각한 것보다 훨씬 더 넓고 엉망인 텃밭의 상태를 앞에 두고 단은 대답할 힘도 없었다.

눈을 가늘게 떠야지만 텃밭의 반대편 구석진 자리가 보였기에 불만 가득한 얼굴로 있으려니 텃밭을 관리하는 태감이 재차 말했다.

"혼자가 되든 열이 되든 가장 중요한 건 일정이다. 모든 일에는 때가 정해져 있기 때문에 네가 혼자라도 오늘 해야 할 일을 끝내지 못한다면 큰 벌을 받게 될 것이야. 알겠느냐."

분명 처음 말할 땐 열 명이서 일을 했다고 하지 않았던가. 자신이 암만 날아다닌다고 해도 열이 하던 일을 어떻게 혼자서 끝낼 수 있겠어.

단은 시작도 하기 전부터 지친 얼굴이었다. 단의 무거운 마음이 손에 잡힐 듯이 전해지는 것 같았지만, 태감은 모르는 척 고개를 돌렸다.

"점심은 주먹밥을 챙겨 먹고, 물은 안쪽에 있는 지하수로 해결하면 된다. 내 다시 한 번 말하지만, 일정에 맞춰서 일을 마무리 지을 수 있어야 한다. 아니면 오늘 밤에는 자지도 못할 거야. 알겠더냐."

단이 제대로 일을 못해서 일정에 차질이 빚어지면 태감의 입장이 곤란해질 수밖에 없었다. 성가셔지기 싫으니까 저렇게 '어떻게든 일정에 맞춰. 네가 힘들어 죽을 것 같아도 오늘 정해진 분량은 제대로 끝내야 해.'라는 거였다.

세상은 넓고 악독한 인간들은 많았다. 정 걱정이 되면 본인이 와서 흙 한 번이라도 제대로 파 주든가. 목구멍 바로 앞까지 올라온 말을 힘겹게 삼킨 단은 느리게 고개를 끄덕였다.

"입은 장식이더냐. 제대로 대답을 해야지."

"오늘 정해진 일은 꼭 끝내겠습니다."

썩 내키지 않는 투로 억지로 대답한 단은 입을 나물꼰 눈동자를 들었다.

자, 이러면 되었냐. 만족하냐.

반항적인 단의 눈빛이나 표정이 마음에 들지 않지만, 여기에서 시간 낭비할 새가 없었던 태감은 쯧쯧, 혀를 찬 후 바로 몸을 돌렸다. 태감이 낡은 대문을 통해 밖으로 나가고 난 후 단은 혼자가 되었다. 그녀의 왼쪽에는 텃밭 정리를 위한 다양한 농기구가, 오른쪽에는 주먹밥 몇 개가 든 낡은 바구니가 덩그러니 있었다. 각각 확인을 끝낸 후 허공으로 시선을 던진 단은 긴 한숨을 쉬곤 뒤를 돌아봤다.

넓다는 건 인지하고 있었는데 이리 보니 생각보다 훨씬 더 넓었다. 궁 안이라고 해서 죄 좋은 것들만 있는 게 아니라면서 소매를 걷어 올리곤 바구니부터 챙겼다. 주먹밥이 상하면 안 되었기에 그걸 그늘진 자리에 두고 나서 돌담에 등을 기대던 단은 바로 소리를 질렀다.

"따가—!"

뭐야? 뭐가 있었던 거냐면서 놀라 뒤를 돌아보는데 보이는 건 정리가 잘 되지 않은 뾰족하게 선 돌담이었다.

어쩌면 이런 것도 제대로 되지 않아 거칠긴. 텃밭을 다 정리하면 이 뾰족한 돌을 부드럽게 갉으라고 하진 않겠지. 그보다 그 일을 할 때까지 자신이 이곳에 있어야 하는 걸까. 가볍게 한 생각에 마음이 싱숭생숭해진 단은 그 자리에 쪼그리고 앉았다.

"······."

오늘따라 날이 더운 건지, 아니면 자신이 그렇게 느끼는지 몰라도 저 끝에서부터 열기로 인해 흙 위에서 아지랑이가 올라온다. 오래 일하면 피부가 탄다는 말이 무슨 의미인지 알 것 같다면서 소매를 내렸다.

하루 정해진 작업 분량이 있었고, 그걸 제대로 끝내지 못하면 자신만 손해였다. 자신이 뭐라고 했다고 바로 이곳으로 보냈던 황제도 그렇고, 마음에 들지 않는 일투성이라면서 단은 벌떡 일어났다. 지금껏 이런저런 많은 일을 겪어 왔다. 텃밭 정리하는 것쯤은 일도 아니라면서 씩씩하게 움직였다.

*   *   *

미친 듯이 몰두하면 쉽게 끝낼 수 있을지도 모르겠지만, 단은 아직도 구량의 말을 기억하고 있었다. 열심히 일하는 것도 좋겠지만, 딱 정해진 일에서 절반만 더 해 두면 된다는 말 말이다. 거기서 더 하거나 하면 처음에는 좋을 수 있겠지만, 결국엔 자신만 손해였다. 실제로 바깥에 있는 동안 그 조언이 정확하다는 걸 깨달은 단은 요령 있게 적당히 하는 중에 있었다. 물론, 남들이 보지 않는 동안에는 한 번에 많은 걸 했다가 오래 쉬는 것으로 말이다.

햇볕이 생각보다 뜨거웠기에 오래 서 있는 게 싫었다. 피부가 탄다는 용소의 말이 떠오르면서 조금 더워진다 싶으면 농기구를 내려놓고는 잽싸게 그늘진 곳에 몸을 숨겼다. 벽면이 날카로워서 등을 기댈 순 없어도 그 아래에 쪼그리고 앉으면 편하긴 했다.

단은 많이 정리가 되어서 파내어진 흙을 보다가 부러져서 바닥을 뒹구는 몇 가지 농기구를 봤다. 처음에 딱딱한 흙이랑 씨름하다가 해먹은 것들이었다. 저것도 죄 일하다가 망가진 거니, 설마하니 저걸로 뭐라고 하진 않겠지.

단은 들고 있던 주먹밥 끄트머리를 입 안으로 밀어 넣었다. 평범한 주먹밥이라고 해도 궁에서 나오는 거라 쌀도 맛있고 양념도 잘 되어 있었다. 예전에 자신이 만든 것하고 비슷하게 맛이 훌륭하다면서 손바닥에 묻은 밥알까지 다 먹은 단은 다시금 바구니에 손을 넣었다. 적당히 일하다가 출출해서 다시 먹고 시작할 셈이었는데 왜인지 손에 걸리는 게 없었다. 설마 싶어서 바구니를 들어 안을 살폈다. 텅텅 비었다.

"이게 뭐야. 꼴랑 세 개밖에 안 먹었는데—"

보통 사람에겐 세 개면 충분할지도 모르겠지만, 단은 아니었다. 이제 좀 먹는구나 싶었는데 이렇게 바로 바닥나 버리면 어쩌나 싶었던 단의 얼굴이 일그러졌다.

현실을 인정할 수 없어서 바구니를 거꾸로 든 채로 열심히 흔드는데 그곳에 들어가 있던 하얀 천이 뚝 떨어진다. 천 같은 건 먹을 수 없는 거잖아. 주워 든 천을 위아래로 마구 흔든 단은 고개를 푹 숙였다.

"……아, 어정쩡하게 먹으니까 더 배가 고파."

이럴 거면 챙겨 주질 말던가. 시간 안에 일을 못할 것 같아서 주먹밥을 챙겨 준 거라면 차라리 그러질 말던가. 그냥 식당까지 가서 먹을 만큼 먹고 오는 게 낫지. 이건 뭐. 좌절감을 느끼며 단은 옆으로 벌러덩 누웠다.

풀이 엉성하게 자라 있는 곳이다 보니 누워 있으면 등에 흙이 죄 묻을 수 있었다. 그래도 상관하지 않고 단은 기지개를 하면서 신음을 흘렸다.

"배고파. 배고프다고."

점심에 먹을 거랑 간식까지 해서 열 개 정도는 넉넉하게 챙겨야지. 찻잔 하나에도 옥을 쓰면서, 일하는 사람 밥을 챙겨 주는 건 왜 이렇게 쪼잔한 건데. 정말 너무한 거 아니냐면서 단은 인상을 쓴 채로 끙끙거렸다.

그때 어디선가 달콤한 냄새가 났다. 달달하니 입안으로 침이 고일 것 같은 향이었다. 덧붙여 몇몇의 인기척이 느껴졌지만, 죄 근처를 지나치는 사람들일 거다.

안쪽에 있는 텃밭이다 보니 많지는 않아도 아주 가끔씩 사람이 지나쳤다. 하지만 그들 중 이 안에서 벌어지는 일에 관심을 보이는 사람은 없었다. 이 달달한 냄새를 풍기는 사람도 금방 지나치겠거니 싶었던 단은 아예 옆으로 웅크린 채로 누워서 눈을 감았다.

낯은 덥고 배는 고프고 여리모로 울적했다. 낮잠이니 지 비릴 거라면서 감은 눈에 더 힘을 주려는데, 단 냄새가 바로 멀어지지 않고, 왜인지 누군가 저를 보는 느낌마저 들었다.

아니겠지. 누가 날 보러 오겠어. 설마하니 황제는 아니겠지. 어차피 황제는 가까이 다가오면 그 느낌이 나지도 않고…….

거기까지 생각하던 단은 바로 눈을 크게 떴고, 활짝 열려 있는 정면의 대문 너머에 서 있는 여자와 시선이 부딪쳤다.

"……."

처음에는 선녀가 내려온 건가 싶어서 손가락 하나 까닥일 수 없었다. 단은 마른침을 넘겼고, 동시에 대문 너머에 있던 선녀가 움직였다. 대문을 넘어 메마른 흙을 사뿐사뿐 걸어서 정리한 곳 까지 들어오는 걸 보는 순간 당황한 단은 급히 일어나 앞으로 손을 뻗었다.

"잠깐, 거, 거기는—!"

본인의 외침을 듣는 순간 지금 이게 꿈이 아님을 깨달았다. 그렇다면 저 선녀는 대체 누구지?

영문을 몰라 눈만 동그랗게 뜨는 단의 모습에 선녀가 미소 짓는다. 살짝 올라가는 입꼬리가 정말, 너무 예뻐서 홀릴 지경이었다. 보고도 믿겨지질 않을 만큼의 미인이었기에 단은 어, 하는 소리를 냈고 그때 선녀의 뒤에서 누군가 나타났다. 시비 차림인 그녀는 앞으로 나서며 말했다.

"화부인이시다. 어서 일어나 인사를 올리지 않고 무얼 하느냐."

어쩌면 나운이 어제와는 다른 얼굴과 눈빛인 것 같다고 생각하면서도 단은 무릎을 꿇고 앉아서 고개를 조아렸다.

지금 상황이 어찌 돌아가는 것인가 싶어서 저도 모르게 큰 절을 올렸고, 그 순간 웃음소리가 들렸다.

누군가 저를 비웃는 걸 싫어하는 단이었다. 하지만 이때만큼은 그 소리가 마냥 듣기에 나쁘지가 않았다. 때문에 단은 다시금 고개를 들었고 보이는 건 저를 보고 있는 화부인이었다.

입가에 손가락을 댄 채로 눈을 가늘게 접는 모습을 보는데 심장이 뛰었다. 단은 저도 모르게 손으로 제 앞머리를 아래로 쓸어내렸다. 그런다 해서 잘라 낸 머리가 다시 길어지는 것도 아닌데

—

왜 저렇게 예쁜 사람이 자신을 보고 웃는 걸까. 이유는 하나

뿐이었다. 자신의 모습이 우스꽝스럽기 때문이겠지. 단은 계속 앞 머리카락을 쓸어내렸다.

"여기서 혼자서 일하는 거냐."

그 말에 단은 이마를 손바닥으로 누른 채로 빠르게 고개를 끄덕였다.

그 반응을 보고 난 후, 화부인은 단이 정리한 면적을 확인했다.

"혼자서 하기에 힘들었을 텐데 많이 정리했구나. 기특하다."

그 순간 단의 심장이 재차 뛰었다.

어떤 일을 함에 있어 징찬을 들은 게 얼마만인가 싶었다. 남가주에서 칭찬해 주는 건 구량뿐이었다. 잘했다면서 머리를 쓰다듬는 그 손길을 무척 좋아했더랬다. 지금은 다시 받고 싶어도 그리할 수 없는데, 화부인의 한마디에 단은 마음에 담겨 있던 서운함이 눈 녹듯이 사라지는 걸 느꼈다.

쑥스러웠던 단은 뒷머리를 긁적이면서 어색하게 웃었고, 그걸 본 화부인은 나운에게 눈짓을 던졌다. 고개를 끄덕인 나운은 대문 뒤에서 기다리고 있던 시비가 들고 있던 바구니를 받아선 단에게 걸어갔다. 한눈에 보기에도 묵직한 그걸 끙끙거리면서 들고 오는 걸 보고만 있을 수 없었던 단은 바로 일어나 중간까지 달려가 대신 받았다. 역시나 무거웠다.

"이게 다 뭡니까."

단의 물음에 나운의 입가로 미소가 번졌다.

"부인께서 특별히 준비한 간식이다. 먹으면서 쉬엄쉬엄해라."

간식이라니. 단은 재차 화부인을 봤다.

정말 놀란 듯 큰 눈을 동그랗게 뜨는 모습이 귀여웠지만, 그래도 시동이 부인을 똑바로 쳐다보는 건 예법에 맞지 않았다. 눈을 내리깔라 하고 싶었지만, 화부인이 뭐라 하질 않으니 중간에 끼어들 순 없었다.

그때 단이 바구니를 든 채로 화부인에게 달려갔다. 누구도 예상치 못한 갑작스러운 행동이었다. 놀란 나운이 멈추라 했지만, 단은 아직 단단해지지 않아 말랑거리는 흙 위를 가볍게 달려서 화부인 앞에 섰다.

"고맙습니다."

"……."

"간식 같은 거 처음으로 받아 봤어요."

그리고 단은 바구니를 가슴에 품고는 환하게 웃었다.

그 티 없이 맑은 웃음에 화부인의 입가로 절로 미소가 번진다. 늘 격식에 맞춰서 인위적인 미소만 지었지만, 지금은 아니었다. 색다른 아이였다. 이런 시동이 있었던가 싶었던 화부인은 단의 어깨에 묻은 풀을 보곤 그리로 손을 뻗었다. 고운 손가락으로 풀을 털어 주자 그쪽을 보고 나서 다시금 고개를 든 단의 미소가 짙어진다. 좋아하는 티를 숨기지 못하는 모습에 화부인은 고개를 끄덕였다.

"오늘 일을 열심히 하고 폐하의 시중을 잘 든다면 내 다시 간식을 내리마."

황제에 대한 말이 나오는 순간 단의 표정이 굳는다. 곤란해 보이는 얼굴에 화소영의 입가에 서려 있던 미소가 건힌다.

마냥 해맑고 아무것도 모르는 아이라고 생각했는데 눈치가 아주 없지도 않은 모양이었다. 그러니 황제에 대한 말을 꺼내자마자 저리도 곤란한 표정을 짓는 게 아니겠는가. 하지만 단이 곤혹스러워하는 건 다른 이유 때문이었다.

"어제 제가 큰 실수를 해서 폐하가 절 이곳으로 보냈기에 다시 그분을 모시는 건 못 할 것 같습니다."

"…… 무슨 실수를 했는데?"

단은 바로 입을 다물었다. 대답하기 곤란해하는 얼굴이었지만 어제 단이 실수할 부분이라면 하나밖에 없었다.

나운이 차를 전달하긴 했지만, 직접 차 시중을 들지 못했음을 들었다. 나운 대신에 단이라는 아이가 시중을 들었고, 어제는 건평궁에 있다가 오늘은 텃밭을 홀로 정리한다 하기에 찾아온 거였다.

"폐하께 어떤 실수를 했느냐고 묻지 않았더냐."

"그냥 찻잔을 다 비우라고 말씀드린 것밖에 없는데…… 그걸 가지고 뭐라고 하시니까."

뭐라뭐라한 것 같은데 다 기억나지도 않았다. 다만 무척 재수 없다는 느낌만 남아 있었다. 그런데 이런 말을 해도 정말 괜찮은 건가 싶었던 단은 눈치를 살폈고 그 순간 화부인의 입가로 재차 미소가 그려졌다.

손으로 입을 가리긴 했지만, 그 사이로 새어 나오는 웃음까지
는 막을 수 없었다. 기분 좋게 터지는 웃음에 나운은 당혹스러워
하면서 기쁨을 감출 수 없었다. 최근 며칠 사이에 부인은 우울해
보였고 예민했었다. 저리도 해맑게 웃는 건 근래 본 적이 없기도
했던 만큼, 반갑기도 했다.

고개를 깊이 숙이는 나운을 두고 단은 어리둥절한 얼굴이었
다. 그렇게 한참을 웃던 화부인은 손을 치우며 말했다.

"네가 내 은인이로구나."

더더욱 알아먹을 수 없는 말이었다.

은인이라니. 자신이 뭘 하기라도 했던가.

영문을 알 수가 없어 대꾸도 못 하는 단을 두고 화부인이 재차
말했다.

"종종 찾아오마. 지금 내 입지가 불안하긴 하지만 시동 하나
정도는 보살펴 줄 수 있으니 일이 생기면 언제든지 날 찾아라."

붉은 입술이 나풀거릴 때마다 그 속에서 듣기 좋은 목소리가
들렸다. 뭐가 뭔지 몰라도 그녀가 자신을 나쁘게 대하지 않는다
는 걸 느낄 수 있었던 단은 고개를 끄덕였다. 그 모습에 한 번 더
미소를 지은 화부인은 먼저 몸을 돌렸고, 나운은 단이 끌어안고
있는 바구니를 눈으로 가리키며 말했다.

"다 먹고 문가에 두면 사람을 보내 치울 테니 그리 알아라."

고개를 끄덕이기만 하는 단은 일견 바보처럼 보였지만, 부인

을 웃게 했기에 후한 점수를 줄 수 있었다. 대문을 넘어온 나운은 다른 시비들과 함께 저 앞까지 멀어진 부인을 확인하곤 급히 뒤를 따랐다. 나운이 다가오길 기다리던 화소영은 나직하게 말했다.

"저 아이, 교육을 받고 들어온 것 같지는 않구나."

"하는 행동을 보면 바깥에 있다가 온 것 같습니다."

"아는 사람도 없고, 어찌 궁에 들어왔는지도 알 수가 없지. 그런데 묘하게 폐하와 얽히는 일이 많구나."

"바깥에 계실 때 곁에 두셨던 아이일까요?"

"그런 것치고는 너무 냉대하시는구나. 아무래도 뭔가가 더 있는 것 같은데, 그게 뭔지 알 수가 없어."

황위에 등극한 이래 특정 인물을 가까이 둔 적 없는 황제였다. 말 그대로 그림자처럼 따르는 자들이 있긴 했지만, 그건 황제의 호위를 하는 자들이었다.

등극 후 3년. 차차 곁으로 본인 사람을 만들 때이긴 했지만, 시동이 그 대상이 될 순 없었다. 생각하면 할수록 아리송했지만 그것도 저를 바라보던 단을 떠올리는 순간 걷힌다. 숨길 수 없는 선망을 담아 바라보던 순한 눈망울을 떠올리자 기분이 좋아진 화부인은 옅은 미소를 지었다.

"느낌이 참 좋구나. 궁 안에 저런 아이가 있을 줄은 몰랐다."

"악의는 없어 보이지만 부인께서 믿고 무언가를 맡기기엔 불안한 구석이 많습니다. 저러다 말실수라도 한다면 부인께서도 덩달아 위험해지십시다. 그러니 직접 만나진 마시고, 저나 다른 아이를 통해 간식을 전달하세요."

"저런 아이들은 자주, 많이 봐야지 사람을 믿고 따른다."

다른 사람을 시키는 것도 효과가 있겠지만 그보단 제 얼굴을 더 자주 비춰야만 했다.

화소영은 반걸음 뒤를 따르는 나운을 돌아봤다.

"나만 보면 꼬리를 흔들게 해야지 비로소 써먹을 수 있는 존재가 되는 셈이지."

"······부인 말씀이 옳으십니다."

대답을 하면서도 화부인의 차분한 눈길에 소름이 돋았던 나운은 안색을 굳혔다.

2장

텃밭을 정리한 지 3일째였다. 처음에는 단이 제대로 일을 할까 싶어 탐탁지 않아 하던 태감도 오늘은 단을 안에 들이자마자 별말 없이 쌩하니 사라졌다.

저 늙은이는 일만 시키고 어디 가서 뭘 하고 자빠지는 걸까 싶지만, 단은 별말 없이 농기구를 질질 끌고선 그늘진 곳에 두고 바구니도 내려놨다. 첫날에는 음식이 들어 있어 애지중지했던 바구니지만 지금은 아니었다.

화부인은 어제도 간식을 보내왔다. 단으로선 처음 보는 형형색색에 다양한 맛과 모양을 지닌 간식이었다. 떡이며 화과며 시원한 음료며, 처음 맛보는 것들이라 즐거움이 쏠쏠했다. 물론, 그 진귀한 것들을 먹으면서 내심 '동생들도 좋아할 것 같은데.'

라는 생각이 들어 기분이 가라앉긴 했지만, 애써 머릿속으로 지워 냈다.

자신이 이곳에 있어야 모주화가 꼼짝도 하지 못한다. 자신이 무슨 짓을 하진 않을까 싶어 그 눈치를 살피느라 더 신중하게 행동할 거라는 황제의 말은 신뢰가 갔다. 덧붙여 무작정 자신이 튀어나간다 해서 당장 해결할 수 있는 게 있는 것도 아니고─

어떻게 하는 게 정답인지를 모르니 눈앞에 있는 일에 집중하려 노력했다. 그러다 보면 달콤한 간식이 온다. 그제, 어제도 왔으니 오늘도 오겠거니 싶었던 단은 힘든 일을 하면서도 신이 났다.

곡괭이를 높이 들어선 흙을 퍽퍽 파내고, 커다란 돌이 있으면 주변을 살피고는 한 번에 빼내서 멀찍이 던져 버렸다. 보통 사내들이라면 둘이 달려들어도 꼼짝도 하지 않겠지만 단에게는 너무 쉬웠다. 그렇게 손을 털어 내고 난 후 다시금 곡괭이를 들던 단은 고개를 들었다. 그리고 거리가 꽤 떨어진 대문 앞에 서 있는 화부인을 발견하곤 딸꾹질을 했다.

"……."

대체 언제부터 저기에 서 있던 거지? 설마하니 자신이 돌을 던진 걸 보진 않았겠지?

화부인과 저가 던진 돌을 번갈아 보던 단은 이윽고 어색한 미소를 지었다. 엉거주춤하게 선 채로 고개를 꾸벅이는 모습에 화부인이 미소 띤 얼굴로 손짓했다.

이리로 가까이 오렴.

흔들리는 하얗고 작은 손이 어여쁘다. 단은 마치 뭔가에 홀린 것처럼 그리로 졸졸 달려갔다.

"오셨습니까."

언제나처럼 환한 미소로 저를 반기는 단을 두고 화부인은 손수건을 꺼내 들었다.

"얼마나 열심히 했으면 땀이 이렇게 날까."

손수건이 뺨을 타고 흐르는 땀을 닦아 내자 당황한 건 나운이었다. 다른 누군가 보지나 않았을까 싶어선 주변을 둘러보던 그녀는 곧장 부인, 히고 주인의 행동을 말렸다. 동시에 나운의 빠른 눈치를 받은 단은 이래서는 안 되는 거란 걸 깨닫곤 고개를 뒤로 빼냈다.

"괜찮습니다. 이런 건 이렇게 닦아 내면 됩니다."

단은 팔을 들어선 얼굴을 마구 문지르고는 고개를 들었다. 덕분에 땀은 닦아 낼 수 있었지만, 팔에 묻은 흙이 얼굴 여기저기에 묻고 앞머리도 산발이 되어 보기에 우스웠다. 본인의 모습을 아는지 모르는지 마냥 해맑기만 한 단의 모습에 옅은 미소를 지은 화부인은 그래, 라고 말했다. 동시에 그녀는 어제보다 훨씬 더 정리된 텃밭을 보곤 칭찬했다.

"정말 손이 빠르구나. 어떻게 한 게 일을 잘한 건지 알지 못하는 내 눈에도 네 노력이 보인다."

"아닙니다. 이 정도는 아무나 할 수 있습니다."

"조금 전에 돌을 뽑아서 던지던데. 그런 것도 아무나 할 수 있는 일일까?"

"그렇습니다. 사내대장부라면 응당 그 정도는 거뜬해야지요."

역시나 그것도 본 거로구나. 정말 당황했지만, 아닌 척 단은 보란 듯이 오른쪽 팔을 위로 들었다. 근육 자랑을 하고 싶어 하는 것 같지만, 그래 봤자 단은 다른 시동들보다 키가 작고 몸은 왜소하고 마른 편이었다. 그런 주제에 저런 자세를 취하는 건 우스웠다.

화부인은 별말 없이 옆으로 시선을 옮겼고 나운은 챙겨 온 간식 바구니를 단에게 건넸다. 처음에는 뭔가 싶어 당황했지만, 이제는 아니었다. 벌써 네 번째라 그런지 익숙해져서 원래 받아야할 걸 챙기는 느낌마저 들었지만, 그래도 고마웠다.

"고맙습니다. 잘 먹겠습니다."

텃밭에서 일하는 건 힘들고 볕은 뜨거웠지만, 그럼에도 버틸 수 있는 건 이 간식 때문이었다. 달콤한 게 혀끝에 닿으면 모든 고된 것들이 사르르 녹아내린다. 더는 자신을 이런 곳에 보낸 황제를 나쁜 놈이라고 투덜대지도 않게 되었다. 화부인이 간식을 챙겨 주는 이유가 바로 그 황제 때문이란 걸 모르지 않았기 때문이었다.

만약 자신이 황제 곁에 다시 갈 수 있다면 이 여자 정말 제대로 되었다면서 한바탕 칭찬을 하고 싶을 정도였다. 하지만 가볍게 한 생각에 표정이 살짝 굳어진다. 자신이 정말로 그런 말을 황제에게 할 수 있을까. 아름다운 수많은 네 부인 중에서 화씨 성을 가진 부인이 제일이라고 말이다. 저도 모르게 표정이 굳어져선 어정쩡하게 있으려니 그걸 본 화부인이 물었다.

"왜 그러느냐. 무슨 문제라도 있는 거니?"

"아니요. 아무것도 아닙니다. 앞으로 이걸 먹을 생각을 하자니 기뻐서요."

그리고 단은 "우와, 정말 맛있겠다." 같은 다 들리는 혼잣말을 했다.

귀엽기 짝이 없는 모습인지라 화부인의 입꼬리는 내내 올라간 채였다.

"오늘은 좀 다른 선물을 가지고 왔는데, 그것도 받아 주겠니?"

"간식 말고 다른 게 더 있다고요?"

되묻는 단의 눈이 더 크게 떠졌다.

이미 간식만으로도 충분했다. 그런데 여기서 뭔가를 더 받기가 조금 그랬던 단은 괜찮다고, 그렇게까지 챙겨 주지 않아도 된다 하려 했지만, 화부인의 웃는 얼굴을 봤다. 화사하다 할 만한 미소를 눈앞에 두고 차마 거절의 말을 입에 담을 수 없었다.

* * *

사각, 하는 소리와 함께 머리카락 몇 올이 콧잔등 위로 떨어졌다. 처음에는 견딜 만했지만, 계속해서 떨어지는 머리카락이 콧

등이며 뺨에 닿으니 간지러웠다. 인상을 쓴 단은 입을 앙다물었고 바로 표정을 풀라는 말을 들었다.

"그렇게 인상을 쓰면 앞머리가 더 짧아질 거란다."

처음에는 이상해도 그걸 인정하고 싶지 않아 괜찮은 척 굴었었다. 하지만 시간이 흐르는 동안 머리를 자른답시고 손을 댄 게 얼마나 멍청하고 어리석은 짓이었는지를 알게 되었다.

때문에 그 머리카락을 제대로 정리해 주겠다는 말에 단은 망설이면서도 마다할 수 없었다. 조금만 손을 보면 한결 보기 좋아질 거라는 말에 홀라당 넘어갔다. 그래서 지금 그늘진 곳에 앉아선 시비의 손을 빌려 머리카락 정리를 받는 중에 있었다.

앞머리만 다듬는 건 금방 끝난다고 했지만, 의외로 오래 걸리는 것 같았다. 그때 짧은 머리카락이 콧속으로 들어간 것 같았다. 코 안쪽이 미친 듯이 간지로우면서 재채기를 하고 싶어진 단은 으, 하고 신음을 흘렸다.

"금방 끝낼 테니까 조금만 참아라."

다정한 화부인의 말을 들으면서 단은 인내심을 끌어 모았다.

난 참을 수 있다. 그럴 수 있다. 이건 아무것도 아니다.

애써 참는 동안 입을 타고 끙끙거리는 신음이 새어 나온다.

"다 되었습니다."

단의 인내심이 슬슬 바닥을 드러내고 있음이 느껴진 걸까. 단의 오른쪽 눈썹 위에 닿았던 가위가 떨어지면서 드디어 듣고자 했던 말이 들렸다. 기다렸던 것처럼 눈을 크게 뜨자 그걸 본 시비는 탐탁지 않은 얼굴이 되었다. 그것도 참지 못해서야. 타박이 담긴 눈빛을 알면서도 단은 아랑곳하지 않고 손바닥으로 얼굴을 문질렀다.

아, 정말 간지러워서 죽는 줄 알았네.

앞머리를 자른다는 게 이런 것일 줄은 몰랐다. 바깥에 있었을 때에는 몇 번의 가위질로 끝나곤 했었는데. 이럴 줄 알았다면 잘라 달라고 하지 않았을 거라면서 계속 얼굴을 문지르고 앞머리도 턴 후에는 몇 번이고 기침을 했다. 시원하게 재채기를 몇 번하고 나니 이제야 좀 살 것 같았다. 하— 하고 긴 숨을 내쉬곤 지친 듯 눈을 내리뜨는 단의 모습에 화부인은 웃었다.

"잘 참았다."

동시에 나운이 단 앞으로 거울을 내밀었다.

"자, 얼마나 변했는지 네가 직접 확인해 봐라."

"……."

단은 나운이 내미는 거울을 보곤 움찔했다.

귀한 사람들이 사용하는 것이라 그런지 너무도 선명하게 제얼굴이 보였다. 눈, 코, 입, 그리고 한결 정리가 된 앞머리까지. 그 모든 것들이 자세히 잘 보이는데도 그걸 마주하게 된 단은 별 반응이 없었다. 오히려 안색을 딱 굳히는 게 왠지 모르게 기분 나빠하는 것 같기도 했다.

평소처럼 좋아할 거라 생각했건만, 그와는 정반대인 반응이 이상했기에 나운은 저도 모르게 물었다.

"왜 그러니? 마음에 들지 않아?"

"아, 아니요. 마음에 들어요."

하지만 목소리가 작고 힘도 없었다. 평소의 반응이 아니었던 만큼 나운조차도 단이 왜 이러나 싶어져서 화부인을 올려다봤다.

화부인은 조용히 고개를 좌우로 움직였다. 일단 뒤로 물러선 나운 대신에 화부인이 단을 내려다봤다. 단은 앞머리를 손가락으로 잡았다가 놓기를 반복했다. 그러다 기어들어 가는 목소리로 웅얼거렸다.

"고맙습니다."

"정말 그렇게 생각하는 거니? 지금 모습이 마음에 들지 않는다면 솔직하게 말해도 괜찮단다."

부인의 말에 단의 머리카락을 잘랐던 시비의 안색이 굳는다.

애초에 부인이 그렇게까지 신경 쓰고 배려해 줄 만한 아이가 아니었다. 머리를 잘라 준 것에 대해서도 단이 고맙다는 인사부터 할 줄 알았는데 왜 저렇게 몇 번이고 머리를 쓰다듬는지 알 수 없었다.

설마하니 정말 마음에 들지 않아서 저러는 건 아니겠지. 정말 그 이유 때문에 저런 거라면 나서서 몇 마디 해 줘야 하는 게 아닌가 싶어 나운은 단을 바라봤다. 하지만 단은 별다른 말없이 제 앞머리를 쓰다듬다가 손바닥만 한 작은 거울을 만지작거렸다.

"그 거울이 마음에 드는 거냐."

그 말에 재차 단은 화부인을 올려다보긴 했지만, 대꾸가 없었다.

"그게 마음에 든다면 가져도 좋다."

"안 됩니다. 부인. 저 거울이 얼마나 귀한 것인데요."

저런 거울은 나운이 원해도 쉽게 손에 넣을 수 없는 고가였다.

특별한 물건도 쓰임새에 걸맞은 이의 손에 들어가야 그 가치가 빛을 발하는 법이었다. 하물며 단 같은 시동에겐 쓸모라곤 하나 없는 것이었다. 다시 한 번 더 생각해 보라는 뜻으로 던진 말이었지만, 화부인은 이미 단에게 시선을 고정한 채였다. 무슨 말을 해도 소용없음을 깨달은 나운은 입을 다물고 물러날 수밖에 없었다.

그러는 동안 단은 제 손에 들린 거울은 살폈다. 얼굴이 또렷하게 잘 보이고 뒤쪽은 정갈하게 다듬어진 옥으로 감싸져 있었다. 잘은 몰라도 고가였다. 이런 게 자신에게 어울릴 리가 없음을 알지만…….

단은 화부인의 아름다운 얼굴과 그녀를 더 특별하게 만들어 준 화사한 화장을 떠올렸다. 짧은 마음의 갈등 후, 단은 기어들어 가는 목소리로 웅얼거렸다.

"이걸 제가 정말로 가져도 되는 겁니까."

"물론이지. 이젠 내게 필요하지 않은 것이니 네가 그걸 갖는데 괜한 부담을 가질 필요는 없다."

"……그러면 감사히 받겠습니다."

그 순간 단을 내려다보는 화부인의 눈동자가 가늘게 접혔다.

"네가 그걸 받아서 잘 써 준다면 정말 기쁘겠구나."

단이 저 거울을 받아가는 게 이미 결정되었다. 여기서 무슨 말을 해도 소용없게 되었음을 깨달은 나운은 살짝 심통 난 얼굴이 되었다.

* * *

화부인이 몇몇 시비들과 함께 본인의 처소가 있는 곳으로 향하고, 그 외에 달리 얼씬거리는 자들은 없었다. 그리고 홀로 남겨진 단은 곧장 일을 시작하는 게 아니라 구석진 곳으로 들어가 모은 두 손바닥 안쪽으로 얼굴을 숙였다.

무언가를 유심히 살피는 것처럼 고개를 좌우로 움직이던 단의 포개진 손바닥 안에서 작은 무언가가 반짝거렸다. 이리 보니 거울인 것 같았다. 지금 거울 속에 비치는 제 모습을 유심히 살펴보고 있는 거였다.

높은 건물 위의 기둥 옆에 붙어서 단이 무얼 하는지, 단에게 접근했던 화부인의 거동을 하나하나 살핀 후, 그는 몸을 돌렸다. 안쪽에 있는 계단을 통해 내려가자 아래에 모여 있던 자들과 이태감이 곧장 허리를 굽혔다.

"오늘은 날이 좋아서 먼 곳까지 잘 보이셨겠습니다."

좋은 구경을 잘 했느냐는 억양의 말이지만, 정말은 그 속에 다른 게 담겨 있음을 모르지 않았다. 무얼 보고 내려왔는지 듣고 싶겠지만, 상대가 궁금해한다고 해서 황제인 그가 일일이 입을 놀릴 필요는 없었다.

황제는 답을 하는 대신에 서늘한 눈빛으로 이태감을 주시했다. 처음에는 웃는 얼굴로 있던 태감이었지만, 황제가 계속해서 주시하자 그 입매가 점점 굳어진다. 이윽고 눈을 크게 굴리는 폼이 마치 '자신이 무슨 잘못이라도 했던가.' 하고 의문을 드러내는 식이었다.

"자네의 사가로 많은 이들이 오간다고 하던데, 그건 어찌 처리했니."

지나치듯 던져지는 황제의 말에 이태감은 화들짝 놀랐다.

"그것도 죄 예전 일일 뿐이지요. 지금은 개미 한 마리도 얼씬하지 않습니다. 폐하의 조언을 통해 저의 잘못을 통감하고 두 번 다시 같은 실수를 저지르지 않으려 노력하는 중입니다."

"그렇겠지. 자네는 말귀 하나는 잘 알아먹는 사람이니까."

"제가 다른 건 몰라도 말은 잘 듣지요. 그러니 이렇듯 폐하의 곁에 있을 수 있는 게 아니겠습니까."

거기까지 말한 후 이태감은 웃었다.

절대로 다른 생각을 한 적이 없다. 그런 자신을 오해하지 말아 달라면서 열심히 아부하는 웃음을 지어도 그걸 보는 황제의 표정이나 눈빛은 크게 변화가 없었다. 감정이 담기지 않은 눈빛과 마주하는 건 여간 부담스러운 일이 아니었다. 결국 미소를 거

뒤들인 이태감은 언제 많은 말을 늘어놓았느냐는 것처럼 굴었다.

"이제부터는 어디를 가 보시겠습니까. 이 근방에서 가장 가까운 곳에 매부인의 처소가 있습니다."

오후 느지막한 시간이니 무엇을 해도 집중력이 흐트러질 수밖에 없었다. 차라리 부인의 처소를 찾아서 푹 쉬면서 저녁도 함께하는 게 어떨까 싶어 꺼내는 말이었다.

이건 절대로 부인들의 부탁을 받아 꺼내는 말이 아니고, 예전부터 황제들에게 종종 권하곤 했던 말이다. 황제에겐 업무도 중하지만, 그에 못지않게 후사를 만드는 일 또한 소홀히 할 수 없었다. 한창때인 황제가 여자를 멀리하는 것도 이상했고 말이다.

이태감이 평소에도 하는 말이었기에 황제도 뭐라 하진 않았다. 그저 무언가를 생각하는 것처럼 정면을 보던 그는 중얼거렸다.

"말 많고 함부로 몸에 손을 대는 여자는 딱 질색이다."

며칠 전 매소희가 홀로 시간을 보내던 황제를 찾아온 적이 있었다. 술과 음식을 준비한 것에서 그녀의 의도는 명백했지만, 황제는 그 뜻대로 움직여 주지 않았다. 몇 번의 잔이 오간 후, 이쯤이면 되었다 싶었던지 자리를 옮긴 그녀가 황제의 옆에 찰싹 붙어 함부로 그 몸에 손을 대려 했다.

멋대로 허리띠를 풀어내고 벌어진 옷깃 속으로 손을 집어넣었다가 황제에게 밀쳐져서 뒤로 넘어진 일이 있었다. 설마하니 황제가 저를 밀칠 줄은 몰랐던지 매소희는 크게 충격을 받았고, 며칠째 앓고 있다는 말만 전해오고 있었다.

고작 그런 일에 아플 게 뭔가 싶지만, 그 집안을 신경 쓰지 않을 수 없었다. 황제가 직접 찾아가 매부인을 달래면 미연에 방지할 수 있는 문제가 많았다. 그 점에 대해서 말을 꺼내고 싶지만, 입을 놀려 봤자 제 입만 아플 것이다. 이태감은 고개를 조아렸다.

"건평궁으로 가시지요."

가서 몇 안 남은 상소나 더 확인하시지요. 그런 의도가 숨겨진 밀을 꺼내자 그제야 황제가 움직였다.

지금의 황제는 노는 걸 싫어하고 여자는 성가셔했다. 홀로 시간을 보내거나 상소를 볼 때에나 고도의 집중력을 발휘하는, 참으로 괴짜였다.

지나친 가무를 즐겨서 나라를 망해먹은 황제도 있었지만, 지나치게 일에만 집중하는 황제도 그에 만만치 않게 모시기가 어려웠다. 무엇이든지 반반씩 적당히 섞였으면 좋았으련만. 목 끝까지 올라온 한숨을 삼킨 이태감은 황제의 뒤를 졸졸 따랐다.

*　　　*　　　*

거울 속에 비치는 자는 얼굴이 작고, 눈이 크고, 콧날은 적당히 섰고, 입술은 앙증맞았다. 따로따로 떼어서 보면 나쁘진 않지만, 이렇게 한 번에 담으면 어딘가 이색한 구석이 있었다. 이것이 변장을 위해서 골격을 달리해서 이런다는 걸 모르지 않았다. 원래 제 얼굴 형태로 돌아가면 이보다 훨씬 나아질 거다.

……하지만 정말로 그럴 수 있을까.

단은 한 손을 들어선 제 뺨을 만지작거렸다.

피부가 거칠고 딱딱했다. 화부인이나 전에 온 눈매가 사나운 그 부인도 하나같이 피부가 비단결 같았다. 함부로 손을 댔다간 멍이라도 들면 어쩌나 싶을 정도로 고왔다. 고운 게 그뿐일까. 얼굴도, 몸도, 입고 있는 옷과 머리 장식 등 모든 것들이 하나같이 보기에 좋았다.

치장을 하면 웬만한 여자들도 다 예뻐진다는 생각을 하고 있었는데 그녀들을 보고 난 후에는 그 생각이 많이 달라졌다. 그녀들이 그토록 빛이 나는 건 원래부터 미인이었기 때문이었다. 그 정도로 어여쁘니 치장을 해서 더 예뻐지는 거였다. 그리고 그만한 사람이 아니라면 황제의 부인이 될 수 없는 거겠지.

"……."

무언가 가슴이 답답해지는 걸 느끼면서 단은 재차 거울 속을 살폈다.

뭐, 나쁘진 않았다. 원래의 상태로 돌아가서 살짝만 꾸미면 지금보다 더 나아지지 않을까.

나도 원래 여자니까. 부인들처럼 좋은 거 입고 예쁜 걸로 머리를 정리하기만 하면—

"지금 뭘 하는 거냐. 연기가 안쪽에 고여 있잖느냐."

건평궁의 오른쪽 구석진 곳에서 커다란 항로에 벌레를 쫓는 나무를 태우고 있던 단은 지적을 받곤 화들짝 놀라선 고개를 들었다. 저기 계단 위쪽에 선 이태감이 보였다. 얼굴까진 보지 못했지만, 안쪽으로 연기가 자욱하게 깔려 있으니 분명 인상을 쓰고 있겠지.

단은 급히 부채질을 했다.

"제대로 하지 못하겠느냐."

"죄송합니다."

죄송하다 하면서 더 열심히 부채질을 했다. 구석구석으로 바람을 넣어서 연기가 잘 퍼지게 한 후에 위를 올려다본 단은 지극히 어색한 미소를 지었다. 영 탐탁지 않은 모습인지라 그걸 본 이태감은 재차 혀를 찼다.

"항아리에 연기를 담아서 오거라."

그 말만을 남긴 후 이태감이 먼저 안쪽으로 들어가자 단은 입술을 내밀었다. 그러면서도 시킨 일을 하지 않을 수 없기에 작은 향로를 열어 거기에 잘 탄 나무를 아래쪽부터 차곡차곡 넣었다. 향로가 작아서 많이 들어가지도 않고, 연기도 연하게 나는 편이었다.

이 연기를 방 구석구석에 넣어 주면 벌레가 잘 생기지 않는다. 덩달아 사람의 숙면을 도우니 좋은 향이라고 할 수 있겠지만, 이렇게나 한꺼번에 많이 쐬면 힘들었다. 가뜩이나 냄새에 예민해서 죽겠는데. 오만상을 쓴 채로 단은 작은 향로를 집게로 들고 는 몸을 일으켰다.

해가 저물기 전까지 밭일을 하고 들어와서 씻고 좀 쉬자 싶었 는데 바로 불려 왔다. 침대 위에 퍼져 있었던 단은 황제가 부른 다는 말에 잉어처럼 침대 위에서 팔짝거렸다. 왜 이렇게 자신을 힘들게 하고, 왜 사람을 자꾸 괴롭히는 건데. 차마 소리칠 수 없 어서 이불을 물고 한참을 끙끙거리던 단은 '더 늦으면 안 된다.' 라는 용소의 말에 힘겹게 움직였다. 그러고서 시킨다는 게 꼴랑 연기를 내는 일이었다.

물론, 귀한 분께서 벌레에 뜯기면 안 될 테니 자기 전에 좋은 연기를 구석구석 넣어 줘서 나쁠 건 없겠지만, 왜 하필 자신에게 시키느냐는 거다. 역시나 일부러 자신을 괴롭히는 거라면서 단 은 기다리고 있던 이태감과 함께 건평궁에 들어섰다.

가운데 자리에 앉아 있는 황제가 보였다. 예전처럼 상소를 읽 지는 않고, 책을 한 손에 든 채로 있는 모습이 참으로 우아했다.

저런 편한 일이나 하니까 이 늦은 시간에 잠도 안 와서 사람을 괴롭히는 거지. 몸이 피곤했던 단은 황제의 손에 들린 책을 보는 것만으로도 하품이 나올 것 같아 죽을 지경이었다. 방심하면 저 도 모르게 하마처럼 입이 크게 벌어질 것 같아 참고 있는데 이태 감이 먼저 환관이 지키고 있는 붉은 천으로 가려진 방으로 들어 갔다.

처음 들어가 보는 장소였기에 단은 눈을 동그랗게 떴다.

뭐가 있는 걸까. 자신이 들어가도 정말 괜찮은 걸까. 그런 생각을 하면서 슬그머니 움직인 단은 안에 들어가서 더 움직이지 않고 입구에 서 있는 이태감을 올려다봤다. 그는 턱으로 앞을 가리켰다.

"안쪽에서부터 구석구석 연기를 쐬도록 해라. 혹여라도 실수하면 네 목이 날아갈 줄 알아라."

고작해야 연기를 구석구석 흘려 넣는 일이었다. 넓은 곳에 서서 한 바퀴 휘익 돌고 다 했다고 한들 그걸 누가 알아차리겠나 싶었던 단은 고개를 끄덕였다. 알겠다는 의미의 고갯짓이었지만, 그게 영 탐탁지 않았던 태감의 표정이 굳는다.

과연 이 녀석을 믿고 맡겨도 괜찮은 걸까. 그리 말하고픈 얼굴로 고개를 절레절레 저은 이태감이 나가자 단은 입술을 비죽였다.

사람 못 믿고 툭 하면 고갯짓이지. 믿을 수 없으면 본인이 직접 하시든가.

단은 툴툴대면서 안으로 들어갔다.

"……뭐가 이렇게 넓어."

안쪽으로 침상이 있고, 구석의 벽면으로 또 책장이 있었다. 그 안으로 책을 읽을 수 있게끔 놓인 긴 의자와 낮은 탁자가 있었다. 바닥은 푹신하고 천장에는 화려한 등이 달려 있으며 구석구석에 자리한 장식장과 그 위에 놓인 꽃장식과 항아리 등의 장식품이 단을 움츠려들게끔 했다.

옆에 서는 순간 저것들이 스스로 떨어져서 깨지는 건 아닌지 말도 안 되는 생각이 들었다. 만약 정말 그런 일이 벌어진다면 암만 제 탓이 아니라 할지라도 그걸 믿어 주는 사람이 있을까. 괜한 덤터기 써서 억울한 일 당하기 전에 알아서 조심하는 게 제일이라면서 침상 앞쪽으로 들어가지도 못하고 입구에 어정쩡하게 서선 향로를 내밀었다.

집게의 끝부분을 아슬아슬하게 쥔 채로 향로를 침상 위에 두었다. 좌우로 획획 흔들곤 바로 빼냈는데 무언가가 떨어지는 것 같았다. 나풀거리면서 떨어지는 건 검은 재였고, 하필 그건 붉은 이불 가운데에 내려앉았다.

"……."

모르는 척 그냥 나가 버릴까.

제 눈에나 저게 잘 보이는 거지, 이 방을 사용하는 사람은 또 다를지도 몰랐다. 그냥 이불 속에 들어가서 자는 것만 생각하지 그 위에 재가 떨어지든 뭐가 떨어지든 무슨 신경을 쓰겠냐면서 마른침을 삼켰다. 다른 곳에 연기를 쐬자 싶으면서도 자꾸만 작고 검은 재가 눈을 찔러댔다.

가뜩이나 피곤할 때 불려 왔는데 저것 때문에 또 오라고 하면 곤란했다. 전이라면 꼴랑 재 하나 때문에 뭔 일이 생기겠나 싶었겠지만, 여기선 아니었다. 자의는 아니라 할지라도 이런 곳에 오게 된 이상, 규칙을 따르지 않을 수 없게 되는 셈이라면서 인상을 쓴 채로 단은 집게 끝에 달린 향로를 몸 뒤로 빼냈다. 침상 끝자락에 무릎을 올리면 쉽게 집어 들 수 있을 것 같은데, 그렇게 하면 자국이 남으니 할 수 없었다.

단은 재 쪽으로 최대한 손을 뻗으며 이를 악물었다. 중심을 잃어선 안 된다. 넘어지지 말자. 몇 번이고 속으로 생각하면서 천천히 손가락을 뻗자 향로에서 덜컥, 하는 이상한 소리가 들렸다. 놀란 단은 기겁하며 돌아봤고, 동시에 커다란 손이 단의 손목을 잡아서 뒤로 당겼다.

침상 위로 기울어져 있던 몸이 똑바로 세워지면서 동시에 들고 있던 향로도 빼앗기고 말았다. 집게 채로 들고 가선 그걸 바깥쪽 의자 자리 사이에 있는 딕자에 올려 버리는 깃에 딩황한 단은 눈을 끔벅였다.

너무 갑작스러웠기에 이럴 땐 어떻게 행동해야 하는 건가 싶지만, 입을 다물고만 있을 순 없었다.

슬그머니 눈동자를 위로 든 단은 황제를 올려다봤다.

"고맙습니다."

언제 들어온 건지 알지도 못했다. 역시나 이 녀석의 기척은 느껴지지가 않는다면서 단은 입을 다물었다.

"무엇이 고맙다는 거냐."

"붙잡아 주지 않았더라면 향로가 떨어졌을 텐데, 덕분에 그런 불상사가 생기지 않았잖아요."

"그리고 대신해서 참나무로 빚은 400년 된 탁자가 타들어 가고 있지."

또 무슨 소리인가 싶었던 단은 심드렁한 눈빛으로 뒤를 돌아봤다.

보이는 건 고급스러운 탁자 위의 뜨겁게 달궈진 향로였다. 탁자와 향로가 맞닿은 부분이 검게 변색되어 있는 걸 발견하자마자 단은 아뿔싸 싶었다.

"제, 제, 제가 한 게 아닌데요?!"

단은 급히 달려가선 옆으로 기울어져 있던 향로를 바로 세우고는 집게로 단단히 고정해서 들어올렸다. 아까 자신이 본 검은 그을음이 그림자였으면 싶었으나 아니었다. 탁자 가운데에 보기 싫은 얼룩이 생겨났다.

이 안에 들어와서 여기저기를 기웃거렸기에 탁자가 원래 저런 상태가 아니었음을 모르지 않았다. 하지만 애초에 황제가 저곳에 향로를 두었기 때문에 일이 이렇게 된 거라는 생각을 지울 수 없었던 단은 그를 흘깃 봤다.

만약 뭐라 할 마음이 조금이라도 있었다면 지금부터 듣기 싫은 소리를 했겠지만, 아니었다. 의외로 차분하게 보기만 하는 것에서 탁자 일은 그냥 넘어가려는 건가 싶기도 했던 단은 눈을 굴리다가 웅얼거렸다.

"이상한 짓 하려고 했던 게 아니라 이불 위로 떨어진 재를 주우려고 했던 것뿐입니다. 여기선 재 하나 때문에 사람 목을 칠 것 같으니까요."

"실제로도 그런 일이 벌어지기도 하는 모양이로군. 그러니 너희 같은 것들이 매사에 조심, 또 조심해야 하지 않겠더냐."

자신이 조심해서 무얼 하겠나. 황제가 탁자에 향로를 두어서 그을음이 생겼는데 그걸 두고 자신 잘못이라 한다면 할 말이 없어지는 셈이었다. 정말 그리할 가능성이 아예 없지도 않았기에 단은 입을 다물고만 있었다. 원래 이럴 땐 말이 적은 게 유리한 법이었다. 내내 눈동자가 반대편으로 돌아가 있는 단을 주시하던 황제가 재차 말했다.

"앞머리가 다듬어졌군. 네가 한 거냐."

집게를 쥔 단의 두 손이 움찔하고 떨렸다.

앞 머리카락이 다듬어진 건 아주 미세한 변화였다. 실제로 숙소로 돌아와서 마주한 용소는 제 얼굴에서 변한 부분이 어딘지 알아보지도 못했더랬다. 그랬는데 용케도 알아보는구나 싶었던 단은 기어들어 가는 목소리로 말했다.

"……도움을 받았습니다. 제가 더 손을 댔다면 엉망이 되었겠지요."

"알면 됐다."

알면 되었다는 그 말이 왜 이렇게 짜증나는지 모르겠다. 넌 그런 말밖에 못하는 거냐고, 속으로 툴툴거린 단은 다시금 머리를 굴렸다.

저를 붙잡은 황제는 영양가 없는 소리만 하고 있었다. 이쯤에서 할 일만 하고 슬그머니 빠져나가도 되지 않을까. 그리할 셈으로 눈치만 살피는데, 지나치는 듯한 목소리가 들렸다.

"텃밭 정리를 꽤 잘하나 보더군. 손이 빠른 시동을 보내줘서 감사하다는 인사를 받았다."

손바닥이 얼얼해지고 정강이가 당기고 어깨가 빠지도록 곡괭이질을 하는 건 다른 누구도 아닌 자신이었다. 고맙고 감사한 마음이 들었다면 자신에게 직접 전해야 할 말이 아닌가 싶으면서도 단은 담담하게 대꾸했다.

"폐하의 안목이 좋으셔서 좋은 사람을 그쪽으로 보낸 덕분이지요."

자신이 아니었더라면 혼자서 그만큼이나 할 수 없었을 거다. 상식적으로 생각해 볼 때, 웬만한 장사가 아니고서야 소화해 낼 수 없는 업무량이었다. 애초에 불가능한 일을 떠넘긴 주제에 한눈에 보기에도 정리가 잘 되니까 그게 좋아서 황제에게 쪼르르 달려가 말한 건가. 험담이 아닌 게 어딘가 싶으면서도 기분이 묘할 수밖에 없었다.

본인이 일을 잘하고 있음을 숨기지 않고 떠벌리는 단이었지만, 황제는 그걸 한 귀로 흘려 넘겼다. 대신 그는 단의 대충 묶인 머리카락을 봤다. 귀 아래로 흘러내린 머리카락 한 올이 아직은 젖어 있었다.

"일을 하다 보면 땀이 흠뻑 날 텐데 잘 씻고 다니는 거냐."

"……."

그 순간 단은 움찔했고, 그 반응에 맞춰서 황제도 입을 다물었다.

황제를 올려다보는 단은 당혹감을 담은 눈빛이었다. 왜 저런 말을 하는 건가 싶었던 단은 팔을 들어서 그곳에 코를 대고 냄새를 맡았다. 아무 냄새도 나지 않았다. 황제가 저런 걸 묻는 게 자신의 모습이 꾀죄죄하기 때문인가 싶었던 단은 기어들어 가는 목소리로 말했다.

"다른 사람에게 속살을 보이는 게 싫어서 금방 끝내긴 하지만, 그래도 매일매일 깨끗하게 씻고 잡니다."

정체를 들키면 안 되기 때문에 일부러 사람이 없는 시간을 이용했다. 게다가 며칠 전에 제 방을 엉망으로 만든 놈들을 흠씬 두들겨 팬 후에는 일부러 접근하거나 시비 거는 놈들도 사라졌다. 가능한 자신을 피하려 했기에 혼자 씻는 동안 방해 받는 일도 없었다.

그래도 안심할 순 없어서 금방 씻기는 하지만, 나름 잘 씻었다고 할 수 있었다. 그런데 황제가 저런 걸 묻는 걸 보면 어딘가 부족한 구석이 있기 때문이 아닐까. 반대편 팔의 냄새도 맡아 봐야 하나 싶었을 때, 황제가 재차 말했다.

"흙을 파다 보면 금방 지저분해질 텐데 깨끗하게 씻을 필요가 있던가."

그 흙 파는 일을 시킨 사람이 말이 많았다.

이쯤 되자 단순히 시비를 걸기 위해서 이러는 건가 싶었던 단은 굳은 목소리로 대꾸했다.

"제가 편하게 푹 자고 싶어서 그럽니다. 다시 지저분해진다고 해서 안 씻으면 냄새가 나서 힘들어질 테니까요."

"암만 씻고 닦아 낸다 할지라도 호박은 호박이지."

역시나 단순히 시비를 걸려고 이러는 거였어.

더는 대꾸할 가치가 없다는 판단을 내린 단은 입을 다물었지만, 상대는 멈추지 않았다.

"궁에서 일하는 시동 중에서 네가 제일 못났다."

궁 안에 있는 시동들이 하나같이 훤칠하니 준수한 놈들뿐이란 걸 모르지 않았다. 그런 놈들 사이에 있자면 자신이 평범하게 느껴지겠지만, 애초에 사내놈들과 비교 당한다는 게 기분 나빴다. 이런 말을 듣고도 그냥 넘어가면 여자도 아니라면서 단은 반박했다.

"키가 작아서 그렇지, 저도 그리 나쁘지 않은 얼굴입니다."

"네 생각이냐. 아니면 누군가 그리 말해 줬던 거냐."

그 순간 떠오르는 얼굴이 있었다. 그 얼굴은 황제와 정확하게 겹쳐져서 마치 똑같은 사람처럼 여겨졌다.

얄미운 황제 때문에 내내 심통 난 상태였지만, 무헌이 떠오르자 심장이 두근, 하고 크게 뛰었다. 하지만 그걸 감추기라도 하려는 듯 단은 다급히 말했다.

"귀하신 분께 귀엽게 생겼다고, 눈이 예쁘다는 말을 들었습니다."

"너처럼 아둔한 놈을 손바닥 위에 두고 살살 굴려먹기 위해서 던지는 말 몇 마디에 들뜨면 결국 네 손해일 거다."

"……모든 사람들이 꼭 나쁜 마음을 먹고 칭찬을 하는 건 아닙니다. 진심인지, 아닌지, 그 정도는 저도 분간할 줄 압니다."

그러니까 계속 그렇게 잘난 척하지 말라면서 단은 입을 다물었다.

정말이지 나쁜 놈. 분명 일부러 저런 듣기 싫은 말만 하는 거다. 계속해서 자신을 건드리면서 눈물을 보이는지 아닌지를 살피려는 거겠지. 하지만 저놈이 그런다 해서 진짜로 눈물을 비치진 않을 거라면서 단은 아랫입술을 깨물었다.

고개를 숙인 단의 얼굴은 굳어 있었다. 그 눈 아래는 붉게 물들어 있었다. 금방이라도 눈물을 흘릴 것 같은 모습을 주시하던 황제가 입을 열었다.

"전에 네가 품속에 넣어 두고 있었던 그 비녀는 웬 거냐."

"……."

속으로 나쁜 놈의 황제 같으리라고, 같은 생각만 반복적으로 백 번은 넘게 했었던 것 같다. 그런 와중에 던져진 질문에 단은 숨을 삼켰다.

"정말로 고향에 두고 온 마음에 둔 여인에게 줄 선물이더냐."

붉은 비녀가 대체 뭐냐는 식으로 모르쇠로 일관할 수도 있었지만, 그러고 싶지가 않았다.

붉은 비녀를 받았을 때 무척 거친 비가 내렸었다. 주변의 시야를 죄 가리고 모든 소리를 차단할 정도로 엄청나게 쏟아지는 빗줄기 사이로 그 녀석과 단둘이 몸을 피했다. 비가 언제 그칠까.

안 그치면 이걸 죄 맞고 돌아가야 하는 걸까. 그런 고민을 하면서도 옆에 서 있는 녀석이 내내 신경 쓰이고 의식되었던 것 같다. 그러던 와중에 갑작스럽게 그놈이 머리를 올려 주곤 어색하게나마 비녀를 꽂아 주었다.

그때 저를 보던 눈빛과 했던 말을 아직도 똑똑히 기억하고 있었다.

며칠 전 대전에서 떨어뜨렸을 땐 대충 둘러댔지만, 더는 그러고 싶지 않았다.

"증표로 받은 겁니다."

"증표라고?"

"그렇습니다."

대답을 하는 단의 얼굴은 굳어 있었다. 조금 전까지 말을 건넬 때마다 시시때때로 변했던 표정은 경직된 채로, 눈을 내리뜨고만 있었다.

"특이하구나. 그런 걸 사내인 너에게 증표로 주다니 말이야."

단도 더는 참을 수 없었다. 다른 건 뭐라 해도 상관은 없지만, 비녀만큼은 건드리지 말았으면 했다.

"귀하신 폐하의 눈에는 초라하기 짝이 없겠지만, 저에게 있어선 무척 소중한 물건이니 그걸로 빈정거리지 마십시오."

눈을 치떠선 황제를 바라보는 단은 당돌하기까지 했다. 황제를 앞에 두고 무척이나 불경한 모습이었다. 하지만 황제는 단의 태도를 문제 삼지 않고 다른 부분을 지적했다.

"지금 내가 널 빈정거리는 것 같더냐. 아무것도 아닌, 별 볼 일 없는 널 세워 두고 소율태국의 황제인 이 내가 말이야."

"그렇습니다."

처음부터 계속해서 저를 앞에 세워 두고 실컷 조롱했으면서 왜 새삼스럽게 아닌 척하는지 모르겠다. 이런 놈들은 지들 하고 싶은 대로 죄 하다가 나중에 가서 '그런 거 기억나지 않는다. 그런 적 없다.'라고 하면 아예 없던 일처럼 되는 걸까. 세상 참 편하게 산다면서 단은 빠르게 말을 이어 나갔다.

"큰 나라의 황제나 되시는 분이라면 저처럼 별 볼 일 없는 놈 괴롭히지 마십시오. 오늘 하루 종일 흙 속에 들어간 놀을 꺼내느라 얼마나 힘들었는지 아십니까. 두 팔이 떨어질 것 같은데 폐하 주무시는 동안 벌레에 물리지 말라고 지금 이런 걸 들고 구석구석 다니는 게 아닙니까. 고맙다는 인사는 그렇다 치더라도 수고했다는 말 정도는 해 줄 수 있는 게 아닙니까."

수고했다는 말도 하기 싫다면, 이런 식으로 피곤한 사람 건드리지 마. 이 자식아.

할 수만 있다면 황제의 멱살을 잡고 실컷 욕이나 했으면 좋겠다. 잔뜩 부아가 나 입술이 죄 튀어나온 단을 두고 황제의 입꼬리가 올라갔다. 희미한 미소를 지은 후, 그는 단 쪽으로 고개를 숙였다. 갑자기 가까워지자 움찔하긴 했지만 단은 물러서질 않고 버티고 섰다.

무슨 짓을 할 셈인지 모르겠지만, 그런 걸로 자신을 겁먹게 할 수는 없을 거라며 마음을 단단히 먹으려 했고, 동시에 나직한 목소리가 들렸다.

"넌 늘 마음에 감사하다는 마음을 품고 살아야 할 거다. 나처럼 아량이 넓은 황제를 만난 덕분에 아직도 그 귀엽지 않은 입을 조잘거리면서 되지도 않는 말을 지껄여 낼 수 있는 것일 테니까."

"……."

"시끄럽다. 이만 나가 봐라."

애초에 자신이 먼저 떠든 건 하나도 없었다. 황제가 먼저 말을 걸어 놓고는 이런 식으로 나오다니. 이미 예상하고 있었던 상황이었음에도 불구하고 역시나 기분이 좋지가 않다. 황제를 빤히 보던 단은 그대로 몸을 돌렸다. 화가 난 걸 알리기라도 하는 것처럼 쿵쿵대면서 나가 버리는 단의 모습에 내내 표정 없이 있던 황제가 실소를 흘렸다.

천을 치워 내고 밖으로 나온 단은 허, 하고 한숨을 내쉬었다.

방금 자신이 당한 일이 도통 이해가 가질 않았다. 이런 말도 안 되는 일을 당했는데 잠자코 있어야 하는 걸까. 참아야 하는 거냐면서 눈을 감은 단은 울렁거리는 속을 다독이기 위해서 노력했다. 그러다가 건평궁을 나섰고, 입구에 서 있던 이태감은 굳은 단의 얼굴을 보곤 물었다.

"또 무슨 일이냐."

"아무 일도 없었습니다."

얄미운 황제 놈에게 실컷 당하기만 하고 나온 참인데 왜 나만 가지고 그러냐면서, 정말 너무한다며 원망이 가득히 담긴 눈빛을 던지자 이태감은 헛기침을 했다.

지레짐작해서 타박한 게 조금은 미안했던 걸까. 뒷정리는 되었으니 이만 가 보라는 말에 단은 그 자리에 향로와 집게를 내려놨다. 그 행동에 이태감이 재차 뭐라 하려 했지만, 단은 들은 척도 하지 않고 옆으로 난 계단을 빠르게 내려갔다.

암만 생각해 봐도 당한 일이 억울하고 열 받았다. 왜 자신은 당하기만 하는 걸까. 이런 일을 겪으면서 참는 게 과연 올바른 일일까.

"애초에 여기서 옳은 일이 어디에 있어."

중얼거린 단은 이를 갈았다.

황제 놈이 인상을 찌푸리면 살려 달라고 냅다 엎드리고, 종이 위에 줄만 그어도 잘하셨다면서 손뼉을 쳐야 할 텐데.

세상이 넓다지만 이런 되지도 않는 장소가 있을 줄은 몰랐다. 그런 곳에 자신이 들어와 있는 것도 이해가 가질 않았다. 애초에 소율태국의 황제 같은 건 앙숙이나 다름없었다.

그놈 때문에 자신이나 일족이 고생하는 건데—

"……."

생각을 하면 할수록 기분이 언짢아지는 게 있었기에 단은 고개를 들었다.

단이 피해서 간 가운데 계단을 통해 올라가는 하늘하늘한 옷을 입은 시비들이 보였다. 가장 앞에 서 있는 시비의 손에는 넓고 평평한 판이 들려 있었는데, 그게 떨어질세라 조심스럽게 운반하는 모습이 꽤나 인상적이었다.

저게 뭘까. 그런 생각이 들면서도 내심으로 알 것 같기도 했던 단은 앞으로 고개를 돌렸다. 빠른 걸음을 옮기는 그 얼굴은 아까보다 훨씬 더 굳어 있었다.

*　　*　　*

"오늘은 기분이 안 좋아 보이는구나."

머리 위에서 들리는 말에 단은 그제야 고개를 들었다.

정말은 그녀가 일부러 안쪽까지 들어오는 걸 알고 있었다. 알면서도 모르는 척했던 건 그냥, 그러고 싶었기 때문이었다.

화부인은 이 시간에 자신을 찾아 간식을 챙겨 주곤 했다. 그녀가 온 걸 모르는 척하면 알아서 돌아갈 거라 생각만 했지, 이렇게 앞까지 와서 말을 걸 거란 건 예상치 못한 부분이었다. 때문에 고개를 들어 그녀를 보는 게 살짝 민망했다. 이럴 줄 알았더라면 대문을 넘어올 때라도 일어서서 아는 척을 하는 거였는데―

여전히 쪼그리고 앉은 채로 발아래의 흙을 만지작거리기만 하는 단을 두고 화부인은 옅은 미소를 지었다. 그녀는 저가 다가오는 걸 알면서도 아는 척을 하지 않았던 단을 타박하지 않았다. 대신 단이 오전부터 묵묵히 정리한 땅의 상태를 봐주었다.

"오늘도 많은 일을 했구나. 수고가 많았다."

힘쓰는 것보단 볕이 따가운 게 더 힘들었다. 하지만 그런 말도 굳이 그녀 앞에서 할 필요가 없는 것이었다.

궁 안에 기거하는 부인이 한가하게 시간이 남아 매번 자신을 찾는 건 아닐 거다. 이 세상에서 아무 이유 없이 무조건적으로 잘 대해주는 사람 같은 건 없었다. 꾸준히 맛있는 간식을 넣어주는 것도, 부인이 직접 찾아오는 것에도 분명 이유가 있을 거라면서 단은 흙을 조몰락거렸다.

마냥 모르는 척할 수도 없고, 정말 그녀가 자신에게 바라는 게 있는데 자신이 못하는 일이라면 그건 그것대로 곤란했다. 툭 터놓고 원하는 게 무엇이냐고, 자신이 할 수 있는 일이라면 도와주겠다고 말이라도 꺼내 볼까. 매도 먼저 맞는 게 좋다고 하잖은가. 마음을 먹은 단은 고개를 들었고, 동시에 문가에 서 있던 나운이 다급히 화부인을 불렀다.

"부인, 이만 나오십시오. 어서요."

다른 때와 달리 나운의 표정은 경직되어 있었다.

거기서 뭔가를 직감했지만, 화부인은 서두르지 않았다.

"내일 또 오마. 고민거리가 있으면 얼마든지 말하렴."

그리 말한 후 화부인은 긴 치맛자락을 붙잡고 사뿐사뿐 멀어져 갔다.

그녀의 고운 비단신에 흙이 묻을 때마다 단은 어쩔 줄 몰라 했다. 다시 털어 내면 되겠지만, 당장 지저분해진 게 마음에 걸렸던 거다.

대체 무슨 일일까. 화부인에게 일이 생겼다 한들 도와줄 수 있는 건 없겠지만, 애초에 그녀가 이곳에 걸음하지 않았더라면 별일이 아니었을지도 몰랐다. 마음이 쓰이자 엉덩이가 들썩거린다. 결국 단은 벌떡 일어나서 앞으로 달려갔다.

대문을 지나쳐서 옆에 있는 돌담 위로 손을 뻗어선 그 위에 매달려 바깥을 살폈다. 금방 화부인을 발견했다. 저 앞에서 화부인과 마주한 일단의 무리들이 있었는데, 그들 중 하나 눈에 띄는 여자가 있었다.

"저 여자는……."

중얼거린 단은 들킬세라 아래로 고개를 조금 더 숙였다.

＊　　＊　　＊

새롭게 텃밭을 정리하고 벽을 허물고 저택을 무너뜨리는 작업이 일어나는 장소였다. 흙먼지가 일어날 수 있고, 보기에도 좋지 않아서 보통의 부인들은 거의 걸음하지 않는 장소이기도 했다. 그런 곳에 매소희와 화소영이 마주하고 있었다. 겉보기엔 둘다 미소 띤 얼굴이었지만, 그녀들을 모시는 시비들은 긴장이 역력한 채로, 고개를 높이 들지도 못했다.

화부인을 찾으러 여기저기 다닐 때에는 손수건으로 코와 입술을 누른 채로 '내가 왜 이런 곳에 들어와야 하는 거야.'라며 불만을 드러내던 매부인도 막상 화부인이 나타나자 언제 그랬냐는 듯, 일부러 더 진한 미소를 지었다.

"이런 곳에서 화부인을 뵙게 될 줄은 또 몰랐습니다."

"그러는 부인께서야말로 이쪽은 평소 걸음도 하지 않던 곳이 아니었나요?"

"늘 같은 곳으로만 산책을 하다 보니 지겨워져서 방향을 틀었습니다. 그러다 보니 이렇게 우연히 부인을 만나게 되는군요. 예부인이 준비한 다과 자리에는 얼굴도 비치지 않으셨던 분께서 볼 것 하나 없는 이런 곳엔 어쩐 일이실까요."

물으면서도 매소희의 눈동자는 화소영의 곳곳을 살폈다. 동시에 화부인의 치맛자락에 묻은 흙을 본 매소희의 눈동자 안쪽이 반짝였다. 찾고자 하는 걸 발견한 사람처럼 만족스러운 미소를 지은 그녀는 재차 고개를 들었다.

슬쩍 속을 떠보고 싶은 모양이지만, 그런 걸 하기엔 매소희는 너무 솔직했다. 마치 대단한 약점이라도 잡은 것처럼 의기양양한 얼굴이 귀엽기까지 했다.

"애초에 제가 어디에서 무얼 하든지 부인께 일일이 말할 필요가 없지요. 안 그렇습니까."

담담한 화부인의 대꾸에 매소희의 입가에 서린 미소는 바로 지워졌다.

화부인의 고자세가 마음에 들지 않지만, 지금으로선 그녀를 옭아맬 수 있는 결정적인 증거가 없었다. 이거다 할 수 있는 것만 있다면 화부인이 자신을 저렇게 쳐다도 보지 못할 거라면서 매소희는 말했다.

"화영국께서 대전에 드시는 걸 봤습니다. 숲에서의 일을 해명하러 오신 모양입니다."

"매부인께서 그 일에 이리도 깊은 관심이 있으신 줄은 몰랐습니다. 저도 모르는 오라버니의 입궁 사실도 알려 주시고 말이지요. 부인께서 정무에 관심을 가지신다는 걸 아신다면 폐하께서도 무척 기꺼워하실 겁니다."

그 순간 매소희의 안색이 바뀌었다.

부인들이 정무에 관심을 보이는 걸 달가워하는 황제는 없었다. 역사를 되짚어 볼 때, 황제가 해야 할 일을 넘본 몇몇 부인이 있긴 했지만, 그녀들의 결말이 어땠는지에 대해선 매소희도 잘 알고 있었다.

지금 분위기는 화부인에게 절대적으로 불리했지만, 그럼에도 그녀는 아쉬운 소리 한 번 하지 않았다. 여유롭기만 한 그 모습이 성에 차질 않았기에 매소희는 눈을 빛냈다.

"도움 받을 수 있는 구석이 없으니 최근 폐하께서 가까이 두는 시동을 꾀어내려 한다는 걸 모를 줄 아십니까."

"……."

"세상만사가 모두 부인 뜻대로 되는 게 아닙니다. 화영국이 전하는 말에 따라서 부인의 처지도 크게 바뀌게 될 것이니 얌전히 처소에나 계세요. 여기저기 들쑤시고 다니면서 쓸데없는 추문 만들지 마시고요."

턱을 위로 든 채로 매소희는 눈을 내리떴다.

지금은 모든 게 화부인의 뜻대로 돌아가는 것 같지만, 머지않아 판이 바뀌게 될 거다. 그때가 되어서 울고불고 매달리는 걸 기꺼운 마음으로 기다릴 참이었다.

매소희는 의기양양한 미소를 지은 채로 먼저 자리를 떴다. 빠르게 멀어지는 매소희의 뒷모습은 자신감으로 가득 차 있었다. 마음만 먹는다면 얼마든지 화소영을 끝장낼 수 있을 거라는 확신을 품고 있는 듯싶었다.

매부인의 모욕을 듣고만 있던 게 이해가 되질 않았던 나운이 한마디 했다.

"어째서 저런 말을 듣고만 계십니까."

"상대할 가치도 없는 말을 지껄여 대는데 내가 뭐하러 대꾸하겠느냐. 되었다. 이만 가자."

화부인은 의연했지만, 나운은 그녀처럼 행동할 수 없었다. 암만 생각해도 매부인의 태도가 언짢았다.

애초에 그녀가 입궁할 수 있었던 건 화부인의 도움 덕분이었다. 그게 아니라면 바다 건너 사막에서 온 여인이 어찌 소율태국의 부인이 될 수 있었을까. 과거의 은혜를 잊고 지금에 와서 칼을 빼드는 모습이라니. 그것이 머리 검은 금수와 다를 바가 무언가 싶었던 나운은 금방이라도 울 것 같은 얼굴이었다. 그때 앞장서 걸어가던 화소영이 잠시 걸음을 멈추곤 뒤를 돌아봤다. 왜 그러나 싶어 나운은 급히 눈 아래를 문질렀다.

"내가 종종 저 아이를 찾는 걸 아는 사람들이 많아진 모양이로구나."

손을 내린 나운은 고개를 끄덕였다.

"그렇습니다. 궁은 넓고 그만큼 사람도 많지요."

"여기나 저기나 죄 내 적들뿐이로구나."

꼭 그런 의미로 한 말은 아니라 하고 싶었지만, 틀린 말도 아니었기에 나운은 아무 대꾸도 할 수 없었다.

*   *   *

화부인의 모습이 사라질 즈음 단은 다시금 돌담 위로 얼굴을 내밀었다. 손힘만으로도 제 체중을 전부 지탱한 채로 이제는 아무도 없는 길목을 물끄러미 지켜보던 단은 눈을 가늘게 떴다. 대화 소리가 워낙 작아서 자세히 들리진 않았지만, 그 눈매가 사나운 부인의 성격이 못된 것만은 알 수 있었다.

최근 몇 번 간식을 얻어먹은 것도 있어서 화부인에 대해선 좋은 감정이 생겨 있었기에 그녀를 괴롭히는 것 같은 매부인이 무척이나 탐탁지 않았다. 더군다나 얼마 전에 황제와 단둘이 있었을 때 갑자기 나타나서 여우처럼 꼬리를 치는 모습을 보기도 했고. 분명 자신이 먼저 와 있었는데 마치 방해물이라도 되는 것처럼 싸한 눈빛으로 쳐다봤지.

뭐, 부인이 황제를 찾는 것이니 그게 크게 잘못된 건 아닐지도 모르겠지만, 그렇지만…….

'네가 품속에 넣어 두고 있었던 그 비녀는 웬 거냐.'

묻는 황제의 눈동자는 흔들림이 없었다. 정말로 몰라서 묻는 말이었다.

동시에 그 황제의 얼굴로 다른 이의 얼굴이 겹쳐졌다. 지금의 황제보다 어리시만, 그보나 훨씬 너 멋시고 착한 인상이었던 소년의 그것으로 말이다.

'오늘따라 예뻐 보인다.'

동시에 커다란 손이 단의 머리를 쓸어 올리곤 얼굴이 가까이 다가온다.

사방에서 들리는 빗소리에 정신이 홀려 있는 사이 첫 입맞춤을 빼앗겼다.

"……쳇."

단은 돌담을 타고 내려와선 벽에 등을 기대고 앉은 채로 허공으로 시선을 던졌다. 멍하니 하늘을 올려다보던 단은 고개를 푹 숙였다.

　　　　　　*　　　*　　　　*

점점 기운이 없어진다. 기분 탓인 줄 알았는데, 아니었다.

"정말로 안 먹을 거야?"

문을 반쯤 연 채로 말을 건네는 용소는 무척이나 조심스러워 보였다. 괜히 저놈을 건드리지 말자. 그런 식으로 행동하는 용소였기에 단도 뭐라고 하고 싶지가 않았다. 시체처럼 침대 위에 누워만 있던 단은 힘없이 손을 흔들었고, 별일도 다 있다면서 용소는 문을 닫고 나갔다.

단은 지금 달거리 중에 있었다. 때가 되면 주기적으로 찾아오는 것이긴 했지만, 그때마다 힘든 건 어떻게 좀 했으면 좋겠다.

끙, 하는 소리를 낸 단은 두 손으로 배를 감싸고는 이불 속으로 파고들어 갔다. 이불에 돌돌 만 채로 구석에 처박혀 있으면 나아질까. 그게 아니라면 늑대로 돌아가 있으면…… 아, 그게 가장 직방인데.

평소에는 거의 하지 않는 생각이었지만, 아쉬울 때가 되면 하게 된다. 잠시 동안만이라도 늑대로 돌아가 있어 볼까— 하고 말이다. 하지만 지금과 같은 상황에선 그럴 수 없음을 알기에 속이 답답했다.

"……성가셔지겠네."

웅얼거린 후 단은 눈을 질끈 감았다.

일단 자고 일어난 후에 다시금 생각해 보자는 쪽으로 마음을 먹었다. 하지만 주변 상황은 단이 쉽게끔 도와주지 않았다. 똑똑, 하는 소리에 단의 한쪽 눈이 가늘게 떠졌다.

"단아, 너 몸이 안 좋아 보여서 정말로 건드리기 싫은데 폐하께서 부르신대."

"……."

망할 놈. 이제는 황제라고 하면 그 생각이 가장 먼저 들었다.

어쩌면 그놈하고 자신 사이로 눈에 보이지 않는 무언가가 연결되어 있는 걸지도 모른다. 그러니 몸이 안 좋을 때를 귀신처럼 감지하곤 이런 식으로 자신을 불러내는 게 아니겠냐면서 단의 표정이 점점 험악해졌다.

"몸이 안 좋으셔서 차 시중이 필요하시다는데, 어떻게 하냐."

"지금 내 몸도 안 좋다고 말해 봤어요?"

"그런 말을 어떻게 하냐."

아니. 애초에 그런 말을 왜 해야 하는 거냐는 의문이 짙게 깔린 목소리였다.

힘겹게 한마디 꺼냈는데 돌아오는 대답이 엉망이었다.

그래. 여기서 일하는 사람에게 있어 황제의 말보다 더 중요하고 우선시해야 하는 게 어디에 있을까. 시동 하나가 달거리 중이고 움직이는 것도 힘든 상태라 해 봤자 그걸 귓구멍으로도 듣지 않겠지. '그런 건 아무래도 상관없으니 어서 일어나라.' 같은 말이나 듣게 될지도 몰랐다. 그리고 정말로 그런 말을 듣게 된다면 굉장히 억울하고 열 받을 것 같은데.

이제 막 시작하는 참이라 아직 심하진 않았다. 차라리 후딱 다녀오는 편이 낫지 않을까.

거기까지 생각한 단은 끙, 하고 앓는 소리를 내면서 몸을 일으켰다.

* * *

이태감은 건평궁 앞에 서서 본인이 들고 있는 다기가 담긴 쟁반을 들고 들어갈 사람을 기다렸다. 이제 슬슬 나타날 시간이 된 것 같은데 왜 그림자도 안 보이는지 모르겠다.

자신이야 얼마든지 바깥에서 기다릴 수 있지만, 안에 계신 분은 그게 아니었다. 모시는 분께서 언짢음을 드러내면 그건 이태감의 크나큰 손해였다. 어찌하나 싶어 발만 동동 굴리는데 옆으로 난 좁은 계단을 터덜터덜 올라오는 작은 이가 있었다. 그게 누군지 모르지 않았던 이태감은 기다렸던 것처럼 그 앞으로 움직였다.

"왜 이렇게 늦은 거냐. 지금 폐하께서······."

말을 채 잇지 못한 건 고개를 드는 단과 시선이 부딪쳤기 때문이었다.

근처에 걸린 등 아래로 보이는 단의 얼굴은 퀭했고 눈빛도 불순했다. 늦은 시간에 저를 부른 걸 무척 불만스러워하는 얼굴로,

그 안에는 선명한 원망이 담겨 있었다. 따지고 보면 이런 식으로 불려 다니는 단도 속이 답답하긴 할 거다. 둘 다 마찬가지라 할 수 있는데 늦은 걸 두고 뭐라 해서 무얼 하겠나 싶었던 이태감은 들고 있던 걸 내밀었다.

"일단 들어가 봐라."

주전자와 다기가 올려진 묵직한 쟁반을 받아 든 단은 그 위를 내려다보곤 한쪽 입꼬리를 올렸다.

아, 성가서 죽겠네.

노골적인 불만을 숨기지 못한 채로 단은 터덜거리며 걸어갔다. 문 앞에 멈춰 섰을 때, 옆에 있던 횐관이 문을 열이 주었다. 불만으로 퉁퉁 부운 얼굴로 고개를 든 단은 황제가 책상 앞에 없는 걸 확인하곤 왼쪽으로 눈동자를 옮겼다. 황제의 침전 앞을 지키고 서 있던 환관이 고개를 조금 더 숙이고는 종종걸음을 옮겨 밖으로 나간다.

몸이 안 좋다고 하더니만 일찍 잠자리에 드는 건가. 차라리 자신이 오길 기다리는 동안 지쳐서 먼저 자고 있었으면 좋겠다면서 천 너머로 들어갔다. 고개를 숙이고 들어가면서 눈동자를 든 단은 움찔했다.

황제가 왼쪽 벽면에 붙어 있는 긴 의자에 앉아 있었기 때문이었다. 바로 어제 향로 때문에 그을음이 생긴 탁자에 팔꿈치를 올리고, 턱을 괸 채로 눈을 감고 있었다.

꾀병을 부린다고 생각했는데 정말 몸이 안 좋은 걸까. 단도 복부가 아릿하게 당기면서 영 안 좋은 상태였지만, 막상 황제가 저렇게 칙칙하게 있으니 신경 쓰였다.

슬금슬금 움직인 단은 황제의 반대편에 서선 탁자에 쟁반을 올려놨다.

문득 궁 안에서는 차 시중이라고 해도 정해진 규칙이나 예법이 있을지도 모른다 싶었다. 그걸 맞춰서 해야 하는 걸까. 하지만 뭘 어떻게 해야 할지를 모르겠는데. 어설프게 했다가 이도 저도 아니게 될지도 모르겠거니 싶었던 단은 잔에 차를 따랐다. 전에는 쓸데없이 가득히 따랐지만, 이번에는 조절을 했다. 딱 절반에서 조금 더 위까지 따르고 난 후에 그 잔을 황제 앞에 조심스럽게 내려놨다.

"드십시오."

그제야 황제가 눈을 뜬다. 자신이 들어온 걸 이미 알고 있었으면서도 이제 막 안 것처럼 올려다보는 그와 눈빛을 마주하는 순간 단은 움찔했지만, 필사적으로 내색하지 않으려 했다. 옆으로 휙 넘어가는 검은 눈망울을 확인한 황제는 찻잔을 들면서 말했다.

"안색이 좋지 않군."

"……."

단의 눈꼬리가 파들, 하고 떨렸다.

황제의 시선이 닿는 순간 또 시비나 걸겠지 싶었지, 설마하니 이런 식으로 안색에 대해서 말할 줄 몰랐다. 하지만 단의 예상과 전혀 다른 황제의 말은 거기서 끝난 게 아니었다.

"일이 많이 힘드냐."

그 힘든 일을 시킨 게 바로 황제였다. 이제 와서 그런 말을 하는 건 병 주고 약 주는 셈이었다. 여기서 자신이 무슨 말을 하길 바라는 건가 싶기도 했던 단은 대꾸 없이 잠자코 있었고, 차를 한 모금 넘긴 황제가 잔을 단에게 건넸다.

"마셔라."

쟁반 위에 올려진 잔을 본 단은 당황했다.

"폐하를 위해서 준비한 차인데 제가 마시면 안 되지요."

"그렇다고 주전자에 담긴 걸 다 마실 수도 없지."

조금 전 차를 따르기 위해서 든 주전자는 꽤나 묵직했다. 그렇게나 많이 들었는데 자신이 몇 모금 마신다고 해서 티가 날 것 같지도 않았다.

다른 때라면 황제가 이렇게 말해도 꿈쩍도 하지 않았을지도 모른다. 하지만 단은 몸이 무거운 상태였고, 황제를 위해서 준비한 차에 대한 관심이 생겼다. 몸이 안 좋은 황제를 위해서 준비된 차니까 평범하진 않겠지. 마시고 나면 훨훨 날아다닐 정도로 최상의 몸 상태가 되는 게 아닐까.

말도 안 되는 생각이란 걸 알면서도 단은 잔을 들었다. 차 덕분에 따뜻하게 달궈진 잔에 입술을 대곤 한 모금 머금자마자 단의 얼굴이 대번에 일그러졌다. 예상치 못한 쓴맛이 혓바닥 위로 가득히 퍼지는 순간 입 안에 머금고 있는 걸 뱉어 내고 싶었다.

하지만 그걸 어디에다 뱉어야 하는 건가 싶었던 단은 힘겹게 목구멍 안으로 쓴 차를 넘겼다. 혀를 내밀고는 헥헥거리다가 손등으로 입술을 닦아 낸 단은 울먹거렸다.

"맛없어요."

어린애 같은 반응에 황제의 입가로 희미한 미소가 덧그려진다.

"원래 몸에 좋은 게 쓴 법이다."

"그런 게 어디에 있어요. 맛있게 잘 먹어야 기분도 좋고, 그게 몸에도 좋은 거라고요."

이런 쓰기만 한 건 마시면 화만 날 거라면서 단은 다시금 잔을 황제 앞에 내려놨다.

이건 당신을 위해서 준비된 거니까 혼자서 다 마시라는 것처럼 말이다.

연신 소매로 입술을 문지르는 단은 잔뜩 부아가 난 얼굴이었다. 선뜻 준다고 해서 괜히 마셨다. 어쩌면 차 맛이 쓴 걸 알고선 일부러 자신에게 권한 게 아닌가 싶기도 했던 단의 일그러진 표정은 쉽게 펴지질 않았다. 그걸 계속 지켜보던 황제는 오른손을 내밀었다.

"가까이 와라."

처음에는 황제가 말을 하는 대상이 자신일 거라는 생각도 못했다.

물로 혀를 씻든가 소매로 문질러야지만 이 말도 안 되는 쓴맛이 사라지지 않을까 싶었던 단은 재차 이어지는 말에 그제야 황제를 내려다봤다.

"손."

당당하게 손을 내민 채로 저러는 게 지금 자신에게 향해진 말인 걸까. 정말 그런 걸까.

의문이 든답시고 주변을 둘러볼 만큼 바보는 아니었다. 지금 이 공간 안에 황제와 함께 있는 건 자신뿐이었다. 그렇다면 저 내밀어진 황제의 손이 기다리는 건 자신이라는 건데.

뭘 바라는 건지. 도통 이해가 되질 않는다면서 인상을 쓴 단은 슬금슬금 황제에게 다가가선 그의 내밀어진 손 위에 제 손을 올렸다. 황제가 기다렸던 것처럼 손을 잡아당겼고, 단은 탁자 너머의 건너편 자리에 엉덩이를 붙여야 했다. 앉자마자 놀라서 일어나려 했지만, 동시에 황제가 말했다.

"엉망이로군."

"……."

그 말에 단은 황제의 커다란 손에 잡힌 제 손을 봤다.

사내인 황제보다 훨씬 더 지저분했다. 손톱은 정리가 되질 않았고 손끝은 갈라져 있기도 했다. 원래 이 정도는 아니었는데 맨손으로 흙이며 돌을 건드렸더니 이리된 거였다. 나름의 이유가 있어서 저런 상태인 거라는 말이 목구멍 위까지 올라왔다가 내려앉는다.

부인들의 손은 하나같이 작고 매끈했다. 화부인의 손도 그랬지. 황제의 손에 쥐어진 손이 자신이 아니라 화부인의 손이었다면 훨씬 더 잘 어울렸을 거다.

문득 드는 생각과 동시에 단은 황제에게 잡힌 제 손이 보기 싫게 느껴졌다. 숨기고 싶은 손이었다. 단은 손을 빼내려 했지만, 황제가 더 세게 붙잡았다.

손가락이 얼얼할 정도로 세게 움켜쥐기 때문일까. 아프기도 아프지만, 황제의 손이 무척 뜨겁다는 걸 알 수 있었다. 단은 고개를 들었다.

"⋯⋯."

저를 응시하는 황제의 눈빛은 진지했다. 뚫어져라 응시하는 그 눈빛 안쪽으로 일렁이는 열기를 읽어 낸 단은 덜컥 겁이 났다. 이윽고 손이 잡혀선 황제와 마주하고 앉아 있는 지금 이 상태가 제대로 된 것인가에 대한 의문이 들면서, 당혹스러웠다.

"폐하, 손이 뜨거우십니다. 몸이 안 좋으신 거라면 일찍 잠자리에 드시죠."

이런 말이라도 해서 황제의 손을 떨어뜨릴 수 있다면 좋겠다는 막연한 생각이 들었다. 하지만 황제의 손으로 더 힘이 들어갔고, 단은 아픔을 느꼈다. 이제 말로는 쉽사리 떼어 낼 수 없을 정도인지라 당황한 단은 기어들어 가는 목소리로 웅얼거렸다.

"저기⋯⋯."

왜 이러는 건데. 대체 나한테 바라는 게 뭔데. 차라리 노골적으로 빈정거리거나 듣기 싫은 소리를 하는 편이 낫지 이런 식으로 손을 세게 붙잡고 부담스러운 눈빛으로 바라보는 건 영 껄끄러웠다.

어쩔 줄 몰라 하면서 엉덩이를 들썩이는 단을 두고 황제의 입술이 천천히 열렸다. 그가 뭔가 말을 하려던 찰나 붉은 천 너머에서 이태감의 목소리가 들렸다.

"폐하, 내명부에서 사람이 왔습니다."

닫힌 문을 통해서 들려오기 때문에 크진 않았지만, 못 알아먹을 정도는 아니었다.

이태감의 목소리 때문일까. 황제의 손힘이 느슨해진 틈을 타 단은 급히 손을 빼냈다. 두 손을 마주 잡은 채로 급히 일어나 멀찍이 떨어져 버리는 단을 두고 황제의 미간으로 짙은 주름이 잡힌다. 동시에 이태감이 아닌 다른 자의 목소리가 들려왔다.

"폐하, 내무부 총관 이혜경입니다. 벌써 열흘 동안 부인들의 처소를 찾지 않으셨습니다. 부인들께서 말씀은 없으셔도 불만이 있으실 겁니다. 부인들의 마음을 헤아리시어 오늘은 꼭 방문해 주십시오."

그 순간 황제의 입가로 옅은 실소가 번졌다.

"수많은 부인들 중 한 사람의 처소로 간다 한들 과연 그녀들의 불만이 가라앉겠는가."

탁자 위를 손가락으로 두드리면서 건네는 말에 바깥에 있던 자가 머뭇거리는 것 같다.

참 못되게 말한다 싶지만, 그에 아랑곳하지 않고 내무부 총관은 재차 말을 꺼냈다.

"그건 어렵겠지만, 한 부인의 처소를 찾는 것만으로도 희망을 품지 않겠습니까."

많고 많은 부인들이 있었고, 그녀들의 사이가 전부 좋은 것도 아니었다. 한 사람을 선택하면 다수가 눈물을 흘릴 수밖에 없었다. 눈물을 흘리는 그 뒤로 그녀들의 가문도 아주 관련이 없지는 않았다. 복잡하게 얽혀 있는 권력 구조를 알고 있는데 저런 식으로 말한다 해서 자신이 뜻대로 움직일 거라 생각하는 걸까.

알면서도 모르는 척 사람 속이나 떠보려는 짓거리가, 참으로 역겨웠다.

"나보다 오래 산 사람이 더 멍청한 소리를 하는군."

"폐하, 황송하옵니다. 하지만—"

"이만 되었으니 가 봐라."

딱 잘라 내는 말에 바깥이 부산스러워진다. 포기하지 않고 계속 부인에게 가 보라는 식으로 권할 셈인 모양이었다.

좋은 말도 연거푸 들으면 질리기 마련이었다. 하물며 밤에 부인의 처소를 찾는 문제는 이런 식으로 강요받고 싶지도 않았다. 황제의 입을 타고 좋은 말이 나올 수가 없었다.

"몸이 안 좋다고 전해 듣지 못했더냐. 내가 쓰러져야 정말로 그 말을 믿고 귀찮게 굴지 않을 셈이냐."

"아닙니다. 절대로 그렇지 않습니다. 그러니 그런 말씀 하지 마십시오. 저는 이만 물러나겠습니다."

문 바깥에 있던 자들은 물러나는 것 같지만, 황제의 불쾌함은 가라앉질 않았다. 재차 턱을 괴고 눈을 내리뜬 황제의 미간에는 한결 선명해진 주름이 잡혀 있었다.

싫은 소리를 들었기에 어쩔 수 없는 거겠거니 싶으면서도 신경 쓰이는 게 있었던 단은 넌지시 말을 건넸다.

"몸이 안 좋은 거라면 앉아만 있지 말고 누워 있어요."

그 말에 황제의 눈동자가 위로 움직인다. 그 눈빛이 조금 달라져 있었다.

아, 조용히 있을 걸 괜히 말을 걸었나.

단은 황제가 자신에게 시비를 걸 거란 걸 예상했고, 그대로였다.

"이곳을 나서면 수많은 부인들이 날 기다리고 있지. 그녀들의 어느 처소를 찾아도 하나같이 버선발로 날 맞이할 것이다. 몸이 아픈 나를 위해서 지극한 간병을 하려 들겠지."

그렇다면 수많은 부인들 중 하나를 찾아갈 것이지 왜 여기에서 자신과 함께 있는질 모르겠다.

덩달아 기분이 안 좋아진 단은 뚱한 목소리로 대꾸했다.

"그러면 그녀들에게 가세요."

"내 부인은 무려 16명이지. 그녀들 중 누구의 처소로 가라는 말이더냐."

"화부인에게 가세요."

화부인에 대해 말을 꺼내는 순간 아뿔싸 싶었지만, 이미 입 밖으로 흘러나간 말이었다. 당혹스러워하면서도 어쩔 수 없는 것처럼 안색을 굳히는 단을 주시하던 황제가 물었다.

"그녀에 대해서 알고 있군."

단은 화부인이 자신을 찾아 간식을 주는 걸 황제가 모를 것이라 생각하지 않았다. 그녀가 자신을 찾아오는 걸 냄새 맡고 앞서 방문한 불청객이 있기도 했고 말이다.

먼저 화부인에 대해 말을 꺼낸 이상 얼버무리는 건 하등 도움이 안 된다 싶었던 단은 담담하게 말했다.

"텃밭에서 일하는 동안 내내 간식을 챙겨 주셨습니다. 제 앞머리를 정리하는 데 도움을 주기도 하셨고요. 그만큼 은혜를 입었으면 갚을 줄도 알아야겠지요. 다른 부인들이야 얼굴도, 이름도 모르니 당장 추천할 수 있는 건 그녀뿐이지요."

"함부로 입을 놀린 너 때문에 그녀도 위험해질 거라는 생각은 하지 않는 거냐."

"좋은 마음으로 도움이 되고자 꺼낸 말입니다. 왜 그게 부인을 위험하게 만드는지 이해가 되지 않습니다."

수많은 부인들 중에서 자신에게 간식을 챙겨 준 고마운 부인을 추천하는 게 뭐 큰 잘못이라고. 이 정도 말은 할 수 있는 게 아닐까. 그냥 이쯤해서 입을 다물자 싶으면서도 단은 멈출 수가 없었다.

"몸이 안 좋아서 누군가에게 화풀이를 하고 싶으신 거라면 저 말고 다른 사람을 부르세요. 왜 폐하를 기분 좋게 하지도 못하는 저 같은 걸 부르시는지도 알 수가 없습니다."

그때 황제가 갑자기 몸을 일으켰다. 제 쪽으로 다가오는 황제에게 위압감을 느끼지 않았다면 거짓말일 거다. 하지만 단은 그의 기세에 눌린 티를 드러내고 싶지 않았다. 네가 그런 식으로 다가와도 난 아무렇지도 않다면서 눈에 힘을 준 채로 버텼다.

그렇게 단의 코앞까지 다가온 황제는 눈을 내리떴다. 두 눈에 잔뜩 힘이 들어가 있긴 하지만, 그 안쪽에는 분명한 거북함이 담겨 있었다. 그런 내색을 숨기고 끝끝내 저를 노려보는 단이 우스웠던 황제는 눈을 내리떴다.

"궁은 넓고 수많은 자들이 있지만, 날 이런 시으로 쳐다보는 사람은 네가 유일하다."

움찔하고, 단의 눈꼬리가 떨린다.

이내 더 힘을 준 단은 빈정거리는 투로 말했다.

"이렇게 두 눈을 똑바로 쳐다보는 것만으로도 폐하의 관심을 얻을 수 있었다니. 방법이 너무 쉽네요. 너무 간단해서 오히려 저는 흥미가 떨어집니다."

"……."

그 순간 황제의 표정과 눈빛이 달라졌다.

저를 내려다보는 그 서늘한 눈빛에 온몸의 털이 곤두선다. 일단은 이놈하고 떨어져야겠다는 생각이 들었던 단은 옆으로 물러났다.

"차 시중은 다 든 것 같으니 이만 나가 보겠습니다."

하지만 그 전에 단의 배 앞으로 황제의 팔이 파고들었다. 단이 피하려 하기도 전에 그대로 몸이 들려졌다. 가뿐하게 단을 들어 어깨에 짊어진 황제는 성큼성큼 안으로 향했다. 단이 정신을 차렸을 땐 어제 건드리지 않기 위해서 애를 썼던 바로 그 이불 위에 눕혀져 있었다.

두 다리를 모으곤 두 손도 가슴 앞에 댄 채로 단은 빠르게 눈동자를 굴렸다. 그러는 동안 황제가 누워 있는 단 위로 엎드려 왔다. 황제의 무릎이 침상 끝에 올려지고 동시에 그가 고개를 숙이는 걸 본 단은 기겁했다.

"왜 이러는―!"

그 순간 목구멍 안쪽으로 딸꾹질이 나왔다. 딸꾹, 하고 연거푸 나오는 딸꾹질에 당황한 단은 힘겹게 그걸 내리누르면서 다급히 외쳤다.

"저, 저, 저는 일단 사내입니다. 남자라고요. 저는―"

동시에 황제의 손이 단의 가슴 위를 눌렀다.

단단하게 붕대를 감고도 이제는 봉긋하게 선 가슴을 온전히 감출 수 없었다. 골격을 조금 다르게 한다 쳐도, 단의 육체는 그녀가 여인이라는 걸 온전히 감추어 주지 못했다. 이런 식으로 접촉을 해 오면 더더욱 모를 수 없었다.

하지만 설마하니 이렇게나 직접적으로 대놓고 가슴 위로 손을 대곤 그 위를 누를 줄 몰랐던 단은 완전히 얼어 버렸다. 큰 충격을 받은 것처럼 크게 떠진 단의 맑은 눈망울을 주시하며, 황제는 속삭였다.

"사내라고?"

혼잣말인 것 같지만, 정말은 저를 조롱하는 것이었다.

"……."

황제의 의도가 어떻든 그런 생각을 지울 수 없었던 단의 얼굴이 일그러졌다. 그걸 본 황제도 가볍게 표정이 변해선 무언가 말하려 했지만, 동시에 단은 몸을 일으키면서 황제의 이마에 제 이마를 박았다. 쿵, 하고 결코 작지 않은 소리가 울리면서 황제가 신음을 흘렸고 단은 그의 어깨를 잡아 옆으로 세게 밀쳐 냈다. 그대로 침대에서 일이니 앞으로 달려갔다.

붉은 천을 거두면서 나오려는 순간 환관이 서 있던 자리에 그림자가 있었다. 허옇게 뜬 그 얼굴이 이제는 무섭지도 않았다. 그도 이번 일은 황제가 잘못한 걸 아는지 딱히 뭐라 하지 않았다. 단은 황제 대하듯 그림자를 노려보고 난 후, 두 손으로 건평궁 문을 열었다.

그냥 돌아가야만 했던 내무부 총관의 푸념 아닌 푸념을 들어주고 지친 상태로 있던 이태감은 제 등을 후려치는 문짝에 기겁을 했다. 누가 문을 이렇게 세게 여는 건가 싶어서 기겁해 뒤를 돌아본 그는 씩씩거리며 나오는 단을 보곤 어이없어 했다.

"너—"

"이만 돌아가겠습니다."

이태감의 말을 중간에 딱 잘라 낸 단은 그를 노려봤다.

여기서 뭐라고 하면 당장 주먹을 휘두를 기세였다. 시동이 눈을 치뜬다 해서 그 기세에 눌리는 게 말도 안 되게 여겨졌지만, 대놓고 뭐라 할 수도 없었던 이태감은 잠자코 있다가 손짓했다. 어서 가라는 것처럼 말이다.

단은 잽싸게 이태감 앞을 지나쳐선 빠르게 계단을 내려갔다. 처음에는 잔뜩 화가 난 얼굴이었지만, 이윽고 그 얼굴이 달아오른다. 황제의 손이 닿았던 가슴 위의 옷을 단단히 여민 단은 아랫입술을 세게 깨물었다.

*   *   *

다른 곳도 아닌 소율태국의 황제였다. 바깥에 있다가 들어와 황제가 된 걸로 말이 많다지만, 이러니저러니 해도 황제였다. 이 넓고 넓은 땅덩이가 전부 그의 것이고 턱짓으로 부릴 수 있는 사람은 수를 헤아릴 수 없을 정도였다. 눈썹 한 번 올리는 것으로 모두가 냅다 엎드릴 테니 세상 무서운 거 없겠지. 시동 하나 침상 위에 올리고 놀려먹는 건 일도 아닐 거다. 그렇다고 해서 자신에게까지 그러면 안 되는 거 아닌가.

인상을 쓴 단은 소매로 이마를 닦아 냈다. 어제 얼마나 세게 박았는지 아직도 얼얼했다. 싸움꾼으로 몇 년 구르는 동안 머리도 단단해져 있었다. 모르긴 몰라도 황제 그놈의 이마에 큰 멍이 들어 있을 거라며 단은 코웃음을 쳤다. 동시에 호미를 흙 위에 세게 내리꽂았다.

"나쁜 놈의 자식이. 못된 것만 알아가지고."

아무나 건드려도 되는 줄 알지. 그런 짓은 널 기다리는 부인들에게나 하라고.

왜 시동에게 손을 대.

나한테 왜 이래?

'사내라고?'

"……."

비웃는 듯한 목소리가 귓가에서 맴돈다.

눈을 질끈 감은 단은 고개를 옆으로 돌렸다.

처음 황제를 볼 때부터 한 생각이 있었다. 쓸데없는 생각이라고. 말도 안 된다고. 괜한 생각하지 말고 정신 차리라면서 스스로를 타박했지만, 더는 쉽지가 않았다. 그 얼굴이 세상에 둘일 수는 없었다. 그러니…….

호미를 쥔 손에 힘을 준 단은 몇 번의 심호흡을 했다.

쓸데없는 생각은 이만하는 게 자신에게도 나았다. 언제 갑자기 황제가 보낸 자들이 들이닥쳐서 '네놈은 감옥행이다!' 같은 말을 해댈지 몰랐다. 그때가 되면 별 저항도 못하고 개처럼 질질 끌려가는 신세나 되겠지. 모르긴 몰라도 이번에 감옥에 들어가면 그때야말로 쉽사리 나올 수 없을지도 모른다면서 단은 우울한 표정을 지었다.

그때 얼굴을 타고 흘러내린 땀이 턱 끝에 맺혔다. 뚝, 하고 흙 위로 떨어져선 생기는 얼룩을 본 단은 눈을 가늘게 떴다. 기운 없이 재차 호미를 들어선 땀이 떨어진 흙 위를 내리찍는데 끼익, 하는 소리가 들렸다. 움찔한 단은 고개를 들었다.

오늘은 점심때가 되어도 화부인이 나타나 간식을 주지 않았다. 날이 다 가서 일을 끝내야 할 때 찾아올 사람이라면 당장으로선 그녀밖에 떠오르지 않았다. 그게 아니면 황제의 이마에 멍을 만든 죄로 자신을 감옥에 처넣으러 온 병사들이거나. 하지만 나타난 건 50대 중후반의 사내였다. 태감처럼 입긴 했지만, 옷의 색이 달랐다.

누구지.

의아함을 드러내는 동안 그는 뒷짐을 진 채로 느릿하게 걸어 들어왔다.

"뉘십니까."

이곳을 맡은 태감은 달리 있었다. 설마하니 그 사람 대신에 오늘 일은 이쯤 해도 된다는 말을 전하러 온 걸까. 이런저런 추측을 해 봤자 자신만의 생각이었다.

단은 호미를 든 채로 자리에서 일어났다.

"누구십니까. 이곳은 저 말고 다른 사람이 드나들 수 없는 곳입니다."

그때 일부러 멀찍이 원을 그리면서 움직이던 자가 정확히 단을 쳐다봤다.

"팔자 좋구나. 그래야겠지. 가족을 팔고선 혼자 이런 좋은 곳에 들어와 있는 것이니 말이야."

그 순간 인상을 쓰고 있던 단의 두 눈동자가 크게 떠졌다.

누군가 주먹으로 머리를 세게 내리친 것만 같았다. 그만큼 상대에게 들은 말은 충격적이었다. 듣고도 뭔 말을 들은 건가 싶어 얼어붙어 있던 단은 힘겹게 입술을 달싹였다.

"……너, 모주화가 보낸 놈이냐."

그 말에 상대가 비죽이 웃었다.

그는 무언가를 던졌고, 그것은 단의 가슴에 부딪치신 흙 위로 굴러떨어졌다.

"정신 똑바로 차리지 않는다면 앞으로 두 번 다시 네놈의 가족을 만날 수 없을 줄 알아라."

"……."

제 발 아래로 구르는 걸 보느라 상대의 말이 제대로 들리지도 않았다. 하지만 의미는 정확하게 파악했다.

허리를 굽힌 단은 덜덜 떨리는 손으로 돌에 묶여 있는 종이를 집어 들면서 고개를 들었다. 정체불명의 태감은 그 어디에도 없었다. 텅 빈 자리를 확인한 단은 마른침을 삼켰다.

* * *

설마 싶었다. 그렇게까지 할까 싶었지만, 자신의 생각이 지나치게 물렀다.

그런 짓이든 뭐든, 본인이 원하는 결과를 내기 위해서라면 뭐든지 할 놈이었다. 그 점을 모르지도 않았으면서 방심했던 자신이 등신이었다.

내가 미쳤지. 머리가 이상해진 거지. 그간 뭔가에 썬 게 분명했다. 정신 똑바로 차렸어야 했는데.

지금이라도 제대로 하면 이 말도 안 되는 상황을 뒤집을 수 있을까. 그놈이 그 정도로 만만한 놈일까.

"어디를 가려는 거냐."

반쯤은 넋이 나간 채로 움직이던 단은 제 앞을 가로막는 창을 보곤 고개를 들었다.

평소 몇 번이고 지나쳐도 단 한 번도 제 앞을 막지 않던, 험악하게 생긴 시위가 눈을 부라리고 있었다. 제 앞을 막는 시위와 그 뒤로 보이는 건평궁을 확인한 단은 힘없이 말했다.

"폐하를 뵙고자 합니다."

그 말에 시위가 기가 막힌다는 듯 한쪽 눈을 가늘게 떴다.

건평궁으로 들어갈 수 있는 건 사전에 허락된 자들뿐으로, 단은 아니었다. 오늘 단은 황제가 찾지도 않았으니 안에 들어갈 수 없었다. 그 점에 대해 알려 주려는데 말을 꺼내기도 전에 단이 제 앞을 가로막는 창을 치워 내려 했다. 그 행동에 당황한 시위가 언성을 높였다.

"미친놈이, 그만두지 못해? 정말로 죽고 싶은 게냐?!"

"죽어도 상관없으니까 폐하를 뵈어야 합니다! 계속 며칠째 불려 왔는데 왜 새삼스럽게 앞을 막는 건데요?!"

지금은 단도 인내심이 한계에 다다른 상황이었다. 자신이 이러고 있는 동안에도 가족들에게 뭔 일이 생겼을지 모를 일이었다. 전과 달리 이제는 한시도 머뭇거릴 수 없었다.

단의 소동에 근처에 있던 다른 시위들도 나섰다. 앞으로 나아가려는 저를 붙잡는 자들이 뭐라뭐라 떠들어 대는 것 같았지만, 그 모든 말은 단의 귓등에도 닿질 않았다. 급히 황제를 만나 할 말이 있는데 왜 방해인가 싶을 수밖에 없었던 단은 크게 외쳤다.

"폐하! 저 단입니다! 저 좀 들어가겠습니다! 벌레 내쫓는 향을 피우든, 차 시중을 들든 뭐든지 할 테니까 저 좀 만나 주십시오!"

"이 정신 나간 놈이! 정말로 죽고 싶은 거냐?!!"

누군가 뒷덜미를 잡아당겼지만, 이를 악문 단은 몸을 틀었다. 이것 놓으라며. 니들이 뭔데 나를 방해하는 거냐고 하려던 찰나 어깨가 잡혀 뒤로 당겨지고 동시에 누군가 배를 걸어찼다. 강한 일격에 단의 몸이 살짝 떴다가 뒤로 자빠졌다. 넘어지는 순간에 맞춰서 단은 두 손으로 제 배를 감싸 쥐었다. 으, 하고 신음을 흘리기가 무섭게 시위들이 단의 주변을 둘러쌌다.

이대로 있다간 흠씬 두들겨 맞겠구나 싶었던 단은 더 세게 배를 끌어안았다. 아파 죽겠네. 다른 때도 아니고 달거리 중이라 더 힘들었다. 끙끙, 거린 단은 더 작게 몸을 웅크렸다. 맞을 땐 맞더라도 면적을 줄이자 싶었던 거다.

"무슨 일이냐."

단의 억지에 화가 난 건지 씩씩거리던 시위들 뒤로 익숙한 목소리가 들려왔다. 그것에 반응한 건 단이었다. 여전히 배를 감싼 채로 발딱 일어난 단을 두고, 시위들은 제 등 뒤에 서 있는 그림자를 보곤 식겁했다.

지금껏 그가 모습을 드러낸 적은 없었다. 존재하고 있음을 알지만 이렇듯 가까이서 본 적이 없었던 만큼, 당황하지 않을 수 없었던 무관들은 말을 더듬었다.

"자, 장군, 저 시동 놈이 미쳐선 폐하를 뵙겠다고 청하는 통에 —"

"들여보내라."

시위의 말을 딱 잘라 낸 그림자는 재차 말했다.

"폐하께서 들여보내라 하셨다."

숨을 삼킨 시위들은 서로 시선을 주고받았다. 이윽고 큰일이라는 생각이 가장 먼저 들었던 그들 중 하나가 급히 단에게 달려가 부축해 주었다. 하지만 방해라며 그 손을 밀어낸 단은 벌떡 일어나 안으로 뛰어 들어갔다.

전과 달리 옆으로 난 작은 계단이 아니라 앞에 있는 넓은 계단을 오르는 단의 행동에 시위 중 하나가 저놈이— 하고 말을 꺼냈지만, 그림자가 쳐다보자 바로 입을 다물었다. 그런 그들을 하나하나 살핀 후, 그림자는 몸을 돌렸다.

단이 갑자기 나타난 걸 본 이태감은 당황한 듯 한 손을 들었다. 부르지도 않았는데 네놈이 여기엔 웬일이냐. 그리 묻고픈 얼굴인 이태감을 지나친 단은 두 손으로 문을 열고 안으로 들어갔다. 사색이 된 이태감이 뒤따라 들어오려 했지만, 바로 닫히는 문에 얼굴이 부딪쳐선 그 자리에 주저앉았다. 닫힌 문 너머로 이태감이 다 죽는 소리를 내는 것 같았지만, 단은 무시하고 안을 살폈다. 그곳에는 황제가 있었다.

다른 때와 달리 책상 뒤의 책장 앞에 서선 책 하나를 손에 들고 서 있었다. 그 느긋해 보이는 모습이 묘하게 이질적으로 다가오는지라 그를 바라보는 난의 눈소리가 파들, 하고 떨린다. 멍하니 있던 것도 잠시, 단은 급히 달려가 황제 앞에 무릎을 꿇고 앉았다.

"폐하."

고작 황제를 부른 것뿐인데 숨이 꼴딱 넘어갈 것만 같았다. 그제야 단은 제 심장이 미친 듯이 뛰고 있음을 깨달았다.

쿵쾅거리며 빠르게 뛰는 심장에 맞춰서 단은 헐떡이는 목소리로 말했다.

"폐하, 저, 저를 좀 살려 주세요."

그제야 책에서 시선을 뗀 황제는 단을 내려다봤다.

그가 평소와 달리 검은 천을 이마에 두르고 있는 게 보였지만, 아무래도 좋았다. 단은 급히 품에서 접힌 종이를 꺼내 그걸 펼쳐 황제에게 내밀었다.

"이놈이 제 가족들을 인질로 삼고 있어요. 제가 폐하를 죽이지 않으면 제 가족들을 죽이겠다고 하는 거잖아요. 이놈이 이런 놈입니다. 이렇게 위험하다고요. 제가 폐하 옆에서 무얼 하든지 하나 신경 쓰지 않을 그런 무식한 놈이란 말입니다. 그러니―"

단은 필사적이었다. 지금 이 순간에도 가족들에게 무슨 일이 생기는 건 아닌가 싶어 그 생각만으로 미쳐 버릴 것만 같았지만, 저를 내려다보는 황제의 눈빛이나 태도는 평온하기 그지없었다.

나는 당장에라도 숨이 넘어갈 것 같은데 저놈은 왜 저리도 느긋한 걸까.

그 순간 단은 자신이 속았다는 의심을 지울 수 없었다. 중간에 한 번 붙잡혔을 때 황제의 말을 듣는 게 아니었다. 자신이 그의 곁에 있기 때문에 모주화 그놈이 부담감을 느끼고 함부로 행동하진 못할 것이라 했던 그 말을, 믿는 게 아니었다.

참지 못한 단은 황제에게 종이를 던졌다.

"애초에 제가 말을 했을 때, 폐하께서 이놈을 처리해 주셨으면 좋았잖아요!! 다른 사람도 아니고 폐하를 죽이겠다고 사람 모으는 놈인데, 왜 이걸 보고만 있어요?! 왜 하고 싶은 대로 움직이게 해서 이런 사달을 일으키는 건데요?!"

던져진 종이는 황제에게 닿지 못하고 단의 앞에 툭 떨어졌다.

책을 덮은 황제는 허리를 굽혀선 그 종이를 집어 들었다. 잔뜩 흥분해선 거친 숨을 헐떡거리며 단은 황제의 손에 들린 종이를 노려봤다. 구겨져 있는 종이를 펼쳐서 안에 적혀 있는, 모주화가 단에게 건네는 협박문을 가볍게 읽어 내린 황제는 나직하게 중얼거렸다.

"모주화, 간교하고 야망이 큰 놈이지. 이전부터 눈여겨보던 작자였다. 놈이 어떤 식으로 움직이는지 계속 주시하고 있었지."

"……."

황제가 무슨 말을 하나 귀를 쫑긋하게 세운 채로 있던 단의 눈동자가 빠르게 흔들렸다.

멍한 얼굴로 있던 것도 잠시, 단은 중얼거렸다.

"그러면 이놈이 제 가속늘에게 접근하는 설 알고 계셨년 거네요?"

작은 중얼거림은 내뱉고 나자 하나의 확신이 되었다.

허— 막힌 숨을 내쉰 후 단은 입꼬리가 뒤틀려 올라갔다.

"제 가족의, 일족의 정체를 알고선 일부러 도와주지 않으시는 건 아니지요?"

다른 사람이야 제 일족에 대해 모를 수 있다지만, 황제는 아니었다. 애초에 제 일족이 탄생하게 된 비화에 얽혀 있는 인물이었다. 물론, 수백 년 전 일이었다. 하지만 자신이 늑대족이고 그가 소율태국의 황제인 이상, 멀어지려야 멀어질 수 없는 관계에 있었다.

황제의 허물을 대신 받아서 사람으로 살지 못하고 늑대라는 반푼이로 살아가고 있었다. 정체가 들통 나면 인간들이 가만두지 않을 게 분명했기에 생존을 위해서 사람들과 거리를 두고 숨어 지낼 수밖에 없었다.

수년, 수십 년, 수백 년이 지나는 동안 자신들의 존재는 평범한 인간들의 머릿속에서 지워졌겠지만, 황제라면 다를지도 몰랐다. 제 치부나 다름없는 자들이 아직 남아 있으니 그걸 신경 쓸 수도 있었다. 대놓고 자신들이 존재하는 걸 아는 척하진 않아도, 암암리에 주시하고 있었을지도. 그러다가 이번에 이런 일이 생겨난 거다.

애초에 저를 죽이려는 놈이 있음을 알렸는데도 손을 쓰지 않고 잠자코 있는 게 이상하다 싶었다. 알아봤더니 모주화가 인질로 잡고 있는 자들이 늑대족이라는 걸 알고선 그냥 방치한 거라면— 설마 아니겠지. 다른 사람도 아닌 자신이 관련된 일인데, 설마하니 그렇게까지 무심할 수 있을까.

단은 황제를 올려다봤다. 저를 내려다보는 황제의 얼굴은 여전히 가면을 쓴 것처럼 표정이 담겨 있지 않았다. 그걸 보는 순간 단은 마음 정리가 되었다.

고개를 숙인 단은 눈동자를 옆으로 움직였다. 한 번 눈을 깜박이자 눈물이 뺨을 타고 흘러내린다. 동시에 벌떡 일어난 단이 몸을 돌림과 동시에 내내 가만히 있던 황제가 손을 뻗어 단의 손목을 붙잡았다.

"너 혼자서 무얼 하겠다는 거냐. 거기는—"

"나 혼자서 하기 힘드니까, 계속 도와 달라고 했던 거잖아!!"

있는 힘껏 황제의 손을 뿌리치면서 단은 그를 노려봤다.

"이렇게 넓은 곳에서 그렇게나 많은 사람을 부리고 사는데 왜! 안 도와주는 건데?! 우리 일족은 고작 서른도 안 남았어! 그 마을에서 사는 건 스물 남짓이고, 그중에서 우리 가족은 무려 다섯이야!"

부모님 아래에 있는 동생들은 어리고 그중 가장 어린아이는 젖먹이였다. 제 앞가림도 못 하는 아이들마저 이런 일에 휘말려야 한다는 사실이 이해가 되질 않았다. 그보단 황제가 자신을 위하는 마음이 손톱만큼이라도 있었다면 애초에 벌어지지 않았을지도 몰랐다.

왜 안 도와주는 걸까.

왜 나서지 않았던 걸까.

어째서—

"내가 할 수 없으니까, 내가 해도 한계가 있으니까 그렇게 도와 달라고 했잖아! 황제라는 놈이 왜 그런 부탁 하나 못 들어주냐?! 저는 필요할 때마다 사람 막 불러서 되지도 않는 일 시키고 놀려 댔으면서, 나라면 불쌍해서라도 도와주고 그러겠다!"

안이 쩌렁쩌렁하게 울릴 정도로 크게 소리친 후 단은 입을 다물었다.

하고 싶은 만큼 다 내뱉었는데도 개운해지기는커녕 머릿속은 더 복잡해졌다. 이대로 폭발해서 터져 버리는 게 아닐까 싶을 정도로 말이다. 동시에 단은 저 혼자 미쳐 날뛰는 이 상황이 싫었다. 그보다 더 싫은 건 이렇게까지 하는데도 눈 하나 깜박이지 않는 황제였다.

단은 자신을 바라보는 황제의 눈동자를 주시했다.

그 검은 눈동자가 말했다.

다 떠든 거냐.

그 외에 다른 건 담기지 않았다.

차라리 벽을 앞에 두고 소리쳤으면 이렇게까지 억울하진 않았을 거라면서 단은 헛웃음을 터트렸다. 하지만 그 웃음은 금방 메말랐고, 동시에 힘없이 중얼거렸다.

"너한테 나는 대체 뭔데?"

이 질문에 돌아오는 답이 없을 거란 걸 이미 알고 있었다.

"……다 필요 없어."

중얼거리고 난 후 단은 겉옷을 벗었다.

내내 표정에 변화가 없던 황제였지만, 지금 이 순간은 아니었다. 꿈틀하고 한쪽 눈썹이 올라가는 것과 동시에 단은 답답할 정도로 가슴을 동여맸던 가슴골 안쪽으로 억지로 손을 집어넣고는 그곳에 세운 채로 보관했던 붉은 비녀를 꺼내 황제에게 던졌다. 빠르게 날아간 그 비녀는 황제의 몸에 닿지 않았다. 귀신처럼 홀연히 나타난 손이 그 비녀를 중간에서 잡아챘다.

그림자의 손에 들린 낡고 빛바랜 붉은 비녀가 참으로 우습게 보였다. 그것이 마치 자신의 모습인 것 같아 단은 옅은 미소를 머금었다.

"두 번 다시 네 생각 안 해. 미안해하지도 않을 거야."

그때 구해 주지 못해서, 어둠에 잠긴 숲 속으로 사라지는 걸 보고만 있어서. 그래서 미안하고 잘못했다고 빌던 짓, 두 번 다시 안 할 거라면서 단은 어금니를 악물었다.

매섭게 노려보는 단의 눈빛에서 심상치 않음을 느낀 걸까. 단이 몸을 돌림과 동시에 그림자가 움직였다. 빠르게 밖으로 나가려는 단의 앞을 그림자가 막았지만, 그렇다 해서 그녀를 붙잡을 순 없었다. 단은 늑대로 변했고, 제 앞을 가로막는 그림자의 어깻죽지를 물었다.

"단아!"

등 뒤에서 들리는 날카로운 외침에 그림자의 어깨를 으스러뜨리려 했던 단의 턱에서 힘이 빠져나갔다. 하지만 그를 공격하던 기세 그대로 둘은 문에 부딪쳐선 바깥으로 튕겨져 나갔다. 문이 뜯겨 나가고 쓰러지는 그림자 위에서 벌떡 일어난 단이 본 건 경악한 얼굴의 이태감이었다.

멀찍이 떨어져 있던 시위들이 막대를 들고 달려드는 걸 본 단은 옆으로 몸을 틀었다. 그 순간 다른 곳에 숨겨져 있던 그림자들이 하나둘 나타났지만, 그들은 단을 붙잡을 수 없었다. 그 몸에 손이 닿기도 전에 늑대로 변한 단은 바람처럼 홀연히 사라졌다.

3장

집 안에 있다가 급하게 밖으로 나온 것처럼 평소에 사용하던 것들이 죄 나와 있었다. 탁자 위에는 먹다 남긴 밥과 나물 등이 그대로 올려져 있었다. 깔끔한 성격인 어머니가 음식 등을 이대로 두었을 리가 만무했다. 몇 번 손이 가지 않는 정리를 할 새도 없이 급히 밖으로 나가야만 하는 상황이었던 거다.

옷가지나 그 외에 중요한 물건도 그대로였다. 대체 얼마나 급하게 집 밖으로 나와야 했던 걸까. 앞마당에 흙이 깊이 파인 곳이 있긴 해도 피가 떨어진 흔적은 없었다. 집 안에도 가구가 부서지거나 하진 않았지만, 그렇다 해서 온전히 안심할 수 있는 건 아니었다. 혹시나 모를 일인지라 단은 집 안을 구석구석 살폈다. 말썽쟁이였던 어린 동생들이 어딘가에 숨어 있지 않을까, 하는 기대를 품고선 말이다.

그렇게 가장 구석진 방까지 들어갔을 때 바깥에서 덜컹, 하고 문이 흔들리는 소리가 들렸다. 놀란 단은 급히 옷장 뒤에 엎드려선 몸을 숨겼고, 금방 걸걸한 목소리가 들려왔다.

"누가 여기 문을 안 닫은 건데. 열어 두고 그냥 간 녀석이 누구야?"

짜증이 묻어나는 목소리에 반응하듯 여기저기서 낯선 사내들 목소리가 들렸다.

"무슨 일인데 그래? 누가 문을 열어 놓고 그냥 갔어?"

"여기에 와서 봐 봐, 이렇게 문이 열려 있잖아."

"어? 정말이네? 그런데 어제 분명히 문단속을 한 것 같은데."

"술 마시고 일한 거 아니야? 이렇게 문이 열려 있는데 문단속을 하긴 뭘 했다는 건데?"

"아닌데. 이상하네……."

분명 제대로 문을 잠갔다 하지만 다른 사내는 그걸 믿어 주는 눈치가 아니었다. 괜히 얼버무릴 생각하지 말고 문을 잠그고 다른 곳으로 가자는 말에 잠시 후 누군가 집 안으로 들어오는 느낌이 들었다.

"들어가서 확인해 보려고?"

"산짐승이 들어와 있을지도 모르니까 한 번 둘러보고 올게."

낡은 나무가 끼익, 거리면서 흔들리는 소리가 들린다. 집 안으로 들어온 사내는 꽤나 꼼꼼하게 방 구석구석을 살폈다. 그렇게 대충 확인할 만큼 돌아다녔다고 생각한 건지 한곳에 멈추어 선다. 그게 바로 단이 들어가 있는 방 밖이었다.

왜 움직이지 않고 가만히 서 있기만 하는 걸까. 설마하니 무슨 냄새를 맡은 건 아니겠지. 방심할 수 없었던 단은 숨죽인 채로 있었고 잠시 후 텁텁한 냄새가 나더니 곧이어 혀 차는 소리가 들렸다.

"살펴본다고 해놓고는 담배를 피우는 거야?"

"눈 좀 감아 줘. 아침에 밥도 못 먹었는데 이 정도는 피워야지."

"저당히 하고 니의. 기 뵈야 힐 곳이 있으니까."

"오후가 되면 뒤로 넘어가면 되는 건가?"

그 말에 다른 사내가 건성으로 그래, 라고 대답했다.

집 안으로 들어와서 수상한 놈들이 있는지를 확인만 하는 건 아닌 것 같았다. 물건을 뒤지는 소리도 들리자 단은 이를 악물었다. 마음 같아서야 당장 달려 나가 함부로 건드리지 말라고 하고 싶었지만, 성급하게 굴 순 없었다. 아직은 정보가 부족했다.

단이 마을에 도착했을 때, 사람들은 하나도 없었다. 그들이 지금 어디에 가 있는지를 저들이 알고 있는 것 같았다. 냄새를 따라 추적하다 보면 발견할 수 있겠지만, 지금 단은 경황이 없었다. 보다 많은 정보를 수집해서 실수를 줄이고 싶었다.

"그런데 말이야. 이런 깊숙한 곳에서 살던 놈들은 대체 정체가 뭘까?"

"그런 걸 왜 궁금해하는데? 우리는 그냥 시키는 일만 하면 되는 거야."

"나도 그렇게 생각하지만 이상하잖아. 난 처음에 여우골에 들어온 줄 알았어. 분위기도 으스스한데 갑자기 오두막이 나오고 거기서 사람이 나오고. 자네들하고 같이 있어서 아닌 척했지만, 정말은 기절할 뻔했다니까."

"말은 안 했어도 나도 비슷해. 설마하니 이런 곳에서 사람이 살고 있을 줄은 몰랐지."

주거니 받거니 하던 대화가 중간에 끊긴다. 대신 길게 연기를 뿜어내나 싶더니 작게 웅얼거리는 목소리가 들렸다.

"그런데, 거기에 있는 어린애들도 죄 죽이는 걸까."

"뭐, 그분 성격으로는 그러지 않겠나. 사람도 장난삼아 툭툭 처리하는 것 같았는데 말이야."

"나는 실수 좀 했다고 팔을 잘라 내는 걸 보기도 해서……. 기분이 영 그래."

"쓸데없는 소리 하지 마. 그쪽에서 시키는 대로 하기만 하면 돼. 이만 나가자고."

상대의 재촉에 벽에 기댄 채로 나뭇잎 담배를 태우던 사내는 인상을 썼다.

가볍게 꺼낸 말 같아도 정말은 진지했다. 어른은 몰라도 어린애 죽이는 건 좀 그랬다. 예전에 그런 일을 하고 나서 1년 넘도록 꿈자리가 뒤숭숭했음을 알려 주려 했던 자는 등 뒤에서 울리는 작은 소리에 걸음을 멈추었다.

아직 담배를 물고 있었던 사내는 의아한 얼굴로 서 있던 자리로 돌아가 손으로 문을 열었다. 끼이익, 하고 뻑뻑하게 문이 열리자 그 안쪽으로 얼굴을 집어넣었다. 아직 새벽녘이라 방 안은 어두웠기에 사내는 눈을 가늘게 떴다.

"왜 그래? 서두르자니까."

"아니. 여기에 누가 있는 것 같아서."

조금 전에 소리가 났는데 아무래도 자신이 잘못 들은 것 같다는 식으로 말을 마무리 지으려 했다. 하지만 그때 방구석에서 스윽 일어나는 검은 그림자가 보였다. 화들짝 놀란 사내는 급히 옆구리에 차고 있던 단검을 뽑아들려 했지만, 단이 더 빨랐다.

"누, 누구─!"

앞으로 달려든 단은 사내의 목을 팔로 감아서 바닥으로 패대기치고 고개를 들었다. 바깥문 앞에 서 있던 자를 확인하고는 곧장 그리로 움직였다.

눈 깜짝할 사이에 코앞으로 다가오는 단을 보곤 놀라 손사래를 치지만 그런다 해서 벗어날 순 없었다. 사내의 복부를 후려침과 동시에 그의 뒷목을 손날로 내리쳤다. 컥, 하고 짧은 신음을 흘린 자가 그대로 주저앉는 걸 확인한 단은 흐트러진 옷을 바로 했다.

늑대로 변해서 밤낮 할 것 없이 미친 듯이 달려 도착한 단은 집에 있던 옷을 꺼내 대충 걸쳐 입었다. 이게 아버지의 옷인지

품이 잘 안 맞아서 자꾸만 흘러내리려 하는 게 영 불편했다. 하지만 당장 몸에 딱 맞는 옷을 찾는 건 사치였다.

긴 끈으로 허리를 단단히 조인 단은 두 사내가 주고받았던 대화를 상기했다. 마을 사람들은 산 너머 어딘가에 함께 있었고, 놈들은 여차 하면 어른들뿐 아니라 어린애들도 제거할 셈이었다. 그 어린애들이 단의 동생들이었고 말이다.

어금니를 악문 단은 문을 열고 집을 나섰다.

*   *   *

가족들이 크게 다치거나 한 건 아닌지 걱정되었던 단은 쉽게 집중할 수 없었다. 하지만 가야 할 방향을 잡아야 했기에 최대한 집중해서 식구들의 체취를 맡으려 했다. 그리고 북쪽에서 희미하게 나는 향을 발견하곤 곧장 그리로 움직였다.

늑대로 변하면 조금 더 빠르게 움직일 수 있겠지만, 막상 그곳에 도착했을 때 무슨 일이 벌어질지 알 수 없었다. 그곳에 가족들뿐만 아니라 모주화도 있을 거란 걸 확신할 수 있었다. 그런 놈 앞에 늑대가 된 모습을 보이고 싶지 않았다.

단은 신중하게 산을 타고 움직였고 점점 더 강해지는 가족의 체취를 느낄 수 있었다. 언덕 위에 엎드린 채로 앞을 가리고 있는 풀을 치워 내자 아래쪽의 아담한 공터가 눈에 들어왔다. 두 개의 천막이 세워져 있고, 그 가운데에 커다란 나무로 만든 우리가 있었다. 단의 가족과 다른 일족들은 바로 그 우리 안에 들어가 있었다.

"……."

우리를 보는 순간 단은 눈이 뒤집힐 것 같은 분노를 느꼈다. 저놈들이 자신들을 인간으로 생각했다면 절대로 저런 식으로 대우하진 못했을 거라면서 흙을 한 움큼 움켜쥐었다.

눈을 감은 단은 심호흡을 했다. 어차피 지금 여기서 움직일 수 있는 건 자신뿐이었다. 실수를 하는 순간 저들을 무사히 구해낼 수 없을지도 몰랐다. 하나씩 차근차근해야지만 다치는 사람이 없을 거라면서 다시금 눈을 떴을 때 보이는 건 태어난 지 막 1년밖에 안 된 막둥이를 품에 안고 있는 어머니였다.

갑작스러운 상황이 당황스럽고 두려울 텐데도 그녀는 침착한 모습이었다. 흔들림 없는 눈빛으로 잠자코 있던 그녀는 칭얼대는 막둥이를 다독였다. 그 옆에는 쌍둥이 남동생 둘을 각각 옆구리에 끌어안고 있는 아버지가 있었다.

가족들을 직접 보는 게 대체 얼마만인가 싶었다. 그들이 무척 그리웠지만, 그렇다고 저런 모습인 걸 보고자 했던 건 아니었다. 보는 순간 마음이 울리면서 슬퍼진다. 아랫입술을 깨문 단은 천천히 고개를 숙였다.

*   *   *

이강과 이수는 아버지의 옆구리에 각각 끌어안긴 채로 있었다.

갑작스러운 이 상황에 두려움을 느끼고 먼저 아버지의 품으로 파고든 건 아니었다. 쌍둥이가 사고를 치기 전에 그걸 방지하기 위해서 먼저 아버지가 붙잡은 거였다. 아무것도 하지 말고 얌전히 있어라. 그리 말하는 듯한 느낌으로 더 세게 어깨를 끌어안는 손길을 느끼면서 이강과 이수는 서로를 쳐다봤다. 판에 찍은 듯 똑같은 얼굴인 그들은 쌍둥이였다. 그래서 말은 하지 않아도 서로의 생각이 전해지곤 할 때가 있었다. 지금이 그랬다.

어떻게 할래. 이렇게 얌전히 있을 거야?

아니. 그러는 건 우리들 자존심이 허락하지 않잖아. 뭐라도 해야 하지 않겠냐.

서로 눈빛을 주고받은 이수와 이강은 거의 보이지 않을 만큼 고개를 끄덕였다. 동시에 쌍둥이를 옆구리에 끼고 있던 아버지가 나직하게 말했다.

"이상한 짓 할 생각하지 말고 얌전히 있거라."

사고를 치기도 전에 들통 나 버렸다. 그렇다 해서 순순히 인정할 순 없었다. 무슨 말을 하는지 모르겠다는 식으로 올려다보는 눈망울이 크고 맑았다. 하지만 쌍둥이의 머릿속을 죄 꿰고 있었던 강이석은 재차 경고했다.

"지금은 너희들 장난이 통할 때가 아니다. 여차하면 모두가 위험해질 테니 제발, 얌전히 있거라."

"……."

가라앉은 아버지의 목소리는 평소와 달랐다. 강경한 듯 굴지만, 정말은 부탁하고 있었다.

갑자기 나타난 자들은 거칠고 무례했다. 가장 나이가 많은 어르신이 계신 집의 문도 벌컥벌컥 열고선 환자였던 할머니를 끌어냈다. 그렇게 마을 사람들을 한곳에 모으고는 당장에라도 뭘 할 것처럼 굴었다. 몽둥이를 든 자도 있고, 단검과 칼을 옆구리에 찬 자들도 있었다.

외지인을 가까이서 본 건 그때가 처음이었다. 그것이 그들에 대한 호감을 가지게 하는 요소가 되는 건 아니었다. 이상과 이수는 그들이 싫었다. 어르신에게 함부로 구는 것도, 자신들을 다 잡은 사냥감 대하듯 구는 것도 아니꼬웠다. 아버지와 어머니가 어깨를 잡아 누르지 않았더라면 가만있지는 않았을 거라면서 이수는 침착하게 주변을 살폈다.

천막이 양쪽에 있긴 하지만 오른쪽에 세워진 게 진짜였다. 근처로 유난히 많은 사내들과 삿갓을 눌러쓴 자들이 그 주변을 둘러싸고 있었다. 그도 그럴 것이, 바로 저곳에 이들의 우두머리가 있었다.

가장 좋은 옷을 입고 싯벌로 된 부채를 흔들면서 꽤나 거들먹거렸다. 덩치들 사이에선 가장 약한 인상이었지만, 눈이 보이지 않을 정도로 싱글싱글 웃는 게 역겨웠다. 본능적으로 상대에 대한 거부감을 품게 된 이수는 천막을 뚫어져라 쳐다봤다.

자신이 늑대로 변해서 눈 깜빡할 사이에 저리로 달려가 안에 앉아 있는 놈의 목을 물어뜯으면 안 되는 걸까. 지금이야 아무것도 하지 말라는 아버지지만, 자신이 그 역겨운 놈을 처리한다면 잘한다고 해 주지 않을까.

이수는 눈동자만 들어 아버지를 보곤 다른 쪽을 살폈다. 일단 주변 지형이나 파악해 둘 셈이었다. 동시에 앞의 언덕 위에서 뭔가가 눈에 들어왔다. 이수는 눈을 가늘게 떴고, 동시에 풀 사이로 슬쩍 보이는 얼굴이 있었다.

설마 싶었던 이수의 눈이 크게 떠진다.

"어—"

"쉬, 조용히 해."

이강의 지적에 이수는 입을 다물었다. 무슨 일인가 싶었는지 아버지가 아래를 내려다본다. 아무것도 아닌 척 고개를 돌리고 있던 이수는 시간이 좀 지난 후에 재차 언덕 위를 확인했다. 저가 발견한 걸 깨달았는지 조금 더 얼굴을 내놓은 건 분명 누이였다.

대체 얼마 만에 보는 누이일까. 예전하고 거의 달라지지 않은 모습에 반가움이 앞섰지만, 그렇다고 대놓고 드러낼 순 없었다. 혹시나 하는 마음에 누이의 주변을 살피는데 아무도 없는 것 같았다.

설마하니 이곳에 혼자 온 건 아니겠지. 그렇다면 나서지 않는 편이 나았다. 무기까지 가지고 있는 놈들을 누이 혼자 어찌 처리할 수 있단 말인가.

이수는 굳은 얼굴로 짧게 고개를 저었다. 혼자서 무모한 짓하지 말고 가만히 있어. 이제야 자신들을 말리던 아버지의 심정을 알 것 같다면서 이수는 두 눈에 더 힘을 주었다.

동시에 오른쪽 천막이 열리고 거기서 한 사내가 나왔다. 천막바깥에 있던 자들의 호위를 받으면서 우리 앞까지 온 사내는 특유의 거들먹거리는 표정을 지으며 말했다.

"귀한 분들을 이렇듯 우리에 모시게 되어서 정말 죄송합니다. 하지만 급하게 준비할 수 있는 게 이것밖에 없었습니다."

"웃기고 있네."

모주화의 말이 끝나기가 무섭게 빈정거리는 건 이강이었다. 이수도 비슷한 말을 하고 싶었기에 잘한다고 생각했지만, 아버지와 어머니는 아니었다. 쓸데없이 왜 그런 말을 하는 거냐는 매서운 눈빛에 움찔한 이강은 입을 다물곤 고개를 숙였다.

그 당돌한 모습에 만족감을 느끼듯 모주화의 미소가 한결 짙어졌다.

"누이를 닮아서 담대하군. 보통 어린애들이라면 겁에 질려 입을 벙긋도 하지 못했을 텐데 말이야."

웃는다고 해서 그것이 꼭 긍정적인 감정 표현이 되는 게 아니었다. 본능적으로 모주화가 정말 위험한 자라는 걸 알 수 있었던 강이석은 두 아들을 제 품으로 끌어당기곤 모주화를 올려다봤다.

"왜 이러십니까. 저희가 숲 깊숙한 곳에 모여 살긴 했지만, 죄를 지었기 때문이 아닙니다. 그저⋯⋯."

"당신들의 정체를 숨겨야 하기 때문에 숲 깊숙한 곳으로 파고 들어 올 수밖에 없었던 거겠지요. 안 그렇습니까?"

강이석은 입을 다물었다.

모주화가 사람들을 이끌고 갑자기 나타났을 때부터 그의 의도는 모두 파악했다. 그래도 일말의 기대가 있었다. 설마하니 자신들에 대해 알 리는 없겠지. 하지만 그런 바람이 무색해지게도 모주화는 양팔을 벌리면서 다분히 과장된 몸짓을 보였다.

"이야기 책 속에서나 보던 늑대족과 이렇듯 마주할 수 있다니. 대단한 영광입니다."

"무언가 잘못 알고 계시는 게 있군요. 저희는 늑대족 같은 게 아닙니다. 저희는 단지—"

"그렇다면 당신의 따님은 늑대족이 아닌데도 벌써 이곳에 당도한 것이로군요."

그 순간 강이석은 재차 입을 다물었지만, 아까처럼의 평정심을 유지할 수는 없었다. 저도 모르게 빠르게 주변을 살핀다. 이곳 어딘가에 딘이 있단 말인가. 이윽고 본인의 행동이 성급한 것이었다는 걸 깨달은 그는 아차 싶었다.

급히 표정을 숨기려는 강이석이었지만, 모주화는 모든 걸 봐 버렸기에 마냥 모르는 척해 줄 순 없었다. 모주화는 우리에서 등지고 선 후에 공터를 둘러싼 언덕과 무성한 나무를 차근차근 살폈다.

"숨어 있지 말고 슬슬 나오는 게 어떻겠나. 이쯤이면 너도 도착했을 거라고 생각하는데."

모주화도 아직은 확신이 없었다. 그저 이쯤이면 단이 도착했겠거니, 하고 짐작할 뿐이었다.

"네 불같은 성격이라면 도착하고도 남았지. 내게 붙잡힌 가족들 걱정이 되어서 한시도 안 쉬고 달려왔을 테니 말이야."

모주화는 반대편으로 고개를 돌렸다. 그러자 그곳의 풀이 흔들리더니 새 한 마리가 날아올랐다. 기대했던 게 튀어나온 게 아니라 실망했던 걸까. 많이 아쉬워하던 모주화는 깃털로 된 부채를 흔들었다.

"정말 네가 이곳에 있을지도 모르고 아닐 수도 있겠지. 그래도 상관없다. 오늘부터 하나씩 처리할 셈이었으니까."

그가 입을 다문 것과 동시에 사내 하나가 우리의 문을 열고는 재빠르게 손을 집어넣어선 이수를 끌어당겼다. 불만스러운 얼굴로 아버지의 품에 안겨 있었던 이수는 우악스러운 손길에 저항도 못 하고 끌려 나왔다.

사내는 아직 열 살 남짓인 이수를 무게도 느껴지지 않는 것처럼 가뿐하게 들어선 모주화 옆에 섰고, 눈 뜨고 아들을 빼앗긴 강이석은 사색이 되어 반쯤 몸을 일으켰다.

"무, 무슨 짓입니까! 왜 이러십니까?!"

"이수야!"

아버지와 어머니가 동시에 저를 부르자 이수도 긴장으로 안색을 굳혔다. 강이석은 아들 이강을 옆으로 치워 내곤 우리에 매달렸지만, 동시에 모주화가 부채로 위협하듯 그를 겨누었다.

"가만히 있지 않는다면 이 아이가 죽든가 당신들이 죽든가 둘 중 하나입니다. 그러니 시끄럽게 굴지 마십시오. 자꾸 소란스럽게 굴면 저도 더는 참을 수가 없어지니까요."

"―당신은 인간도 아닙니다. 어찌 사람의 탈을 쓰고 이런 짓을 할 수 있단 말입니까."

"그런 말은 많이 들었지만, 당신들처럼 반편이들에겐 듣고 싶진 않군요. 존재하는 것 자체가 부정한 네깟 놈들이 어찌 감히 이 몸을 판단하려 한단 말이더냐."

내내 존대를 하면서 싱글싱글 잘 웃던 모주화였지만, 드디어 가식의 가면이 벗겨졌다. 대놓고 부정하다는 말을 들은 강이석은 안색을 굳혔고, 이강은 입술을 씰룩였다. 당장에라도 목을 부러뜨리고 싶다는 듯 노려보는 이강을 두고 모주화는 여유로운 미소를 지었다.

"늑대족이라는 것도 결국 허울 좋은 호칭이지. 정말은 황제의 죄를 대신 받은 부정한 것들이 아니던가. 이런 자들이 존재하고 있는 것도 놀랍지만, 이것들을 모조리 잡아 폐하 앞에 바친다면 몇 가지 일들은 쉽게 용서 받을 수 있겠지."

이번 일은 성공하면 좋겠지만, 실패해도 그만인 일이었다. 자신에게 손해가 될 만한 일은 하나도 없다면서 모주화는 느긋하게 이수를 내려다봤다.

바깥으로 끌려 나온 어린애가 얼마나 겁에 질려 덜덜 떨고 있는지 그걸 구경이나 하자 싶었지만, 돌아온 건 꽤나 매서운 눈빛이었다. 본인이 처한 일에 대해선 조금의 부담도 느끼지 않는 것처럼 시선을 피하지 않고 당당하게 마주하는 게 마음에 들지 않았다.

"건방진 놈. 지금 당장 눈을 내리뜨지 않는다면 그 눈알을 파내버리겠다."

그 순간 이수의 입꼬리가 뒤틀려 올라갔다.

밀로만 그러지 말고 진짜 해보시지?

이수의 가벼운 도발에 모주화는 소리 내 웃었다.

"정말이지—"

도발을 귀엽게 넘어가 주려나 싶었지만 아니었다.

모주화는 이수의 멱살을 틀어쥐고는 접은 부채의 끝으로 얼굴을 겨누었다. 깃털이 달려 있던 그 부채 사이로 날카로운 무언가가 튀어나와 있었다. 잘 갈린 가장 날카로운 부분을 이수의 오른쪽 눈에 겨눈 채로 모주화는 나직하게 말했다.

"네 눈알이 이것에 걸려 끄집어내지는 동안에도 계속 네놈의 그 건방진 얼굴을 유지했으면 하는구나."

"안 됩니다! 아직 어린애입니다! 용서해 주세요!"

다급한 외침에도 아랑곳하지 않고 부채의 끝은 점점 더 이수의 오른쪽 눈으로 향했다. 한 뼘만 내려오면 정말로 눈알이 저

뾰족한 것에 찔려서 끄집어내질지도 몰랐다. 그럼에도 이수는 눈 하나 깜박이지 않고 모주화를 노려봤다.

그 침착한 모습에 어느덧 모주화의 입가에 미소가 걸린다. 세상에서 가장 즐거운 일을 하는 것처럼, 반은 광기에 찬 눈빛으로 제 손에 잡힌 어린애를 응시하던 그는 바람을 가르며 빠르게 날아오는 무언가를 느끼곤 고개를 들었다.

동시에 주먹만 한 돌멩이가 모주화의 이마에 부딪쳤다. 퍽, 하는 둔탁한 소리와 함께 모주화의 고개가 뒤로 넘어가면서 그는 크게 입을 벌렸다. 들고 있던 부채를 놓친 모주화가 양손으로 이마를 감싸 쥐는 순간 주변에 있던 사내들이 당황해선 우왕좌왕했다.

"괜찮으십니까?! 웬 놈이냐!"

혼란스러운 틈을 타 이수는 바닥으로 엎드려 도망치려 했지만, 그 전에 뒷덜미를 잡혔다. 위로 들어 올려진 이수는 온몸을 비틀면서 저항했지만, 벗어날 수 없었다. 그러는 동안 모주화는 이마를 누른 손을 천천히 떼어냈다.

손바닥 안쪽으로 묻어난 피를 보는 순간 그의 눈동자 안쪽으로 살기가 서렸지만, 애써 그걸 억누른 그는 누군가 집어 준 부채를 받아 들었다.

고개를 들자 저 언덕 위에 서 있는 단이 보였다. 정리하지 못해서 긴 머리를 대충 풀어내린 단의 눈빛은 매서웠다. 그늘진 곳에 서 있기 때문일까. 스산해 보이기까지 한 모습에 움찔한 자들이 뒷걸음질을 쳤지만, 그에 반해 모주화는 여유로운 미소를 지었다.

"역시, 내 예상대로 딱 맞춰서 도착했군."

동시에 그는 펼친 부채로 단을 가리킨 후, 만족스럽게 말했다.

"그래. 그게 네 원래 모습이었군. 늑대족은 하나같이 인물이 훤칠하다고 하던데 이제야 알 것 같군. 여성스러운 네 모습이 참으로 보기에 좋구나. 그런 너에게 험한 일을 시켰다니. 정말 미안했다."

"입 닥쳐."

단의 입을 통해 나오는 서친 말을 예상한 듯 모주화의 느긋한 표정에는 변화가 없었다. 그게 단의 속을 건드렸다.

"내 가족은 건드리지 말라고 했잖아."

궁으로 들어오기 전, 마음을 정한 단은 재차 모주화를 찾아갔다. 그와 단둘이 만나 황제를 시해하는 일을 하겠다고 수락하면서 내건 조건이 있었다. 절대로 자신의 가족을 건드리지 말고 이번 일에 휘말리게 하지 말라고 말이다. 그 말에 한 치의 망설임도 없이 알겠다면서 먼저 고개를 끄덕인 게 바로 모주화였다. 당장 가족에게는 이게 필요한 거라면서 두둑한 돈주머니를 건네기노 했었다.

하지만 단도 애초에 그가 자신과의 약속을 반드시 지킬 거란 생각은 하지 않았다. 입에 달면 삼키고 쓰면 뱉을 놈이었다. 하물며 늑대족인 자신과의 약속이라니. 지킬 리가 만무했다. 그래도 내심으로 설마 하는 게 있었던 만큼, 이렇게 된 상황에 분노하지 않을 수 없었다.

"그것도 네가 일을 성사시킬 때에나 지켜질 약속이었지. 폐하 옆에 붙어서 애완견인 것처럼 즐거운 시간을 보냈던 너하고는 하등 상관없는 일이지. 안 그런가?"

모주화는 단의 분노에 부채질을 했다. 그는 이런 일은 처음이 아닌 것처럼 단의 분노마저도 저 유리할 대로 이용하려 들었다.

"난 시간을 금처럼 여기는 사람이지. 그러니 괜한 낭비 같은 건 하고 싶지가 않아. 너도 눈이 있으니 보면 알겠지. 여기에 있는 내 사람들을 너 혼자서는 어찌할 수 없을 거야. 여기서 네가 선택할 수 있는 건 딱 두 가지뿐이다. 하나는 다시 한 번 내 말대로 따라서 모두와 함께 살든지, 아니면 재차 내 뜻을 거스르고 이 자리에서 이들과 함께 죽든지."

입을 다문 모주화는 단을 올려다보면서 고개를 갸웃했다.

이제부터 어찌할래?

그런 투로 던지는 시선에도 단은 미동이 없었다.

굳은 얼굴로 서 있는 단이 암만 머리를 굴린다 하더라도 자신에게 불리해질 일이 없음을 알지만, 애초에 모주화는 상대의 반응이나 대답을 기다린 적이 없는 사내였다. 처음이야 기다려 줄 수 있었겠지만, 그것도 슬슬 지겨워진 모주화는 심드렁한 투로 말했다.

"황제의 곁에서 꽤나 귀여움을 받은 것 같지만, 그래선 안 되는 거였다. 네 본분을 잊지 말아야지. 애초에 너희 일족이 눈을 피해 이런 깊은 산속에 처박히게 된 이유가 무엇 때문이냐. 죄그놈의 황제 때문이다. 그 황제의 허물을 대신 받아들인 죄로, 사람으로 태어나도 사람처럼 살 수 없고 그들과 어울리지도 못하게 되었지. 세상천지에 그보다 더 억울한 일이 어디에 있더냐."

그제야 내내 표정에 변화가 없던 단의 눈꼬리가 파들, 하고 떨렸다. 미세하지만 분명한 변화였고 그걸 본 모주화는 눈을 빛냈다.

동시에 둘을 지켜보기만 하던 난의 부친인 강이석이 나섰다.

"단아, 흔들리지 마라."

우리 앞까지 얼굴을 붙인 강이석은 간절함을 담아 말했다.

"너는 너 하고 싶은 대로 살면 된다. 우리들 때문에 그릇된 행동을 취하지 마라."

"참으로 입에 발린 소리만 하십니다. 당신은 딸이라 그런다 치지만 다른 사람들 생각도 똑같을 것 같습니까? 누구라도 개죽음은 싫을 겁니다. 그렇지 않습니까?"

비릿한 미소를 지은 채로 뒤를 돌아보는 모주화였지만, 돌아오는 건 강이석과 똑같은 눈빛과 표정을 한 자들이었다.

사악한 것. 함부로 혀를 놀려서 우리를 네놈과 똑같다 여기지 마라. 그런 비난이 담긴 눈빛과 마주하게 된 모주화는 입술을 씰룩였다.

마음에 들지 않는 일이 있을 경우 그걸 참는 모주화가 아니었지만, 이번에는 한 번 그걸 억눌렀다. 가까스로 치미는 짜증을 삼킨 그는 화가 난 것처럼 앞으로 고개를 돌렸다. 단의 굳은 표정과 눈빛을 본 모주화는 눈을 가늘게 떴다. 조금만 더 하면 단이 넘어올 거라는 확신이 들었다.

"그것 아느냐―"

단이 확실하게 넘어와 시간 낭비를 하지 않기 위해선 슬슬 그 말을 할 때였다. 단의 표정이 어찌 변할지 무척이나 기대가 된다면서 모주화는 나직하게 속삭였다.

"황제가 바로 네놈과 함께 남가주에 있었던 그 교활한 놈이다."

단은 눈동자를 움직여선 모주화를 내려다봤다. 기대한 만큼의 극적인 반응은 아니었지만, 원래 사람은 크게 놀라면 반응도 없기 마련이었다.

모주화는 그 어느 때보다 즐거움을 느끼면서 신이 나 뒷말을 이었다.

"황제가 널 보고도 아는 척을 하지 않더냐. 왜 그랬을까. 너를 위해서 내 앞에 모습을 드러내는 위험을 감수하기도 하셨던 분인데 말이야."

"……."

더 이상 말하지 마. 그 소리가 단의 목구멍 바로 위까지 올라왔지만, 힘겹게 삼켰다. 다른 사람도 아닌 저놈 앞에서 제 속을 드러내고 싶지가 않았다. 하지만 은연중 드러나는 게 있었던 걸 지도 모른다. 모주화가 득의만만해하는 걸 보면 말이다.

"황제의 존함이 바로 무헌이다. 위무헌. 하긴 이름을 알지 못하더라도 외모가 달라지지 않았으니 보는 순간 알았겠지."

위무헌. 단이 무척이나 잘 알고 있는 이름이었다.

지난 5년 동안 단 한 번도 잊어 본 적 없던, 바로 그 이름이었다.

경직되어 있던 단의 어깨에서 힘이 빠지면서 서서히 아래로 내려간다.

"순진한 것. 그렇게나 닮은 사람이 세상에 둘이 있을 것 같더냐. 나 같으면 예전에 고생했던 동료를 만나면 무척 반가웠을 것 같은데 폐하께선 그렇지만도 않으셨던 것 같구나. 네가 무척 큰 상처를 입었겠구나. 그 마음이 분노로 바뀌기만 하면 된다. 실상 네가 이토록 고생하는 건 전부가 다 황제 때문이다. 황제에게 달려가서 그의 목을 끊어내는 것으로 복수를 하기만 하면 되는 거다."

이제 조금만 더 하면 단을 완전히 제 뜻대로 움직일 수 있다는 확신을 가진 모주화는, 그녀가 가장 듣고자 했던 말을 입에 담았나.

"황제를 죽이면 내 앞으로 두 번 다시 네 앞에 나타나지 않으마."

"……."

힘없이 떨궈져 있던 단의 눈동자가 천천히 올라온다. 검은 눈망울이 저를 주시하는 순간 모주화의 눈이 빛났다.

자, 내가 원하는 말을 해 봐라.

그리 요구하는 눈빛인 그를 두고 단은 천천히 입술을 열었다.

"황제가 무헌이라는 건 처음부터 알고 있었어."

담담한 중얼거림이 본인이 예상한 것과 달랐던 것일까.

모주화의 입매는 우그러졌고 미간으로는 짙은 주름이 잡힌다. 무척 탐탁지 않아 하는 기색을 숨기지 않고 드러낸 그는 흐음, 하는 소리를 내면서 이마를 긁적였다. 직후 그는 재차 단의 가족과 일족을 들먹이기 시작했다.

사람들에게 알려지면 너희는 어디를 가도 안전할 수 없을 거라면서. 저주받은 늑대족의 앞다리를 푹 삶아서 먹으면 모든 병이 낫게 될 거라는 소문을 터트리는 순간 씨가 마르는 건 눈 깜짝할 사이라고 지껄이는 말은 섬뜩할 정도였다.

협박하고 위협하는 건 그 누구에게도 뒤지지 않는 모주화였다. 단이 본인 뜻대로 행동하지 않으니 독살 맞은 혀끝에서 나오는 말은 점점 더 역겨워졌다. 하지만 단은 이미 모주화의 말을 듣고 있지 않았다. 앞서 그가 했던 말만 머릿속으로 반복했다.

황제가 무헌이었다.

그래. 그렇겠지. 그건 처음 보는 순간 알 수 있었다. 사람이 암만 모르는 척을 한다 쳐도 특유의 체취는 지워지기 힘든 법이었다. 저를 바라보는 눈빛도, 피부에 닿는 손길도, 목소리도, 가끔씩 보이는 행동도, 그건 확실히 무헌 그 녀석이었다. 5년 전, 자신이 붙잡지 못했던 바로 그 무헌이었다.

그런 무헌이 황제가 되어 나타났다. 이미 그 시점에서 서로의 입장은 완전히 달라진 셈이었다. 자신이 늑대족이라는 약점이 잡혔다 해서, 모주화의 사주를 받아 황제가 된 그 녀석을 죽여야 하는 걸까. 왜 꼭 그래야만 하는 거지. 일족이니, 늑대족이니 하는 걸 전부 다 떠나서, 황제가 무헌이라면 죽일 수 없었다. 다른 사람이라면 모를까. 그럴 순 없다면서 단은 중얼거렸다.

"개소리 하지 마."

주변에 서 있는 사내들이 질릴 정도로 온갖 부정적인 말과 욕설을 섞어가며 내뱉던 모주화가 입을 다물었다.

멍한 얼굴로 있던 그는 심히 어이가 없다는 투로 되물었다.

"지금 뭐라고 한 거냐."

"⋯⋯."

단이 저항할 수 없을 만한 상황일 텐데 어떻게 저런 말을 할 수 있는 건가 싶었다. 자신이 그런 감정을 느끼는 게 크게 이상할 것도 없을 거란 걸 증명하고 싶어서 근처에 있던 놈들을 돌아봤다.

지금 저 계집이 나한테 개소리 운운하는데 그게 맞는 거냐. 어디까지나 모주화의 장난스러운 반응에 근처에 있던 사내나, 삿갓을 쓰고 있던 자들이 실소를 흘렸다.

그들이 보기에 단은 이 상황에 적응하지 못하고 혼란스러움을 느끼는 것으로만 여겨졌다. 그래서 센 척을 하는 거겠지만, 그래 봤자 귀여울 뿐이라면서 저들끼리 웃으면서 눈빛을 주고받았다. 하지만 그들 중 계속 단을 지켜보던 자의 표정이 달라졌다.

이상한 걸 본 것처럼 눈을 크게 뜬 자는 어, 하는 소리를 내면서 위로 손을 들었다. 무언가를 말하려 하기도 전에 비명이 터져 나왔다.

"우와아앗! 늑대로 변했어!"

사내의 외침대로 단은 늑대로 변했다. 다리에 걸리는 찢어진 옷가지를 성가신 것처럼 발로 차 벗겨내고는 미끄러지듯 언덕을 내려갔다. 근처에 있던 사내에게 달려들어 멀찍이 날려 버리고선 정확히 모주화를 향해 달렸다.

기겁한 모주화는 단을 가리켰다.

"다들 피하지 말고 붙잡아라! 죽이지 말고 붙들어!"

그 말에 우왕좌왕하던 자들이 단을 붙들려 했지만, 그걸 비웃기라도 하는 듯 단은 그들 손길을 요리조리 빠져나가면서 정확하게 모주화를 향해 달려갔다. 그러자 삿갓을 쓴 놈들이 그 앞을 막아서려 했고 동시에 이수도 늑대로 변해서 저를 붙들고 있는 자를 있는 힘껏 밀어냈다. 동시에 우리 안에 있던 강이석이 다급히 말했다.

"상처를 입혀선 안 된다! 단아!"

아버지의 외침에도 단의 두 눈동자는 정확하게 모주화에게 고정되어 있었다. 그 사이에 제 앞을 막는 건 쓸데없는 장애물일 뿐이었다.

머리와 몸으로 거침없이 앞을 막는 것들을 치고 박으며 빠르게 치워 내면서 모주화의 앞까지 가서는 크게 입을 벌리자 그는 기겁을 했다.

"히이익—!"

모주화의 머리를 향해 날아드는 단이었지만, 갑자기 나타난 삿갓이 검집으로 그런 단의 옆구리를 세게 내리쳤다. 퍽, 하는 소리와 함께 단이 바닥으로 고꾸라지고 강이석은 사색이 되었다.

"단아—!"

쓰러지는 것과 동시에 빠르게 머리를 턴 단은 다시 달려들었다. 삿갓들 뒤로 몸을 숨긴 모주화는 단을 가리키면서 외쳤다.

"붙잡지 말고 그냥 죽여라! 죽여 버려!"

그제야 단을 제 뜻대로 휘두를 수 없음을 깨달은 모주화는 다급해졌다. 지금 이 자리에서 단을 확실하게 처리하지 않는다면 자신에게 큰 일이 벌어질 것만 같았다.

다급한 그 외침에 따르기 위해서 삿갓들이 검을 빼들었고, 모주화는 사리를 피했다. 그 사이에 우리에 들어가 있던 강이석과 몇몇 사람들이 늑대로 변해선 머리로 우리를 쿵쿵 치대는 게 보였다. 그들이 한 번 부딪칠 때마다 단단해 보였던 나무에 금이 간다.

끼익, 하고 크게 흔들리는 우리에 기겁하면서 모주화는 재차 그쪽으로도 손을 뻗었다. 저놈들이 바깥으로 나오면 붙잡기 힘들어질 테니 그 전에 처리를 하라면서, 일단 저것들에게 화살을 쏘라고 하려던 찰나 무언가가 뒤에서부터 빠르게 날아왔다. 단인가 싶었던 모주화는 기겁하면서 고개를 돌렸고, 날아온 화살이 그의 허벅지를 관통했다.

"헉—"

짧은 신음과 동시에 모주화는 앞으로 고꾸라졌다. 두 손으로 바닥을 디뎌선 엎드린 채로 떨어졌지만, 그게 그의 불행이었다. 화살이 박힌 허벅지로 힘이 들어가면서 끔찍한 통증을 그에게 선사했던 거다.

"으아아악—!"

엄청난 통증에 모주화는 옆으로 누운 채로 온몸을 덜덜 떨었다. 그러는 동안 숲 속에서 튀어나온 자들이 모주화가 데려온 사내들과 삿갓을 눌러쓴 자들을 공격했다.

그들의 몸놀림과 검을 다루는 실력은 보통이 아니었다. 저항할 새도 없이 눈 깜짝할 사이에 그들에게 제압된 자들은 사색이 되어서 먼저 무기를 내려놓고는 항복을 외쳤다. 기습이기도 했지만, 압도적인 실력 차이에 속수무책으로 당할 수밖에 없었고, 모주화는 통증에 시달리면서 가쁜 숨을 헐떡였다.

"이, 이게 대체 무슨—"

동시에 모주화는 허벅지에서 올라오는 엄청난 통증에 신음을 흘렸다. 윽, 하고 눈을 질끈 감았다가 뜬 그는 힘겹게 헐떡거렸다. 헉헉헉, 하고 짧고 다급한 호흡을 내뱉은 후에는 필사적으로 정신을 가다듬으려 했다. 여기서 이러고 있을 때가 아니었다. 그는 몸을 일으키려 했지만, 동시에 화살이 박힌 허벅지에서 재차 엄청난 통증이 타고 올라왔다.

"으아아악! 아파!!"

지금껏 이 정도로까지의 아픔을 겪은 적이 없었다. 눈앞이 핑 돌 정도였기에 모주화는 나자빠져선 차마 허벅지를 붙잡지도 못하고 소리를 질러댔다. 그 사이로 다른 자들의 비명이 들려왔다. 이피 죽을 것 같다면서 버둥거리는 모주화를 신경 쓰는 자들은 하나도 없었다. 딱 하나를 제외하곤 말이다.

크르릉, 하고 나직한 짐승의 울부짖음을 듣는 순간 모주화는 정신이 돌아왔다. 헛숨을 삼킨 그는 눈을 내리떴고, 저를 똑바로 응시하는 거대한 늑대 한 마리를 발견했다. 시선이 부딪치는 순간 사색이 된 모주화는 빠르게 고개를 저었다. 하지만 그가 도망칠세라 단은 누워 있는 그의 몸 위에 올라타면서 동시에 화살에 관통된 그의 허벅지를 뒷발로 눌렀다. 다시금 퍼지는 통증에 이를 악문 모주화는 필사적으로 신음을 참으며 힘겹게 입을 열었다.

"나, 나를 죽이면 안 된다. 기억할지 모르겠지만, 우리의 인연은 네가 생각하는 것보다 훨씬 더 깊단다. 그러니 섣불리 행동하지 말고 차근차근 생각을 정리해 보자꾸나. 이번 일은 내가 잘못

했다. 앞으로 두 번 다시 내가 너를 찾는 일은 없을 거다. 그러니
─"

모주화의 말이 채 끝나기도 전에 단은 크게 입을 벌리면서 날
카롭게 울부짖었다. 고막이 나가는 게 아닐까 싶을 정도로 쩌렁
쩌렁하게 울리는 울음에 헛숨을 삼킨 모주화는 빠르게 고개를
끄덕였다.

"그래. 네가 화가 많이 났구나. 하지만 말이야. 나는─"

동시에 단의 고개가 더 깊이 내려갔다.

고개를 좌우로 움직이는 게 마치 '어떻게 해야지 단숨에 이놈
의 목숨을 끊어낼 수 있을까.'라고 하는 투였다.

악문 늑대의 이빨은 날카롭고 굉장히 위협적이었다. 그것과
마주한 모주화의 안색은 흑빛으로 변해 갔다. 마지막까지 내몰
린 그는 한참 만에 살려 달라며 애원했다. 하지만 그런 말로는
단의 마음을 돌릴 수 없었다.

이놈은 교활하기 짝이 없고 그만큼 위험했다. 여기서 살려 보
내면 언제고 다시금 악연이 시작될 수 있었다. 다른 건 몰라도
그것만큼은 피하고 싶었던 단은 재차 입을 벌렸다.

"단아."

막 모주화의 목을 부러뜨릴 참이었다. 조용하지만 힘 있는 목
소리에 반응한 단의 눈동자가 오른쪽으로 움직였다. 그곳에는
바지만 대충 걸쳐 입은 아버지가 서 있었다. 단이 위험해지는 순
간 늑대로 변한 그였지만, 주변 돌아가는 상황을 파악하고선 다

시금 사람으로 돌아와 단을 진정시키려 했다.

"사람을 해쳐선 안 된다. 이미 충분하니 그만해라."

아버지가 자신을 위해서 하는 말이란 걸 모르지 않았다. 하지만 단은 모주화를 처리하는 게 가족들 모두를 위한 일이라 여겼다. 이놈과의 악연은 여기서 끝내 버리겠다면서 단은 재차 목을 부러뜨릴 시도를 했고, 동시에 또 다른 목소리가 그걸 저지했다.

"그만해."

이번 말에는 움찔하지 않을 수 없었던 단은 천천히 고개를 들었다. 그리고 저 앞, 귀신처럼 홀연히 서 있는 그림자 뒤에서 나오는 인물을 확인했다.

"……."

믿을 수 없는 것처럼 망연자실해져선 정면을 응시하는 단을 본 모주화도 급히 고개를 들었다. 황제를 발견한 모주화의 얼굴이 확 일그러졌지만, 금세 그걸 수습한 그는 애써 웃는 표정을 지어 보였다. 그는 두 손을 마주 잡은 채로 아부를 떨었다.

"폐하, 이렇게 뵙게 되어 민망하군요. 하지만 일어나고 싶어도 그럴 수 없는 상태이니 제 무례를 용서해 주십시오. 제가 이 더러운 짐승을 내쫓고 일어날 수만 있다면 제대로 된 예를 갖춰 인사를 느리셨사오니 용서해 주십시오. 그나저나 정말 잘생기셨습니다. 얼굴 뒤로 후광이 비치시는 것 같습니다. 제가 태어나 폐하처럼 준수한 분을 뵌 적이 없었습니다."

열심히 나불대는 모주화였지만, 황제의 두 눈은 단에게 고정되어 있었다. 정확히 저를 올려다보는 금빛 눈동자를 주시한 채로 황제는 나직하게 말했다.

"그만하고 물러서 있어."

명령이나 다름없는 말이었다. 하지만 단은 미동이 없었고, 그게 불안할 수밖에 없었던 모주화는 금세 기세등등해져선 언성을 높였다.

"당장 물러나라! 이 더러운 짐승 같으니라고! 너처럼 저주 받은 것이 금상을 올려다보는 것 자체가 얼마나 말도 안 되는 일인지 알기나 하는 것이더냐, 너는—!"

이제 살았다고 생각한 걸까. 한없이 가볍고 빠르게 나불대던 모주화는 황제 위무헌이 그 머리를 후려치고서야 조용해졌다.

고개가 옆으로 휙 돌아간 모주화의 눈이 뒤로 넘어갔다가 천천히 돌아왔다. 본인이 무슨 일을 당한 건지 도통 이해가 되질 않는 투로 있던 그는 힘겹게 황제를 올려다보더니 그대로 의식을 잃고 쓰러졌다.

아까부터 시끄럽던 모주화를 조용히 만든 황제는 재차 단을 내려다봤다. 그때까지도 왜 황제가 지금 이곳에 있는지, 왜 저런 모습으로 자신을 내려다보는지 이해가 되질 않았다.

한 번 눈을 끔벅인 단은 황제의 그림자들이 이미 주변을 정리한 상태라는 걸 확인했다. 두 번 눈을 깜박였을 때, 모주화는 의식이 없어서 이런 식으로 세게 억누르지 않아도 된다는 걸 깨달았다. 그리고 세 번째 눈을 깜박였을 때 모주화의 어깨를 짓누르는 제 손등을 봤다. 사람의 그것이 아닌, 털이 복슬복슬하게 올라온 손등이었다.

지금 이걸 저 황제가 보고 있었다.

늑대인 자신을 내려다보고 있었다.

만약 단이 사람의 상태로 있었다면 단숨에 얼굴이 붉어졌을 거다. 어찌할 바를 모르다가 고개를 돌려 버렸겠지. 하지만 지금은 그럴 수 없었다. 고개를 돌린다 한들 늑대인 제 모습을 온전히 감출 수 없었고, 이미 들켜 버렸다. 이런 자신을 보고 황제는 무슨 생각을 할까. 이전에 이런 모습을 보이고 싶지 않았다.

내가 늑대라는 걸 알리고 싶지 않아.

이를 악문 단은 급히 고개를 돌렸고, 동시에 눈앞이 빙글 하고 돌았다. 예상치 못한 일에 대비할 수 없었던 단은 눈앞이 캄캄해지는 걸 느끼며 그대로 쓰러졌다. 동시에 단단한 팔이 제 몸을 끌어안는 걸 느낄 수 있었지만, 본능적으로 그걸 마다하며 밀어냈다. 멀어지는 의식의 끝자락에서 단은 힘없이 중얼거렸다.

이런 날 보지 마.

날 만지지도 마.

라고 말이다.

*   *   *

늑대가 된 단은 자유롭게 너른 벌판을 달리고 또 달렸다. 숨이 넘어갈 만큼의 거리를 한달음에 달려도 하나도 힘들지 않았다. 제 털을 스치는 바람의 손길이 부드럽고 머리와 등에 닿는 햇볕이 따사로웠다. 뭐라 설명할 수 없는 행복을 느끼면서 단은 더없이 환하게 웃었다. 그리곤 고개를 들었을 때 보이는 건, 무헌이었다.

인간인 그가 자신과 똑같이 달릴 수 없음을 알지만, 이상하게 고개를 들 때마다 곁에는 그가 있었다. 홀린 것처럼 정신없이 달리고 나서 몇 번이고 고개를 들 때마다 곁에는 무헌이 있었다. 그는 웃고 있었다. 세상 이렇게 다정할 수 없을 만큼 온화한 눈빛으로 저를 내려다보고 있었다. 때문에 단은 그때마다 생각했다.

네가 무헌일 리가 없지. 넌 가짜구나, 하고 말이다.

하지만 지금 이 순간의 평온함과 말로 설명할 수 없을 만치의 뿌듯함에 취한 단은 차마 그 말을 입 밖으로 내뱉지 않았다. 그렇게 계속 달리다가 단은 다리가 꼬여서 언덕 아래를 굴렀고 동시에 무헌이 잡아 주었다. 그가 자신과 비슷한 체격인 늑대를 한 손으로 붙들 수 있을 리 없었다. 둘이 한 몸이 되어선 언덕 아래로 데굴데굴 구르게 되는 건 어찌 보면 당연한 일이라 할 수 있었다. 하지만 무헌 덕분에 그나마 언덕 둔덕에서 멈출 수 있었다.

당장 고개를 든 단은 눈앞이 핑글핑글 돌았다. 그러다 무헌 위에 엎드려 있는 상태를 깨닫고는 크게 입을 벌리고 웃었다. 별일 아닌 일인데도 배를 잡고 웃게 된다. 그리고 웃는 단을 보던 무헌의 입꼬리가 완만한 곡선을 그리며 올라갔다.

나는 그렇다 치지만 너는 왜 웃는 건데. 웃지 말라면서 머리로 무헌의 가슴을 치대곤 그 위로 엎드렸다. 그러자 커다란 팔이 제 등을 끌어안는다. 늑대가 된 자신을 밀어내지 않고 더 없이 편안하게 보듬어 준다. 그 손길이, 넓은 품이 기분 좋았다.

단은 계속해서 그 가슴에 얼굴을 문지르면서 입을 달싹였다.

무헌아.

이름을 부르는 순간 단은 더 이상 늑대가 아니었다. 사람이 되어선 긴 머리를 늘어뜨린 채로 무헌의 위에 엎드려 있었다. 틈이 없을 정도로 밀착한 채로 그에게 안겨 있던 단은 제 살결 위를 스치는 부드러운 바람을 느끼며 기분 좋게 웃었다.

지금이 꿈인지 생시인지 알 수 없지만, 가능한 오래오래 이러고 있었으면 싶었다. 자신의 이런 마음을 부디 욕심으로 생각하지 말아 주었으면 싶었던 단은 더 강하게 무헌을 끌어안으면서 그 이름을 부르려 했다. 등골이 섬뜩해질 만한 느낌이 들지만 않았더라면 분명 그리했을 거라면서 단은 급히 고개를 들었다.

언덕의 저 아래에서부터 올라오는 검은 먹구름을 발견했다. 먹잇감을 발견한 것처럼 빠르게 언덕을 타고 올라오는 먹구름을 보는 순간 안색을 굳힌 단은 무헌의 팔을 붙잡고, 외쳤다.

* * *

"……해."

바싹 마른 입술을 타고 흘러나온 목소리에는 힘이라곤 하나 없었다.

무언가 말을 하긴 하는데 지나치게 작아서 중얼거리는 것으로밖에 여겨지지 않았다. 간혹 알아들을 만한 단어가 들리는 것도 같았지만, 그 사이로 신음이 섞여 있으니 뭔 말을 하고 싶어 하는지 알 수가 없었다.

하지만 필사적으로 제 손목을 붙잡은 손가락을 외면할 수 없었던 무헌은 푹신한 이불에 감싸여 있는 단의 위로 고개를 숙였다. 동시에 오만상을 쓴 단이 힘겹게 중얼거렸다.

"헌아…… 험해."

앞에는 누굴 부르는지 알 것 같은데 뒤에 말이 문제였다.

무헌은 단의 입술에 거의 닿을 정도로 얼굴을 가까이 붙인 채로 침착하게 물었다.

"하고 싶은 말이 정확하게 무언지 차근차근 말해 봐라."

"……하다니까."

그러니까, 하려는 말을 정확히 하라고 하려 했지만, 문득 의식도 없는 사람을 붙들고 뭘 하는 건가 싶었다. 설령 자신이 말을 똑바로 하라고 한들 과연 그 말이 단의 귓가에 닿을 수 있을까.

무헌은 단을 내려다봤다. 아주 작은 얼굴은 내내 찡그러진 채였다. 봉숭아 빛을 띠는 탐스러운 두 뺨이 씰룩거리더니 이윽고 끙, 하고 앓는 소리가 흘러나온다.

무척 힘들어 보였다. 가위에 눌리는 건가 싶어 어깨를 잡아 흔들어도 돌아오는 건 나직한 신음일 뿐이었다. 그런 단의 이마로 식은땀이 송골송골 맺혀 있었다.

더워 보여서 이불을 치워 내고 싶어도 그리할 수 없는 건 지금 단이 알몸이었기 때문이었다. 왜 옷을 안 입히는 것이고 하니, 지금은 인간의 모습으로 있지만 이러다가도 갑자기 늑대로 변하기도 했다. 무헌이 옆에 있는 동안 그런 식으로 두 번은 변했던 것 같다. 잦은 건 아니지만, 늑대였다가 사람으로 바뀌는데 옷을 입힐 수 있을 리가 없었다. 때문에 지금 무헌이 할 수 있는 건 근처에 있던 낡은 부채를 흔들어 주는 것뿐이었다.

"……."

부채 바람이 만들어 낸 시원함이 마음에 드는 걸까. 단의 미간에 남아 있던 주름이 하나둘 펴지더니 바람 쪽으로 꼬물거리면서 접근한다.

의식이 없는데도 본능적으로 바람을 찾아오는 그 몸짓이 우습기도 하고 뭔가 좀, 귀엽기도 했던 무헌은 위쪽으로 부채질을 했다. 그러자 당장 그쪽으로 고개를 슬쩍 든 단이 끙, 하고 앓는 소리를 낸다.

아픈 사람을 붙들고 이상한 짓을 하는 건가 싶지만, 왜인지 그런 자신의 행동을 멈출 수 없었다. 계속 부채질을 하는 동안에도 무헌의 시선은 단의 얼굴에 고정되어 있었다.

아파서 인상을 쓰고 눈도 감겨진 채였지만, 지금 이게 단의 진짜 얼굴이었다.

그는 단의 진짜 얼굴을 알고 있었다. 예전에 본 적이 있었고 그때의 앳된 모습이, 지금도 남아 있었다.

무헌은 단에게 붙잡히지 않은 다른 손을 들어서 뺨에 달라붙은 머리카락을 떼어내 귀 뒤로 넘겨주었다. 그 순간 내내 인상을 쓴 채로 있던 단의 표정이 풀린다. 편해 보이는 것 같은 모습에 무헌은 단의 머리에 한 손을 올렸고 동시에 끼익, 하고 문 열리는 소리가 들렸다.

조심스럽게 문을 열고 들어오던 강이석은 막상 눈에 들어오는 장면에 주춤했다. 굳어지는 그 눈빛을 확인할 수 있었던 무헌은 단의 머리에 올리고 있던 손을 치워 냈다. 동시에 허리를 세워서 자세를 바르게 하긴 했지만, 여전히 단이 그의 왼쪽 손목을 단단히 쥐고 있었다.

딱히 '들어와선 안 되는 상황'인 건 아니었지만, 그렇다고 마음 편하게 지켜볼 수는 없었던 이석은 헛기침을 한 후에 용건을 꺼냈다.

"잠시 나와 보실 수 있으십니까."

지금 저 말이 몇 번이고 고민한 후에야 나온 말이란 걸 모르지 않았다. 때문에 무헌은 몸을 일으키려 했지만, 동시에 제 왼손을 붙잡은 단의 손가락으로 더 힘이 들어갔다. 움직이려 하자 귀신처럼 그걸 알아차리고 가지 말라는 거였다.

눈을 내리떠선 제 손을 붙드는 단의 손을 확인한 무헌은 그 손가락을 하나하나 떼어 났다. 처음에는 놓지 않으려는 것처럼 굴던 손가락이 죄 떨어지고 이불 위에 올려놓자마자 그 위를 더듬는다. 무엇을 찾는지를 모르지 않는데 보고만 있을 수 없었던 무헌은 가볍게 단의 손을 잡아 눌러 주었다.

금방 올 테니까 찾지 마라. 그런 느낌으로 계속 눌러 주자 주변을 더듬던 손이 얌전해진다. 그걸 확인하고 나서야 무헌은 단의 손등에서 손을 떼곤 몸을 일으켰다.

무헌이 밖으로 나왔고, 그런 그를 보는 이석은 오묘한 표정이 있다. 하고 싶은 말이 많은 얼굴이었지만 무헌은 알고도 모르는 척을 했고, 그걸 알기에 이석도 괜한 말을 입에 담지 않았다. 그렇게 둘이 밖으로 나왔을 때 앞으로 어린애 둘이 튀어나왔다. 이수와 이강이었다.

갑작스러운 쌍둥이의 행동에 이석은 안색을 굳혔다.

"손님 앞을 왜 막는 것이더냐."

동시에 입구에 스윽, 하고 나타나는 건 황제의 호위무사인 그림자였다. 검은 삿갓을 깊게 눌러쓰고 있는 그들의 위험에 대해선 이석도 잘 알고 있었다. 저들이 모주화 놈들을 어떤 식으로 처리했는지를 똑똑히 봤기 때문이었다. 쌍둥이가 괜한 짓을 해서 저들을 자극하지 말았으면 했던 강이석은 굳은 어조로 말했다.

"이상한 짓 하지 말고 나가 있어라."

"이상한 건 우리가 아니라 저 뒤에 서 있는 사람이지요."

이강이 뒤로 손을 뻗어선 문 앞에 서 있는 그림자를 가리켰고, 동조하듯 이수가 빠르게 고개를 끄덕였다.

"맞아. 맞아. 저렇게 갑자기 나타나서 사람 놀라게 하고 말이야. 이상해."

"우리한테 그러지 말고 저 사람한테나 뭐라고 해 봐요. 아까부터 말을 걸어도 대꾸도 없고, 이상하잖아."

쌍둥이는 '그렇지? 너도 나와 생각이 같지?'라는 눈빛을 주고받았다.

이대로 두면 점점 더 제멋대로 떠들어 댈 게 분명했다. 아이들의 자유로운 의사표현을 막고 싶지는 않지만, 그렇다고 되지도 않는 말을 죄 듣고만 있을 순 없었다. 자연스럽게 강이석의 목소리가 낮아졌다.

"너희들 계속 이렇게 시끄럽게 굴 거냐."

귓가에 닿는 아버지의 목소리가 위험했다. 그걸 깨달은 쌍둥이는 눈치를 보다가 뒤로 물러났다. 아예 밖으로 나가 주었으면 싶었지만, 그러려면 한바탕 시끄러워질 거다.

아이들이 벽 쪽에 붙어 있는 의자에 올라가 앉는 걸 확인한 이석은 한숨을 삼키곤 무헌을 올려다봤다. 조심스럽게 안쪽을 가리키자 무헌은 순순히 그리로 이동했다.

아직 방이 제대로 정리된 상태가 아니었기에 무헌을 모실 수 있는 건 방 안쪽 탁자 자리였다. 의자며 탁자며 모든 게 이석이 손수 만든 것이라 그 질에 대해선 자부심이 대단했지만, 그곳에 황제가 앉는다는 게 영 신경 쓰였다.

괜찮은 것일까. 옆집에서라도 좋은 방석을 구해서 저 의자에 깔아 주었어야 했던 걸까. 그런 생각을 하는 동안 이미 무헌은 자리를 잡고 앉았다. 탁자 위에 두 손을 올리는 그는 크게 불편해하는 얼굴이 아니었다. 괜찮을지도. 그리 생각하게 된 이석은 몇 번의 헛기침 후, 조심스럽게 말을 꺼냈다.

"우선, 저는 강이석이라고 합니다. 저 안에 누워 있는 아이의 아비지요. 그리고……."

더 무슨 말을 해야만 하는 걸까.

강이석은 눈앞에 앉아 있는 무헌이 누군지 대략 알고 있었다. 그렇기에 그에게 자신이 늑대족이라는 걸 설명하기가 난해했다.

설마하니 말로만 듣던 소율태국의 황제와 이렇듯 얼굴을 마주하게 될 줄은 조금도 예상치 못한 일이었다. 아까부터 머리가 지끈거리는 데에는 분명 이유가 있었다.

할 말을 찾지 못하고 머뭇거리는 이석을 두고, 무헌도 본인 소개를 했다.

"제 이름은 위무헌이라고 합니다."

무헌이 스스로 세 이름을 알려 주는 순간 이석은 아주 조금 속이 편안해졌다.

그러시군요. 그런 의미로 고개를 끄덕인 그는 입을 열었고, 동시에 안쪽에서 수군거리는 소리가 들렸다.

"잘생겼어. 역시 누나는 얼굴을 밝혀."

"그러게 말이야. 어렸을 때부터 얼굴 반반한 사람들만 좋아했잖아. 난 누나가 언젠가 저런, 얼굴만 보기 좋은 놈을 데리고 나타날 줄 알고 있었어."

"그런데 뭔가 좀 있어 보이지 않아? 저런 사람이 우리 누나를 신부로 맞이해 줄까? 너무 차이가 많이 나는데. 더군다나 누나는 설거지도 못하잖아. 씻으라고 맡기면 그릇을 죄 깨트리곤 했잖아."

"바깥에 있는 동안 설거지 하는 실력이 좀 늘지 않았을까?"

"바보야. 바깥에 나갔다고 해서 누나가 그런 짓을 했겠어? 어림도 없어. 분명 싸움판에나 기웃거리면서—"

얼굴 옆에 손을 댄 채로 작게 속삭이던 이수는 얼굴 위로 드리워지는 그림자를 느끼곤 움찔했다. 슬그머니 눈동자를 들자 보이는 건 애써 침착함을 가장한 아버지였다.

두 손을 움켜쥔 그는 그걸로 쌍둥이를 때리지 않기 위해서 부단한 노력을 하는 중이었다. 부디 그걸 이 말썽쟁이들이 알아주었으면 싶었던 그는 가라앉은 목소리로 한 가지 제의를 했다.

"맞고 나갈 테냐. 아니면 이대로 조용히 나갈 테냐."

이런 분위기에서 쌍둥이가 선택할 수 있는 건 오로지 하나뿐이었다.

아버지의 주먹은 단단하고 맞으면 아팠다. 맞지 않고 이 상황을 넘길 수 있다면 그러는 편이 나았다. 쌍둥이는 조용히 자리에

서 일어나 밖으로 이동했다. 도망치듯 집 밖으로 나가서 오두막 안쪽으로 이동한 아이들은 지정석이라 할 수 있는 하얀 돌이 깔려 있는 곳에 쪼그리고 앉았다.

아버지가 왜 저렇게까지 화를 내시는지에 대해서 생각을 해보지만 딱히 이거다, 라는 게 없었다. 그저 보고 느낀 걸 솔직하게 표현했을 뿐인데 그게 이렇게까지 혼날 일이던가.

이윽고 무헌과 함께 나타났던 자들을 떠올렸다. 여우 눈을 지닌 놈이 데리고 온 것들은 좀 만만한 구석이 있었는데 이번에 나타난 삿갓들은 그렇지 않았다. 딱 봐도 셌다.

세운 무릎에 턱을 올린 이수는 중얼거렸다.

"우리가 생각하는 것보다 훨씬 더 거물일지도 몰라."

"그게 좋은 걸까, 나쁜 걸까."

이강의 혼잣말에 이수는 입을 다물었다. 아직 이 상황이 좋다 나쁘다 판단할 수 없었던 거다. 여우 눈에게 끌려가서 이상한 우리에 들어가게 되었을 때는 확실하게 안 좋은 상황이었는데.

머리를 긁적인 이수는 긴 한숨을 내쉬었다.

"어른들이 알아서 하겠지만, 좀 그러네."

"맞아. 좀 그래."

뭐가 그런지는 아직 알 수 없지만, 쌍둥이는 몇 번이고 같은 말을 반복했다.

* * *

쌍둥이를 내보내고 난 후 비로소 대화를 시작할 수 있는 분위기가 만들어졌다. 그럼에도 쉽게 말을 꺼낼 수 없었던 강이석은 몇 번의 망설임 끝에 입을 열었다.

"일단, 제 아이와 어떻게 알게 되신 건지에 대해서 물어도 되겠습니까."

"모주화라는 자에게 사주를 받아 황제인 저를 시해하려 했습니다. 하지만 정말로 시해를 시도한 건 아니고 모주화의 음모를 저에게 알려 주려 했지요."

"……아, 그렇습니까."

처음 시작이 그런 거였구나. 황제를 시해하려고 하다니. 단의 몸 상태가 좋지만 않았다면 당장 달려가 어깨를 흔들어 깨웠을 거라며 강이석은 눈을 감았다.

시작부터 어려웠다. 머리 한쪽에서 두통이 퍼지는 걸 느끼며 그는 무헌이 저에게 존대를 했음을 상기했다.

"말씀을 높이지 않으셔도 됩니다. 저는 일개 평민인 데다, 죄인의 아비가 아닙니까. 아직 철이 없다 한들 어찌 황제를 시해하려는 음모에 가담하게 된 것인지 알 수가 없군요. 폐하의 입장에선 모주화라는 자나 제 딸이나 마찬가지일 텐데 일부러 걸음하셔서 도움을 주시니 몸 둘 바를 모르겠습니다. 그리고, 그리고……."

"저 녀석이 모주화의 간계에 속아 넘어간 것은 가족을 미끼로

협박을 했기 때문입니다. 가족까지 건드리지 않았다면 저 녀석
도 그런 무모한 짓을 할 생각은 하지 않았겠지요."

"……."

황제를 시해하려 했었다는 사실을 두고 어떻게 말을 이어 나
가야 할 것인지 고민이 많았다. 하지만 황제 쪽에서 먼저 두둔해
주니 한결 마음이 편안해졌다. 동시에 황제가 단을 대하는 태도
가 평범하지 않음을 떠올리며 조심스럽게 말을 꺼냈다.

"단이를, 오래전부터 알고 계셨던 듯합니다."

"5년 전, 남가주에 잠시 몸을 맡겼던 적이 있습니다. 그때 알
고 지냈지요."

내내 편하게 말을 이어 가던 황제가 입을 다문다. 그 순간 강
이석은 더럭 불안해졌다. 설마하니 상단에 있었을 때 단과 뭔가
마찰이 있었던 걸까. 괄괄한 단의 성격이라면 그러고도 남음이
있었지만, 이어지는 황제의 말은 그의 걱정을 덜어 주었다.

"그 녀석하고는 친구였습니다."

걱정하던 그런 말이 아니긴 했지만, 황제의 입을 통해 나온 친
구라는 단어가 참 생소했다.

"나가서 말썽만 부리는 줄 알았는데 그래도 친구를 사귀기도
했군요."

그리고 그 친구가 소율태국의 황제란 말인가.

어찌해서 황제가 될 사람이 남가주에 있었는지, 그리고 왜 하
필 단이 그곳에 들어가게 되었는지 알 수는 없었다. 시작점에서

얽히는 일이 있긴 했지만, 수백 년 전의 일이었다. 서로가 각자의 자리에만 있다 보면 절대로 만나 연을 틀 수 없는 관계라 할 수 있었다. 때문에 강이석은 황제와 얼굴을 마주하고 앉아 있는 지금 이 순간이, 여전히 적응되지 않았다.

"솔직히 말씀드려서 귀한 분께서 제 딸과 잘 알고 지내는 걸 어떻게 받아들여야 할지 모르겠습니다. 모든 걸 보셨으니 더 숨길 게 뭔가 싶지만, 그럼에도 역시 제 입으로 말을 꺼내는 건 쉽지 않은 일입니다. 저와, 제 딸의 숨겨진 정체에 대해서는 말입니다."

얼마 말하지 않은 것 같은데 벌써부터 목이 탄다.

마른침을 삼킨 후, 강이석은 조심스럽게 말을 꺼냈다.

"등극하시기 전에 저희에 대해서 들은 바가 있으실 겁니다."

"아주 간단하게만 들었습니다. 황제의 허물을 받아 늑대가 된 자가 있다고, 딱 그 거기까지였습니다."

"더 자세한 걸 알려 주진 않는 모양이로군요."

"수백 년도 더 지난 일이고, 지금 사람들은 정말로 당신들이 생존해 있을 거라고 생각하지 않습니다. 늑대족이 남아 있다는 말을 해 봤자 미친 사람 취급만 받지 않겠습니까. 저도 눈으로 보지 않았다면 믿지 않았을 겁니다."

그건 대부분의 사람이 마찬가지일 거다. 늑대로 변하는 사람이라니. 그런 존재가 정말 존재할 거라고 그 누가 생각할까. 하지만 늑대족은 분명 존재하고 있었다. 강이석 그 또한 늑대족에

속해 있었다. 그뿐만이 아니라 딸과 쌍둥이, 갓 태어난 아이까지 그 모두가 늑대족이었다.

지금껏 부정해 본 적 없던 자신의 뿌리가 유난히 버겁게 느껴진다. 깊은 피로감을 느끼며 강이석은 턱에 맺힌 땀을 닦아 냈다.

"황제의 허울을 받아 늑대가 된 자는 무언가를 쫓기 위해서 궁을 떠났다."

"……."

그 순간 턱에 대어진 강이석의 손이 굳는다.

~~무슨~~ 말을 들은 건가 싶어 천천히 고개를 느는 상이석을 수시한 채로 황제가 말했다.

"그것을 되찾고 나서 다시금 곁으로 돌아오겠다고 황제에게 맹세했다."

"……그건 또 어디서 들으셨습니까."

"등극하기 위해서 짧은 시간 동안 많은 교육을 받았습니다. 당신들과 관련된 지식은 아주 간단하게만 전달 받았지만, 묘할 정도로 쉬쉬하고 조심스러워하더군요. 더 관심 보이지 않고 흥미를 느끼지도 말라는 듯 말이지요. 그리고 저는 애초에 그들 뜻대로 행동할 마음이 없었기에 시간이 날 때마다 조금씩 이것저것 알아보는 중입니다."

지금 이 순간에도 말이다. 그 덕분에 늦지 않고 이곳에 도착할 수 있었던 걸지도 모른다면서 무헌은 강이석을 주시했다. 방금 자신이 한 말에 대해 보인 표정의 변화가 흥미로웠다. 탐색하는 그 시선을 감지한 강이석은 급히 표정을 숨기며 입을 열었다.

"솔직한 마음으로 폐하와 제 딸이 함께 있는 게 못내 불안합니다. 부모 된 마음으로 두 사람이 떨어졌으면 합니다."

무헌은 강이석을 통해 알아내고 싶은 게 있었다. 하지만 지금 그가 한 말이 그의 사고를 멈추게끔 했다. 눈빛이 경직되는 무헌이었지만, 그걸 미처 보지 못한 강이석은 거듭 말했다.

"제 딸이 많은 상처를 입지 않았으면 합니다."

딸을 가진 아버지로서 당연히 할 만한 말이었다.

하지만 그 말을 듣는 무헌은 묘하게 속이, 불편했다.

"제가 따님에게 상처 줄 것이라 생각하십니까."

"이번 일은 폐하의 잘못이 아닙니다. 어디까지나 단이 그 아이를 이용하려는 자들이 있기 때문에 벌어진 일이지요. 하지만, 폐하가 안 계셨다면 그 아이가 그런 제의를 받았겠습니까. 저희가 단이의 약점이 되었겠습니까."

"저 녀석의 약점이 되고 싶지 않았다면 낌새를 눈치챘을 때 대비해야 하지 않습니까. 늑대로 변했다면 그놈들은 한입거리도 안 되었을 텐데요."

그 순간 강이석의 입가로 옅은 미소가 번졌다. 그런 말을 듣게 될 줄 알았다는 듯 쓰게 웃은 후, 힘없이 중얼거렸다.

"저희는 사람을 해하면 안 됩니다."

고개를 돌린 강이석은 단이 들어가 있는 방문을 바라봤다.

"애초에 한 존재의 허물을 받아 짐승으로 살아가게 되었습니다. 그런 마당에 사람에게 해를 끼치는 게 괜찮겠습니까. 곧장 열이 오르고 온몸이 바늘로 찔리는 듯한 통증을 느끼게 됩니다. 몇날 며칠 고열로 온몸이 절절 끓다가 그대로 죽는 경우도 종종 있었지요. 제 가족을 지키기 위해서 저는 죽을 수 있습니다. 이곳에 사는 모두가 같은 마음일 겁니다. 하지만 이번에 그 아이는 사람을 하나 죽일 마음으로 달려들더군요. 그게 눈앞에 앉아 있는 분 때문이라는 생각을 지울 수 없군요."

모주화의 위에 올라탄 단이 얼마나 위협적이었는지를 무헌도 모르지 않았다. 그때 무헌이 니디니 막지 않았다면 모주화는 단에게 죽임을 당했을 거다. 그렇게 사람을 죽인 후, 닥칠 모든 일은 단 혼자서 감당해야만 하는 것이었다.

"함께해서 좋을 게 없습니다. 저희는 언제나처럼 존재하지 않는 것처럼, 그렇게 조용히 살아갈 것입니다. 그러니 이쯤에서 저희와 거리를 둬 주십시오."

입을 다물고 정면을 응시하는 강이석의 표정은 단단하게 굳어 있었다. 어떻게든 단과 황제를 떨어뜨려 놓아야 한다고 생각하는 얼굴이었다.

자식을 가진 부모라면 당연한 반응이었다. 더군다나 보통의 평범한 집안도 아니지 않던가. 그걸 모르지 않았지만, 역시나 듣고만 있는 게 못내 거북했다.

무헌은 눈을 내리며 본인의 왼쪽 손목을 확인했다. 조금 전까지 단이 붙들고 놓아주려 하지 않았던 손이었다. 한동안 그걸 본후 고개를 듦과 동시에 무헌은 입을 열었다.

"황제가 되고 난 후, 하루하루가 무료해서 종종 사냥을 즐깁니다. 말을 타고 숲 구석구석을 다니면 잡생각이 사라져서 조금더 이 웃기지도 않는 인형극에 어울려 줄까, 하는 생각이 들기때문이지요. 숲에 들어가는 건 고작 그 정도의 이유 때문이었습니다. 그리고 그 숲에서 저주 인형이 나오더군요. 저주 인형이라는 건 대상을 하나 정해서 그자가 병에 걸리게 하거나 죽기를 원할 때 사용하는 것입니다. 제가 황제가 되는 데에 상당한 도움이되었던 물건이기도 하지요."

황제 무헌의 말이 길어질수록 이석의 눈동자로 의문이 차올랐다.

왜 지금 그런 말을 자신에게 하는 것인지 영문을 알 수 없어하는 것 같았다. 그도 그럴 것이, 그가 정말로 들어야 할 말은 시작도 하기 전이었다. 끝까지 듣고 나면 자신이 왜 이런 말을 하는지 알 수 있게 될 것이기에 황제는 차근차근 말했다.

"그때의 일이 대충 마무리 지어졌다고 보고 앞으로 두 번 다시저주 인형 같은 걸 볼 거라 생각하지 못했습니다. 저는 저주니주술 같은 걸 믿진 않지만, 막상 인형이라는 걸 보면 효과가 있을지도 모른다는 생각이 듭니다. 그 인형이라는 것의 생김새가영 고약해서 보기만 해도 언짢아지는 게 있으니까요."

어쩔 때에는 인형의 보기 싫은 외관을 이용해서 상대로 하여금 두려움을 느끼게 하는 게 아닌가 싶기도 했다.

"하여튼, 이번에 다들 그걸 보고 왜 다시 나타난 건가 싶어 의문을 가지면서 벌벌 떨더군요. 일이 커지면 결국 이쪽만 귀찮아질 것 같기에 알아보라 시켰습니다. 그리고 흥미로운 보고를 전달 받게 되었습니다. 그게 뭔지 아십니까."

강이석은 던진 질문에 대해선 하나도 모르겠다는 얼굴이었지만, 그게 당연했다. 이런 깊은 산속에 있는 자가 어찌 바깥에서 은밀하게 진행되는 조약한 음모에 대해서 알 수 있을까.

"저도 모르는 어딘가에서 웬 놈들이 황제의 허물을 찾으려 든다는군요."

"……무슨 말씀이십니까."

"갑자기 나타난 놈이 황제가 된 게 마음에 들지 않아, 이제는 그 누구도 관심을 가지지 않았던 황제의 허물을 이용하려 한다는 것입니다."

"……."

그걸 통해 영 보기 싫은 황제를 밀어내고 새로운 황제를 올릴 셈이었다.

이제야 비로소 무헌이 무슨 말을 하려는지를 알 것 같았지만, 그럼에도 강이석의 혼란은 남아 있었다. 왜 그런 엄청난 일을 말하는지, 그것에 자신들이 연루되어야 하는 이유가 뭔지 도통 알 수 없어 했다.

"황위를 위한 권모술수는 언제나 있어 왔습니다. 하지만 이런 식으로 주술이나 저주를 하는 경우는 드물지요. 하물며 건국 당시에 있었던 한 문장에 집중하는 일도 없었습니다. 이 모든 게 우연이라 할 수 있겠습니까. 애초에 모주화 그놈이 단에게 접근했던 것에 의문을 가지십시오. 어찌 그놈이 단의 정체를 알고, 당신들의 위치를 알아낼 수 있었는지를, 말입니다."

"종종 외부에서 들어오는 보부상이 있습니다. 그자가 실수로 저희에 대해 말을 꺼내게 되었다고……."

"그자가 지금 어디에 있습니까."

"……."

"지금, 살아 있습니까."

강이석은 입을 다물었다. 아무 말도 하지 못하고 깊은 숨을 몰아쉬는 그 얼굴은 파리하게 질려 있었다.

상대에게 겁을 주기 위해서 꺼내는 말이 아니었다. 이번 일에 이들이 아무 상관없었다면 꺼내지 않았을 말이다. 그게 아니기 때문에 입 아프게 많은 말을 늘어놓는 거였다.

"더 깊은 곳으로 몸을 숨기고 납작 엎드린다 해도, 당신들을 노리는 자들이 있다면 아무 소용없습니다. 놈들은 집요하게 쫓을 것이고, 아무 준비도 되어 있지 않는 당신들을 재차 이용하려 들 겁니다. 그때에도 이런 식으로 사람 하나 앞에 앉혀 두고 '앞으로 더 조심하겠다. 다른 사람들이 알 수 없도록 깊은 산골짜기로 들어가 몸을 숨기겠다.' 그런 한심한 말이나 할 겁니까."

여전히 입을 다문 강이석의 안색이 점차 흑빛으로 변했다.

존재하는지 안 하는지 알 수 없을 정도로 조용히 지내면 그걸로 되지 않을까 싶었으나, 그런 생각이 얼마나 어수룩한 것인지를 하나부터 열까지 모두 지적 받은 느낌이었다.

그로선 전혀 생각하지 못한 부분이었다. 때문에 이런 말을 듣고도 '그런 일이 있었던가.'라는 깨달음보다는 머릿속이 백지처럼 하얗게 비워져선 '어쩌면 좋은 건가.'라는 생각밖에 들지 않았다. 가족의 안전을 최우선하고 곁에 두고 있는 아이들만 잘 지켜내면 된다고 생각했었는데—

생각이 많아짐에 따라 점차 경직되는 이석을 주시하던 무헌은 입꼬리를 올렸다. 희미한 미소를 짓나 싶었으나 이내 그걸 쇠 지워낸 그는 앞으로 몸을 내밀었다.

탁자에 한 팔을 올린 그는 강이석 쪽으로 얼굴을 가까이 붙인 후, 재차 입을 열었다. 그리고 강이석이 말했던 부분 중에서 가장 언짢고 마음에 들지 않았던 점을 지적했다.

"내가 단과 함께 있기 때문에 위험하다고?"

자연스러운 하대에 강이석의 눈가가 파들 떨렸다.

그걸 주시한 무헌은 아니, 하고 짧게 말하며 고개를 저었다.

"그 녀석이 늑대족이기 때문에 위험해진 거야. 내가 황제이기 때문에 얽힌 게 아니라, 그저 내가 그 자리에 앉아 있었기 때문에 이 일에 휘말리게 된 것이지. 그러니 이 일을 두고 나나 단의 잘못이라고 탓하지 말았으면 좋겠군. 듣는 입장에선 무척 불쾌하니까."

내내 지위에 맞지 않던 정중함으로 강이석을 당혹케 했던 황제였다. 하지만 그건 어디까지나 그때뿐이었다는 듯, 바로 하대로 돌아선 황제는 차분하게 이어 말했다.

"오히려 내가 있었기에 다른 늑대족과 단이 무사할 수 있었던 거다. 지금 눈에 보이는 결과가 그런 것이니, 남 탓하기 이전에 고맙다는 인사부터 들었으면 하는데. 내가 너무 과한 걸 바라는 걸까."

말을 마친 황제는 한쪽 눈썹을 올렸다.

준수하고 번듯한 용모를 지닌 황제는 내내 침착한 모습을 보였지만, 지금 이 순간 그것이 전부가 아니었음을 알게 되었다.

본인이 생각하기에 아닌 부분에 대해서는 죽어도 아닌 거였다. 이런 고집스러운 모습을 딸인 단에게서도 보았지만, 둘에게는 분명한 차이가 있었다.

내내 굳은 얼굴로 있던 강이석은 천천히 입을 열었고, 그 순간 안쪽에서 아기 울음소리가 들렸다. 예상치 못한 소리에 당황한 이석이 고개를 들었고, 안쪽에 서 있던 안사람 혜원과 시선이 부딪쳤다. 조용히 움직이려 했지만, 때에 딱 맞춰서 우는 막둥이에 당황한 혜원은 어쩔 줄 몰라 했다.

"아가야, 울지 마렴. 금방 젖을 물려 줄 테니까."

짧지 않았던 황제와의 대화에 상당 부분 기가 소진되어 있었던 이석은 무헌과 부인을 번갈아 봤다. 이번 일로 몸과 마음고생이 가장 심했던 게 다름 아닌 안사람이었다. 지금도 젖먹이를 달래는 게 쉽지만은 않을 걸 알기에 이석은 죄송하다는 말을 꺼낸 후 곧장 몸을 일으켰다. 아내에게 간 이석은 막내를 건네받고 준비할 걸 하라는 눈빛을 보냈다. 그것에 안쪽에 앉아 있는 황제의 눈치를 살피던 혜원은 곧장 안쪽 부엌으로 향했다.

날이 저물면 온도가 급격하게 내려가기 때문에 웬만한 세간은 죄 안에 구비되어 있었다. 아직 몸이 경직된 상태인지라 물을 끓여서 수건을 적신 후, 가슴을 문질러 풀어 주고 나서 젖을 물릴 셈이었던 거다. 언제쯤 밖으로 나가 봐야 하나 싶어 눈치만 살피는데 배고픔을 참지 못한 막둥이가 울음을 터트릴 줄은 몰랐다. 자신 때문에 중요한 때가 망쳐진 게 아닌가 싶었던 혜원은 고개를 들 수 없었다.

급한 대로 아궁이에 장작을 밀어 넣는데 문이 열리는 소리가 들린다. 뭔가 싶었던 혜원이 뒤를 돌아보자 막내를 안고 들어오는 남편이 보였다.

"그분을 혼자 두면 안 되는 거 아닌가요."

"밖으로 나가셨어."

나갔다는 말에 내내 긴장해 있던 혜원의 어깨에서 힘이 빠져나간다. 힘없이 아궁이 앞에 쪼그리고 앉은 혜원은 넋이 나가선 중얼거렸다.

"정말로 그분이 폐하신가요."

"그런 것 같아. 왜 일이 이렇게 되는 건지……."

이석은 지친 기색이 역력했다. 어제 오늘 일을 거치면서 피로를 느끼지 않을 사람이 없었다. 할 수만 있다면 푹 쉬고 싶지만, 자신은 집안의 가장이었다. 아직 챙기고 수습해야 할 일이 많음을 상기한 그는 아내에게 물었다.

"단이의 상태는 어떤지 확인해 봤어?"

"아까 들어가 봤는데 아직 열이 내리진 않았어요. 월경이랑 겹쳐서 그런지 더 힘들지도 모르겠어요."

그건 어떻게 도와줄 수 없는 부분이었다. 곁에서 지켜보는 수밖에 없었던 만큼, 이석의 표정이 더 어두워진다. 그런 남편을 바라보던 혜원은 망설이다가 말했다.

"이제는 우리가 어떻게 한다고 해서 수습되는 상황이 아닌 것 같아요."

"……."

"단이가 뭘 하고 싶은지 묻고, 그 아이가 하고 싶은 대로 하게 두세요."

"단이가 결정을 내리기 전에 다른 사람이 이미 마음을 먹은 것 같아서 그래."

거의 들리지 않을 만큼 작은 목소리였지만, 그냥 지나칠 수 없었다. 그게 대체 무슨 말이냐면서 의문을 드러내는 혜원을 두고 이석은 아무것도 아니라면서 고개를 저었다.

*　　*　　*

무헌이 밖으로 나오자마자 오두막의 안쪽에 자리를 잡고 있던 쌍둥이가 약속이라도 한 듯 벌떡 일어났다. 크게 떠진 눈동자에 담긴 건 호기심이었다. 당장 달려와서 이것저것 묻고 싶은 게 많아 보였지만, 무헌이 나오는 순간 바로 뒤에 붙어 서는 그림자 때문에 눈치만 슬슬 봤다.

댕그랗고 큰 눈망울이 단과 무척 닮았다. 이래서 피는 못 속인다 하는 걸지도 모르겠다면서 앞으로 고개를 돌린 무헌은 느린 걸음을 옮겼다.

늑대족이라 불리는 자들이 은밀하게 제 몸을 숨기고 살아가는 한적하고 평범한 골짜기 사이의 작은 마을이 있다. 마을이라 하기도 우스운 게, 총 열 채의 오두막의 대부분은 비어져 있었다.

힘든 일을 겪고 나서인지 다들 집 안에만 박혀 밖으로 나오려 들지 않으니 을씨년스럽기까지 했다. 그 와중에도 무헌은 저를 주시하는 여러 시선을 느낄 수 있었다. 그 안쪽에 담겨 있는 건 견제였다. 왜 지금 이곳에 저 사람이 온 걸까. 무슨 꿍꿍이인가. 다른 속셈이 있는 게 아닐까. 이번에 일이 터진 건 전부 저 사람 탓인 게 아닐까. 그런 다양한 생각들이 느껴지는 것 같다면서 무헌은 갑자기 뒤를 돌아봤다.

그림자를 피해서 살금살금 무헌을 뒤쫓던 쌍둥이는 헛숨을 삼키곤 급히 근처에 있던 통나무 뒤로 몸을 숨겼다. 위로 슬쩍 눈만 내밀고 있는 모습이 보기에 우스웠다. 저런다고 본인들이 정말 보이지 않을 거라 믿는 걸까.

무헌은 쌍둥이의 모습에서 과거의 일이 하나둘 떠올랐다. 남가주에서 단과 함께 있었을 때의 일이 말이다.

근 몇 년 동안 잊고 있었던 일들이 하나둘 떠오른다. 잠시 지우고 있었던 감정이 되살아나기 시작한 게 언제부터일까. 그건 아마도 겁도 없이 넓은 대전으로 들어온 녀석 때문일 거라며 무헌은 고개를 들었다.

낮은 언덕을 넘어서 내려가자 긴 나무에 묶여 있는 자들이 보였다. 앞으로 본인들에게 무슨 일이 벌어질지 예견이라도 한 것일까. 고개를 푹 숙인 자들은 하나같이 칙칙한 얼굴들이었다.

모주화를 따라 이곳에 온 자들 중 절반은 이미 죽고, 나머지 절반은 포박되었다. 그들 중 상태가 멀쩡한 자들은 거의 없었다. 꽤 깊은 부상을 입은 자들도 있고, 계속해서 피를 쏟아서 비몽사몽간인 자도 있었다. 견디기 쉽지 않은 통증일 텐데도 큰 소리를 내지 않는 그들 사이로 정신을 차리지 못하는 한 놈이 있었다. 푹 숙인 고개를 좌우로 움직이면서 아이고, 라면서 앓는 소리를 내는 건 바로 모주화였다.

"나 이러다가 꼴깍하고 숨넘어갈지도 모르겠네. 왜 머리가 계속 움직이는 거야. 목이 부러진 거 아닌가. 정말 부러진 거라면 목소리도 안 나와야 하는 거 아닌가. 지금 내가 말을 하는 걸 보면 상태가 완전히 맛이 간 건 아닌 것 같은데—"

완전히 맛이 간 건 아니라 할지라도 하는 행동이나 말을 들어

보면 이미 정신이 이상해진 것 같았다.

바닥에 주저앉아선 계속해서 머리를 흔들던 모주화는 힘겹게 얼굴을 들었다.

늘 깔끔한 용모를 유지하던 그였지만, 지금은 거지나 다름없는 모습이었다. 눈동자가 풀려 있는 게 어딘가 살짝 맛이 간 것 같았다. 하지만 그런 그를 앞에 둔 황제는 눈 하나 깜박이지 않았다. 지극히 편해 보이는 모습으로 내려다보기만 하는 황제를 계속 바라보던 모주화의 입꼬리가 올라간다.

"이게 누구십니까. 하늘이 내리신 황제가 아니십니까. 아, 이 제야 살았나. 이렇게 죽으라는 법은 없구나. 폐하, 저를 보십시오. 머리가 계속 좌우로 왔다 갔다 합니다. 아무래도 폐하의 귀한 발이 한쪽에만 닿아서 이런 것 같습니다. 그러니 반대편에도 폐하의 발끝이 닿는 영광을 내려주십시오. 좌우로 공평하게 맞아야지 더는 이 쓸모없는 머리통이 움직이지 않을 것 같습니다. 아니면 아예, 더는 흔들리지 않도록 없애 주시든가요."

마지막 말을 할 때 모주화의 눈이 크게 떠졌다. 기괴하기 짝이 없는 그 모습에도 무헌은 눈 하나 깜박이지 않았다.

시시하고 재미없는 인형극을 보는 것처럼, 가면을 쓴 듯한 모습에 모주화는 탄식을 쏟아냈다.

"제가 하는 말이 들리지 않으십니까. 아주 열심히 말하는 것 같은데, 아아— 그렇구나. 지금 제가 말을 한다고 생각했는데 정말은 그게 아닐 수도 있겠군요. 그런 거야. 난 지금 말을 안 하고 있는 거야."

연거푸 혼잣말을 하던 모주화는 손을 들어선 제 입술 위를 더듬었다. 크게 입을 벌리다가 다물더니 눈을 크게 뜨는 게 '어? 입술이 제대로 움직이는 것 같은데.'라는 의문이 드는 얼굴이었다.

혼자서 잘 떠들고 미친 짓도 잘 한다. 다음에는 뭘 할까 싶어 구경을 하고도 싶지만, 쓸데없는 시간 낭비를 하고 싶지 않았던 무헌은 한쪽 무릎을 꿇고 앉았다. 그러자 다리를 넓게 벌린 채로 주저앉아 있던 모주화가 화들짝 놀라면서 자세를 바로 하려 했다. 하지만 나무에 단단하게 묶여 있는 데다 여전히 허벅지에 화살이 관통해 있었기에 그는 끙끙 앓는 소리를 냈다.

"폐하, 정말 죄송합니다. 예를 갖추고 싶은데 이 쓸모없는 몸뚱이가 뜻대로 움직이질 않습니다."

"누구의 사주를 받고 이런 짓을 벌인 것이더냐."

"……."

"왜 나를 그토록 죽이고 싶어 하는 것이냐."

전혀 예상치 못한 질문이었을까. 모주화는 백치처럼 멍한 얼굴로 무헌을 올려다보다 고개를 갸웃했다. 몇 번 그런 행동을 취하고 난 후 다시금 고개를 든 그의 표정과 눈빛은 완전히 달라져 있었다. 교활하게 눈을 가늘게 뜬 자는 오히려 왜 그걸 자신에게 묻느냐는 식으로 반문했다.

"잘 생각해 보십시오. 바깥에서 뭘 하면서 굴러다녔을지 모르는 놈이 하루아침에 천자가 되어 황제가 되었는데, 저 같은 놈들은 얼마나 억울하겠습니까. 더군다나 애초에 폐하께서 먼저 저를 눈엣가시처럼 여기지 않으셨습니까."

정신이 없기 때문일까. 아니면 자포자기한 상태인 걸까. 모주화는 지나치게 솔직했고, 그가 하고 싶은 대로 지껄이도록 내버려 둘 수 없었던 그림자는 그의 머리채를 휘어잡고는 고개를 뒤로 꺾었다.

피와 흙이 엉켜서 엉망인 그의 목젖 위로 검날을 댔지만, 모주화에겐 크게 위협이 되지 않는 것 같았다. 눈 하나 깜박이지 않은 그는 크게 눈을 굴리고는 긴 한숨을 토해 냈다.

"뭐, 죽이십시오. 애초에 이번 일이 실패했을 내 살 수 있을 거라는 생각을 접었습니다."

"그런 말을 하면 내가 정말로 널 죽이지 않을 것 같았나."

그 순간 심드렁하니 있던 모주화의 입꼬리가 완만한 곡선을 그리며 올라갔다. 여우처럼 눈을 가늘게 휜 그는 이를 드러내며 웃었다.

"제 배후에 누가 있는지 궁금하실 게 아닙니까. 그 궁금증이 절 오래오래 살게 해 줄 것 같습니다."

자신을 통해서 얻어 낼 정보가 쏠쏠할 테니 절대로 황제는 자신을 죽일 수 없다. 그런 확신을 담고 있는 눈빛 안쪽으로 숨겨지지 않는 희열이 담겨 있었다. 정말로 자신을 죽이고 싶을 테지만, 그리할 수가 없으니 억울할 거라는 식으로 저를 조롱하고 있었다. 모주화의 당당함과 맞물려 황제 무헌의 입가로 옅은 미소가 그려졌다.

"미친놈."

무헌은 몸을 일으켰고, 동시에 그림자는 그대로 모주화의 목을 베어 버렸다. 동시에 모주화의 몸을 옆으로 돌려 버렸기에, 목을 타고 뿜어지는 피는 무헌에게 닿지 않았다.

설마하니 이렇게까지 빨리 손을 쓸 거라 생각하지 못했던 걸까. 크게 눈을 뜬 모주화는 컥컥, 하고 막힌 숨을 토해 내면서 온몸을 덜덜 떨었다. 그림자가 손을 놓자 머리채가 풀려나가고 옆으로 쓰러진 모주화는 경련을 일으키듯 온몸을 들썩였다. 힘겹게 고개를 돌린 그는 황제를 올려다봤다.

지금 너는 실수한 거다. 여기서 날 죽인다면 넌 네가 원하는 걸 얻을 수 없어.

내내 죽이든지 말든지 전혀 상관없는 것처럼 배짱을 부리더니 이건 아니다 싶었는지 힘겹게 헐떡거린다. 계속해서 입술을 달싹이는 걸 보아하니 살려 달라고 하려는 것 같지만, 그를 내려다보는 무헌은 눈 하나 깜박이지 않았다.

"선황께서 해 주신 여러 조언이 있지만, 그중에서 가장 도움이 되는 게 하나 있었다. 바로, 처음 아니다 싶은 놈은 끝까지 아닌 법이라고, 말이야. 완전히 머릿속에서 지워낼 수 있는 게 아니라면 차라리 없애 버리라 하셨지."

처음 들을 땐 '별 이상한 소리를 다 한다.' 싶었지만, 지금껏 가장 강렬하게 그리고 오래오래 남아 있는 조언이었다.

검은 머리가 반백이 될 때까지 황위를 지켜낸 존재의 조언이
다 보니 헛으로 넘길 수 없는 것들이 많았고 그중에서 제일이 이
것이었다. 죽이고 싶은 놈은 살려 둬도 문제만 일으키니 끝내 버
리라는 것. 그놈만 알고 있을 것 같은 비밀도 의외로 아는 자들
이 많다는 것. 하나를 본보기로 죽이면 알아서 접근하는 자들이
있을 거라고도 했다.

숨이 끊어지는 마지막 순간까지 모주화의 눈동자에 담긴 건
억울함이었다. 왜 자신이 이런 비참한 결말을 맞이해야 하는 것
인지, 그걸 인정치 않아 하는 눈빛이 몹시도 불쾌했다. 무헌은
모주화의 죽음을 목격하고 큰 공포에 휩싸인 자들을 둘러봤다.
앞으로 자신들의 모습이 저리될 거란 걸 예감한 것인지, 사색이
되어 덜덜 떠는 자들을 확인한 황제는 담담하게 말했다.

"잡음이 생기지 않도록 적당히 잘 치워 내라."

그림자는 대답 없이 고개를 숙였다.

황제가 몸을 돌리는 순간에 맞춰서 사내들 중 일부가 그를 불
렀지만, 곧 입을 다물어야 했다. 어디에서 나타난 건지 알 수 없
는 그림자들이 하나둘 그들 앞으로 다가왔기 때문이었다.

언덕을 내려가는 동안 무헌은 천천히 눈을 감았다.

지금이 아닌 과거에 홀로 산을 내려갈 때 그 마음은 초조함으
로 가득 차 있었다. 현재 자신의 입장이 답답하고 앞으로 무얼
하는 게 답인지 알 수 없는 와중에 계속 이렇게밖에 살 수 없는
건가 싶어, 그것이 못내 싫었다. 그런 조급함을 다른 자들이 아

는 게 싫어서 제 마음 안쪽에만 담아 두었지만, 저도 모르는 사이에 표출되고는 할 때가 있었다.

그 날도 그랬었다. 가슴을 채우는 열기를 식히지 않으면 안 될 것만 같았고 무작정 물소리가 들리는 쪽으로 움직였다.

그리고 그곳에서 보게 된 건―

"아, 왜 못 올라가게 하는 건데? 원래 여긴 우리 놀이터였다니까."

"그래. 맞아. 우리가 기어 다닐 때부터 왔다 갔다 했던 곳이었는데 왜 못 올라가게 하느냐 말이야."

애초에 이 구역은 우리들 것이었으니 어디를 다니든 신경 쓰지 말고 막지도 말라면서 이를 드러내며 따지는 건 쌍둥이였다.

쌍둥이들은 계속 무헌의 뒤를 졸졸 따랐지만, 언덕 바로 앞에선 막혔다. 어린애들이 보면 안 되는 일이 일어날 수도 있었고, 실제로도 그랬다. 앞을 막고 쫓아오지 못하게 한 건 그 나름의 배려라 할 수 있었지만, 쌍둥이는 그걸 납득할 수 없는 것처럼 계속 시끄럽게 굴었다.

똑같이 생긴 것들이 쉬지 않고 재잘거리니 암만 감정이 없는 그림자라 할지라도 당혹스러울 거다. 뻣뻣하게 선 채로 시끄럽게 구는 것들을 보고만 있는 게 우스워서 조금 더 둬 볼까 싶었지만, 바로 그때 이강이 무헌을 가리켰다.

"내려왔다!"

그 순간 내내 반응 없던 그림자의 두 눈동자로 힘이 들어간다.

매서운 눈빛에 움찔한 이강은 손을 내렸다.

"……내려오셨다."

기어들어 가는 목소리로 정정해서 말한 후 이강은 입술을 내밀었다. 말 좀 놨다고 한 대 칠 것처럼 노려볼 건 아니지 않느냐면서 원망이 가득 담은 눈동자로 바라본다. 그럼에도 그림자의 굳은 눈빛은 여전했다.

아까부터 이수랑 같이 시끄럽게 굴어도 저 특유의 표정은 변화가 없었다. 정말 재미없다면서 툴툴대던 이강은 무헌이 옆을 시나지나 이수와 함께 따랐다. 이번에는 무헌과의 사이에 그림자가 없었다. 아까는 가까이 접근하지 말라는 것처럼 사이를 딱 가로막고 서 있어서 그게 아니꼬웠는데 하지만 막상 또 이렇게 중간에 막는 사람이 없으니까 어색하긴 했다. 때문에 적당한 거리를 유지한 채로 졸졸 따르던 이수는 무헌의 뒷모습을 빤히 올려다보다가 툭, 내뱉었다.

"우리 누나랑 했어?"

"……."

그 순간 무헌의 다리가 살짝 꼬였다. 휘청거렸지만, 앞발을 앞에 디더선 간신히 중심을 잡은 무헌은 천천히 뒤를 돌아봤다.

당돌한 말을 던진 이수는 눈을 끔벅였다. 그 얼굴을 보면 본인이 한 말에 어떤 의미가 담겨 있는지 하나도 모르는 것 같았다. 무시하고 넘길 수도 있겠지만 왜인지 그럴 수 없었던 무헌은 이수를 빤히 봤고, 이강이 잽싸게 이수의 옆구리를 팔로 찔렀다.

"그런 말 하지 마. 나중에 아버지한테 혼난다?"

"혼나든 말든 궁금하잖아. 큰누나랑 무슨 관계인지 알고 싶단 말이야."

거기까지 말한 후, 이수는 재차 황제를 올려다봤다.

아까와 전혀 달라지지 않은 얼굴은 표정이 거의 없이 무뚝뚝했다. 하지만 그 안쪽으로 미묘하게 섞인 감정이 있었는데, 바로 곤혹스러움이었다. 그걸 발견한 이수는 뻐기는 얼굴로 말했다.

"뭐, 어른의 사정이라는 것도 있으니까 말하기 싫으면 안 해도 괜찮아."

팔짱을 낀 이수는 뿌듯한 얼굴이었다. 제 딴에는 정말 궁금한 걸 깊이 파고들지 않은 게 기특한 것 같고, 어려운 단어를 선택한 것도 기분 좋은 것 같았다. 의기양양해하는 그 모습을 보자니 그들의 부친인 이석이 왜 이렇게 쌍둥이를 단속하려 했는지 이해할 것 같았다. 품 안에선 무슨 말을 떠들어도 상관없지만, 밖에 나가서는 이러지 말았으면 싶은 기분이 들 것 같았다.

쌍둥이의 얼토당토 않는 짓에 무헌의 무겁던 기분이 어느 정도 정리가 되었다. 자연스럽게 내내 묻고 싶었던 말을 꺼낼 수 있었다.

"네 누이는 언제쯤 정신을 차릴 것 같으냐."

묻는 말에 이수와 이강은 눈을 동그랗게 떴다.

뭔가 대단히 이상한 말을 들은 것처럼 구는 것에 무헌은 되레

왜 이러나 싶었다. 그때 이수가 말했다

"뭔가 말하는 게 되게 이상하다. 그렇지?"

"응. 네 누이는 언제쯤 정신을 차릴 것 같으냐, 라니 그게 뭐야. 이상해. 그냥 언제 일어나는 건데ー로도 충분하잖아."

5년 동안 궁 안에 있으면서 새롭게 익힌 화법이었다. 그걸 두고 지적을 받게 된 황제는 잠자코 있었다. 쌍둥이들이 그걸로 신나게 떠들다가 결국엔 이쪽이 궁금해하는 답을 들려줄 거란 걸 알고 있었기 때문이었다. 실제로 저들끼리 이상하다는 말만 한 열 번 반복하고는 이강이 말했다.

"늑대일 때 사람을 공격하고 나지게 했으니까 쉽게 일어나진 못할 것 같아요. 한 열흘 정도 앓다가 정신을 차리지 않을까?"

"열흘도 넘게 걸릴지도 몰라. 열 내리는 약도 없잖아. ……저러다 우리 누나 잘못되는 건 아니겠지?"

"왜 갑자기 그런 말을 해. 잘못될 리가 없잖아."

"하지만 약이 없는걸. 그건 사실이잖아."

"그건 그렇지만……. 히잉."

"……."

천진난만하게 말을 주거니 받거니 하던 쌍둥이가 갑자기 우울해한다. 어깨를 축 늘어뜨리더니 금방이라도 울 것처럼 안색을 굳히자 무헌도 덩달아 표정을 굳혔다.

애써 안 좋은 쪽으로는 생각하지 않으려 하지만, 그건 쉽지 않았다.

평소 아버지와 함께 쌍둥이를 훈육하던 단이 지금은 눈도 뜨지 못하고 계속해서 끙끙거리기만 했다. 예전 교육을 받을 때, 늑대로 변해서 사람을 공격했던 자가 열흘 밤낮을 앓다가 그대로 죽었다는 말도 들었다. 그때는 단순히 자신들을 겁주기 위한 말이라고 생각했는데, 사실일지도. 그래서 정말 누이가 아파 숨이 꼴딱 넘어가 버린다면 그땐 어쩌지.

한 번 안 좋은 생각을 하게 되자 계속해서 그것만 하게 된다. 가슴이 답답하고 굉장히 우울해지는 걸 느끼면서 이수와 이강은 소매로 눈을 문질렀다. 훌쩍거리면서 필사적으로 눈물을 참으려는 모습을 보고만 있던 무헌은 고개를 들었다.

4장

늑대족의 마을에 소율태국의 황제가 와 있었다.

그들에게 얽힌 일을 하나하나 짚어 본다면 지금 이게 얼마나 어이없는 상황인지 알 수 있을 거다. 하지만 황제가 그들에게 해를 끼치러 온 것도 아니고 덕분에 위기를 모면할 수 있었다. 고맙다고 인사를 해도 부족할 판이었지만, 정말로 나서서 그 인사를 하는 사람은 없었다.

황제가 강이석의 오두막에 머무는 동안 그의 얼굴을 보고 감사 인사를 하러 오는 늑대족은 하나도 없었다. 하지만 그런 말을 듣고자 했던 게 아니었기에 크게 상관은 없었다. 지금도 무헌은 자신이 왜 이 자리에 있는 것인지 가볍게 의문이 드는 상태였으니 말이다.

어두운 방 안, 벽에 등을 기댄 채로 앉아 있었던 무헌은 눈을 내리떴다. 그곳에는 죽 뻗은 무헌의 다리 옆에 찰싹 달라붙어 있는 은빛 털을 지닌 늑대가 있었다.

조금 전까지만 해도 아니었던 것 같은데 어느새 또 변한 건지 모르겠다. 이불 밖으로 나와선 골골거리는 모습이 보기에 그랬던 만큼 무헌은 이불을 들어선 재차 덮어 주었다. 그리곤 등을 토닥이면서 머리를 쓰다듬었다. 손가락 사이로 빠져나가는 털이 부드러웠다. 만지는 촉감이 나쁘지 않았기에 아래로 내려가선 등에서부터 목까지 한 번에 슬슬 문지르는데 힘들어 보이던 숨소리가 조금씩 차분해졌다.

"……."

자신의 손길을 알고 있는 걸까. 그래서 이렇게 만져 주면 편안함을 느끼는 걸까.

서서히 표정이 풀어진 무헌은 더 조심스럽게, 그리고 열심히 단의 등을 토닥였다. 그리고 그때 조용히 문이 열리고, 단의 어머니 혜원이 들어왔다. 작은 대야를 들고 온 그녀는 눈앞의 광경에 숨을 삼키더니 안쪽으로 한 발을 집어넣었다.

"……어머나, 저 애가."

애써 아무렇지도 않은 척 행동하려 하지만 쉽지 않았다.

다 자란 딸이 사람의 모습으로 있어도 난감할 텐데 늑대로 있었다. 다른 사람도 아닌 황제 앞에서 말이다. 혜원은 입구에 선 채로 어쩔 줄을 몰라 했다.

그녀의 상태를 알면서도 황제는 그저 보고만 있었다. 지금 제 다리에 달라붙어 있는 부드러운 털의 촉감을 포기하기가 많이 아쉬웠기 때문이었다. 움직일 생각이 없어 보이는 황제를 두고 결국 혜원이 말을 꺼냈다.

"폐하, 정말 죄송합니다만 잠시 자리를 비워 주시겠습니까. 날이 많이 늦었습니다."

이렇게 말하면 황제가 기다렸다는 듯 일어날 거라 생각한 건지도 모른다. 하지만 황제는 오히려 턱으로 혜원이 들고 있는 작은 대야를 가리켰다.

"피곤해 보이는데 그걸 옆에 두고 가면 알아서 하겠습니다."

피곤해 보이는 그녀를 대신해서 단을 간병하겠다는 말이었다. 안색을 굳힌 혜원은 아랫입술을 깨물더니, 재차 말을 꺼냈다.

"송구하오나 폐하, 제 딸이니 제가 알아서 간병하겠습니다."

"……."

"시간이 많이 늦었으니 이만 나가 주십시오. 이 안에서 있는 일이 바깥으로 새어 나가진 않겠지만, 남녀가 유별하니 조심해서 나쁠 게 없지 않겠습니까."

이제야 무헌은 혜원이 정말 하고자 했던 말을 파악했다. 다 큰 딸을 낯선 사내와 단둘이 남게 할 수 없었던 거다. 어쩌면 방에 들어섰을 때 주춤했던 건 단이 늑대가 된 것보단 그녀가 황제의 다리에 찰싹 달라붙어 있는 게 이상하게 여겨졌던 걸지도 몰랐다.

지금 이 순간에도 굳어지는 혜원의 얼굴에서 그녀가 느끼는 불편함이 손에 잡힐 듯 전해졌다. 무헌은 순순히 몸을 일으켰고, 동시에 단이 끙, 하는 소리를 냈다. 간신히 안정을 찾아 기분 좋게 있었는데 무헌이 떨어지자 그걸 싫어하는 것 같았다. 분명 의식이 없는 상태일 텐데 이 반응은 뭔가 싶었던 무헌은 그녀를 내려다봤다. 동시에 옆으로 온 혜원은 단의 머리를 두 팔로 감싸고는 아래로 옮겼다.

"얘가 어려서도 잠버릇이 심하더니 다 커서도 이러네."

단이 황제에게 붙어 있던 걸 필사적으로 수습하려 했다. 가느다란 혜원의 팔로는 단을 옮기는 게 벅차 보였지만, 그녀가 선을 딱 그어 버리니 돕겠다 나서는 것도 우스웠다. 조금이라도 빨리 자신이 자리를·비켜 주는 게 그녀를 위하는 일이었기에 무헌은 방을 나섰다.

문을 열고 나오자 거실 바닥에 이불을 깔고 있는 이석이 보였다. 그 옆에서 이수와 이강이 돕겠다면서 오히려 이부자리를 엉망으로 만들고 있었다. 쌍둥이의 엉덩이를 토닥이며 그러지 말라 한 이석이 고개를 들었다.

"오늘 주무실 곳을 안쪽에 준비해 뒀습니다."

이석이 가리키는 건 오두막에서도 가장 안쪽에 마련된 방이었다.

황제가 그 방을 확인하는 걸 보고 이석은 재차 말했다.

"식사도 편하게 하지 못하셨을 텐데 괜찮으시다면 다시 준비해 드리겠습니다."

저녁때가 되어서 이들이 준비한 게 있었고, 무헌도 간단하게 맛을 봤다. 하지만 서로 밥그릇을 빼앗다시피 하면서 경쟁적으로 먹어 치우는 이수와 이강 때문인지 무헌은 거의 먹지 않는 것처럼 비쳤다. 하지만 무헌도 배를 채울 만큼 채웠기에 뭔가를 더 먹고 싶지가 않았다.

지금 황제가 신경 쓰는 건 바닥에 깔린 이불이었다. 쌍둥이는 아직 어리고, 핏덩이도 있었다. 자신 때문에 이들이 바깥에 나와 살 필요는 없었다.

"따지고 보면 이곳의 객이라 할 수 있으니 제가 여기서 자겠습니다."

다시금 존대를 하는 무헌이었고, 이석은 아직도 그게 낯설었다. 하지만 쌍둥이가 보고 있었기에 내색하지 않고 차분하게 말했다.

"아닙니다. 그럴 순 없지요. 궁에 비하면 모든 게 부족하겠지만, 그래도 나름대로 안쪽에 자리를 마련했으니 거기서 주무십시오."

숲 속의 밤은 추웠다. 이불을 깔았다고는 하나 맨바닥에서 어린애가 자다가 고뿔에라도 걸리면 어쩌나 싶었다. 그때 이불 가운데까지 올라온 이강이 크게 하품을 하더니 투정을 부렸다.

"형이 빨리 들어가서 자야지 우리도 잘 수 있어요. 아버지랑

어머니가 계속 형 눈치만 보는 통에 우리도 피곤하단 말이에요."

"강아, 그런 말을 하면 안 된다."

타박을 들은 이강은 당장 입술을 내밀었다. 크게 말실수를 한 것도 아닌 것 같은데 왜 나만 혼나는 건가 싶었다. 토라져선 아예 엎드려 누워 고개를 돌려 버리는 모습에 이석은 난감해했다.

자신이 계속 이렇게 서 있기만 하면 이들만 불편해질 거다. 그걸 느낀 무헌은 결국 가장 안쪽의 방으로 향했다. 반쯤 열려 있는 문을 열고 들어가자 안쪽에 낡은 나무 침대가 있었다. 그곳으로 가 누운 무헌은 눈을 감았다. 그러자 쌍둥이들의 "바로 잘까요?"라는 목소리가 들렸다. 또 쓸데없는 소리를 한다면서 쉬, 하고 쌍둥이의 입을 막은 이석은 어서 자라고 했다. 그렇게 두런두런 대화 소리가 몇 번 더 이어지더니 이내 조용해졌다.

입장상 이들에게 무조건적인 환대를 받을 수 없긴 했다. 자신을 어떻게 대해야 할지 난감함을 숨기지 못하는 자들을 앞에 두고, 묘하게 무헌은 마음이 편했다. 딱딱하고 익숙한 체취가 느껴지는 낡고 오래된 이불도 나쁘지 않았다.

오늘은 푹 잠들 수 있을 것 같았다.

*　　　*　　　*

그는 자신의 아버지라 했다. 그렇게 주장하는 그와 만난 건 거의 16년 만이었다.

그동안 그에 대해선 다른 사람을 통해 말을 들었을 뿐, 직접적으로 그와 대화를 나누거나 온기를 주고받은 적이 없었다. 그렇기에 아버지라 하는 그를 앞에 두고도 하나도 반갑지가 않았다. 당장 드는 생각은 왜 하필 지금 제 앞에 나타나는 것인가에 대한 원망뿐이었다.

쉬이 굳은 표정을 풀지 못하는 무헌을 두고 분위기가 심상치 않다고 느낀 걸지도 모른다. 함께 온 자들이 재차 그가 부친이라는 걸 상기시켜 주었다. 참으로 오랜만에 만나는 부자지간이니 포옹을 하면서 재회의 기쁨을 누리라는 듯 말이다.

하지만 주변에서 뭐라 한들 무헌의 눈에 앞에 서 있는 건 낯설기 그지없는 노인이었다. 얼굴을 마주하고 있다고 해서 오랜 간극이 순식간에 좁혀들어 없던 피붙이에 대한 정이 생겨나는 것도 아니었다. 그건 상대도 마찬가지일 거라 생각했다. 자신이 미쳐서 달려들어 아버지, 하면서 감격의 눈물을 쏟아내면 더 불편해할 게 눈앞에 있는 노인이었다.

실제로, 무심한 무헌의 모습에 당황하는 자들과는 달리 그를 바라보는 황제의 눈빛은 시종일관 차분했다. 비스듬히 올라간 입매는 마치 '그래. 이래야 내 아들이지.' 그런 말을 하고 싶어 하는 것 같았다.

무헌은 자신의 이런 태도를 두고 눈앞에 있는 존재가 어떤 식으로 생각하고 받아들이든 하나도 신경 쓰이지 않았다. 지금 무헌이 자신의 아버지라 하는 인물에게 궁금한 건 딱 하나밖에 없었다.

'왜 이제 와서 저를 데려오신 겁니까.'

사방에서 헛숨 삼키는 소리가 들리더니 다급히 무헌을 만류했다. 그런 말을 해서는 안 된다면서 당황하는 자들을 두고 황제는 차분하게 답했다.

'널 위해서 데리고 온 거다. 네가 지금 궁에 들어와야 한다고 판단을 내린 거지.'
'그 판단은 누가 내린 겁니까. 어째서 제가 지금에 와서 궁에 들어오는 게, 절 위한 일이라 생각하십니까.'
'너는 마치 궁에 들어온 걸 불만스럽게 여기는 것 같구나. 물론, 낯선 환경이 두려울 수도 있겠지만, 결과적으로 너에게 나쁠 게 없다. 나는 죽기 직전에 내 아들인 널 가장 높은 자리에 올릴 것이니. 이는 아무나 누릴 수 있는 호사가 아니다.'
'제가 뜻하신 대로 가장 높은 자리에 올라 호사를 누리는 삶을 원한다고 생각하십니까.'

더는 안 되겠다 싶은 것일까. 다른 말은 얼마든지 해도 상관없지만, 보위와 관련해서 이렇게나 날을 세워선 안 되었다.

누구는 원해도 결코 손에 넣을 수 없는 지위였다. 그리고 무헌은 가만히만 있으면 고귀한 신분과 산처럼 쌓인 재물 및 하늘 아래 모든 것들을 호령할 수 있는 권력을 손에 넣을 수 있었다. 그런데 무헌이 지금 내뱉는 말 몇 마디로 굴러들어 온 그 모든 복을 걷어찰 수도 있었다.

내내 잠자코 있던 자들이 둘 사이에 끼어들어서 지금 무헌이 피로해서 예민해진 상태라, 마음에도 없는 말이 나오는 거라 두둔해 주었지만, 무헌의 말은 끝난 게 아니었다.

'제가 보위에 오르는 게 누구의 뜻입니까. 제 뜻은 아닐 테니 오랜만에 재회한 아버지의 뜻일 테고, 그것은 단순히 그분의 욕심이 아닙니까.'

여기서 더 개입하는 건 무의미하다는 결론을 내린 것일까. 숨죽인 채로 있던 자들이 하나둘 물러났고 어느덧 그곳에는 황제와 무헌만이 남아 있게 되었다.

이런 말까지 한 이상, 황제라 한들 마냥 기분 좋을 수가 없었다. 그가 뭐라 하지는 않을까 싶었으나 황제의 올라간 입매는 여전했다. 오히려 처음보다 더 흡족해 보였다.

'자식에게 가장 좋은 걸 물려주고 싶은 게 부모의 마음이다. 네가 날 원망하는 마음이 크다는 걸 알지만, 시간이 지

*나면 자연스럽게 깨닫게 될 것이다. 내가 왜 그래야 했고,
어떤 마음으로 널 지금 이때에 불러들였는지를 말이야.'*

'……'

*'네가 나를 탐탁지 않아 하든 말든 넌 내 가장 귀한 자식
이고, 내 너에게 거는 기대가 크다. 앞으로 아주 많은 일이
닥치겠지만 그 모든 걸 현명하게 이겨 낼 거라 믿는다. 그
러기 위해서 내 믿는 자들에게 너를 맡긴 것이었다.'*

무헌은 황제가 믿는 수많은 자들의 품 안에서 자라났다.

어리고 철없을 때에는 이상하다 싶어도 그러려니 하고 넘기는
게 있었는데 나이를 먹어감에 따라 자신의 처지가 보통 사람들
과 다르다는 걸 깨달았다. 그 다름을 알게 되면서부터 시작된 의
문과 불만은 해소되지 않은 채 차곡차곡 쌓였고, 그것이 극에 다
다른 지금 그렇게밖에 살아갈 수 없게끔 했던 원인이 되는 존재
와 마주하고 있었다. 그렇기에 무작정 그에게 호감을 표할 순 없
었다.

마음을 가득 채우고 있는 의문에 대한 답은 아직 하나도 듣지
못했다. 그리고 제 주변에 있는 자들은 눈앞에 서 있는 귀한 분
에게 함부로 의문을 드러내지 말라는 강요만 한다. 자신이 무엇
을 묻고자 하고 알고 싶어 하는지에 대해선 조금도 관심 없는 것
처럼 말이다.

제 날 선 태도 때문에 주변의 모두가 덜덜 떨고 있음을 알지만

무헌은 눈에 들어간 힘을 뺄 수 없었다. 표정의 변화가 거의 없는 그를 두고 황제만이 느긋했다. 오랫동안 위중하다는 말을 들어온 게 무색하게도 정정해 보이는 그는 천천히 입을 열었다.

'내 너와 오랜 시간을 함께하지 못하는 것이, 못내 아쉽고 마음 아프구나.'

내내 굳은 얼굴로 있던 무헌이지만, 그때만큼은 계속 날을 세운 채로 있을 수 없었다.

힘없는 그 숭얼거림 속에 담긴 진심이 느껴졌기 때문이었다.

*   *   *

"……."

눈을 뜨고도 반쯤 잠에 취해 있었다. 재차 쿵, 하는 소리가 들리지 않았더라면 무헌은 계속 잠을 이어 갔을 거다. 하지만 더는 잠들지 말라는 건지 바깥에서 끼익, 하는 소리와 함께 타박하는 목소리가 들렸다.

"─조심하라니까."

아직 어리고 통통 튀는 이 목소리가 누구의 것인지 모르지 않았다. 때문에 무헌은 완전히 잠에서 깨어날 수 있었다.

허리 아래까지 내려와 있는 이불을 본능적으로 어깨까지 올린 무헌은 몸을 움츠렸다. 이불 속은 따뜻하지만, 바깥 공기는 찼다. 공기가 차다니. 한동안 느껴 보지 못했던 감각이었다. 낯선 감각은 이곳이 어딘지를 일깨워 주었다. 그러는 동안 말썽꾸러기들의 목소리는 계속 들려와 무헌이 마냥 누워 있을 수 없게끔 했다.

또 무슨 사고를 치는 걸까. 저 아이들이 저러는 걸 부모는 알고 있을까. 애초에 그들이 집 안에 있다면 이런 소리가 날 때에 맞춰서 제지를 했을 거다. 거기까지 생각이 미친 무헌은 이불을 걷고 일어났다.

쌍둥이는 이불의 모서리를 각각 붙들고는 바깥으로 나가는 문 앞에 서 있었다. 있는 힘을 다해 당기다가 이불이 주욱 끌려오자 당황한 이수가 이강을 타박했다.

"아, 조심하라고. 그러다가 부딪치면 어쩔 거냐고."

"어차피 자고 있는데 부딪쳐도 알 게 뭐야."

"그런 소리가 어디에 있어. 나중에 일어났는데 몸에 멍이라도 들어 있다고 하면 어쩔 거야?"

그땐 모르는 일이라고 잡아떼면 그만이었다. 일단은 누나가 어서 정신을 차려서 그런 말이라도 해 주었으면 싶었던 이강은 어금니를 악물었다. 단전에 힘을 모으고 온 힘을 쏘아부어선 이불을 당겼지만, 아까와 달리 꿈쩍도 하지 않았다. 이불을 당기려다간 제 팔이 뽑혀져 나갈 판이라면서 이강은 잡고 있던 걸 놓았다.

"무거워서 안 되겠어. 난 포기할래."

이강의 말에 이수는 기가 찬 얼굴이 되었다.

애초에 단을 바깥으로 끄집어내서 새벽 햇볕을 받게 하면 되지 않겠냐고 말을 꺼낸 게 이강이었다. 그래서 무거운 단을 이불 위에 올리고 여기까지 끌고 왔는데 포기라니. 그러면 다시 방으로 집어넣어야 하는데 여기까지 와서 그게 말이 되는 소린가 싶었다. 얼굴을 확 일그러뜨리고 한마디 하려던 이수는 입을 다물었다. 힘들다며 쪼그리고 앉은 이강의 뒤로 느릿하게 걸어오는 무헌을 봤기 때문이었다.

처음에는 들켰구나 싶었지만, 이내 좋은 생각이 든 이수는 눈을 빛냈다.

"—이리로 와서 우리 좀 도와줘요."

자신들보다 키도 크고 몸도 좋은 무헌을 보는 순간 좋은 생각이 확 떠올랐다. 이수는 잡고 있던 이불을 놓으면서 무헌 앞으로 달려갔다. 뭔가 싶어 고개를 들었던 이강도 무헌을 발견하곤 벌떡 일어났다. 젤 힘들 때에 맞춰서 딱 큰 도움이 될 만한 사람이 나타났다. 정말 잘되었다면서 이강은 주저앉은 채로 무헌의 다리를 붙잡았다.

"잘됐다. 우리 누나 좀 업어 봐요. 우리들 힘으로는 도저히 옮길 수가 없어."

쌍둥이가 다리에 각각 매달려선 반짝거리는 눈동자로 올려다본다. 사고를 치려는 와중에, 자신이 그걸 도와줄 것을 의심치 않아 하는 그 태도에 기가 찼다.

"지금 뭘 하려는 거냐."

묻는 무헌의 표정과 눈빛이 영 좋지 않았지만, 그걸 깨닫지 못한 이강이 이불에 감싸인 단을 가리켰다.

"아플 땐 새벽 공기를 쐬고 햇볕을 받으면 직방이거든요. 약도 없고 열은 내리지 않으니, 그런 거라도 해 보려고요. 언덕 너머에 터가 좋은 곳이 있는데, 우리 마을에서 제일 나이가 많은 할멈이 아플 때마다 거길 찾아요."

"맞아. 맞아. 허리하고 다리가 아플 때마다 거길 가는데, 새벽녘에 앉아 있으면 좀 나아진다고 했어요."

환자의 건강을 회복하기 위해서 신선한 공기와 따뜻한 볕은 도움이 될 수가 있었다. 하지만 근본적인 치료가 되지 않은 상태에서 무턱대고 햇볕만 받게 하는 게 좋을 리 없었다. 무헌은 늑대인 모습으로 깊이 잠들어 있는 단을 보고는 물었다.

"열을 내리게 하는 약이 하나도 없는 거냐."

"없어요. 맞다. 혹시, 약 같은 거 없어요?"

진득하니 한 가지 주제에 맞춰서 대화가 이어진 적이 한 번도 없었다. 그때그때 생각나는 걸 즉흥적으로 내뱉기만 하는 쌍둥이를 두고 무헌은 짤막하게 말했다.

"없어."

"뭐야. 어떻게 약 하나 안 들고 다니냐. 너무했다."

"……."

대단히 실망한 얼굴로 눈을 흘기는 이강을 두고 무헌은 입꼬리를 올렸다. 애들 행동이 귀여워서 이러는 게 아니라 어디까지나 아이가 없었기 때문이었다.

그러는 너희는 그 약이 없어서 이른 새벽에 단을 터가 좋다는 곳으로 끌고 가려고 했던 거잖아. 한마디 하면 쌍둥이가 더 시끄럽게 굴 거란 걸 알기에 대신 무헌은 주변을 둘러봤다.

"너희 부모님은 어디에 계시고 너희가 이 난리냐."

"의논한다고 나가셨어요. 아마도 형하고 관련된 일이지 않을까요?"

"……."

대수롭지 않게 말한 후 이강은 단 옆으로 가 쪼그리고 앉았다. 누이를 내려다보는 강의 표정이나 눈빛은 심각했다. 햇볕을 쐬려 한다는 것도, 어찌 보면 장난하는 것 같아도 이 아이들에겐 진지한 일이었을 거다. 그렇게라도 해서 누이가 훌훌 털고 일어났으면 싶은 거겠지.

여전히 단에게서 시선을 거두지 않은 채로 있던 무헌이 앞으로 움직였다.

"비켜 봐."

"우리 누나 늑대일 때 되게 무거운데. 혼자서 못 들 텐……."

이강의 말이 채 끝나기도 전에 무헌은 단의 목 아래와 허리를 각각 감싸고는 가뿐하게 들어 올렸다. 단의 얼굴을 제 오른쪽 어깨에 기댈 수 있도록 한 후, 양팔을 교차해서 단을 앞으로 안아 든 채로 무헌은 눈을 내리떴다.

"가벼운데?"

정말로 가뿐하게 들었다는 걸 쌍둥이도 봐서 알고 있었다. 하지만 조금 전 이불에 단을 올리고 힘들게 옮겼던 게 있었기에 그걸 순순히 인정하고 받아들일 수 없었다.

"무거우면서 센 척한다."

"그러게. 힘들어하는 거 다 보이는데."

"……."

서로 얼굴을 맞대고는 "봐 봐, 힘들어하잖아. 표정이 굳어진다."라고 쑥덕대는 쌍둥이를 물끄러미 보던 무헌은 결국 참지 못하고 발끝으로 엉덩이를 툭 걷어찼다. 한 대 맞고 나서야 입을 다문 이강은 벌떡 일어나 이수와 함께 집 밖으로 나갔다. 멀찍이 달려가선 어서 오라며 손짓하는 모습에 고개를 저은 무헌은 걸음을 옮겼다.

깃털처럼 가벼운 건 아니지만, 못 들 정도는 아니었다. 그보단 북실북실하면서도 매끄러운 털의 감촉이 무게감을 상쇄시켰다. 숲의 찬 공기마저도 전부 막아 주는 따뜻한 털 사이에 한쪽 뺨을 기댄 무헌은 단을 끌어안은 두 팔에 더 힘을 주었다. 떨어질세라 조심스럽게 단을 받치는 무헌의 팔을 확인한 이수는 근처의 나뭇가지를 하나 꺾어 빙빙 돌리면서 말했다.

"바깥에 있는 동안 설거지 하는 실력이 좀 늘지 않았을까?"

"바보야. 바깥에 나갔다고 해서 누나가 그런 짓을 했겠어? 어림도 없어. 분명 싸움판에나 기웃거리면서―"

앞서 들어 본 적 있던 의견을 주거니 받거니 하던 아이들은 으슥한 언덕길을 앞에 두곤 뒤를 돌아봤다. 단을 안아 들고도 안정적인 걸음을 옮기는 무헌의 모습에 이강이 나직하게 말했다.

"우리가 생각하는 것보다 훨씬 더 거물일지도 몰라."

"그게 좋은 걸까. 나쁜 걸까."

"어른들이 알아서 하겠지만, 좀 그러네."

"맞아. 좀 그래."

이 어린것들이 다른 의도가 있어 이런 식으로 말한다는 게 아님을 모르지 않았다. 그냥 한 귀로 듣고 한 귀로 넘기면 될 테지만, 황제가 된 이후로 이런 식으로 뭔가를 할 때마다 말을 첨가하는 자들이 없었다. 스스럼없이 저를 보고 농을 걸거나, 손가락질을 하고, 그러면서 웃는 등의 행동은 말이다.

참으로 오랜만에 경험해 보는 일이었고, 그것이 마냥 싫지만은 않았다. 때문에 무헌은 웃었고, 쌍둥이 앞까지 와서는 걷어찰 것처럼 한쪽 다리를 휘둘렀다.

"우와, 우리를 때리려고 한다!"

"그렇게 느려서야 우리의 옷깃에도 스치지 못할걸요?"

장난스럽게 대꾸한 쌍둥이는 구르듯이 언덕을 올라갔다. 눈 깜짝할 사이에 중간까지 가서는 엉덩이를 흔들면서 혀를 베에, 하고 내미는 모습에 장난기가 가득했다.

저러는 게 다른 누구도 아닌 자신에게 향해진 거란 걸 모르지 않으면서도 화가 나기는커녕 우스웠다. 덧붙여 저런 말썽쟁이를 키우는 부모가 불쌍하게 여겨졌다. 한창 말을 안 들을 때이니 한동안 고생이 심하겠다면서 무헌도 언덕길 사이로 들어갔다.

단의 앞발이 각각 무헌의 어깨에 걸쳐져 있고, 힘없이 떨궈진 머리가 오른쪽 어깨에 올려져 있었다. 안정적으로 안아 들었음에도 불구하고, 조금이라도 몸이 흔들리면 옆으로 기울어지거나 해서 떨어뜨리지나 않을까 싶었다. 때문에 쌍둥이가 안내하는 대로 걸어가다가도 무헌은 몇 번이고 제 어깨 위에 걸쳐진 단의 얼굴을 확인했다.

분명, 늑대의 모습으로 사람은 아니었다. 하지만 힘없이 눈을 감고 있는 그 모습에서 무헌이 잘 아는 사람이 덧그려진다.

하늘을 뚫고 올라가는 게 아닌가 싶을 정도로 기운이 팔팔하던 녀석이 이렇게 며칠 동안 골골거릴 줄은 몰랐다. 늑대인 모습으로 사람을 공격한 게 그렇게나 큰 잘못이었던 걸까. 하지만 그런 걸로 따지면 단은 궁을 빠져나가려 했을 때, 제 그림자 하나를 물기도 했었다. 어쩌면 이런저런 일이 겹쳐져서 한 번에 무리가 된 걸지도 모르지. 결국 이 모든 것들도 추측일 뿐으로, 아직은 무엇이 정확한 원인인지를 알 수 없었다.

단이 왜 이렇게 힘들어하는지, 왜 자꾸만 늑대와 사람의 모습이 반복되는 것인지, 그리고…….

"저기로 가면 되어요."

이강의 말에 무헌은 고개를 들었다.

어느새 언덕 위에 선 쌍둥이는 어서 오라면서 빠르게 손짓했다. 그리곤 몇 번이고 건너편을 돌아보는 모습에 무헌도 두 다리에 힘을 주었다.

경사가 꽤 나 있는 곳인지라 지금까지하고 달리 힘에 부쳤다. 등은 이미 땀으로 흠뻑 젖어 있었고, 얼굴을 타고 땀이 쉴 새 없이 흘러내렸다. 하지만 아이들에게 힘든 기색 하나 내지 않은 무헌은 언덕 위에 서선 앞에 펼쳐져 있는 아담한 공간을 보곤 긴숨을 내쉬었다.

"멋지죠? 저 그루터기에 누나를 올려 두면 되어요."

언덕 위에는 아담한 공터가 있었디. 대부분이 무릎 위까시 올라오는 풀이 자라나 있었고, 그 가운데는 사람 여럿이 한 번에 올라가 앉을 수 있을 만큼 큼지막한 그루터기가 있었다. 누이를 생각해서 일부러 여기까지 올라올 생각을 하고 있었던 쌍둥이는 금세 신경이 다른 곳으로 돌아갔다. 풀 사이로 엎드리면 제 모습이 보이지 않게 되니, 저 깊숙한 안쪽까지 가선 서로를 부르면서 "나 찾아 봐라." 그런 걸 하고 있었다. 역시 아직은 어리고 철이 덜 들었다면서 쓰게 웃은 무헌은 이수가 가리킨 그루터기로 향했다.

멀리서 볼 때에도 큼지막하다 싶었는데, 막상 이렇게 가까이 오자 그 면적이 상당했다. 이전에 대체 얼마나 큰 나무가 있었던 걸까.

수많은 이들의 손길이 닿았던 것인지, 만질만질하게 잘 다듬

어진 표면을 보던 무헌은 고개를 들었다. 하늘을 올려다본 후
그는 중얼거렸다.

"하늘에 닿을 정도로 높게 솟았으려나."

여기에 나무가 그대로 있었다면 분명 그 정도는 되었을 거라
면서 단을 조심스럽게 내려놓았다. 하지만 의식이 없기 때문인
지 손을 놓기가 불안했다. 결국 무헌은 먼저 나무 그루터기 가운
데에 앉아서 제 무릎 위에 단을 올렸다.

훨씬 더 안정적으로 자세를 잡고 눕게 된 단은 여전히 눈을 감
고 있었다. 처음에는 가끔씩 눈을 떠 자신이 곁에 있는지 없는지
확인했었는데. 이것도 무헌 혼자만의 생각이긴 했다. 하지만 그
런 생각을 할 수밖에 없는 게, 몽롱한 눈빛으로 주변을 둘러보던
단이 꼭 무헌을 보고 나서야 안심이 되는 것처럼 잠을 이어 갔던
거다. 그런 식으로 쳐다보면 누구나 다 오해할 거라면서 무헌은
단의 머리에 손을 올렸다.

손가락 아래로 간질거리는 털이 만져진다. 그렇게 머리에서
부터 목까지 쓸어내리는 동안 무헌의 땀은 바람에 다 날아갔다.

*'내가 할 수 없으니까, 내가 해도 한계가 있으니까 그렇
게 도와 달라고 했잖아! 황제라는 놈이 왜 그런 부탁 하나
못 들어주냐!'*

가슴에 두 손을 올리고선 정말 답답해 미칠 것 같다며 발을 동

동 굴렸다. 그 모습을 보고도 움직이지 않자 기가 찬 듯 긴 한숨을 내쉰 후, 단은 재차 말했다.

'두 번 다시 네 생각 안 해. 미안해하지도 않을 거야.'

"금방이라도 울 것 같은 얼굴을 하고선……."

그런 얼굴로 그렇게 말하면 누가 믿을까. 아, 지금 또 애써 무리해서 마음에도 없는 말을 하는 거로구나. 그런 생각을 하는 게 당연한 게 아니겠냐면서 무헌은 계속 단의 머리를 쓸어내렸다.

그 손길 때문일까. 아니면 이 장소에 깃든 영험한 넋분일까. 늑대였던 단이 서서히 변화를 시작했다. 곁에서 그걸 봤기에 어떤 일이 벌어질지를 이미 알고 있었던 무헌은 겉옷을 벗어선 그걸 단에게 덮어 주었다. 직후 단은 사람이 되었다.

무헌의 허벅지에 얼굴을 기댄 채로, 작게 웅크리고 있었다. 긴 검은 머리카락이 그루터기 위에 넓게 퍼져서 아래까지 흘러내렸다. 참 길다. 무헌은 그 머리카락을 한 손으로 들어선 제 눈앞으로 올렸다. 손가락에 닿는 부드러운 머리카락을 전부 다 모아서 단의 등 뒤로 넘겨준다.

움켜쥔 단의 두 손은 얼굴 앞에 모여 있었다. 감겨진 속눈썹은 무척 길어서 복숭아 빛 두 뺨 위로 긴 그림자를 만들었다. 콧날은 앙증맞게 솟아올라 있었고, 입술은 붉었다. 턱에서 목으로 이어지는 매끈한 선과 동그란 어깨, 그리고 옷으로 가려져 있는 작고 날씬한 몸. 단을 내려다보던 무헌은 단의 뺨으로 손을 내렸다.

손가락으로 뺨을 건드리고는 조금 더 내려서 어깨를 쓰다듬는다. 조심스럽게 어루만지다가 힘을 줘서 어깨를 감싼 후에는 눈을 내리떴다.

무헌은 단의 어깨를 붙들고 있는 제 손바닥을 타고 올라오는 온기를 느낄 수 있었다.

지금껏 이 온기를 느껴 본 적이 없다는 건 아니었다. 그저, 제 손에서 느껴지던 온기가 가슴에까지 닿은 적이 없었을 뿐이었다. 아주 오랫동안 잊고 있었던 어떤 감정이 하나둘 살아나는 걸 느끼면서 무헌은 눈을 감았다.

그루터기에 앉아 있는 무헌과 그런 그의 허벅지에 머리를 괸 채로 잠들어 있는 단. 둘을 엿보듯이 지켜보던 쌍둥이의 눈이 가늘게 떠진다.

"역시 그런 거였어."

"아니야. 우리가 뭔가를 잘못 아는 걸지도 모르잖아. 듣자하니 황제라는데 뭐가 아쉬워서 우리 누나를……."

"성격이 세고 툭하면 주먹을 휘두르긴 하지만, 엄마 닮았잖아. 우린 누나라서 그렇게 안 느껴지는 거지. 정말은 예뻐."

"예쁘다고? 너 지금 진심으로 그렇게 말하는 거야? 누나가 예쁘다고?"

"어렸을 때부터 너무 많이 맞았다고 누나에게 나쁜 감정은 가지려 하지 말고 마음을 활짝 열어 봐. 누나는 어디에 내보여도 나쁘지가 않다니까? 입 다물고 눈에서 힘 빼고 예쁜 옷 입고 머리도 틀어 올리면……."

떠들어 대던 이수가 입을 다문 건 무헌이 눈을 떴기 때문이었다. 정확하게 저를 바라보는 그 눈빛에 움찔하지 않을 수 없었던 이수는 아무것도 모르는 것처럼 슬금슬금 물러났다. 장소를 바꿔서 다시금 이강하고 놀 셈이었지만, 바로 그때 익숙한 인기척이 느껴졌다.

당황한 이수는 아래를 내려다봤고 이리로 올라오는 부모님과 몇몇 어른들을 확인하곤 크게 입을 벌렸다. 큰일 났나 싶었던 이수는 입을 가린 채로 이강을 돌아봤다. 왜 그러냐고 물을 필요도 없었다. 당황한 이강은 급히 무헌에게 달려갔다.

"다시 누나를 업어요. 여기서 피해야 해요."

"누가 오기라도 하는 거냐?"

"부모님들이 올라와요. 큰일 났네. 형이랑 누나랑 같이 있는 걸 알면 분명 화를 내실 텐데—"

거기까지 말한 이강은 당장 입을 다물었다.

너무 당황해서 하지 않아도 될 말을 해 버렸다. 방금 그 말을 듣고 무헌이 괜한 오해를 하는 게 아닐까 싶었던 이강은 웅얼거렸다.

"그게, 그러니까—"

"네 부모님들이 이른 시간에 밖으로 나가 다른 어른들과 모였던 건 내가 더는 이곳에 있으면 안 되기 때문이겠지."

이강은 제 입술을 누르는 손에 더 힘을 주었다.

그런 게 아니라고 하고 싶어도 거짓말을 할 순 없었다. 지금 무헌이 말한 대로, 더는 소율태국의 황제가 이곳에 있으면 안 되었기에 어떻게 하면 그를 조용히 이곳에서 내보낼 수 있을지에 대해 의논하려는 것 같았다. 겸사겸사 앞으로 뭘 어떻게 하면 좋을지에 대해서도 말을 주고받고 말이다. 하지만 이건 말을 한 번 건네면 더 길어질 수밖에 없었다. 일일이 설명하기가 좀 그러니까 누나부터 업으라고 하려 했지만, 그 순간 무헌이 말했다.

"약도 없고, 당장 치료할 방도도 없는데, 나부터 내보낸다고 해서 해결되는 게 있을까."

그리곤 고개를 들자 어느새 가까이에 다가와 서 있는 강이석이 있었다. 아버지의 눈치를 보던 쌍둥이가 물러나고, 무헌은 단의 어깨에 한 손을 올린 채로 말했다.

"그런 식으로 계속해서 제 몸을 숨긴다고 이미 알고 있는 사람들이 당신들을 포기할까."

물끄러미 단의 부친을 응시하던 무헌은, 이윽고 한쪽 입술 꼬리를 올렸다.

"내게 좋은 생각이 있는데 한 번 들어보겠나."

좋은 생각이라고 하지만 무헌의 눈빛이나 표정에서 전해지는 건 달랐다. 보고 있기가 겁날 정도로 이상한 분위기를 풀풀 풍겼다.

　　　　*　　　*　　　*

　숲 밖으로 나가기 전, 단은 늘 가장 높은 곳에 서서 먼 곳까지
내다보곤 했다.

　대부분은 저 너머에 무엇이 있을까에 대한 생각을 했지만, 그
것 말고도 그냥 아무 생각 없이 멍하니 있는 시간도 꽤 되었다.
부모님이 또 가냐고 걱정할 정도로, 그 장소를 빈번하게 찾았다.

　처음에는 바깥세상에 대한 갈망이 너무도 커서 이러는 걸까
싶었지만, 이윽고 그런 생각조차 하지 않게 되었다. 아무 생각도
하지 않고 멍하니 그저 보고, 또 보기만 했다. 그러는 동안 이런
바보 같은 생각을 할 때도 있었다.

　저 너머에 있는 누군가가 자신을 기다리고 있지나 않을까.

　거기까지 생각한 단은 저도 모르게 옅은 미소를 지었다. 혼자
만의 망상인데 뭐가 좋다고 웃는지 모르겠다. 이러다가 같이 일
하는 남가주 아저씨들에게 실실거리며 웃지 말라고, 무섭다면
서 한소리 듣게 될지도 몰랐다. 혼나기 전에 더는 실실거리지 말
자면서 자꾸만 올라가려는 입술 꼬리를 내리려는데 쉽지가 않았
다. 그렇게 몇 번이고 올라가려는 입꼬리를 내리기를 반복하는
동안 단은 잠이 들었다가 깼다. 그사이로 언뜻 그 녀석이 나타나
곤 했다.

　이제는 황제가 되었다면서 자신을 홀대하고 아는 척도 하지

않았던 괘씸한 놈. 이럴 줄 알았더라면 입맞춤을 하는 순간 턱주가리를 날려 버리는 거였는데.

지금은 황제가 되기도 했고. 가까운 곳에서 놈을 보호하는 그림자라는 자들도 있어 성질대로 하기가 좀, 많이, 그랬다. 괜히 꼬투리 잡히는 건 싫으니 주먹질 말고 놈을 골탕 먹일 수 있는 방법은 없을까. 하지만 마땅히 그런 건 없는 것 같았다.

아, 맞다. 무슨 말을 해도 움직이지 않을 것 같았던 그놈이 갑자기 숲에 나타났었지. 조금만 늦게 나타났다면 모주화 그놈의 머리통을 날려 버렸을 텐데.

다른 사람은 몰라도, 모주화 그놈은 꼭 없애 버릴 셈이었다. 여우 같이 생긴 놈이 비열하기 짝이 없었다. 그놈이 살아 있다면 빌어먹을 악연은 끝나지 않고 계속 이어질 거다. 잘 때만이라도 두 발 주욱 뻗으려면 그놈을 확실하게 처리해야만 했다.

모주화를 생각하면 속에서 열불이 난다. 왜 그런 놈의 세치 혀에 넘어가서 궁에 들어왔을까. 만약 황제가 무헌이 아니었더라면 자신은 정말로 놈이 원하는 대로 황제 시해범이 되었을까. 그 일에 대해서 생각하자 속이 답답해진다.

암만 힘들어도 그렇지, 사람 죽일 생각을 하다니. 물론, 모주화는 정말로 죽이고 싶지만, 황제 시해 건은 또 다른 이야기였다. 함부로 사람에게 해를 가하고 죽이면 안 되었다. 그리하면 그 업보는 고스란히 자신에게 돌아오게 되어 있었다.

어려서부터 아버지에게 귀에 딱지가 내려앉을 정도로 들었는데 왜 중요한 순간에 실수를 하려고 했던 걸까. 이건 정말이지 입이 열 개라도 할 말이 없다면서 단은 긴 숨을 내쉬었다. 동시에 드는 의문이 있었다.

자신들이 늑대가 된 건 황제의 허물을 뒤집어쓴 거라 치지만, 위급한 상황일 때에는 그걸 편하게 이용할 수도 있는 게 아닐까. 대부분은 사람으로 있지만, 위험하거나 문제가 발생할 땐 늑대로 변하곤 했다. 그런데 늑대일 땐 사람에게 해를 가해선 안 된다니. 뭔가 앞뒤가 맞지 않는 것 같은데.

애초에 이런 생각을 하는 것 자체가 이상한 걸까. 그냥 위에서 가르쳐 수고 아버지가 일러 수는 대로 고개를 끄덕이면서 '아, 그런 거로구나.'라고만 생각해야 하는 걸까.

하지만 왜 꼭 그래야 하는 거지. 의문을 가지고 궁금한 걸 알아보고 싶은 게 크게 이상한 것도 아니잖아. 그러다 보면 전에는 알지 못했던 새로운 걸 알게 될지도 몰랐다. 그렇기에 자신이 궁에 들어올 수 있었던 게 아닐까. 저 황제가 무헌이기도 한 거고 말이다.

거기까지 생각하는 순간 단은 재차 마음이 답답해졌다.

무헌은 본인이 황제가 될 거란 걸 언제부터 알고 있었던 걸까. 어느 날 갑자기 낯선 사람이 나타나서 '당신은 이제부터 황제가 될 겁니다.'라는 말도 안 되는 소리를 했을 것 같지도 않은데. 그렇다면 5년 전, 남가주에서 벌어진 그 사건은 그 녀석이 연관된 일이었을까. 그 검은 마차에 올랐던 게 그 녀석에겐 꼭 위험하지만은 않았던 일이었을지도 모르지. 그것도 모르고 필사적으로 그 뒤를 쫓았던 자신이 바보인 거고 말이다.

하지만, 아무것도 모르니까 그땐 어쩔 수 없는 일이었다. 동시에 사전에 말을 들었더라도 자신이 멀어지는 무헌을 보고만 있었을지 의문이 들었다. 지금은 그렇다 처도 당시의 무헌에겐, 그 녀석에겐 특별한 감정을 품고 있었다. 지금은 절대로 아니다. 이 감정은 어디까지나 과거의 것이고, 지금은 완전히 정리된 것이었다. 오랜만에 재회한 자신을 보고도 시치미나 뚝 떼는 그런 놈 재수 없었다. 정말 싫다면서 툴툴대지만, 그래도 이번에 숲에서 갑자기 나타났을 땐 좀 멋있었다.

만약 그때 무헌이 나타나지 않았더라면 상황은 더 복잡하게 꼬였을지도 몰랐다. 다치는 사람도 많고 어쩌면 죽는 사람이 생겼을지도 모르고. 자신이 직접 손을 써서 모주화를 물어뜯거나 죽였다면, 그걸로 자신에게 안 좋은 일이 발생했을지도 모르지. 그런 걸 두고 생각해 본다면 고마워해야 할 부분에 대해선 확실하게 인사를 해야 할지도 몰랐다.

이런저런 생각을 하던 단은 긴 한숨을 내쉬면서 두 팔을 위로 뻗었다. 기지개를 하면서 몸을 돌려선 엎드리듯 누웠다. 부드러운 이불 위에 얼굴을 문지르면서 재차 잠을 이어 가려 했는데, 이질적인 느낌이 들었다.

이불이 왜 이렇게 부드럽고 푹신한 거지. 마지막으로 기억하는 건 모주화 놈의 목을 물어뜯으려 했던 거였는데. 그때 갑자기 나타난 무헌이 그러지 말라면서 본인이 직접 모주화 그놈의 머리통을 걷어찼다. 속이 다 시원했었지. 잘한다고 한마디 해 주고 싶었는데 바로 의식이 멀어졌다.

그렇게 쓰러지면 자신을 챙겨 줄 사람은 가족들밖에 없고, 옮겨질 장소는 집밖에 없었다. 그리고 집 안에서 사용하는 이불은 이렇게나 푹신하고 좋을 수가 없었다.

"……."

지난 몇 년 동안 열심히 벌어다 준 돈 덕분에 집안 살림이 좀 폈나. 하지만 어차피 좋은 이불을 사 놔도 한창 자랄 때인 말썽쟁이들이 있어서 얼마 못 가고 엉망이 되기에 어머니는 이런 것에는 돈을 쓰지 않았다. 어쩌면 이번에 태어난 젖먹이 동생 때문에 새롭게 장만한 걸지도—

하지만 단의 생각은 더 길게 이어질 수 없었다.

"일어나셨어요? 벌써 해가 중천이랍니다. 너무 오래 주무시면 건강에 해롭습니다. 어서 일어나세요. 부인."

아주 오래전부터 자신에 대해서 잘 알고 있었던 것처럼 다정다감하기만 한 말투에 한 번 더 잠에 빠져들 뻔했다. 이윽고 지금껏 자신이 저런 목소리하고는 연이 없었다는 걸 상기한 단은 잠이 싹 달아났다.

"……."

크게 눈을 뜨고 숨죽인 채로 있던 단은 다시금 제 몸을 감싸는 이불에 대한 이질감을 상기했다.

이불은 부드럽고 푹신했다. 덧붙여 제 몸을 감싸고 있는 옷감도 피부에 착 달라붙는 것처럼 기분 좋았다. 뻣뻣하고 냄새가 나는 데다가 비가 오면 몸살이 날 정도로 딱딱한 바닥도 아니었다.

몇 가지 더, 지금 제 얼굴 위로 흘러내리는 머리카락은 길고 부드러웠다. 눈앞에 놓인 손은 평소 알던 것보다 훨씬 더 작았다. 남장을 하는 동안의 제 손은 이보다 크고 거칠었다. 거기까지 기억을 떠올린 단은 벌떡 일어나 뒤를 돌아봤다.

"어머나―!"

이상한 소리와 함께 뒷걸음질을 친 시비는 쟁반 위의 물을 조금 바닥에 흘렸다. 단이 너무 갑자기 일어나서 그것에 놀란 것이긴 했지만, 바닥에 물을 흘린 건 엄청난 실수였다.

시비는 급히 무릎을 꿇고 앉아선 깊이 고개를 조아렸다.

"죄송합니다. 용서해 주십시오!"

"노비를 용서해 주십시오. 부인―!"

한 사람뿐만이 아니라 그 뒤에 있는 다른 시비들도 기다렸던 것처럼 무릎을 꿇고선 고개를 조아렸다.

첫날부터 실수를 한 시비들의 안색은 파리하게 질렸다. 이대로 끌려 나가게 되는 것은 아니겠지. 하지만 대부분의 부인들은 첫날에는 본인들의 위엄을 세우려 들었다. 그래서 정말 별거 아닌 일을 두고도 시비들을 전부 형벌실에 보낸다거나 태형에 처하는 등, 과한 벌을 내리곤 했었던 거다.

이번 부인도 그리할지도 몰랐다. 잔뜩 겁에 질린 시비는 단의 결정을 기다렸다. 하지만 암만 기다려도 위에선 아무 소리가 들리지 않았다.

언제 갑자기 부인이 말을 꺼낼지 몰랐기에 꼿꼿하게 고개를 숙이고만 있던 시비들은 그제야 분위기가 묘하다는 걸 깨닫곤 슬그머니 고개를 들었다. 시비들 중 하나는 단과 시선이 부딪쳤는데 바로 고개를 돌려 피하지 않았다. 그도 그럴 것이, 지금 단의 모습이 보기에 좀 이상했다.

두 손을 침대 위에 올린 채인 단은 멍한 얼굴이었다. 얼굴 앞으로 긴 머리카락이 흘러내려 와 있는데도 그걸 치워 내지 않고 자신들이 아닌 소금 더 위쪽을 주시하는 모습은 확실히 이상했다. 왜 저러는 것인가 의문이 들 수밖에 없었던 시비들 중 하나인 영비가 용기를 내 말을 꺼냈다.

"부인, 괜찮으십니까."

"……."

조심스럽게 꺼낸 말에도 단은 반응이 없었다. 넋이 나간 것처럼 내내 움직임이 없자 아무래도 안 되겠다 싶었던 영비는 급히 옆에 있는 시비를 봤다. 그 시비는 여전히 파랗게 질린 얼굴로 덜덜 떨기만 했다.

아랫입술을 깨문 영비는 벌떡 일어났다.

"부인, 제가 지금 당장 의원을 불러오겠습니다."

그 말과 동시에 함께 엎드려 고개를 조아리고 있었던 시비들이 매서운 눈빛을 던졌다.

괜히 튀는 행동 보이지 말고 얌전히 엎드려 있어. 그렇게 비난하는 시선에도 영비는 아랑곳하지 않았다. 어린 그녀가 보기에 지금의 단은 확실히 이상했다. 저러다 무슨 일이 생기기라도 하면 큰일이었다. 그 전에 의원을 모셔 와서 상태를 확인하게끔 해야 할 것만 같았기에 자연스럽게 걸음은 빨라졌다.

서둘러 문지방을 넘던 영비는 화들짝 놀랐다. 영비가 나감과 동시에 궁의 대문을 넘어오는 사내를 발견했기 때문이었다. 이태감을 비롯, 몇 안 되는 내관과 함께 움직이는 건 황제였다.

"황제 폐하 납시오!"

이태감의 외침에 영비를 비롯해서 궁의 입구를 지키던 환관이 모두 무릎을 꿇었다. 깊이 고개를 조아린 영비는 큰일이라는 생각밖에 들지 않았다.

제 눈에 보기에도 이상한데, 폐하께서 부인을 보면 곧장 의구심을 가지게 될 터였다. 부인이 왜 이러냐고, 그 상태에 대해서 묻는다면 어떤 식으로 대답할 수 있을까. 암만 궁리해도 이렇다 할 좋은 생각이 나지 않았다. 눈을 질끈 감은 채로 끙끙 앓으려니 바로 옆을 지나치나 싶던 황제가 걸음을 멈춘다.

"어딜 그렇게 급히 달려가려 했던 것이더냐."

"……."

"지금 폐하께서 묻지 않으시더냐. 왜 벙어리처럼 입을 다물고 있는 것이더냐."

엄한 이태감의 질책에 영비는 화들짝 놀랐다.

순간적으로 자신에게 묻는 말이라고 생각하지 못했다. 뱃속이 차게 식고 오금이 저리는 걸 느끼면서 영비는 고개를 더 조아렸다.

"송구하옵니다. 아둔한 노비를 벌하여 주십시오."

동시에 한결 가라앉은 젊은 목소리가 들렸다.

"내가 물은 질문에 대한 답은 어찌 되는 것이더냐."

처음 황제가 묻는 말에 바로 대답하지 못해 그에 대한 용서를 구했을 뿐인데, 그게 황제의 심기를 더 불편하게 한 거다. 갑자기 머릿속이 꼬이는 걸 느끼면서 영비는 다시금 입을 열었다.

"그것이, 나름이 아니라 부인께서 일어나셨는데 상태가 안 좋아 보이셔서 의원을 부르려던 참이었습니다."

이 말을 들은 황제가 돌아가면 그사이에 의원을 불러 진맥을 볼 수 있었을 텐데. 하지만 그 모든 게 생각일 뿐, 실행으로 옮길 수 없었다.

영비는 지금 자신이 황제의 질문에 답을 했다는 것만으로도 오금이 저리고 더럭 겁이 났다. 지금 이 순간이 꿈이었으면 좋겠다면서 바닥에 댄 두 손을 덜덜 떨고만 있으려니 황제가 말했다.

"다들 밖으로 물러라."

무슨 말인가 싶었던 영비가 조금 고개를 듦과 동시에 이태감이 들고 있던 봉을 흔들었다.

"다들 썩 물러나라. 어서, 서두르거라."

그 말에 입구를 지키던 환관과 안에 있던 시비들이 급히 밖으로 나왔다. 도망치듯 자리를 피하는 그들의 움직임에 영비도 슬그머니 몸을 일으켜선 구석으로 피했다. 그렇게 모두가 나가고 난 후, 황제 무헌은 고개를 들었다. 정갈한 문 위로 '매화당'이라는 문패가 걸려 있었다. 궁의 규모는 크지 않았지만, 지은 지 얼마 안 되었기에 외관이 깔끔하고 단정한 맛이 있었다.

궁의 입구를 살피는 황제를 두고 이태감이 나섰다.

"급하게 준비한 궁 중에선 가장 좋은 곳입니다. 볕이 잘 들고 바람도 선선하고 그늘도 거의 없지요. 예로부터 터가 좋아 회임에 도움이 되는 장소이기도 했습니다. 매화당이 세워지기 전에는 회임한 부인들이 자주 찾는 곳이기도 했지요. 그리고—"

"너도 멀찍이 떨어져 있어라."

"……물러나 있겠습니다."

겉보기에 매화당을 탐탁지 않아 하는 것 같아서 말을 꺼낸 것인데 그것이 심기를 불편하게 한 모양이었다. 뒤로 물러선 이태감은 매화당으로 들어서는 황제의 뒷모습을 살폈다.

함께 안에 들어갔으면 이 궁을 받은 부인에 대해서 조금이라도 알 수 있었을 터인데.

아쉬울 수밖에 없었던 이태감은 짧은 한숨을 내쉬었다.

*　　*　　*

붉은 천을 걷은 무헌은 조금 더 안쪽으로 들어갔다. 궁의 가장 깊숙한 곳에는 붉은 천과 이불이 깔린 침상이 자리하고 있었다. 그리고 그 위에는 조금 전 시비가 말한 대로 '상태가 이상해 보이는 부인'이 넋이 나간 채로 주저앉아 있었다.

피부가 희고 검은 눈자위가 유난히 크고 또렷한 여인이었다. 팔다리가 가늘고 긴 데다가 허리가 잘록하고 긴 머리채는 헝클어져 있지만 잘 빗어 내리면 금방 윤기가 날 것만 같았다. 제대로 단장하지 않았지만, 사내가 보기엔 크게 나쁠 것 없는 모습이었다.

그런 단을 바라보면서 조금 더 가까이 다가선 무헌은 침상 입구 앞에서 멈추어 섰다. 한 발만 더 들어가면 침상으로 들어가는 셈이었지만, 그리하지 않았다.

"……."

누군가 들어선 걸 알고 있을 텐데도 여전히 멍하기만 한 얼굴인 단을 내려다보는 황제의 눈이 가늘게 떠진다. 어디 얼마나 저런 바보 같은 얼굴을 하고 있을까 싶어 지켜볼 셈이었는데, 갑자기 눈꼬리가 파들하고 떤 단이 급히 고개를 들었다. 그리곤 앞에 서 있는 무헌을 보고는 급히 손을 들었다.

"너—!"

"난 소율태국의 황제 위무헌이다. 말할 때 조심해야 할 거야."

말을 시작도 하기 전에 입을 틀어막는다. 구체적인 다른 말은 없었지만, 욕을 하거나 하대를 하는 것 등등, 그 모든 건 안 된다고 경고하는 셈이었다. 물론, 예전에 다 알면서 모르는 척 굴었을 때에는 황제가 저런 식으로 눈을 부라리면 기가 죽어선 냅다 고개를 숙이고 말았겠지만, 지금은 아니었다.

애초에 닮았던 게 아니라 당사자였다. 자신이 알고 있던 놈하고 같은 자식이었던 거다. 그러면서도 끝까지 아닌 척 잡아뗀 주제에 뭐가 저리도 당당한 걸까.

단은 눈을 가늘게 뜬 채로 이를 갈았다.

"웃기지 마. 이 사기꾼 같은 놈아."

그 순간 황제의 눈동자 안쪽으로 이채의 빛이 서린다. 그것이 하나의 경고가 될 수도 있겠지만, 단은 거침없었다.

두 팔을 벌려서 본인이 있는 곳을 가리키면서 빠르게 말했다.

"여기 어디야, 날 지금 어디로 데리고 온 건데? 우리 가족들은 지금 어디에 있는 건데?"

거기에 덧붙여 더 묻고 싶은 것들이 있었다.

모주화 그놈은 지금 어찌 되었고, 그놈과 함께 숲에 들어온 자들에 대한 처리는 어찌 되었느냐고. 우리 부모님하고 내 동생들은 무사한 거냐고. 내가 지금 왜 여기에 이런 모습으로 있는 것이고, 조금 전 이상한 여자가 날 부인이라고 부르던데 그게 대체 뭔 개소리냐고.

정말 묻고 싶은 말이 많았지만, 목구멍 안쪽에서 빙빙 돌기만 했다. 알고 싶은 것투성이였기에 어떤 걸 우선순위로 해야 할지 감이 오질 않았다.

단은 눈을 감고 머릿속의 혼란을 정리하려 했다. 어떤 걸 먼저 물을까. 역시 가족들에 대해서 묻는 게 맞는 거겠지. 거기까지 생각한 단은 고개를 들었고, 동시에 그 앞으로 두루마리가 던져졌다. 제 앞으로 툭, 떨어지는 두루마리를 본 단은 눈을 끔벅였다.

"이게 뭐야?"

"글은 읽을 줄 알겠지?"

"당연하지. 사람을 뭐로 보고―"

공부는 싫지만, 단순히 책 읽는 거라면 좋아했다. 어려서부터 어머니가 각 잡고 교육시켜 준 덕분에 어려운 글자도 꽤 읽는 편이었다.

단은 씩씩하게 두루마리를 펼치곤 그 위에 적혀 있는 것들을 확인했다.

[화도 강씨 가문의 여식 단은 품행이 바르고 용모가 출중한 바, 소율태국 황제의 명으로 매화당의 주인으로 기거하는 걸 허한다. 내명부 주인 중 한 사람으로서 몸과 마음을 정갈히 하고 황제의 후사를 잇는데 성심을 다하도록 하라.]

"……."

일단 읽어내는 것에는 성공했지만, 문장과 단어에 숨겨진 의미를 온전히 파악할 수 없었다.

여기서 알아볼 수 있는 건 오로지 제 이름자뿐이었다. 그 외에 달리 아는 건 소율태국의 황제라는 것. 이건 저 녀석인 것 같은데, 황제가 지금 단이라는 사람을 매화당의 주인으로 사는 걸 허락한다는 의미인 것 같았다. 하지만 앞서 화도 강씨 가문이라는 게 이상했다. 나도 강씨이긴 한데, 이름까지 같은 사람이 있는 걸까. 그보다 황제의 후사, 이게 아주 많이 이상한데.

단은 거추장스러운 머리카락을 잡아 뒤로 넘기곤 다시금 두루마리를 노려봤다. 고개를 옆으로 돌린 채로 눈을 가늘게 뜨고 길지 않은 문장을 읽고, 또 읽었다. 무헌 앞에서 창피 당하고 싶지 않았기에 이곳에 적혀 있는 걸 온전히 이해하고 싶었던 거다.

"지금 네가 들고 있는 건 교지라는 거다."

"……교지가 뭔데?"

낯선 단어였다. 그런 거 지금껏 들어 본 적도 없었다.

뭐가 뭔지 제대로 알 수는 없지만, 돌아가는 상황이 구리다는 걸 눈치채고는 점점 심각해지는 단을 두고 무헌이 대수롭지 않은 투로 말했다.

"화도 강씨 일가의 여식 단이 바로 너다."

"……."

황제가 단이 들고 있던 두루마리를 들고 갔다. 길게 늘어뜨려진 두루마리를 위로 들다가 그대로 침전 안쪽에 대충 구겨 놓은 황제는 앞으로 한 발 움직였다.

그 한 발자국으로 황제가 침전 안으로 들어왔다. 그 의미에 대해 정확히 알 수는 없지만, 단은 어깨를 움츠렸고 동시에 무헌은 침대 끝에 앉았다. 가볍게 걸터앉은 채로 그는 단을 돌아봤다.

"네가 입궁하는 걸 허하는 교지고, 너는 지금 매화당에 들어와 있지. 즉, 넌 내 부인이라는 거야."

그 순간 단은 어렵기만 했던 두루마리 위에 적혀 있던 내용이 대충이나마 정리되는 걸 느꼈다.

그래. 그런 내용이었던 거로구나.

새롭게 알게 된 사실에 고개를 끄덕이면서 '그런 거였구나.'라고만 생각하고 넘길 수 없었던 단은 가라앉은 목소리로 되물었다.

"너, 부인 많잖아."

"많지. 한 스물 가까이 되지 않을까."

동시에 황제는 뒤로 몸을 젖혔다.

"네가 열일곱 번째가 될 거다."

엄청난 말을 아무렇지도 않게 하면서 황제는 그대로 이불 위로 누웠다.

단의 미간으로 짙은 주름이 잡힌다. 왜 지금 이런 식으로 제 옆에 눕는 건가 싶었던 단의 표정이 자연스럽게 굳어졌고, 그걸 본 무헌은 배 위에 한 손을 올린 채로 물었다.

"기분 안 좋아?"

"나한테 말 걸지 마."

동시에 단은 무헌에게서 멀찍이 떨어졌다. 거의 침대 끝까지 가선 무릎을 세우고 그걸 끌어안는 단의 얼굴은 한눈에 봐도 알 수 있을 정도로 경직되어 있었다. 그 굳은 옆얼굴을 응시한 채로 무헌은 다시금 입을 열었다.

"너, 계속 거기에 있었으면 그대로 죽었을 거다. 열이 펄펄 나서 정신을 차리지 못하는 널 치료해 줄 사람이나 약 하나 없었으니까. 그래서 내가 널 데리고 와서 치료해 준 거다. 덕분에 넌 열이 내렸고, 지금 그 모습으로 있을 수 있었던 거지."

지금 단은 처음보다 훨씬 더 화가 많이 났다. 왜 이런 기분이 드는지 알 수 없을 정도로, 뱃속에서 열이 치밀어 오르는 걸 느끼며 아랫입술만 잘근잘근 씹고만 있던 단은 재차 황제를 노려봤다. 이마에 딱 '나 지금 엄청나게 화가 났어.'라는 티를 숨기지 못하는 단을 두고 무헌은 배 위에 올렸던 손을 들어선 단의 얼굴을 가리켰다.

"노려보지 마. 지금은 날 그런 식으로 볼 게 아니라 고맙다고 해야 하는 거 아닌가."

"내가 왜 그래야 하는데?"

"너와 네 가족들이 위험해질 때 내가 나타나서 구해 줬잖아."

단의 입이 크게 벌어졌다.

물론, 위급한 순간에 그가 나타난 건 사실이었지만, 그에 대해선 단도 할 말이 있었다.

"처음부터 도와줬으면 좋았잖아─!"

"내가 왜 그래야 하는데?"

애초에 일이 벌어지기 전에 황제인 그가 나서서 정리해 주었다면 수고를 덜었을지도 몰랐다. 만약 그리되었더라면 수월하게 일이 진행되었고 자신도 그대로—

아니. 처음부터 일이 잘 풀렸다면 나는 어찌 되었을까.

문득 드는 생각에 안색을 굳히는 단을 두고, 황제는 눈을 가늘게 떴다.

"네 말대로 모주화가 이상한 짓을 하려 했다 치자. 그렇다고 내가 당장 움직일 필요는 없어. 내 입장에선 나는 그놈이 대체 뭘 믿고 그렇게 나대는지 알고 싶었으니 시켜보고 싶은 마음이 컸지. 그 사이에 다른 누군가 휘말리고 위험한 일을 당하게 된다 해서 매번 개입할 수는 없어. 난 그런 놈 하나만 신경 쓰기엔 지나치게 할 일이 많은 사람이니까. 그리고 내 입장에선 그놈이 사고를 칠 때마다 막을 게 아니라 계속 기다렸다가 큰 건을 터트리기만을 기다리는 게 훨씬 이득이라 이거야."

옆으로 몸을 돌려서 더없이 편안한 자세로 저딴 말이나 지껄이는 무헌을 두고 단은 허탈한 표정을 지었다.

지금 당장 자신이나 가족들에게 문제가 발생해서 코앞으로 칼날이 왔다 갔다 하는데 저놈은 저런 생각이나 하고 있었던 거란 말인가. 저 말을 어떻게 받아들여야 하는 건가 싶으면서도 진심으로 의아해져서 물었다.

"넌 지금 굉장히 이기적인 말을 하는 거야. 알고나 있냐?"

"내가 하는 말이 왜 이기적인 건데? 설령 그렇더라도 네가 그렇게 말해선 안 되는 거잖아. 결과적으로 네 가족은 무사하고 너도 원래 모습으로 살아갈 수 있게 된 건데."

원래 모습이라 하는 순간 단의 어깨가 움찔하고 힘이 들어간다.

지금 무슨 말을 해도 서로의 귀에 들어가지 않을 것임을 모르지 않았다. 이쯤하고 일어나자 싶으면서도 무헌은 안색을 굳히는 단을 보고 있노라면 저절로 입이 열렸다. 근 몇 년 동안 이처럼 수다스러웠던 적이 없었다.

"모주화와 얽히게 된 건 전적으로 네 선택이자 결정에 의한 것이었다. 그 때문에 내 가장 신뢰하던 그림자가 큰 부상을 입게 되었고, 난데없이 궁을 나간 것에 대해선 내가 늙은이들에게 해명하지 않으면 안 되었지. 덧붙여 단 한 번도 직접 교지를 내려 본 적 없던 내가 널 이 침대에 앉힌 이유에 대해서 앞으로 들들 볶이게 될 거야. 그 외에도 신경 쓸 것들이 한둘이 아니란 말이지. 내 입장에선 고맙다는 인사를 하기도 전에 두 눈 시퍼렇게 뜨는 네가 더 이기적으로 느껴져. 알기나 하나?"

감정적으로는 아니라 할지라도 지금 황제가 하는 말에 크게 틀린 부분이 없었다. 황제 무헌에게 미안하다고 사과해야 할 게 있고, 동시에 고맙다고 해야 할 부분도 있었다. 웬만하면 처음부터 고맙다고 했어야 했고, 지금도 그 말을 할까 싶은 생각이 들기도 했지만, 아직 확실하게 듣지 못한 답이 있었다.

단은 마른침을 삼킨 후 물었다.

"……우리 부모님이랑 동생들은 괜찮은 거야?"

단이 그 말을 할 줄 알았던 것처럼 무헌은 바로 몸을 일으켰다. 지금껏 재수 없을 정도로 실컷 떠들어 놓고는 왜 지금 일어나는 건가 싶었던 단은 당황했다. 묻는 질문에 대한 답은 안 해 주는 거냐고 하려던 찰나 무헌이 품에서 낡은 봉투를 꺼내 앞으로 던졌다. 코앞으로 떨어지는 편지 봉투를 급히 집어 든 단은 설마 싶어 고개를 들었다. 이거 아버지가 쓴 편지냐고 물으려던 찰나 황제의 움켜쥔 손이 단의 머리를 쿵, 하고 찍었다.

방심하고 있다가 당한 일에 단의 고개가 앞으로 푹 숙여진다. 머리통이 저릿거렸다. 갑자기 왜 이러나 싶었던 단은 일단 무헌의 얼굴을 봤다. 제 머리를 내리친 손을 고스란히 움켜쥐고 있는 걸 확인한 단은 뻗치는 열을 참지 못하고 따졌다.

"아프잖아! 바보야!"

왜 갑자기 이러는 거냐고 하려던 찰나 커다란 손이 그대로 단의 입을 틀어막았다. 웁, 하고 당장 입을 다문 단은 당황해선 눈을 치떴고 어느덧 그 앞까지 접근한 무헌은 눈을 내리뜬 채로 경고했다.

"앞으로는 그런 식으로 말하지 마. 난 황제고, 넌 아무것도 아니니까."

"……."

무헌의 말을 듣자마자 단의 눈동자가 경직된다.

더는 아무 말도 안 할 것이란 게 느껴진 걸까. 단의 입술을 누르던 손을 천천히 치운 황제는 침상에서 일어나는 마지막 순간까지 단을 주시했다. 그러다 몸을 돌리고 침상에서 나가는 무헌을 노려보던 단은 부스럭거리는 소리에 눈을 내리떴다. 제 손에 들린 편지 봉투를 보는 순간 숨이 턱, 하니 막혔다.

긴 숨을 내쉰 단은 천천히 몸을 돌렸다. 벽 쪽으로 몸을 돌려서 누운 단은 편지를 끌어안았다. 바로 안에 적힌 내용을 살펴서 자신이 의식을 잃은 동안 뭔 일이 생겼는지를 알아봐야만 했다. 하지만 손가락 하나 까닥일 힘 하나 없었다. 방금 일어났는데도 다시 자고 싶었던 단은 눈을 감았다. 벌려진 입술을 타고 다시금 긴 한숨이 내뱉어졌다.

그렇게 누워 있는 동안 바깥이 소란스러워졌다.

몇몇 사람들이 움직이고 그 안쪽으로 숨죽인 목소리가 들렸다.

"부인, 씻을 물을 올릴까요?"

저 부인이라는 호칭이 자신에게 향해진 것이란 걸 모르지 않았지만, 대꾸하고 싶지 않았다.

며칠 전만 하더라도 시동으로 텃밭을 갈고 돌이나 빼냈다. 그 일도 자신이 원해서 하게 된 게 아니라 경황이 없는 와중에 하라고 하니 한 것뿐이었다. 그런데 이제는 부인이란다. 언덕 위에서 어여쁘게 치장하고 화장을 곱게 하던 그 부인이라니. 이게 말이 되는 거냐면서 단은 꼬물꼬물 이불 속으로 파고들어 갔다.

몇 번이고 조심스럽게 단을 부르지만 돌아오는 답은 없었다.

"주무시는 것 같아. 창가의 천을 내리고 다들 조용히 해."

눈치 빠른 누군가의 말에 다들 서둘러 움직인다. 볕을 받기 위해서 열어 두었던 창을 닫고 안쪽으로 천을 내려서 방 안을 어둡게 했다. 잘 알지도 못하는 사람들이 저를 위해서 부산스럽게 움직이는 이 상황이 적응되지 않았던 단은 더 작게 몸을 웅크렸다.

*   *   *

"폐하, 금방 나오셨습니다."

매화당의 대문 밖에서 기다리고 있던 이태감의 말에 황제 무헌은 눈을 내리떴다.

바로 어가에 오르지 않고 저를 보는 시선에 왜 그러나 싶었던 이태감은 조심스럽게 고개를 들었다.

"내가 부인을 새로 얻은 걸 두고 주변이 시끄럽겠군."

"감히 누가 그걸 두고 떠들 수 있겠습니까. 오히려 다들 반기고 있습니다. 드디어 궁에 경사가 생기겠구나, 하고 말이지요."

지금껏 황제가 먼저 부인의 궁을 찾은 적이 없었다. 주변에서 이제는 슬슬 가보셔야 한다고 하거나, 찾아봐야 할 일이 생기면 움직이곤 했었던 거다.

이번은 자발적으로 찾은 것이니만큼 대낮이라 할지라도 금방 나오지 않을 거라고 생각했는데 아니었나 보다. 하지만 앞으로 좋은 날이 많이 남았으니 다음에 찾으면 되지 않겠느냐고 하려했을 때 황제가 물었다.

"누가 가장 먼저 접촉을 해 오던가."

움찔하지 않을 수 없는 질문이었다. 황제가 왜 이런 걸 묻는지 모르지 않았던 이태감은 순순히 답했다.

"눈치가 없는 저도 이번 일만큼은 계속 함구하고 있습니다. 지금 같은 시기에 함부로 입을 나불댔다간 다 늙어서 험한 일을 당할 수 있을 테니까요."

황제가 화도 강씨 가문의 여식에게 직접 교지를 내렸다. 다른 부인들도 대부분 그런 식으로 입궁하게 되었지만, 이번이 다른 때와 경우가 다른 게, 황제가 직접 어느 사람을 입궁시켜야겠다고 말한 게 처음이었던 거다.

황제가 원하니 복잡한 격식이 대거 생략되어서 교지가 완성되기도 전에 부인이 먼저 입궁하는 사태가 발생했다. 그로 인해 내명부는 발칵 뒤집어졌고, 자연스럽게 몇몇 부인들은 길길이 날뛰었다. 한 달에 한 번 폐하를 뵙기도 힘든데 무슨 부인이냐면서, 특별 취급이나 하다니 화도 강씨 가문이 어디에 처박힌 곳이냐면서 말이다.

몇몇 부인들 중에서도 매부인이 가장 적극적으로 이태감에게 연락을 취해 왔다. 입김도 세고 집요한 부인이지라 피해 가는데 어려움이 있지만, 당분간은 모르쇠로 일관할 셈이었다.

"제가 속물이긴 하지만, 그래도 주인이 누군지는 잘 알고 있으니 안심하십시오."

"자네 같은 자가 곁에 있는데 내가 어떻게 안심할 수 있겠나. 자네는 고작 그런 용도일 뿐이니 지나치게 충성할 필요는 없어. 부인들이 궁금해하면 보고 들은 대로 말하고 알려 주면 될 거다. 쓸데없이 입이 무거우면 그건 그것대로 괴로워질 테니까."

이태감은 황제가 이런 말을 하는 의도를 파악하려 했지만, 정확하게 알 수 없었다. 앞으로 황제가 화도 강씨 부인을 대하는 걸 몇 번 봐야지만 확실해질 거다. 그 전까진 입이 무거워야 장수한다는 걸 아는 만큼 이태감은 아무것도 모르는 척 웃는 얼굴로 물었다.

"오늘 밤은 매화당으로 잠자리를 준비할까요?"

"얼굴을 봐도 기분만 언짢아지니 당분간은 건평궁에서 잘 거다."

"알겠습니다."

짧게 만나고 나온 후 황제의 표정이 좋지 않아서 왜 그러나 싶었는데 가벼운 언쟁이 있었던 걸까. 하지만 지금 이걸로는 황제와 강부인의 사이가 나쁘다고 지레짐작할 수 없었다. 시간은 많으니 앞으로 차차 알아보자면서 이태감은 고개를 깊이 조아렸다.

황제는 어가에 올랐고 이태감이 손을 들자 천천히 위로 올라갔다. 황제가 탄 어가가 움직이자 이태감이 옆으로 한 발 물러서선 배에 힘을 주고 황제의 행차를 알렸다.

　　　　　*　　　*　　　*

　황제가 원해서 부인을 얻은 적은 단 한 번도 없었다. 대부분이 필요에 의해서, 혹은 세력가에서 진상하듯 바치는 경우가 대부분이었다.

　그래서일까. 젊은 황제는 한창때임에도 불구, 부인을 찾는 경우가 뜸했다. 마음에 드는 부인이 있다는 걸 내색하고 싶지 않은 것인지 그 누구도 연달아 찾는 경우도 없었다. 부인들의 권세는 황제의 총애로 얻어지는 법인데, 한눈에 들어올 만큼 증명할 방법이 없으니 아직도 각 가문의 입김에 따라 부인의 등수가 결정되고 있었다.

　지금 매부인은 화부인과 경쟁 중에 있었다. 한창 화부인이 앞서 나가는가 싶었지만, 숲에서 발견된 저주 인형 때문에 주춤하고 있었고 매부인은 그걸 발판으로 삼아 한 발 더 앞으로 나아갈 셈이었다. 황제의 눈에 들어서 확실하게 마음을 얻고자 했는데 갑자기 생각지도 못한 부분에서 튀어나온 게 있었다.

　"화도 강씨라니! 처음 듣는 가문이 아니더냐!!"

　날 선 매부인의 일갈에 엎드려 있던 시비들은 더 깊이 고개를 조아렸다.

　이마가 바닥에 닿을 정도로 깊이 조아렸지만, 그조차도 부족할 판이었다. 어찌하면 부인의 마음을 진정시킬 수 있을까 싶지만, 마땅히 떠오르는 좋은 생각이 없었다.

다들 크게 숨을 내쉬지도 못하고 있는 와중에 매부인이 탁자 위에 있던 찻잔과 주전자를 세게 쳐냈다. 바닥으로 떨어진 잔이 요란한 소리를 내며 깨지자 당황한 시비가 고개를 들었다.

"부인, 그러다가 피부에 흉이라도 나시면 어쩌려고—"

"지금 그게 문제가 아니잖으냐. 폐하께서 새로운 계집을 들이셨어! 지금껏 이런 경우가 없었단 말이야!"

매부인은 등받이로 두었던 베개를 엎드려 있던 시비 등 뒤로 세게 던졌다.

"하늘에서 뚝 떨어진 게 아니라면 어느 가문에서 나고 자란 계집인지 바로 알 수 있어야 하지 않더냐! 그런데 왜 아직 아무 소식이 없어?! 너희들이 그동안 지나치게 편하게 살았던 게야! 그러니 이토록 대책 없이 구는 거지!"

여러 부인이 있지만, 매부인 만큼 모시기 힘든 주인이 없었다. 지금 매부인의 곁을 지키는 자들 중에서 처음부터 함께한 건 그녀가 사가에서 데리고 온 몇뿐으로, 대부분은 길면 세 달, 짧으면 열흘 주기로 바뀌곤 했다. 하루 만에 내쫓긴 시비도 수두룩했다. 그런데 편하게 일을 했다니. 그럴 리가 없잖냐고 생각해도 내색하지 못하고 눈을 질끈 감았다.

매부인 같은 주인을 모시기 위해선 아무것도 모르는 척 눈 감고 귀를 막는 게 최선이었다. 어찌 되었던 간에 그리해야 목숨 보전이라도 할 수 있다면서 시비들은 꾹꾹 참았다. 바로 그때,

한 시비가 급히 들어왔다.

"부인, 부인, 알아냈습니다."

급히 들어온 시비의 말은 매부인이 기다리던 것이었다. 동시에 엎드려 있던 이들도 안심했다. 한 시진 넘게 엎드려 있어서 죽을 지경이었다. 이제야 고개를 들 수 있겠구나 싶어 진심으로 안도했다.

"그래. 어디에서 온 계집인지 어서 말해 봐라."

내내 답답해서 죽을 것 같았는데 이제 드디어 그 괘씸한 게 어디에서 굴러온 것인지를 알 수 있게 되었다.

반색을 하면서 빠르게 손짓하는 매부인의 곁에 선 시비는 얼굴 옆에 손을 대곤 빠르게 말했다. 처음에는 밝은 표정이었던 매소희의 표정이 점차 굳어지더니 이윽고 기가 차 했다. 지금 들은 말이 정말인지를 묻기 위해 시비를 쳐다보자 고개를 끄덕였다.

"확실합니다. 괘씸한 것들이 짜고 치는 판이었습니다."

말을 전하는 시비는 매소희가 어려서부터 함께 자란 사가의 몸종이었다. 눈치가 빠르고 영리해서 평소 이런 일이 있을 때마다 그녀에게 많은 정보를 전해 주곤 했다. 대부분이 정확한 사실만을 전달했기에 이번도 마찬가지일 거다. 그에 대한 신뢰가 깊었던 매소희는 아랫입술을 깨물었다.

"화씨, 이 괘씸한 것. 내 이번에야말로 결판을 내고 말겠어."

매소희는 빠르게 밖으로 나서면서 가마를 대령하라 했다.

　　　　*　　　*　　　*

　　새로운 부인의 일로 내명부 안팎이 시끄러웠다. 먼저 입궁한 부인들의 회임 소식만 기다리던 각 가문들도 그렇지만, 내궁에 기거하는 부인들의 속은 새카맣게 타들어 갈 지경이었다.

　　다들 뭐라도 하고 싶어 하는 것 같았지만, 부인은 내명부 일이라 할지라도 황제가 결정할 사항이라 그에 대한 불만을 입에 담을 수 없었다. 그저 본인의 뜻을 대신 전달할 수 있을 만한 사람을 앞세우는 게 고작이었다. 그런 식으로 모두가 필사적인데 유일하게 평온한 궁이 있었나. 바로 화소영이 기서하는 낙운궁이었다.

　　화소영은 일주일 전부터 불당에서 기도를 올리고 있었다. 그녀가 그리하겠다 했을 때 나운은 당황했지만, 말리진 않았다. 최근 악재가 많아 뒤숭숭할 테니 기도를 올리면서 마음의 편안을 얻는 것도 나쁘지 않겠거니 싶었던 거다. 그러는 동안 일이 잘 풀려서 화부인에게 모든 게 좋게끔 움직인다면 그보다 좋을 게 없었다. 기도를 올리는 기간 동안 부정이 타지 않게끔 나운도 많은 신경을 썼다. 궁 주변을 단속하고 시끄럽게 구는 것들이 있으면 엄하게 벌을 내렸다.

　　그러는 사이 황제가 새로운 부인을 들이고 날이 갈수록 내명부는 뒤숭숭해졌지만, 낙운궁만큼은 고요했다. 처음에 화도 강씨 부인에 대한 말을 들었을 때 나운도 심란했지만 이제는 아무려면 어떠나 싶은 생각도 들었다. 이틀 전 새로운 부인이 입적했다는 사실도 화부인에게 알리지 말았어야 했던가 싶을 정도였다.

하지만 그 말을 전해들은 화부인은 별다른 말없이 나운을 보기만 했다. 침착한 눈빛은 마치 모든 걸 아는 것 같기도 했다. 그때부터 내내 마음이 좋지 않았다. 말을 하더라도 부인의 기도가 다 끝난 후에나 전했어야 했는데. 하지만 나중에 말했다가 부인이 미처 대비하지 못하는 일이 발생하게 되면 어쩌나 싶었다. 궁은 하루 사이에 많은 게 발생했다. 때문에 정보가 곧 힘이 되었다. 새로운 부인이 입궁했다는 사실을 알고만 있어도 그게 화부인에게 큰 도움이 되지 않을까 싶었다.

불당에서 다 탄 재를 모아서 밖으로 나온 나운은 고개를 들었다.

처음에는 기분 탓인가 싶었지만 아니었다. 바깥에서 날카로운 여인의 목소리가 들렸다. 그걸 모르지 않았던 나운은 설마 싶었고 잠시 후, 시비 하나가 다급히 달려오는 게 보였다.

"나운아, 지금 바깥에……."

"매부인께서 오신 거야?"

빠르게 되묻는 말에 시비는 고개를 끄덕였다.

"갑자기 나타나서선 부인을 만나 뵈어야겠다고 성화셔. 불당에 들어가셨다고 말씀을 드렸는데도 듣지를 않으신다."

"불당에 들어가신 지 일주일째라는 걸 알려 드렸어야지."

"말씀드렸지. 오늘까지는 불당 안에만 계셔야 한다고 말씀드렸는데, 그랬는데……."

시비가 말을 하다 말고 울먹거리자 나운은 눈에 힘을 주었다.

"말을 하려면 똑바로 해야지 왜 울먹거리니. 되었으니 넌 안에 들어가 있어."

매부인을 직접 모시는 게 아니라 할지라도 내명부에 있는 시비들이라면 대부분 그녀를 두려워했다. 시비가 울먹거리는 걸 이해하지 못하는 건 아니었지만, 이런 나약한 모습은 본인에게도 좋을 게 없었다. 그렇다 해서 계속 붙들고 없었기에 안쪽으로 보낸 나운은 밖으로 향했다.

다른 시비는 암만 나서도 소용없었다. 자신이 가 봐야겠다면서 걸음을 서두르던 나운은 저 앞에서 많은 사람을 이끌고 나타나는 매소희를 보곤 안색을 굳혔다.

보무로 당당하게 걸어오는 매소희의 뒤로 그녀를 따르는 시비가 절반, 낙운궁의 시비가 반이었다. 낙운궁의 시비들이 이러시면 안 된다고, 바깥에서 기다리셔야 한다는 말에도 매소희는 눈 하나 깜박이지 않았다. 오히려 나운을 보자마자 걸음이 더 빨라진 매소희는 그 앞에서 멈춰 서선 내내 붙들고 있던 치맛자락을 놓았다.

"그래. 내가 왜 화부인을 뵈면 안 된다는 것이냐."

그 이유에 대해서 이미 바깥에서 들었을 거다. 그럼에도 이처럼 당당한 그녀를 두고 나운은 입을 열었다.

"부인께서는 불당에 들어 계십니다. 오늘이 일주일째 되는 날로, 내일이 되기 전까지는 부인을 뵐 수 없습니다."

"그래. 불당에 들어가 기도를 올리는 건 신성한 일이라 다른 누구의 훼방도 받아선 안 되겠지. 하지만 부인께 나오라 하는 것도 아니고, 내가 직접 불당에 들어가겠다는 건데 그래도 안 되는 것이더냐."

"오늘이 마지막 날이라 가장 중요합니다. 부정이 타지 않기 위해서는─"

나운의 말이 채 끝나기도 전에 매소희의 매운 손이 그녀의 뺨에 닿았다. 날카로운 음향과 동시에 나운의 고개가 돌아가고 주변에 있던 시비들이 놀라 손으로 입을 틀어막았다. 그렇지 않았다면 저도 모르는 새 비명을 질렀을 거다.

모두가 놀란 와중에 매소희만이 태연했다.

"화부인은 속도 참 좋으시지. 어찌 너처럼 아둔한 것을 곁에 두신단 말이더냐."

얼마나 힘을 주었던지 손바닥이 얼얼했다. 그 손을 움켜쥔 매소희는 비웃음을 지은 후 나운 앞을 지나쳐 갔다. 뺨을 맞은 충격에 얼어 있던 나운은 정신을 차리곤 급히 매소희의 뒤를 쫓았다.

"부인, 잠시 기다려 주십시오. 안에 들어가시면 안 됩니다."

매부인이라면 암만 만류를 한다 한들 불당에 들어설 게 분명했다. 그걸 보고만 있을 순 없었다. 부인의 다리에 매달리는 한

이 있더라도 절대로 못 들어가게 할 거라면서 나운을 아랫입술을 깨물었다. 매소희는 불당 앞에 다다랐고 거침없이 계단을 올랐다. 나운은 재빠르게 움직여 불당 바로 앞에 무릎을 꿇고 앉아 고개를 조아렸다. 끝까지 제 앞을 가로막는 나운의 행동에 매부인의 표정이 앙칼지게 변했고, 동시에 불당 안에서 차분한 목소리가 들렸다.

"시끄럽게 굴지 말고 안에 모시거라."

그 선명한 목소리에 매소희는 코웃음을 쳤다. 옅은 미소를 머금던 것도 잠시, 금세 표독스러워진 그녀는 무릎을 꿇고 있는 나운의 몸을 발로 세게 걷어차면서 지나쳤다. 억, 하고 신음을 흘린 나운이 급히 고개를 들었고 두 손으로 불당의 문을 열어젖히는 매소희를 보곤 어금니를 악물었다.

불당에 들어선 매소희는 콧속 안쪽으로 깊게 밀려들어 오는 향냄새에 안색을 굳혔다. 가장 싫은 냄새를 맡은 것처럼 안색을 굳힌 그녀는 한 손으로 코와 입술을 누르곤 불당 앞에 무릎을 꿇고 앉아 있는 화부인 옆으로 가 섰다.

"지금은 기도를 올리는 중이니 괜찮다면 옆에 앉아 잠시 기다려 주시지요."

화부인의 말을 듣는 둥 마는 둥하며 매소희는 앞에 자리한 불상을 바라봤다.

"살아 있지도 않은 것에 기도를 올리는 것처럼 덧없는 게 없습니다. 이런다고 해서 저 무섭게 생긴 불상이 부인께서 간절하게 바라는 걸 안겨 줄 거라 믿으십니까."

"부처 앞에서 불경한 말은 삼가는 게 어떻겠습니까."

"왜요? 함부로 떠들어 대면 나중에 천벌이라도 받는답니까?"

그 순간 내내 감겨져 있던 화부인의 눈이 떠졌다. 표정 없는 얼굴이지만, 그 안에 서린 불쾌함을 발견한 매소희는 코웃음을 쳤다.

"내가 있는 곳에서 믿을 건 말과 강한 사내뿐입니다. 애초에 저런 걸 믿는 문화가 아니지요. 그러니 절 가르치려 들지 마십시오."

가지런히 모은 두 손을 내린 후 화부인은 고개를 들었다. 올려다보는 눈동자 안쪽에 담긴 불편함을 발견한 매소희의 입가에 서린 미소가 한결 짙어졌다.

"이곳 사람들은 참 우습지요. 제가 무슨 말이라도 하면 부정이라도 타는 것처럼 대번에 정색이니. 겉으로만 보면 세상에서 가장 청렴하고 결백한 것처럼 굴면서 뒤로는 추잡스러운 짓거리는 죄 하고 앉았지요."

면전에 대고 던져지는 모욕에도 화소영은 눈 하나 깜박이지 않았다. 오히려 더 말해 보라는 것처럼 여유롭기만 한 그 모습에 매소희는 화부인의 옆에 쪼그리고 앉아선 그녀의 눈동자를 노려봤다.

"당신도 마찬가지야. 깨끗한 척하면서 뒤로는 콩깍지를 까고 앉았어. 어쩌면 이럴 수 있을까. 만만치 않다는 걸 알고 있긴 했지만, 설마 이 정도일 줄이야. 정말이지 감탄스러워.”

“무슨 말을 하는지 모르겠군요.”

“그래. 몰라야겠지.”

조금 더 얼굴을 가까이 한 매소희는 눈을 가늘게 떴다.

“본인 가문의 여자를 이용해서 황제의 마음을 얻고자 하는, 그런 추잡한 짓을 하는데 계속 모르는 척해서야겠지.”

혀끝에 독이 발라져 있다면 그거로도 몇 사람을 죽일 수 있을 만큼, 매소희 목소리는 악의로 똘똘 뭉쳐져 있었다.

매소희는 본인이 이런 식으로 굴면 대다수의 사람들이 잔뜩 겁에 실려선 제 얼굴을 똑바로 보시도 못한나는 걸 잘 알고 있었다. 하지만 화소영은 아니었다. 처음 만날 때에도 이랬다. 안하무인으로 구는 저를 앞에 두고도 눈 하나 깜박이지 않고 오히려 옅은 미소를 머금었더랬다. 모든 걸 이해하는 것처럼, 전부 다 포용할 수 있는 것처럼, 마치 본인이 이미 황후라도 된 듯이—

그 모습을 두고 다른 부인들은 시작도 전에 패배감에 휩싸인 것 같지만, 매소희는 아니었다. 어려서부터 원하는 게 있으면 스스로의 힘으로 얻어 냈다. 이번도 마찬가지였다. 거슬리는 게 있으면 치워 버리면 그만이었다.

“어떤 거래가 오갔는지 모르겠지만, 화도 강씨라니. 들도 보도 못한 가문입니다. 우리 집안을 우습게 보면 곤란하실 겁니다.”

매소희는 입꼬리를 한껏 올렸다.

"내 그년을 반드시 말려 죽이고 말 겁니다."

그년이라 하지만 정말은 다른 상대를 말려 죽이고 싶어 하는 것 같았다. 때문에 화소영은 별다른 말없이 매소희를 바라보기만 했다.

매소희로서는 끝까지 침착한 화부인이나 이 상황이 지극히 탐탁지 않고 마음에 들지 않지만, 당장은 뭐라 할 수 없었다. 트집도 건수가 되어야지만 잡을 수 있는 법이었다.

"전 이만 가 보겠습니다."

벌떡 일어선 매소희는 정면에 놓인 불상을 보곤 코웃음을 쳤다. 끝까지 무례한 매소희였지만, 그뿐이었다. 떠날 때에도 조용한 법이 없었던 매소희였기에 바깥이 소란스러웠다. 직후, 나운이 조심스럽게 곁으로 다가와 화부인의 옆얼굴을 확인했다.

무릎을 꿇고 앉아 두 손을 모으곤 염주를 하나하나 돌리는 그녀의 표정에는 큰 변화가 없었다. 매부인이 나타나 함부로 행동했지만, 그건 화부인에게 크게 영향을 끼치지 못한 모양이었다. 내심으로 다행이다 싶으면서도 왜 이런 수모를 겪어야 하는 건가 싶었던 나운은 흐르는 눈물을 닦아 냈다.

"괜찮은 거냐."

흠칫, 하고 놀란 나운은 급히 손을 내리며 말했다.

"전 아무렇지도 않습니다."

"아픈 곳이 있으면 치료를 받고 좀 쉬어도 된다."

"아닙니다. 제가 없으면 누가 부인을 모시겠습니까."

이번에 갑자기 나타난 매부인을 제대로 막아내지 못한 게 마음에 걸렸다. 정말이지 악독한 여자였다. 마른하늘에 날벼락이 그 여자 머리 위로 떨어졌으면 좋겠다면서 나운은 아랫입술을 깨물었다.

"아무래도 아버님과 폐하께서 거래를 하신 모양이로구나."

무슨 말인가 싶었던 나운은 눈을 동그랗게 뜬 채로 화부인을 바라봤다.

화소영은 앞에 놓인 향로 안에 담긴 모래를 집어 손가락 끝을 문지른 후, 속삭였다.

"나도 모르게 진행되는 것들이 참으로 많구나."

"……."

일은 사내가 치고 수습은 여인이 한다고 그랬다. 좋은 자리에 앉아서 손가락 하나 까닥이고 몇 마디 하면 그것만으로도 진행되는 것들이 있으니 참으로 편한 삶을 산다 할 수 있었다.

그에 반해 자신은 뭘까. 저들 눈에는 그저 어여쁜 인형일 뿐일까. 하지만 착각해선 안 되는 게, 저들이 뒤로 빠져서 일을 친다 하면 자신은 가장 앞에 서 있다 볼 수 있었다. 성공했을 때 큰 영화를 누리게 되는 것도, 실패했을 경우 한 번 더 기회를 얻을 수 있는 것도, 전부 자신 덕분이었다. 자신이 이 궁 안에 황제의 여러 부인 중 하나로 있었기에 가능한 일이었다.

불상을 응시하던 화소영은 조금 전 매소희가 했던 말을 떠올렸다.

'내 그년을 반드시 말려 죽이고 말 것입니다.'

"나쁘지 않지."
중얼거린 화소영은 다시금 눈을 감았다.

＊　　　＊　　　＊

끼익, 하고 문 열리는 소리에 영비는 움찔했다. 당황해선 숨죽인 채로 안의 거동을 살피지만, 더 들리는 게 없었다.

벌써 해가 다 저물었는데 아직도 주무시는 걸까. 정말 그런 거라면 깨우지 말아야 하는 건가 싶지만, 부인은 아침도 점심도 먹지 못했다. 이대로 계속 잠을 이어 간다면 저녁도 못 먹게 되는 셈이었다.

새로운 부인은 몸이 가늘고 여려 보였다. 하루 내내 먹은 게 없으니 이러다 큰 병이라도 얻게 되는 건 아닌가 싶어 걱정되었다. 하지만 걱정이 된다 해서 부르지도 않았는데 이렇게 들어오면 나중에 꾸중을 듣는 게 아닐까. 영비는 다른 시비들과 달리 단을 잘 챙겨 주고 싶었다. 그걸 두고 새로운 부인에게 눈도장이라도 찍고 싶은 거냐며 비아냥거리는 사람도 있긴 했지만…….

아랫입술을 깨문 영비는 문을 열고 안으로 들어갔다. 천천히 움직여서 어두운 침상 앞까지 간 영비는 입을 열었다.

"부인, 날이 늦었습니다. 일어나셔서 식사하세요."

"……"

"하루 종일 아무것도 안 드셨어요. 그러다가 몸 상하세요."

이곳으로 오기 전 영비는 세탁 일을 하는 시비였다. 그런 자신에게 부인을 모실 수 있는 기회가 찾아올 줄은 몰랐다. 왜인지 모르게 강부인을 보고 있노라면 고향에 두고 온 여동생이 떠올랐다. 그래서 강부인에게 더 마음이 가고 신경이 쓰이는 걸지도 몰랐다.

한 번만 더 식사를 권해 보고 그래도 답이 없으면 조용히 나가지 미음을 먹은 영비는 입을 열려 했다. 그런데 침상을 거의 가리고 있는 천이 꼬물거리는 것 같았다. 저게 왜 흔들리는 걸까 싶었던 영비는 의아한 표정을 지었다. 그때 갑자기 천이 옆으로 확 치워지더니 천 너머에 서 있는 검은 그림자가 보였다. 긴 머리를 앞으로 풀어 내린 채로 서 있는 그림자를 언뜻 본 영비는 화들짝 놀라 그 자리에 주저앉았다.

"허억ㅡ!"

귀신인가 싶었던 영비는 바로 두 손으로 눈을 가렸다. 벌벌 떨면서 아이고, 하고 앓는 소리를 내는 영비의 모습에 단은 앞으로 넘어온 머리카락을 뒤로 넘겼다.

"……"

안 그래도 슬슬 일어나려 했는데 누군가 부르기에 겸사겸사 일어난 거였다. 밥을 못 챙겨 먹어서 그런지 몰라도 몸에 힘이 하나도 없어 고개를 푹 숙인 채로 있었던 거였는데, 그것 때문에 많이 놀란 모양이었다. 그래도 저렇게까지 놀라면 민망할 수밖에 없었던 단은 팔을 긁적이면서 어정쩡하게 서 있었다.

이상한 낌새를 눈치챈 걸까. 눈을 가리던 손을 천천히 내린 영비는 앞에 서 있는 단을 보곤 눈이 크게 떠졌다.

"죄, 죄송합니다. 노비가 쓸데없이 소란을 일으켜서ㅡ!"

자세를 바꾼 영비는 당장 바닥에 엎드렸다. 고개를 깊이 조아린 영비는 이대로 내쫓김을 당해도 어쩔 수 없겠다면서 부들부들 떨었다. 그와 동시에 위에서 꼬르륵, 하는 소리가 들렸고 그것에 이끌려 영비는 고개를 들었다.

"밥은 언제 가져다주는 건가요?"

배를 문지르면서 웅얼거리는 단을 한참 동안 보던 영비는 아ㅡ 하고 소리를 냈다. 알겠다면서 빠르게 고개를 끄덕인 영비는 급히 뒷걸음질을 쳤다.

"제가 바로 준비해 올리겠습니다. 조금만 기다려 주세요."

그리곤 급히 달려 나가는데 저러다가 넘어질 것 같았다. 실제로 몇 걸음 가지도 못하고 앞으로 고꾸라지듯 크게 휘청거리는 모습에 놀란 단은 그리로 손을 뻗었지만, 그전에 중심을 바로 잡은 영비가 밖으로 나갔다.

눈앞에서 영비가 사라지자 위로 든 손을 내린 단은 한숨을 쉬었다. 그리고 재차 배 안에서 울리는 소리에 눈을 내리떴다.

"한심하게……."

적으로 안정되기는 했어도 그와는 반대로 무척 답답했을 것 같다. 안에만 있어서는 바깥에서 무슨 일이 벌어지는지를 알 수가 없으니까. 이런저런 이유를 대서라도 바깥에 다시 나오는 편이 나을지도 모르지.

하지만 그 도움을 준 게 황제라는 게 마음에 걸렸다.

황제, 그놈이 먼저 말을 꺼내서 자신을 함께 보낸다고 적혀 있었다.

대체 무슨 생각인 걸까. 이제 와서 무헌인 척을 하고 싶었던 걸까. 처음 자신을 보자마자 뚝 잡아뗀 주제에―

거기까지 생각한 단은 긴 숨을 내쉬었다.

"그만 드시겠습니까?"

"……."

조심스럽게 묻는 말에 단은 눈동자를 들었다.

옆에 서서 식사 시중을 드는 평범한 인상의 시비의 표정이 굳어 있었다.

하긴 눈앞에서 그렇게나 먹어 치웠는데 질릴 수밖에 없겠지. 하지만 엄청 굶었는지 먹어도 배가 영 채워지질 않았다. 속이 허하니 밥이고 반찬이고 몇 번이나 새로 받아서 먹어 치웠다. 지금도 더 먹을 수 있을 것 같지만, 그랬다간 자신을 정말로 괴물로 취급할 것 같으니 이쯤해야 할 것 같았다. 단은 찻잔을 들면서 고개를 저었다.

"이제 되었어요. 고마워요."

"부인, 저처럼 천한 것에게 그렇게 말을 높이지 않으셔도 됩니다."

조심스럽게 말한 후 영비는 어색하게 웃었다. 아까부터 계속 저런 식이었다.

단은 자신의 입장에 대해서 온전히 받아들이고 이해한 게 아니었다. 낯선 사람이 제 주변을 둘러싸고는 부인이라고 부른다 해서 갑자기 그에 맞춰서 행동할 수는 없었다. 처음 보는 사람 앞에서 허리를 끊어먹는 말을 할 만큼 싸가지가 노란 것도 아니었고 말이다. 하지만 자신이 존대를 함으로써 상대가 그걸 불편하고 어렵게 여긴다면 달리 생각해 볼 필요가 있었다.

고민되는 것처럼 인상을 쓴 단은 좋은 생각이 나 물었다.

"그쪽은 올해로 몇 살인데요?"

"노비는 올해로 17살이 되었습니다."

생각보다 많이 어렸다. 자신과 비슷할 줄 알았는데 4살이나 어렸다. 덕분에 말을 놓는 것에 대한 부담을 덜게 생겼다. 처음 보는 사람이지만, 나이가 어리니 동생을 대하는 것처럼 하면 되지 않겠나 싶었던 단은 활짝 웃었다.

"나는 올해 스물하나야. 그러면 내가 말 놓아도 되겠네."

"그렇습니다. 편하게 말씀 놓으세요."

단이 나이 운운하는 것보다 말을 놓겠다는 말이 훨씬 더 듣기에 반가웠다. 부담을 한결 덜 수 있게 되었다면서 영비도 웃었다. 그걸 보자니 그녀가 자신의 존대를 얼마나 부담스럽게 생각했던지를 알 수밖에 없었다.

하긴 지금껏 본 몇이나 되는 부인들은 대부분 높은 신분이었다. 그런 그녀를 모시는 사람들은 죄 부인들을 어려워했고 당연한 듯 존대를 했다. 자신이 꽃처럼 어여쁜 그녀들과 같은 신분이라는 게 이해가 되지 않고, 다 거짓말 같지만, 부인이라 한다면 그녀들과 똑같이 행동하는 게 맞았다. 자신이 불편하고 어색하다고 해서 다르게 행동하면 그건 주변을 더 어렵게 하는 거겠지. 하지만, 그래도 자신이 부인이라니. 이상했다.

단은 찻잔을 든 채로 자리에서 일어났다. 누가 붙잡을세라 안으로 총총 걸어가 버리는 모습에 영비는 뭔가를 말하려다 말고 식탁을 치웠다. 통 안에 그릇을 절반 정도 담고는 밖으로 나왔다.

다른 시비가 함께 한다면 보다 수월하게 정리할 수 있겠지만, 다들 할 일이 있다면서 그걸 피하고 있었다. 지금도 영비가 부엌에 들어오자 모여서 수다를 떨던 시비들이 딱 입을 다물었다. 그걸 물끄러미 보던 영비는 한숨을 쉬곤 설거지 통 안에 그릇을 옮겼다.

"몸도 작으시면서 뭘 그렇게 많이 드시는 거라니?"

"그러게 말이야. 바깥에서 살다 오셔서 그런가."

그냥 넘길 수 없는 말이었기에 안색을 굳힌 영비는 뒤를 돌아봤다.

그러자 한 시비기 노골적으로 비웃는 표정을 지었다.

"귀도 밝다. 우리가 하는 말이 다 들린 거니?"

"지금껏 몸 쓰는 일을 해 왔으니 귀라도 잘 들려야지. 그래야 덜 혼날 거 아니겠어."

"덕분에 눈치도 빠르고 처세술도 익혔잖아. 우리들보다 가장 먼저 부인의 눈에 들었으니, 앞으로 네 팔자는 폈다."

잠자코 있으려니 비아냥거리는 게 점점 심해진다. 다른 시비들보다 경력이 부족하고, 아직 배워야 할 게 많았기에 무슨 말을 하더라도 잠자코 있었지만 더는 아니었다. 자신은 그렇다 쳐도 부인까지 들먹이는 건 참을 수가 없었다.

"제가 부인을 모시는 건 처음이지만, 하나 아는 게 있습니다. 적어도 부인에 대해서 안 좋게 말하면 안 되는 거 아닌가요?"

그 순간 시비들의 안색이 싹 굳어졌다.

"이게, 건방지게―"

나이도 어린 게 어디서 건방지게 구는 건가 싶던 시비들 중 한 사람이 나서려 했지만, 옆에 있던 사람이 그녀의 팔을 붙잡았다. 그리고 천천히 일어선 그녀는 영비 앞으로 다가왔다. 용기를 내 말을 꺼내긴 했지만, 이런 식으로 가까이 다가올 줄은 몰랐다. 필사적으로 두려움을 감춘다고는 하나 굳은 표정마저 감출 순 없었다. 그런 영비를 주시하며 시비가 말했다.

"정확하게 어느 가문 사람인지 알 수 없고 부인을 눈엣가시로 여기는 사람이 많아. 지금이야 폐하의 총애를 받는 것 같지만, 그게 정말인지 단순히 이용당하는 건지도 알 수 없지. 폐하의 걸음이 뜸해지면 그때부터는 줄 끊어진 연이나 다름없는 신세인데 가까이 했다가 괜한 불똥 맞고 싶지 않아. 내 네가 열심히인 게 딱해서 하는 말인데, 출세하고 싶거든 지금 부인 말고 다른 사람을 찾아보는 게 나을 거야."

"전 지금 모시는 부인에게 마음을 다할 겁니다. 그러니 그런 말 하지 마세요. 혹여라도 부인에 대해서 쓸데없는 말을 옮기거나 하신다면 다 고하겠습니다."

재빠르게 할 말을 마친 영비는 도망치듯 밖으로 달려 나갔다.

정말로 부인에게 달려가 모든 걸 고하는 게 아닌가 싶었던 다른 시비들이 당황했다. 하지만 나서지 못하고, 영비에게 경고를 했던 시비의 안색을 살폈다. 그녀도 설마하니 영비가 저렇게 나올 줄은 몰랐던 터라 당황스럽긴 했지만, 그뿐이었다.

"놔둬. 저러다 현실을 맛봐야 정신을 차리겠지. 그리고 나중에 가서 정신을 차린다고 해서 우리가 받아 줄 것도 아니잖아?"

그 말에 굳어 있던 시비들의 표정이 풀린다. 느긋함을 되찾은 그녀들은 서로를 쳐다보면서 부인에게 일러 봤자지― 같은 시선을 주고받았다.

한달음에 단이 있는 처소로 들어온 영비는 두 손을 마주 잡았다.

경력이 부족한 자신이 다른 시비들에게 말대꾸를 한 게 잘한 짓인가 싶지만, 어쩔 수 없었다. 자신에 대해선 무슨 말을 해도 상관없지만, 부인에게 안 좋은 말을 해선 안 되는 게 아닐까. 그 말이 부인의 귀에 들어가면 손해 보는 건 자신이 아닌 저들이었다.

아직도 빠르게 뛰는 가슴을 쓸어내리면서 영비는 더 안쪽으로 향했다. 그러자 침상 위에 누워 있는 단이 보였다.

"부인. 식사하시고 난 후 그렇게 누워 계시면 몸에 좋지 않아요."

그 말에 가만히 있던 단의 어깨가 가볍게 들썩이더니 작게 중얼거리는 목소리가 들렸다.

"난 먹고 난 후에 누워 있어야 소화가 잘 돼. 그러니까 걱정하지 마."

단의 말을 듣고도 걱정이 되었던 영비는 한동안 그녀를 보다가 밖으로 나왔다. 조용한 곳에서 달그락거리는 소리가 들렸다. 단은 식사 시중이나 치우는 것 등을 영비 혼자서 하고 있다는 걸 떠올렸다. 분명 처음 눈을 떴을 때, 다른 시비들도 있었던 것 같았는데 말이다.

꾸물거리면서 일어나 앉은 단은 고개를 들었다. 저 앞으로 혼자 탁자 주변을 정리하는 영비가 보였다.

"왜 혼자서 치워? 다른 사람들은?"

"다들 할 일이 많습니다. 궁이 새 건물이라 아직도 치워야 할 게 남아 있거든요."

웃으면서 대답한 영비는 탁자를 닦은 행주를 한 손에 쥔 채로 말했다.

"목욕 준비를 하겠습니다."

"안 씻어도 괜찮아. 입을 헹구고 세수만 하면—"

"언제 폐하가 오실지 모르니, 단장하고 계셔야지요."

"……."

무슨 저런 말도 안 되는 말을 하는지 모르겠다. 식겁한 단이었지만, 그걸 다르게 해석한 영비는 안쪽을 가리키며 말했다.

"안에 예쁜 옷이 많습니다. 장신구도 다양하고. 그것들을 그대로 두면 불쌍하지 않겠습니까. 보기 좋고 귀한 건 자주 사용해야 빛이 나는 법이랍니다."

"……장신구랑 옷이 있어?"

"그렇습니다. 몇 가지를 꺼내 올까요?"

황제를 위해서 단장해야 한다는 말에는 식겁했지만 장신구라는 말에 귀가 솔깃해졌다. 짧은 순간 단의 머릿속으로는 어여쁜 부인들의 모습이 빠르게 스쳐 지나갔다. 그녀들이 입고 있던 화려한 의복과 머리를 장식하는 작고 반짝거리는 보석들이 말이다.

저도 모르는 사이 단은 앞으로 움직였다. 뭔가에 이끌리듯 다가오는 단을 본 영비는 안쪽으로 향했다. 칸막이를 옆으로 치워내고는 정리가 된 상자와 옷장 문을 열었다. 상자 속에는 장신구가 가득했고, 옷장 안으로는 고운 색의 치마가 걸려 있었다. 하단에는 섬세한 수가 놓아진 걸 확인한 단은 그 앞에 서선 조심스럽게 천 위로 손을 뻗었다. 손가락에 닿는 부드러운 촉감에 움찔하긴 했지만, 용기를 내서 위아래로 쓰다듬었다.

"예쁘다."

"머리를 높이 올려서 묶은 후에 이걸 꽂으면 더 예쁘실 겁니다. 그리고 이 장식에는 이 색이 잘 어울리겠지요."

영비는 최선을 다해서 단에게 어울릴 것 같은 장신구를 추천했다. 너무 귀하고 어여쁜지라 차마 집어 들지는 못하고 장식함을 들어선 그곳에 들어가 있는 것들을 하나하나 추천했다.

"피부가 희고 눈자위가 맑으시니 어떤 색을 걸치셔도 죄 잘 어울리실 겁니다."

영비의 말을 한 귀로 흘리면서 단은 장식함 안을 살폈다.

여러 비녀들 중에서 연한 붉은빛을 띠는 게 있었다. 끝에 꽃으로 된 금장식이 걸려 있어, 한눈에 보기에도 귀한 것이었다. 비녀 위로 손을 댔다가 바로 치우는 단의 행동에 영비는 안색을 굳혔다.

"왜 그러세요? 마음에 들지 않나요?"

"아니."

그럴 리가 있겠느냐면서 단은 고개를 저었다.

"정말 예쁘구나 싶어서."

세상에 이렇게 예쁜 것들이 다 있었구나 싶을 정도였다.

장식함에 담긴 비녀에서 시선을 뗀 단은 오른쪽에 있는 전신 거울 앞에 섰다. 머리부터 발끝까지 죄 보이는 몸이, 가느다란 여인이 그 속에 있었다. 하얀 한복을 입고, 머리도 묶지 않고 대충 풀어 내린 채였음에도, 보기에 나쁘지가 않았다. 두 손을 들어 제 뺨과 코와 턱 등을 쓰다듬은 후 단은 혼잣말하듯 중얼거렸다.

"내가 참 예뻤어."

"......."

영비의 눈에도 단은 참 예쁜 사람이었다. 그런데 그걸 마치 지금 막 안 것처럼 본인 얼굴을 더듬는 모습이 묘하게 다가왔다. 동시에 노력해서 단을 지금보다 더 어여쁘게 치장해 줘야겠다면서 재차 목욕을 권했다.

"목욕 순비를 하셨습니다. 향유를 뿌리면 피부에 좋은 향이 배게 될 겁니다."

"아니. 괜찮아. 간단하게 세수랑 입안만 헹굴게. 날도 늦었는데 누가 찾아오겠어. 안 그래?"

하지만 그건 단의 바람이었나 보다.

"황제 폐하 납시오!"

입을 다물기가 무섭게 밖에서 들리는 우렁찬 외침에 단과 영비의 표정이 동시에 굳었다. 크게 떠진 단의 눈동자에 담긴 건, 이게 대체 무슨 일인가 싶은 의구심이었다. 그보다 빨리 상황 파악을 끝낸 영비는 황급히 밖으로 움직여 찻잔을 들고 왔다.

"이, 입가심이라도 하세요."

입가심은 식사를 마친 후에 이미 했다. 괜찮을 거라고 생각하면서도 경황이 없었던 단은 급히 찻물을 입안에 머금었고 영비가 잡아끄는 대로 밖으로 나왔다. 황제의 행차 소식을 들었는데도 안에만 있을 순 없었다. 황제를 맞이하는 것도 중요한 일이었다. 둘이 막 밖으로 나오는 순간 이미 황제가 문지방을 넘어 처소에 들어왔다.

그걸 본 단은 쿨럭, 하고 기침을 하다가 입에 머금고 있던 찻물을 조금 뱉어 냈다. 영비가 급히 잔을 내밀자 그 안에 머금던 찻물을 뱉어 낸 단은 손등으로 축축한 입술을 닦아 냈다. 곧장 그 손을 등 뒤로 숨기고는 눈을 댕그랗게 뜨는 단을 본 황제가 한참 만에 입을 열었다.

"성대한 환영이로군."

동시에 황제는 단의 모습을 위아래로 훑어 봤다.

"아직 이른 시간인데도 그런 모습인 거냐. 정말 게으르군."

"⋯⋯."

"이제는 내가 무슨 말을 해도 대꾸하지 않을 셈이냐."

황제의 말에 영비는 심장이 덜컥 내려앉았다. 영비는 눈치껏 무릎을 꿇고 앉았는데 단은 여전히 서 있었다. 예를 갖춰 인사를 올려야 한다는 말을 해 주긴 해야 할 것 같은데, 어떻게 말을 꺼내야 할지 모르겠다. 그리고 그때 황제가 안으로 들어갔고, 기회는 이때다 싶어 영비는 고개를 들었다. 동시에 입구에 서 있던 이태감과 시선이 부딪쳤다.

짧은 순간 이태감의 뜻을 읽은 영비는 재차 고개를 숙이곤 조용히 밖으로 나왔다. 영비가 나가고 난 후, 이태감이 직접 문을 닫았고 그렇게 단은 황제와 단둘이 남겨졌다.

암만 눈치가 없더라도 문을 닫아 버리는 이태감의 뜻마저 모를 순 없었다. 하지만 단에게 지금 이 모든 것들이 우스꽝스러웠다. 황제가 자신과 뭘 하고자 함인지 알아나 보자 싶었던 단은 몸을 돌렸다. 그리고 침전으로 들어가는 자리에 있는 긴 의자에 앉아 있는 황제를 바라봤다.

"왜 오신 건데요?"

묻는 목소리 안쪽으로 숨길 수 없는 긴장이 담겨 있었다. 단은 그것이 황제에게 전해지지 않았으면 싶었다. 고개를 숙인 채로 있던 무헌은 단의 실문에 반응하듯 그녀를 바라봤다.

"내가 부인의 처소를 찾는데 하나하나 이유를 붙여야 하나?"

"다른 부인은 그럴 필요 없겠지만, 저한테는 그래야 하지 않나요."

원래부터 부인이었던 여자들하고는 입장이 달랐다. 아버지의 편지를 읽고는 지금 자신이 처한 상황에 대해서 대충이나마 알 수 있었다. 그렇다 해서 그걸 온전히 받아들인 건 아니었다. 자신이 소율태국의 부인의 입장으로 이 자리에 앉아 있다고 해서, 황제가 된 무헌이 자신을 정말로 부인으로 생각하고 그에 맞춰서 행동하려는 건 크게 잘못된 일이었다.

굳은 눈빛으로 저를 바라보는 단을 두고 무헌은 탁자에 팔꿈치를 올렸다. 그리곤 손에 턱을 괸 채로 물끄러미 응시해 온다. 그 모습이, 얼굴이 낯설지 않았다. 분명 단이 잘 알고 있던 소년이 어른이 된 모습이었다.

긴가민가했던 건 처음뿐이었다. 오랫동안 마음에 담아 두고 있었던 무헌이었다. 그를 정말 모를 수는 없었다. 그저, 그가 드러내길 원치 않아 하고 모르는 척 구니까 그에 맞춰 준 것뿐이었다. 사람에겐 각자 사정이 있고, 서로의 기억도 다르게 남는다는 걸 알고 있었다. 자신은 이랬지만, 무헌에게 있어 자신은 쉽게 잊힐 수 있는 그런 존재였을 뿐이라고, 그리 생각하고 넘길 셈이었다.

그랬었는데―

물끄러미 무헌을 보던 단은 중얼거렸다.

"내가 알던 그 사람이 아니로구나."

처음에는 잠자코 있던 무헌의 한쪽 눈썹이 올라간다.

뭐 그런 이상한 말을 하는 건가 싶은 눈빛과 표정이었지만, 이윽고 그 입가로 옅은 미소가 번진다.

"당연한 거 아니냐. 난 그때의 내가 아니다."

"……."

너무도 아무렇지도 않게 가볍게 부정해 버리는 걸 두고 단의 눈가가 경직된다.

어떻게 저렇게 별거 아닌 식으로 말할 수 있는 걸까. 가슴이 답답해진 단은 눈을 내리떴다. 그리고 제 몸을 감싸고 있는 질 좋은 천의 감촉을 상기했다.

지금 자신이 있는 이곳도, 안쪽에 보관된 옷과 보석 및 장신구

전부가 좋은 것들이었다. 지금껏 단이 보도 못한 것들이었다. 그런 게 길바닥의 돌멩이처럼 흔하게 굴러다니는 곳의 황제가 되었다. 어떻게 황제가 될 수 있었는지를 묻는 건 어리석은 짓일지도 몰랐다. 지금 단이 보고 알아야 할 건, 무헌은 황제가 되었고 예전에 자신이 기억하던 그 녀석은 어디에도 없다는 거였다.

"그래. 정말 없는 거로구나."

혼잣말하듯 중얼거리는 소리에 무헌은 단을 바라봤다.

시무룩해져선 어깨를 축 늘어뜨리는 단에게서, 있을 리가 없는 축 처진 귀와 꼬리가 보이는 것 같았다. 세상에 이보다 더 서운하고 싫은 일은 없는 것처럼 그리 있던 단을 지켜보던 무헌은 몸을 일으켰다.

갑자기 나타나선 이제야 가려는 건가 싶었던 단도 그에 맞춰서 고개를 들었다. 하지만 단의 생각과 달리 무헌이 향한 건 밖이 아니라 단의 침전 쪽이었다.

침전 앞에 선 무헌은 허리띠를 풀어내곤 겉옷을 벗었다. 머리를 묶어 올리고 있어, 그걸 고정하던 관모도 벗어서 바닥에 대충 던져 둔 그는 단이 뭐라 할 새도 없이 그대로 침전 위로 올라갔다. 엎드리듯이 누워 버리는 그 모습에 단의 눈이 동그랗게 떠진다.

멍하니 있던 단은 꼼질거리면서 침전 가운데에 떡하니 자리를 잡고 누워선 배 위에 한 손을 올리는 무헌의 당당한 모습에 크게 입을 벌렸다.

저 녀석이 지금 왜 저러는 거야. 그런 생각밖에 들지 않았던 단은 당황해선 주변을 둘러보다가 냅다 그리로 달려갔다. 무헌의 바지 자락을 세게 잡아당기자 왜 그러나 싶어서 한쪽 눈만 뜬 채로 아래를 내려다본다.

"너 지금 뭘 하는 거야. 여긴 내 침대야. 여기, 내 궁이라면서—"

정말은 자신의 궁인지 어떤지 아직 제대로 받아들이진 못했지만, 주변에선 죄 그렇게 말하고 있었다. 여기가 강부인의 궁이라고 말이다.

그렇다는 건 지금 무헌이 누워 있는 건 자신의 침대라는 건데, 왜 애먼 녀석이 저리도 당당하게 자리를 잡고 눕는 것일까. 다른 사람들 보면 오해할지도 몰랐다. 쓸데없는 짓 하지 말고 냉큼 일어나라면서 바지를 쥐고 흔드는 단을 빤히 보던 무헌이 한마디 했다.

"난 여기서 잘 거다."

"왜?"

"내 부인의 처소다. 내가 자고 싶으면 자는 거야."

그게 뭐 이상한 일이라고 그렇게 두 눈을 동그랗게 뜨고 보느냐는 식이다.

직후 무헌은 단이 잡고 있던 다리를 휙 당기더니 옆으로 몸을 돌려선 이불을 제 어깨 위까지 올렸다. 그 당당한 모습에 단의 입술이 서서히 벌어진다.

뭐 이런 얼척없는 일이 다 있나 싶어서 주변을 둘러봤다. 하지만 지금 여기서 이번 일을 두고 의논할 수 있는 사람은 아무도 없었다.

마음 같아서야 무헌을 이대로 들어서 바깥으로 던져 버리고 싶지만, 그래선 안 되는 거겠지.

아랫입술을 잘근잘근 씹은 단은 침대 아래에 굴러다니는 옷가지와 관모를 보곤 곧장 몸을 돌렸다. 서둘러 나가 버리는 단의 행동에 무헌은 고개를 슬쩍 들어선 뒤를 돌아봤다. 당황한 단이 저기— 하고 누군가에게 말을 건네는 소리를 들은 무헌의 표정이 느슨해진다. 다시금 베개에 머리를 기댄 무헌은 이불을 어깨 위까지 올리고는 그대로 눈을 감았다.

5장

　문을 활짝 열고 나온 단은 하얀 소복 차림이었다. 저런 차림
새로 밖으로 나와선 안 되었다. 입구를 지키던 환관들이 급히 고
개를 돌렸고 놀란 영비는 두 팔을 들어선 단의 앞을 가렸다.

　"부인 왜 그러세요. 어서 안으로 들어가세요."

　단의 표정이 굳어 있었지만, 그보단 어서 들어가게 해서 이런
모습을 다른 사람들이 못 보도록 하는 게 우선이었다.

　영비가 단의 어깨를 잡고 안으로 들어가자, 조금 떨어진 곳에
서 있던 몇몇 시비들의 안색이 굳는다. 설마하니 황제가 오늘 밤
에도 찾아올 줄 몰랐던 그녀들은 낭패스러운 기색이었다. 처음
부터 단의 곁에서 시중을 들지 않았던 만큼, 이제서 영비와 함께
행동할 순 없었다. 초조함을 감추지 못하고 아랫입술을 잘근잘

근 씹는 동안 단과 함께 안으로 들어선 영비는 문을 닫고는 나직하게 물었다.

"부인, 다른 사람들이 보면 어쩌려고 이런 모습으로 나오신 겁니까."

"지금 내 침대에 그, 아니, 폐하께서 누워 계셔."

"경하드립니다."

"……."

무헌이 제 침대를 점령한 말도 안 되는 사실을 알리고 그를 어떻게 끌어내려야 하는 거냐고 물으려던 건데 돌아오는 건 절이었다. 두 손을 모아 오른쪽 옆구리에 붙인 채로 무릎을 구부려 절을 하고 고개를 든 영비의 얼굴은 대단히 밝았다. 지금 단이 전한 소식이 세상에서 가장 기쁜 말처럼 말이다.

영비의 그 반응에 단은 서서히 현실을 인지하게 되었다.

"……부인의 처소에 황제가 찾는 건 대단히 좋은 일인 거지?"

"물론이지요. 지금껏 폐하께서 이런 식으로 갑자기 부인의 궁을 방문한 적이 없으셨습니다."

물론 지나치다가 들른 적은 있었지만, 그 모든 게 주변의 성화 때문이었다. 너무 그녀들을 방치해선 안 된다면서 얼굴이라도 비치고 짧게나마 몇 마디 대화를 나누라 해서 늦은 밤에 찾아와서 차를 한 모금 하고 일어나는 게 대부분이었다. 그런데 지금은 단의 침대에 누워 있었다. 그 순간 아차 싶었던 영비는 다급히 말했다.

"바로 목욕 준비를 하겠습니다. 아니다. 그 전에 폐하께서 완전히 주무시면 어쩌지요?"

목욕을 하느라 시간이 걸리면 언짢아하면서 궁을 떠날 수도 있었다.

어쩌면 좋으냐면서 굳은 눈빛으로 바라보는 영비를 앞에 두고 단은 마른침을 삼켰다.

단에게 있어 말도 안 되는 상황이 영비나 이 궁에 있는 자들에겐 엄청난 경사였다. 서로 받아들이는 것에 차이가 있다 보니 자연스럽게 자신이 무슨 말을 하고 난리를 친다 해도 원하는 결과를 얻어 낼 수 없었다. 황세를 내쫓사고 하면 밀도 안 되는 소리하지 말라면서 길길이 날뛰지 않을까.

그동안에도 단이 목욕을 하긴 해야 하는데, 어떻게 황제를 궁에 머무르게 할 수 있을지에 대해 생각하는 영비는 잔뜩 심각한 얼굴이었다. 그걸 주시한 채로 단은 재차 물었다.

"만약, 아주 만약에 말이야. 내가 폐하를 내쫓으면 어떻게 되는 거야?"

그 순간 영비의 얼굴에서 표정이 사라졌다. 들어선 안 되는 말을 들은 것처럼 안색을 삭 굳히자 단은 입을 다물었다. 괜한 말을 했음을 느꼈다. 그래서 재차 그런 게 아니라 하려던 찰나 영비가 나직하게 말했다.

"농으로 하시는 말씀이라는 건 알지만 다른 사람들 앞에선 절대로 그런 말씀 입에 올리지 마세요. 큰일 납니다."

영비의 표정과 하는 말을 가벼이 넘길 수 없었던 단도 덩달아 안색을 굳혔다.

"무슨 큰일? 내 목을 자르기라도 하는 거야?"

"폐하를 내쫓으시면 총애를 잃게 됩니다. 부인의 입장에서 총애를 잃는 건 죽는 것보다 못한 일입니다."

궁 안에는 이미 많은 부인이 있었고, 몇 년 동안 황제의 방문을 받지 못한 부인도 허다했다. 그런 와중에 단은 어느 가문에서 어떤 이유로 입궁했는지 정확한 게 아무것도 없었다. 세력가 출신인 부인의 눈 밖에 나서 괴롭힘을 당하거나 더 심한 일을 당할 수도 있음이었다. 마음고생은 피할 수 없겠지만, 몸 고생이라도 하지 않기 위해선 흔치 않은 기회를 놓쳐선 안 되었다.

어린 영비가 보기에 단은 배워야 할 게 한참이나 남았다. 하나에서부터 열까지 전부 다 신경 써 줘야겠다면서 영비는 급히 말했다.

"이러지 마시고 간단하게나마 씻고 단장을 하세요. 그동안 술상을 올려서 폐하께서 지루함을 느끼지 않도록 하겠습니다."

"아니, 그러지 않아도 괜찮아."

여전히 표정이 굳은 채인 단은 어색하게 손을 좌우로 흔들었다.

"지금 주무시고 계셔. 누가 건드리면 싫어하실 거야."

"주무신다고요?"

어째서 아무것도 하지 않고 주무시는 건가 싶었던 영비지만,

차마 더 물을 수 없었다.

단은 어색하니 연거푸 손과 고개를 좌우로 흔들면서 '괜찮아. 거기까지 더 신경 쓰지 않아도 될 거야.'라는 식으로 굴고 있었다. 그걸 보고만 있을 순 없었던 영비는 목소리를 낮췄다.

"제 말을 오해하지 말고 들어주세요. 지금 당장 폐하 곁에 누워라도 계세요. 절대로 이대로 폐하를 보내시면 안 됩니다. 오늘 밤만이라도 꼭, 곁에 두세요. 그래야 부인께서 앞으로 생활하시기가 편해지십니다."

"……."

이런 말도 단이 받아들여야 조언이 될 수 있음이있다.

도를 지나친 간섭을 두고 단이 불쾌하거나 안색을 굳히기라도 한다면 죄 소용없는 일이었다. 하지만 단은 어정쩡하게 고개를 끄덕이곤 알겠다고 말했다. 직후 어깨를 잡아 꾹꾹 미는 것에 영비는 더럭 불안해졌다.

정말 괜찮은 걸까. 자신이 남아서 더 알려 줘야 할 게 남아 있는 게 아닐까. 설마하니 잠자리에서 뭘 하면 되는지를 모르는 건 아니겠지. 그것까지는 암만 영비라 할지라도 쉽게 말을 꺼낼 수 없는 부분이었다.

불안한 마음에 몇 번이고 뒤를 돌아보는 영비를 밖으로 밀어낸 단은 닫힌 문 뒤에 등을 기대었다.

"맙소사……."

멍한 시선을 허공에 던진 채로 있던 단은 허, 하고 짧은 한숨을 쉬고는 두 손을 들어 머리를 움켜쥐었다.

단도 숙맥이 아닌지라 자신이 아닌 다른 사람과 함께 잠자리에 든다는 게 어떤 의미인지 모르지 않았다. 시골 장터에서 이름난 싸움꾼으로 있었을 땐 웬 정신 나간 여자가 위로 올라타려 하기도 했었고 말이다. 자신이 사내라고 생각하곤 술 취한 놈팡이들이 귀가 더러워질 만큼 진탕하게 늘어놓는 음담패설을 꽤 많이 듣기도 했다. 실전이 없을 뿐이지 이론이라면 상당했다. 하지만, 그렇지만, 그래도 이건 아니었다.

안색을 굳힌 단은 앞으로 목을 길게 빼서 침상 쪽을 살폈다. 그리고 여전히 등을 돌린 채로 누워 있는 무헌을 발견하곤 얼굴을 확 일그러뜨렸다.

"저 자식이 사람 곤란하게 하고 있어."

부인으로 만든 건 위장하기 위한 것이라 쳐도, 굳이 저렇게까지 할 필요가 없었다. 건평궁 안에 따로 침전이 있는 놈이 뭐하러 여길 온 건데. 자신 말고도 다른 부인도 많은 녀석이─

거기까지 생각한 단은 안색을 굳혔다.

만약, 아주 만약에 무헌이 자신이 아닌 다른 부인의 처소를 찾는다면…….

그 순간 뭐라 설명하기 어려울 정도로 가슴이 답답해진다. 왜 고작 그런 걸 생각했다고 해서 속이 답답해진 건지 이해가 되질 않았던 단은 주먹으로 제 가슴을 세게 두드렸다. 그러자 속이 내려가기는커녕 가슴만 아팠다. 원래 제 모습으로 돌아가서 골격이나 근육을 바꾸지 못하니까 피부가 약해진 모양이었다. 얼마나 세게 두드렸는지는 생각하지도 않고 몸이 약해졌다며 투덜댄 단은 안으로 살금살금 걸어갔다.

영비는 절대로 무헌을 내쫓아선 안 된다고, 그가 먼저 자고 있는 거라면 지금이라도 옆에 나란히 누우라 했지만, 그럴 순 없었다. 새벽녘에 일어난 놈이 자신을 보고 뭔 짓을 할 줄 알고. 물론, 제 몸에 손을 댄다거나 하진 않겠지만.

거기까지 생각한 단은 눈을 내리떠선 제 가슴을 봤다. 전에는 모습을 들키면 안 되기 때문에 씻을 때에도 후딱 하고, 자신의 몸에 대해서 세세히 관찰하지 않았다. 하지만 이렇게 보니 가슴이 꽤, 괜찮은 걸지도ㅡ

거기까지 생각한 단은 두 손으로 가슴을 잡았다.

"흠."

나쁘지 않아.

이윽고 뭔 짓을 하는 건가 싶어 화들짝 놀란 단은 가슴에서 손을 놓고는 재차 침전 위를 살폈다.

깨닫지 못하는 사이에 침전 바로 앞까지 온 단은 일정하게 오르내리는 무헌의 어깨를 보고는 입술을 씰룩였다. 무릎을 구부린 단은 바닥에 떨어져 있는 허리띠와 관모, 그리고 묵직한 옷가지를 하나둘 챙겼다.

전에는 모르겠지만, 지금은 이런 옷 정리 같은 걸 혼자서 하지도 않겠지. 전부 다 대신 해 주는 사람이 있으니까 정리할 줄도 모르는 거라면서 옷을 툭툭 털어 낸 후에 그걸 안쪽 의자에 길게 늘어놓았다. 접어 둘까도 싶었지만, 그랬다가 구김이 생기면 어쩌나 싶었다. 그리고 거기까지는 하고 싶지도 않았던 단은 관모와 허리띠를 옷 위에 두고는 탁자 너머의 의자로 올라가선 무릎을 세우곤 그곳에 턱을 올렸다.

"……"

예전의 어느 때처럼 숲 속이나 길바닥 위에 있는 것도 아니었다. 지붕이 있는, 지금껏 본 적 없는 좋은 것들로 가득 찬 공간 속에 들어와 있고 저 안쪽에는 무헌도 있었다. 그런데 왜 이렇게 적적한지 모르겠다. 부족한 게 없음에도 마음 한편이 허했던 단은 팔을 쓰다듬고는 눈을 감았다. 저도 모르는 사이에 몇 번째일지 모르는 한숨을 내뱉었다.

*　　*　　*

단을 데리고 왔을 땐 누구도 그녀의 존재를 알지 못했다. 단을 인지하고 그런 사람이 궁에 있음을 알게 된 건 황제가 화도 강씨의 단에게 교지를 내렸기 때문이었다.

황제가 직접 교지를 내리는 건 처음 있는 일이었기에 다들 화도 강씨가 어느 구석에 붙어 있는 가문인가 떠들어 대기 시작했다. 하지만 뒤에서 저들끼리 대화를 나누기만 할 뿐, 그 문제를 두고 황제에게 직접적으로 묻진 않았다. 다른 부인들도 마찬가지였다. 당장은 단이 누군지 알아보기 위해서 혈안이 되어 있긴 할 테지만, 선뜻 행동으로 옮기지는 않았다. 하지만 하루 이틀 시간이 가면 어찌 될지 알 수는 없었다.

자신이 종종 찾는다는 사실만으로도 단을 건드릴 수 없어지게 되는 셈이었다. 그런 것과 상관없이, 자신이 연거푸 찾는 걸 두고 속앓이를 할 사람이 더러 있긴 할 테지만 말이다.

단의 성격이라면 누군가 본인을 공격하는 걸 앉아서 당하지만은 않을 거다. 어떤 식으로든지 대항하겠지. 하지만 그것도 바깥에서나 가능할 일이었다. 궁 안에서는 옳은 말을 하는 것만으로도 위험해질 수 있었다. 무헌도 자신이 전과 다르게 행동하고 있음을 모르지 않았다. 지금 이렇게 행동하는 건 황제이기 때문인지, 아니면 무헌이기에 이러는지 솔직히 좀 의문이 들긴 했다.

그리고 무헌은 고릉, 하는 작은 코골이에 눈을 떴다.

"……."

어느새 편하게 누워서 자고 있었던 모양이다. 아직 주변이 어두운 걸 보면 날이 밝기까지 시간이 오래 걸릴 것 같은데 왜 눈이 떠진 걸까.

그때 재차 옆에서 고르릉, 하는 소리가 들린다.

이 이상한 코걸이는 누구의 것일까. 깊게 생각할 필요도 없었다.

무헌은 오른쪽으로 시선을 옮겼다. 그의 곁에는 아무도 없었고, 이 코골이 소리는 다른 곳에서 들리고 있었다. 천천히 일어나 앉은 무헌은 고개를 좌우로 움직인 후, 침대 아래로 발을 내렸다. 맨발로 일어선 그는 차가운 바닥의 촉감에 그리로 눈을 내리떴다.

평소에는 환관이 급히 달려와 신을 신겨 주곤 했는데, 여긴 그렇게 해 줄 사람이 없었다. 무헌은 맨발로 걸음을 옮겨선 밖으로 향했다. 그리고 긴 의자 구석에 웅크리고 있는 아담한 존재를 발견했다. 단이었다.

넓은 침대가 있지만, 저런 곳에서 불편하게 자고 있는 이유를 모르지 않았다. 무헌은 조용히 단의 곁으로 가 의자 끄트머리에 앉았다. 공처럼 몸을 만 단이 덮고 있는 건 무헌이 걸치고 온 겉옷이었다. 그걸 본 무헌은 단의 어깨에 한 손을 올렸다. 가볍게 흔들어선 그녀를 깨우고 여기서 이렇게 불편하게 자지 말고 침대로 올라가라고 할 참이었지만, 말이 나오지 않았다.

"……."

어쩌면 자신도 제대로 잠에서 깨지 못한 걸지도 모른다. 어딘가 몽롱한 상태이기 때문에 이렇게 되는 거라면서 무헌은 단 쪽으로 몸을 붙였다. 단의 검은 머리카락을 귀 뒤로 넘기고는 드러난 하얀 뺨 위로 얼굴을 가까이 했다. 하지만 입술이 닿기 직전에 바로 멈췄다. 잠자코 있던 그는 손가락으로 단의 작은 얼굴을 만지작거렸다.

몽롱한 머릿속으로 기억은 과거를 더듬어 올라간다.

비를 맞아서 붉게 상기된 두 뺨과 기대로 가득 찬 커다란 검은 눈망울이 머릿속 가득히 그려졌다. 별을 박아 넣은 것처럼 반짝거리던 눈동자를 떠올리며 무헌은 단의 위로 제 몸을 뉘었다. 따스한 체온이 자신의 피부 위로 퍼지는 걸 느끼고는 배 깊숙한 곳에서 올라오는 숨을 내쉬었다.

왜 이런 불편한 자세로 있는 게 편안하게 느껴지는 걸까. 이걸두고 편하다고 느끼는 건 문제가 있는 게 아닐까. 거기까지 생각하고 있을 때 어디선가 끄응, 하는 소리가 들렸다. 뭔가 싶었던 무헌은 재차 눈을 떴고 끙, 하는 소리가 난 후 나직한 중얼거림이 들렸다.

"……무거워."

"……."

편안한 얼굴로 잠들던 단의 미간으로 짙은 주름이 생기고, 동시에 앓는 소리가 섞인다.

끙, 힘들다고, 하고 덧붙이는 중얼거림을 들은 무헌의 입꼬리가 올라갔다.

바로 몸을 일으킨 그는 커다란 손으로 단의 머리 위를 가볍게 문질렀다. 하지만 헝클어진 머리는 금방 원상태로 돌아갔고 무헌은 그대로 단을 안아 올렸다. 무척 가벼웠다. 늑대일 때보다훨씬 더 가벼운 것 같다면서 단을 안아 들고 침전으로 향했다. 침전 위에 한쪽 무릎을 올리곤 안쪽에 단을 뉘었다. 그러자 곧장데구루루 굴러가선 구석에 착 처박힌다.

일자가 되어선 딱 벽면에 붙어 버리는 걸 보자니 지금 깨어 있는 건 아닌지 의심스럽기까지 했다. 저러다가 뒤를 돌아보거나 하지 않을까 싶었던 무헌은 눈을 가늘게 떴지만, 들리는 건 도롱, 하는 이상한 코골이뿐이었다.

늑대였을 때에도 종종 들었던 소리였다.

침대 위에 올라온 무헌은 양반다리를 한 채로 앉아선 단을 내려다봤다.

늑대였다가. 사람이었다가. 그렇게 몇 번이고 변하는 걸 보면 이상하게 여겨질 만도 한데, 그런 게 없었다. 전에도 그랬지. 난데없이 나타나 주먹밥을 던져 주고는 그걸 먹지 않는다고 머리로 옆구리를 박았다. 이쪽은 갈비뼈가 나간 줄 알고 엄청 아파했는데도 아랑곳하지 않고는 오히려 더 성을 냈다. 아마도 그때부터 단을 봤었던 것 같다.

처음에는 미친 녀석인가 싶었지만, 아니었다. 단순히 감정 표현에 솔직할 뿐이었다. 싫으면 싫고, 좋으면 좋은 거였다. 정말로 싫으면 두 번 다시 쳐다도 보지 않는, 그런 성격이었다.

어느덧 팔짱을 낀 채로 유심히 단을 주시하던 무헌은 손가락 하나를 세워선 그걸로 단의 어깨를 꾸욱 찔렀다. 처음에는 별 반응이 없었지만, 한 번 더 누르자 움찔하더니 성가시게 굴지 말라는 것처럼 고개를 절레절레 젓는다.

"으응—"

신경질적인 소리를 내고는 더 벽에 붙는데, 이러다간 뚫고 밖으로 나갈 기세였다. 동시에 추운지 몸을 부르르 떠는 걸 본 무헌은 발아래에 구겨져 있던 이불을 끌어선 그걸 단에게 덮어 주었다.

그러자 이불을 잡아 제 어깨까지 올리고는 갑자기 반대편으로 몸을 돌린다. 눈을 감은 채로 이불을 제 몸에 돌돌 말다가 앉아 있는 무헌에게 부딪치자 곧장 인상을 쓴다. 그걸 본 무헌은 옆으로 몸을 피해 주려다가 아예 일어났다.

단은 다시금 그가 있던 쪽으로 데굴데굴 굴렀다. 이불은 잘 펴지지 않아서 뭉쳐진 구석도 있었는데, 그럼에도 제 몸에 두르고 난 후, 단은 재차 벽으로 향했다. 벽에 콕 박혀선 이제야 마음이 편해진 듯 긴 한숨을 내쉰다. 그 모습이 낯설지 않았다.

아파서 정신을 차리지 못할 때에도 꼭 자신의 다리에 달라붙으려 했지.

구석이 좋은 건 습관일지도 모르겠다면서 무헌은 재차 단을 내려다봤다.

더는 움직임이 없는 걸 확인하고 나서야 무헌은 침대에 올라 똑바로 누웠다.

"……."

재차 왜 이러고 있는 건가 싶었다.

전에도 종종 하던 생각이었지만, 지금은 전과 달랐다.

천장을 올려다보던 무헌은 왼쪽으로 시선을 옮겼다. 보이는 건 단의 뒤통수였다. 그걸 물끄러미 보던 무헌은 손을 뻗어선 단의 머리를 감싸 쥐듯 붙잡았다. 아까처럼 툭툭 건드리는 게 아니라, 머리를 더듬었다.

손을 뻗으면 닿을 자리에 단이 있었다.

두 번 다시 만나지 못할 거라고 생각했었는데.

무헌은 재차 천장으로 시선을 옮기고는 그대로 두 눈을 감았다.

＊　　＊　　＊

새벽녘에 이슬비가 내려서 풀잎 위로 물방울이 아롱졌다. 유난히 짙은 풀의 향기는 정취가 있었지만, 활짝 열린 창문을 앞에 두고 있는 매소희의 표정은 그 어느 날보다 굳어 있었다. 눈을 질끈 감은 채로 애써 마음을 차분히 하려 했지만, 쉽지 않았다.

어제부터 시작된 두통이 가라앉질 않았다. 두 손으로 제 머리를 꾹꾹 누르던 그녀는 문 열리는 소리에 뒤를 돌아봤다. 안으로 들어오는 건 시비였는데 그 표정이 굳어 있었다. 전하기 어려운 걸 말해야만 하는 사람의 고충이 묻어나는 얼굴이었다.

그걸 본 매소희는 뒤틀린 미소를 지었다.

"새벽녘에야 그 계집의 처소를 떠나신 게냐."

밤을 보낸 거냐고는 일부러 묻지 않았다. 다 알고 있어도 그 말을 입 밖으로 내뱉으면 속이 죄 뒤집힐 것 같았기 때문이었다. 하지만 지금 시비의 얼굴을 보자니 안 들어도 알 것 같았다.

"설마, 아직도 계시는 거냐?"

"아침도 드시고 움직이실 것 같습니다."

"……."

매소희의 눈이 서서히 크게 떠진다.

숨겨지지 않는 분노를 드러내는 걸 두고 시비는 이제 정말 큰일 나겠구나 싶었다. 하지만 함부로 행동해선 안 되었다.

지금껏 황제가 다른 부인의 처소에서 이렇게 늦게까지 머무는 것도, 함께 식사를 한 적도 없었다. 몇 번이고 매소희가 해 보려 했지만, 그때마다 일이 바쁘다면서 바로 자리를 떴던 황제가 아니던가.

새롭게 나타난 부인이라 해서 우습게 볼 게 아니었다. 예로부터 황제들 중에는 진짜 정인을 숨겨두다가 나중에나 그 모습을 드러내게 하는 경우가 있었다. 이번에도 그와 같은 경우가 아닌가 싶었지만, 차마 그 말까지는 할 수 없었다. 이 말을 하는 순간 엄청난 불똥이 떨어질 걸 알기 때문이었다.

그때 매소희가 빠른 걸음을 옮겼다.

성큼성큼 걸어가는 모습에 놀란 시비가 급히 그 앞을 막아섰다.

"부인. 가지 마세요. 지금은 지켜보셔야 할 때입니다."

"네가 지금 감히 누구 앞을 막는 거야? 저리 물러서지 못해?!"

세게 시비의 어깨를 잡아 밀어냈지만, 꿈쩍도 하지 않았다.

"가지 마세요. 폐하께서 아직 계십니다. 가시는 중에 마주치기라도 하시면 투기를 하는 걸로 비칠 수 있습니다."

지금 매소희의 모습은 명백하게 투기였지만, 굳이 그걸 황제에게 보일 필요는 없었다. 내명부의 모두가 그녀의 성정을 안다쳐도 황제만 모르면 그만이었다. 하지만 이번에 그녀가 강부인 궁에 갔다가 목소리를 조금이라도 크게 내면 곤란했다.

"제가 보기에 이번 일은 수상쩍은 게 한둘이 아닙니다. 그러니 지켜보셔야 합니다."

"뭐가 수상쩍다는 거야?!"

"폐하께서 이때껏 이런 적이 없으셨잖습니까. 내명부에서 누가 투기를 보이고 일을 치는지를 알아볼 셈으로 이러시는 걸지도 모른다는 생각이 듭니다."

"……."

일그러진 매소희의 얼굴이 서서히 진정되는 걸 읽은 시비는 이때다 싶어 빠르게 말했다.

"예전 숲에서 발견된 저주 인형에 대한 일도 제대로 마무리가 되지 않았습니다. 이번에 오신 부인이 화부인의 가문과 관련된 것도 그렇고, 이상한 게 한둘이 아닙니다. 그럴 때 굳이 부인이 나서서 잡음이 인다면, 손해입니다."

만약 다른 시비가 이런 말을 했다면 당장 뺨을 올려쳤을지도 모른다. 하지만 매소희의 앞을 막는 건 사가에서부터 함께 자란 시비였다. 그것에 특별한 의미를 부여하진 않지만, 신중하고 영리한 아이인 건 확실했다. 그 말을 들어서 지금껏 손해를 본 적이 없었다.

갑자기 나타난 계집 때문에 심기가 불편한 건 자신뿐만이 아니었다. 모두가 어디 얼마나 하나 보자 싶어서 주시하고 있을지도 모르지. 어쩌면 자신이 나섰다가 실수해 주길 바랄지도 몰랐다. 간교한 저들의 뜻대로 되고 싶지는 않지만, 마음에 들지 않는 것만은 어쩔 수 없는 노릇이었다.

가슴속 저 아래에서부터 끓어오르는 분노를 억누르기가 힘들었던 매소희는 눈을 감았다. 그렇게 있다가 이윽고 좋은 생각이 난 것처럼 눈을 떴다.

"내가 아니면 다른 부인을 끌어들이면 될 거 아니냐."

황제가 자주 찾지 않으니 자연스럽게 부인들끼리의 모임이 잦았다.

이번에 새로 왔으니 먼저 다른 부인들에게 인사를 돌아야 할 게 아니던가. 그런 핑계로 바깥으로 나오게끔 하면 어떻겠느냐 싶었지만, 시비는 재차 안색을 굳혔다.

차마 말을 잇지 못하고 망설이는 모습에 매소희는 재차 언성을 높였다.

"왜 또 그런 얼굴인데?! 다과 모임에 잠깐 얼굴을 내비치지도 못하는 귀하신 몸이라도 되는 거야? 뭐야?!"

"강부인은 몸이 약하시니 외출은 삼가라고…… 폐하께서."

어떻게 말해도 매부인의 분노를 피할 순 없었다. 그래도 가능한 화를 덜 사게끔 조심스럽게 말하는데 매소희의 얼굴이 딱 굳는다. 시비는 급히 고개를 숙였다. 화내지 말라고, 마음을 진정

시키라고 하려는 순간 매소희가 근처에 있던 화병을 집어던졌다. 이후로도 이것저것 다양한 것들이 깨지고 부서지는 소리가 들렸다.

*　　*　　*

단이 기거하는 매화당의 뒤쪽으로는 작은 연못이 있었다. 그 안으로 다양한 색의 잉어가 유유히 헤엄을 치고 있었고, 그곳에 먹이를 주는 게 부인들이 무료함을 달래는 방법 중 하나였다. 하지만 단은 근처에 의자를 두곤 그곳에 앉아 뚱한 얼굴로 있었다.

전에는 쉬지도 못하게 시도 때도 없이 부르는 게 불만이었는데, 지금은 아무것도 못하게 하니 답답했다. 이게 전부 다 황제 놈 때문이었다. 아침에 눈을 떴을 때 바로 옆에 누워 있어서 사람을 기겁하게 만들더니 태연한 얼굴로 일어나선 '시끄럽다.'라고 했다.

시끄럽다 하면 이런 말도 안 되는 상황에 대해서도 입 다물고 잠자코 있어야 하는 건가 싶었지만, 조용히 넘어갈 수가 없었다. 이게 대체 뭔 일이냐면서, 말이 되기나 하는 거냐며 따지려니 바깥에서 부인, 하고 단을 찾는 소리가 있었다. 이 궁 안에서 그나마 자신을 살뜰하게 챙겨 주는 시비의 목소리였다.

분명 잠들 땐 의자 위였는데 정신을 차려 보니 황제와 나란히 침대에 누워 있었다. 어째서 그렇게 된 건가에 대한 의문을 풀

새도 없이 단은 황제를 피해 침대에서 내려왔고, 급히 문을 열어 주었다. 몇 번의 경험을 통해 단이 미숙하다는 걸 알게 된 영비는 혼자 들어와선 황제의 옷을 준비해 왔음을 알렸다. 그 말에도 눈을 꿈벅이는 단에게 영비는 재차 말했다.

'원래는 이럴 줄 모르고 미리 준비한 게 없어서 급히 들고 왔습니다. 바깥에 있는 자들과 함께 폐하께서 옷을 입는 걸 도우시면 됩니다.'
'내가 왜?'
'하셔야 합니다.'

정말 왜 그런 걸 해야 하는지 알 수 없어 되묻자 돌아오는 건 단호한 눈빛이었다.

지금은 의문을 가질 때가 아니라, 하라면 해야 할 때라면서 굳은 시선을 보내오는 영비를 두고 단의 미간으로 짙은 주름이 잡혔다. 진심으로 왜 그런 걸 해야 하는 건지 하나도 이해가 되질 않았지만, 해야 한다고 해서 했다.

영비 뒤로 황제를 모시는 시비와 이태감이 있었고, 그들은 안으로 들어왔다. 침대 끝에 앉아서 입고 있던 설 벗는 황세 곁으로 모여선 속옷만 빼고 전부 다 싹 갈아입혔다. 아니 세 살 먹은 어린애도 아니고 혼자 입게 하면 안 되는 건가 싶었지만, 그런 말은 씨알도 안 먹힐 분위기였다. 단도 영비가 자꾸만 눈치를 주자 허리띠를 감을 때에는 황제 뒤에서 조금 손을 보탰다. 다른 사람이 할 때에는 눈길도 주지 않던 황제가 단이 손을 대기가 무섭게 제대로 해라, 라며 면박을 주었다.

아니. 나한테 왜 이러나 싶으면서도 제대로 하라는 말에 마땅히 반박할 수 없어 영비의 손을 보곤 간신히 따라서 띠를 맬 수 있었다. 겉으로 보기엔 크게 실수는 없었던 것 같은데, 트집 잡을 게 필요한 사람처럼 몇 번이고 허리를 움직이거나 팔을 들던 황제는 단을 돌아봤다.

황제 옷 입히느라 단은 제대로 챙겨 입지도 못했다. 머리도 산발인 채로, 난생 처음 해 보는 일에 잔뜩 굳어 있으려니 이태감이 건네는 물수건으로 손과 얼굴을 닦은 황제가 말했다. 아침 준비를 하라고 말이다.

그 순간 다른 사람들 모두가 놀란 눈치였지만, 단은 그걸 미처 깨달을 수 없었다.

이 넓은 궁 안에 황제 밥 차려 줄 사람도 많을 텐데 왜 그걸 자신에게 말하는 건가 싶어 어이가 없었다. 이쯤 되자 자신을 놀려먹으려는 건가 싶어 멍하니 서 있기만 하려니 입안을 헹군 황제가 재차 말했다.

밥 준비 안 하고 서서 뭐하느냐고.

그 순간 입술을 씰룩인 단이 앞으로 움직였고, 동시에 영비가 나섰다. 곧장 준비해 올리겠다는 그 말에 단은 간신히 흥분을 가라앉혔고, 뭔 정신인지 모르는 동안 아침 식사가 준비되고, 단도 간단하게 치장을 하고, 밥을 다 먹은 황제의 배웅까지 할 수 있었다.

식사 때에도 시중드는 일로 열 받는 일이 있긴 했지만, 더는 떠올리고 싶지 않았다.

세운 무릎을 끌어안고 그곳에 턱을 올린 채로 단은 웅얼거렸다.

"차라리 시장 바닥에서 싸움꾼으로 사는 게 낫지."

이건 뭐, 사람을 말려 죽이는 것도 아니고 뭘 하자는 건지 모르겠다.

단의 상식으로는 이해가 되지 않는 일이지만, 여기선 그게 당연한 거였다.

물론, 황제니까 여러 사람의 시중을 받는 게 당연하겠지만, 단에게 있어 황제면서 동시에 무헌이었다. 그 벌어진 간극을 좁히는 게 참 힘들었다. 처음 무헌이라는 걸 암암리에 인지하면서도 황제로 모셨던 것처럼 하면 될 텐데, 왜 지금은 그게 안 되는지…….

애초에 이런 모습으로 있는 것부터 편하게 받아들이지 못하는 상태인 걸지도 모르겠다면서 단은 두 팔을 옆으로 들었다.

치렁치렁한 천의 위로 세심한 수가 놓아져 있었다. 그뿐만 아니라 왼쪽 손목에는 홍옥으로 된 팔찌도 차고 있었다. 예쁘게 빗어서 틀어 올린 머리에는 비녀며 다양한 장식도 달고 있었다. 단이 정신이 없는 와중에 영비가 솜씨 좋게 꾸며 준 것이었다. 몰랐다가 나중에 제 모습을 거울로 언뜻 본 단은 깜짝 놀라긴 했지만, 내색하지 않았다. 치장 받았다고 해서 놀라거나 하면 안 된다는 걸, 이제는 알고 있었기 때문이었다.

단은 조심스럽게 뒷머리에 손을 올렸다. 어떻게 한 건지 모르겠지만, 몇 개 안 꽂아 두었는데도 머리카락은 흘러내리는 것 없이 잘 고정되어 있었다. 예전에 한 번 머리를 올리려 했을 때 반은 죄 흘러내려서 엉망이었는데.

거기까지 생각한 단은 얼굴에 닿는 시선에 고개를 들었다. 이리로 다가오는 영비가 보였다. 덧붙여 그 뒤로 알짱거리는 몇몇 시비도 눈에 들어왔다.

처음에는 보이지도 않던 것들이 어느 순간부터 똥줄 탄 것처럼 엉거주춤 거린다. 첫날은 멍한 채로 보냈지만, 그래도 하룻밤이 지나고 났더니 저것들이 왜 저러는지 모를 수가 없었다. 입장 변화에 따라서 인간들의 태도가 어떻게 달라지는지도 잘 알고 있었다. 정말이지 구역질 나는 것들이라면서 단은 계속 그것들을 쳐다봤다.

표정 없이 바라보는 걸 두고 달리 느껴지는 게 있었던 걸까. 눈치를 살살 보던 것들이 알아서 흩어지는 걸 보고 나서야 단은 고개를 들었다. 단이 가볍게 걸칠 수 있을 걸 들고 온 영비는 그걸 내밀었다.

"부인, 옷이 얇은 게 걱정되어서 들고 왔습니다."

여전히 누군가 자신을 부인이라고 부르는 게 낯설고, 하나에서부터 열까지 챙겨 주려는 게 이상했지만, 그 호의마저 모르는 척할 순 없었다. 단은 영비가 건네는 천을 받아서 둘렀다. 다시금 연못가를 내려다보는 단을 두고 영비가 조심스럽게 물었다.

"춥지 않으세요? 이만 안으로 들어가시면 어떨까요?"

"안에 있어 봤자 할 것도 없잖아. 심심해서 싫어."

단의 말에 영비는 아, 하는 소리를 내고는 입을 다물었다.

아침에 식사까지 마친 황제가 궁을 떠날 때 한 말이 있었다.

'강부인은 몸이 약하니 당분간 외출을 자제해라.'라는 말이었다.

그것이 단에게 있어선 족쇄처럼 여겨진 걸지도 몰랐다. 하지만 조금 더 생각해 보면 그 또한 황제가 강부인을 생각하기 때문이 아닌가 싶었다. 황제가 이렇게나 챙기는 부인은 없었다고 하려 했지만, 이미 그 말은 너무 많이 했다. 같은 말을 늘어놓아 봤자 좋게 들리지는 않을 거다. 어찌할까 싶어 눈치를 살피던 영비는 다른 말을 꺼냈다.

"모두가 부인을 주시하고 있습니다. 바깥에 다니셨다가 변고라도 생길까 봐 걱정하시는 게 아닐까요."

"뭐, 나를 주시하는 건 비단 바깥에 있는 사람들뿐이 아닌 것 같던데."

심드렁한 대구에 영비는 안색을 굳혔다.

그때 저 멀리서 무리를 지어 오는 시비들이 있었다. 전날 부엌에서 '폐하께서 다시 찾으신다는 보장도 없잖아.'라는 식으로 빈정거리던 자들이었다. 저들도 설마하니 바로 그 날 황제가 찾아와 자고 아침 식사까지 하실 줄은 몰랐을 거다. 더는 총애 운운하면서 단을 우습게 볼 수 없으니 태세를 전환해서 잘 보이려 드는 거다. 저들의 저런 모습이 좋게 보이지 않았지만, 그렇다 해서 중간에서 뭐라 할 순 없었기에 영비는 뒤로 한 걸음 물러났다. 같은 시비라 해도 예전에 빨래를 했었던 영비는 그들에게 뭐라 할 수가 없었다.

영비가 물러나는 이유에 대해 모르지 않았던 단은 어느덧 코앞까지 다가온 시비들을 올려다봤다.

너희들은 뭔데.

뚱한 눈초리로 올려다보는 단을 두고 시비들 중 하나가 웃는 얼굴로 말했다.

"부인, 바깥에서 오래 계시는 것 같아 차와 간단하게 드실 떡을 준비했습니다."

뒤에 서 있던 자가 들고 있던 바구니를 앞으로 내밀었다. 하지만 그 행동에도 단은 이렇다 할 반응 없이 빤히 쳐다보기만 했다. 그걸 크게 개의치 않아 하며 시비는 단이 바구니 속을 잘 볼 수 있도록 기울였다.

"이 떡의 모양을 보십시오. 제 고향에서 유명한 떡입니다. 거기에 제가 솜씨를 좀 부려 봤습니다."

말대로 하얀 떡 위에는 분홍빛의 뭔가가 달려 있었다. 보기엔 좋지만 먹고 싶진 않았다. 저걸 만들기 위해서 얼마나 조몰락거렸을까에 대해서 생각하면 입맛이 싹 달아난다. 때문에 여전히 뚱한 단의 얼굴에 시비는 뒤에 선 이에게 바구니를 들게 하고는 아예 떡이 담긴 접시를 꺼내 내밀었다.

"하나만 드셔 보십시오. 마음에 드신다면 매일 만들어 올리겠습니다. 분명, 폐하께서도 흡족해 하시겠지요."

역시나 그런 거였나. 단이 아니라 황제에게 잘 보이고 싶은 거였다.

그제야 단의 입가로 옅은 미소가 번졌고, 그걸 본 시비의 눈동자가 반짝였다.

겉으로 보기에 단은 여리고 순한 인상이었다. 꽤 미인이긴 하지만, 아직 세상 물정 모르는 어린애처럼 여겨졌다.

어려서 입궁한 후로 거의 10년 동안 이런저런 일을 하면서 눈치만 늘었던 시비는 자신만만했다. 이런 부인이야 곁에 붙어서 아첨 몇 마디만 하면 제 손바닥 위에 두고 쥐락펴락 할 수 있었다. 오늘 내로 자신이 하라는 대로 하게끔 할 거라며 시비는 조금 더 접시를 들었고, 동시에 단이 말했다.

"치워."

짤막하게 내뱉는 목소리는 생김새와 달리 힘이 담겨 있었다.

그 순간 움찔했지만, 본인이 잘못 느꼈겠거니 싶었던 시비는 재차 미소 지었다.

"그러지 말고 하나만 맛을 보시면—"

"치우라고 했잖아."

연거푸 이어지는 거부에 쌀쌀맞은 말투까지 합해지니 이제야 상황이 이상하다는 걸 깨달은 모양이었다.

안색을 굳히는 시비를 두고 단은 한숨을 쉬었다. 그냥 처음 말할 때 눈앞에서 사라져 줬으면 얼마나 좋았을까. 왜 싫은 소리를 계속하게 하는 건지 이해가 되질 않았다.

"새삼스럽게 아부 떨 생각하지 말고 괜한 짓 하지 마. 한 번만 더 이런 식으로 쓸데없는 짓 하면 폐하께 죄 고하겠다."

그 순간 시비의 눈동자가 가볍게 흔들렸다.

이게 아닌데. 딱 그렇게 생각하는 티가 났지만, 시비는 애써 미소 지었다.

"저희는 그저 부인을 잘 모시고 싶을 뿐입니다. 그런데 어찌 이리도 매정하십니까."

"내가 몇 마디 했다고 그게 매정한 게 되는 건가. 이것 참, 내 궁이라고 하면서 정말은 너희들 눈치나 살펴야 했었나?"

떡 먹기 싫으니 치우라고 했다고 매정하다 했으니, 화를 내면 뒤에서 더 무슨 말을 할지 궁금했다.

겉보기엔 싫은 소리 하나 제대로 못 할 것 같은 단이 두 눈을 동그랗게 뜨고 쳐다보자 시비는 마른침을 삼켰다. 처음 예상하고는 완전히 다르게 일이 진행되고 있었다. 그렇다고 이대로 순순히 물러날 순 없었다. 어떻게든 단의 마음에 들어야 했기에 시비는 떡이 담긴 그릇을 든 채로 무릎을 꿇고 앉았다.

"죄송합니다. 노비들을 용서해 주십시오."

함께 따라온 다른 시비들도 죄 무릎을 꿇는다. 그 모습에 단은 기가 찼다.

자신 같으면 처음 뭐라고 했을 때 바로 물러났다가 다른 때 왔을 거다. 딴에는 지금 물러서면 안 될 것 같아 밀어붙이는 것 같은데, 단에겐 있어선 참으로 짜증스러운 상황이었다. 이 말도 안 되는 상황은 뭔가 싶었던 단은 한 번 해보자 싶어서, 한쪽 눈을 가늘게 뜬 채로 물었다.

"너희가 죄송할 건 뭐고, 내가 너희를 어떻게 용서해야 하는 건데?"

"……."

모시는 주인의 심기가 불편해 보이면 무릎을 꿇고선 용서를 구하는 게 기본이었다. 그렇게 하면 대충 넘어가기만 했지, 이런 식으로 되묻는 경우는 거의 없었다.

죄송할 게 뭘까. 떡을 치우라고 했는데 계속 드시라 했던 것? 그것에 대한 죄를 물었으니 어떻게 용서를 받으면 되는 걸까. 애초에 무릎을 꿇을 게 아니라 떡이 담긴 접시를 들고 조용히 물러나면 될 일이었다. 지금 이런 식으로 구는 게 이치에 맞지 않는 일이라는 걸 깨달은 시비들은 입이 열 개라도 할 말이 없었다.

낭패감을 느낀 그녈의 표정이 점점 굳어지는 걸 두고 단은 의자에서 일어났다.

"이유를 명확하게 알려 줄 게 아니라면 계속 그러고 있어라."

단은 영비를 돌아보면서 턱을 들었다. 말은 없어도 가자는 거였다.

다른 시비들이 무릎을 꿇고 앉을 때 자신도 똑같이 해야 하는 건가 싶었던 영비는 저만 챙기는 단의 모습에 아랫입술을 깨물었다. 당장은 기쁨이 컸다. 앞장선 단의 뒤를 따를 때 저를 노려보는 다른 시비들의 시선이 느껴졌지만, 모르는 척 영비는 종종 걸음을 옮겼다.

시비들을 저대로 두면 안 되는 건가 싶지만, 단의 입장에선 참으로 발칙했다. 치우라고 하면 치우면 될 것이지 뭘 저렇게 버티고 앉았나 모르겠다. 이윽고 자신이 황제에게 한 행동이 저런 것이었을까 싶어 스스로를 되돌아보게 되었다.

자신이 생각하기엔 뭔가 안 맞고 이상하다 싶어 버티고 서 있었던 게 황제에겐 언짢음으로 다가오지 않았을까. 자신을 제외하곤 이곳에 있는 사람들은 대부분 알아서 잘 맞춰서 움직였을 테니까. 만약 자신이 계속 이곳에 있어야 하는 입장이라면 눈치껏 맞춰서 행동해야 할지도 모르겠다면서 단은 어깨를 축 늘어뜨렸다.

그렇게 앞으로 넘어오는데, 넓은 앞마당에 서 있는 늙은이가 보였다. 그는 이태감이었다.

뒤를 돌아본 이태감과 시선이 부딪치는 순간 단은 움찔했다.

시동으로 있을 때, 이태감에게 좋은 말을 들어 본 적이 거의 없었다. 일 제대로 못하면 꾸중에 타박이었던 거다. 그런 이태감이 눈을 크게 뜨는 순간 단은 저도 모르게 온몸에 힘을 주었다.

또 뭐라고 할 셈인가 싶었지만, 다음 순간 이태감은 만면에 미소를 지으며 말했다.

"부인, 이곳에 계셨군요. 폐하께서 오후에 건평궁으로 오라는 말씀을 전해 달라 하셨습니다."

'어디에 있었기에 사람을 기다리게 하는 것이더냐.' 같은 말은 아니었지만, 그보다 더 이해가 가지 않는 말이었다.

"왜요?"

오늘 아침에 간 주제에 왜 또 사람을 부르는 건가 싶어 단은 진심으로 이해가 되질 않는 얼굴로 되물었다. 그 순간 뒤에 선 영비가 크게 기침을 하고는 대신 답을 했다.

"단장을 한 후에 부인을 모시겠습니다. 말씀 전해 주셔서 고맙습니다."

일개 시비인 영비가 끼어든 건 이상했지만, 요상한 얼굴인 단을 보자니 더 길게 말하지 않는 편이 나을 것도 같았다.

끝까지 미소를 유지한 이태감은 전 말씀을 전했습니다, 라는 말을 남기고는 조용히 자리를 떴다. 그렇게 이태감은 사라졌지만, 남겨진 단은 여전히 이해가 되질 않았다.

아니. 사람을 왜 자꾸 불러. 아침에 나가면서 쓸데없이 나다니지 말라는 식으로 말한 건 황제 그였다. 그런데 본인이 필요할 때에는 사람을 막 오라 가라 할 수 있는가 보지? 이래서야 예전에 시동이었을 때하고 다를 게 뭔가 싶었던 단은 하늘을 올려다봤다. 새삼스럽게 자신이 왜 이곳에 있어야 하는지 진심으로 의

아해졌다.

"폐하께서 부르시는 건 좋은 일입니다. 그런데 왜 그렇게 싫은 얼굴이세요."

곁에 선 영비의 조심스러운 말에 단은 그쪽으로 고개를 돌렸다.

표정 없는 얼굴에는 '이게 정말 좋은 일이라고?'라는 의문이 담겨 있었다.

"다른 부인들은 뵙고 싶어도 뵙지 못하는 폐하세요."

황제의 총애는 지속되기 어려운 법이었다. 내무부는 넓고 그곳에 존재하는 부인은 헤아릴 수조차 없을 정도였다. 기회가 찾아왔을 때 확실하게 황제의 마음을 얻어 회임을 하는 것처럼 중요한 게 없었다. 단처럼 지지 기반이 불안하고 모두의 주목을 받고 있을 때에는 더더욱 말이다.

황제가 불러도 그걸 개의치 않아 하는 게 신선하긴 해도, 그게 언제까지 유지될지는 모를 일이었다. 딴에는 걱정이 되어서 이런저런 말을 해 주는 거지만 단이 보기에 주제 넘는 게 될 수도 있었다. 그래도 말을 해 둬서 나쁠 건 없다는 생각으로 단을 계속 바라봤다.

제발 그렇게 행동하지 말라며 간절하게 바라보는 영비를 무시할 수 없었던 단은 어깨를 축 늘어뜨렸다.

그나마 영비 같은 사람이 곁에 있어 줘서 다행일지도 모르겠다면서 먼저 처소로 들어갔다.

　　　　　*　　　*　　　*

　오후라고만 했지 정확한 때를 일러 주지 않아서, 점심을 먹고 나서도 한참을 더 기다렸다. 하는 일 없이 가만히 연락만 기다려야 하는 게 이처럼 한심하고 바보처럼 여겨질 때가 없었다. 차분하게 있다 보면 생각을 더 많이 정리할 수 있을 줄 알았는데 아니었다. 무기력해지고 멍해서 아무 생각도 할 수가 없었다.

　손가락 하나 까닥이고 싶지 않아서 잠자코 있는 동안 영비가 하라는 대로 옷을 갈아입고 화장도 다시 했다. 남장을 하면서 털털하게 입고 다닐 때에는 여자들이 잘 차려입은 걸 보면 절로 시선이 갔는데, 막상 자신이 치장하려니 하나도 재미없었다. 입는 것도 많고, 머리는 무겁고, 화장은 답답했다. 하지만 아는 게 없으니 이렇게 하는 게 맞는 거겠거니 싶어서 뭐라고 할 수가 없었다.

　그렇게 주변에서 하라는 대로 치장했다가, 때가 되어서 움직이고 가마에 올라 그대로 건평궁 대문 바깥에 도착해서 이태감이 안내하는 대로 갔다.

　예전 시동일 때의 버릇이 아직 몸에 남아 있어서 저도 모르게 옆으로 난 좁은 계단으로 올라가려 했던 걸 빼면 딱히 실수한 것도 없었다. 딱 하나, 이태감이 문을 열어 주려 하기 전에 스스로 문을 열 뻔하긴 했다. 그때 영비가 작게 기침을 해서 손을 들다가 말았지만 말이다.

황제가 있는 집무실 앞에 서서야 단은 온전히 혼자가 될 수 있었다. 예전에는 오른쪽 입구 앞에 환관이 하나 서 있었던 것 같은데 지금은 없었다. 사람은 하나도 없고 정말 혼자로구나 싶었던 단은 황제의 정수리를 봤다.

사람이 들어온 걸 모르지도 않으면서 상소만 붙들고 있었다. 나타나자마자 얼굴을 보고는 '왔나?' 같은 인사를 기대하진 않았지만, 너무 모르는 척 구니 그건 그것대로 마음에 들지 않았다.

다른 부인들은 이럴 때 어떻게 할까.

예전 눈매가 무섭던 매부인은 만면에 미소를 지으면서 황제에게 엉겨 붙으려 했다. 하지만 그런 짓을 할 순 없었다. 모르긴 몰라도 그런 걸 하는 순간 대번에 '너 미쳤냐.'라는 눈빛이 날아들 거다. 그러면 어째야 하는 거야.

뒷짐을 진 채로 발끝을 세워서 바닥을 쿵쿵, 하고 가볍게 두드리는 순간 앞에서 목소리가 들렸다.

"표정이 왜 그 모양이지?"

이제야 아는 척인가 싶어 고개를 들었지만, 보이는 건 여전히 황제의 정수리였다

상소의 하단에 뭔가를 적으면서 제 표정에 대해서 말했던 건가 싶어 단은 눈을 가늘게 떴고, 동시에 황제가 고개를 들었다. 설마 이럴 때 저를 쳐다볼 줄은 몰랐기에 미처 대비하지 못했던 단은 움찔했다.

"왜 그런 얼굴인데."

거울이 없으니 얼굴이 어떤지 알 수가 없었다.

뒤로 돌린 손을 꼬물거리던 단은 웅얼거리는 목소리로 말했다.

"아니요. 폐하께서는 고개를 들지도 않고 제가 어떤 얼굴을 하고 있는지를 죄 알고 계시구나 해서 그게 신기해서요."

말을 하면서 단은 시선을 피했다.

다른 곳을 쳐다보는 단의 옆얼굴을 바라보던 황제는 눈을 내리떠선 그녀가 입은 보랏빛이 감도는 치마와 잘록한 허리, 그리고 가슴 등을 봤다. 일부러가 아니라 저도 모르게 그렇게 시선이 옮겨 간다.

저게 단의 진짜 모습임을 알고 있어도 아직은 편하게 받아들일 수 없었다. 낯설고 이질적인 모습이라면서 재차 가슴 쪽으로 눈길을 주려는데 동시에 단이 앞으로 고개를 돌렸다. 뭔가를 느끼고 저를 보는 게 아님을 알면서도 황제는 다른 말을 꺼냈다.

"이태감이 말하길 네 궁의 시비들이 무릎을 꿇고 죄를 청했다고 하더군."

그 순간 단의 한쪽 눈썹이 살짝 올라갔다.

앞마당에 서 있는 것 같더니만, 그걸 또 언제 봤는지 모르겠다. 보아하니 황제의 눈과 귀가 되어 주는 것 같긴 했다만, 설마하니 그런 별거 아닌 말도 옮겼을 줄이야. 이유가 어찌 되었던 간에 자신과 관련된 일을 다른 사람에게 옮겼다는 사실 자체가 탐탁지 않았던 단은 굳은 목소리로 말했다.

"계속 무시하다가 갑자기 챙겨 주려 들기에 기분 나빠서 뭐라고 했더니 무릎을 꿇고 용서해 달라고 하잖아요."

"챙겨 주면 좋은 건데 기분 나쁠 게 뭐 있어."

"떡 싫어하는데 자꾸만 먹으라잖아요."

그 위에 달린 장식도 마음에 안 들고, 떡을 들고 온 것들도 마음에 들지 않았다. 복합적인 이유가 있었지만, 그걸 전부 설명하고 싶지 않아 대충 얼버무리려 하자 더 이상해지는 것 같았다.

"─어린애냐?"

"……."

저런 반응이 돌아와도 어쩔 수 없겠거니 싶었던 단은 잠자코 있었다.

전과 달라진 모습으로 무헌 앞에 서 있는 게 신경 쓰이긴 했지만, 그건 비단 자신의 문제만이 아니었다. 무헌도 5년 전과 달랐다. 무헌은 소율태국의 황제였다. 전에는 거의 생각도 하지 않았었던, 자신하고는 아무런 상관도 없을 거라 생각했던 인물이 눈앞에 있었다. 그런데 그 인물이 예전에 알던 사람이었다. 그걸 어떻게 인정하고 받아들여야 하는 건지 알 수 없었고, 동시에 억지로라도 받아들여야 하는 건가에 대한 의문도 들었다. 멍하니 있던 단은 고개를 들었다.

내내 상소만 읽고 있을 것 같던 황제가 턱을 괸 채로 저를 보고 있었다.

외모도 성숙해지고, 입고 있는 옷이나 그의 배경 등 모든 게 달라져 있었다. 하지만 그 눈빛은 여전했다. 우습게도, 자신이 기억하던 모습이 아예 없지도 않구나 싶은 느낌이 들자 마냥 어색하지가 않았다. 문에서 떨어진 단은 무헌 곁으로 다가가 섰다. 책상 옆에 서서 그 위에 두 손을 올리곤, 말했다.

"몸 쓸 때에는 내 일만 잘하면 건드리는 사람이 없었는데, 지금은 가만히 있어도 건드리는 것들투성이니 그게 짜증납니다."

존대를 하지만 어설펐다.

그걸 알면서도 무헌은 잠자코 단의 말에 귀 기울였다.

"왜 내가 갑자기 부인이 되어서 이런 옷을 입고 있는지, 그것도 이상하고……."

이상한 걸로 따지면 끝이 없었다.

책상에서 손을 뗀 단은 한쪽 어깨로 흘러내린 제 머리카락을 만지작거렸다. 힘없이 어깨를 축 늘어뜨리고는 머리카락을 몇 번이고 빗어 내리기만 하는 걸 보던 무헌은 조금 더 눈동자를 올렸다. 길고 검은 부드러운 머리카락은 화려한 머리 장식으로 고정되어 있었다.

"머리는 누가 해 준 거지?"

"영비가요."

그 순간 무헌은 처음 단의 궁을 찾았을 때 저를 보고 놀라 눈을 치떴던 시비를 떠올렸다.

갑작스러운 환경 변화에 적응하지 못하는가 싶었지만, 그래도 가까이 두는 시비 하나 정도는 있는 모양이었다.

"머리 장식이 마음에 드나."

"……."

계속 제 머리카락을 만지작거리던 단의 손가락이 딱 멈춘다.

왜 갑자기 머리 장식에 대해서 묻는 건지 알 수 없었다. 하지만 저 말을 들었을 때 떠오르는 건 황제에게 던졌던, 이제는 많이 낡고 끝이 부러진 붉은 비녀였다.

솔직히 그때의 앙금이 온전히 가신 건 아니었지만, 따지고 보면 그를 원망할 일도 아니었다. 자신이 선택해서 만들어진 결과였고, 혼자서는 해결할 수 없어서 황제의 도움을 바랐지만, 궁에 들어온 이유가 모주화의 제의를 수락했기 때문이었다. 황제를 시해해 달라는, 되지도 않는 제안을 받아들인 건 사실이었다.

자신이 한 선택을 쏙 빼놓고 황제만을 원망하고 탓하는 건 졸렬하다고밖에 볼 수 없었다. 그런데 그때 너무 서운해서 붉은 비녀를 던져 버렸고, 그게 지금 어디에 있는지 모르겠다. 황제에겐 쓸모없는 물건이겠지만, 무헌에게는 아니었다. 무헌에게 붉은 비녀는 자신이 생각하는 것과 거의 비슷한 중요한 의미가 부여된 물건이었다. 하지만 이것도 어디까지나 자신 혼자만의 생각인 게 아닐까. 5년이라는 시간은 결코 짧지 않았으니까.

어느새 앞으로 두 손을 마주 잡고 선 단은 입술을 오물거렸다.

굉장히 고민되는 것처럼 말을 할까, 말까, 망설이다가 천천히 입을 열었다.

붉은 입술이 열리고 그 안쪽으로 살짝 올라갔다가 내려오는 연한 색의 혀를 본 황제가 말했다.

"그림자가 왔군."

"……"

붉은 비녀에 대해서 물으려 했던 단은 입을 다물곤 눈을 크게 떴다.

처음에는 뭔 말인가 싶었지만, 다음 순간 이해한 단은 급히 뒤를 돌아봤고 그곳에 서 있는 그림자를 발견하곤 헛숨을 삼켰다.

"헉—!"

정말 놀랐던 단은 가슴에 한 손을 올린 채로 뒤로 크게 휘청거렸다. 중심을 잃고 넘어질 뻔했지만, 황제가 바로 붙잡아 주었다.

잘못했다간 책상 모서리에 허리를 부딪칠 뻔했다. 황제는 쯧, 하고 혀를 찼다.

"뭘 하는 거냐."

물론 그림자가 뒤에 서 있는 걸 갑자기 안다면 누구나 놀랄 수밖에 없었다. 그렇다 쳐도 이렇게까지 소스라치게 놀랄 게 뭔가 싶었던 무헌은 안색을 굳혔다.

웬만한 사람이라면 단도 이렇게까지 놀라진 않았을 거다. 어디까지나 상대가 그림자이기 때문에 이런 거였다. 대단히 잘못한 게 있었던 만큼, 황제가 잡아 줘서 똑바로 서긴 했어도 고개를 푹 숙인 채였다.

가슴 위에 올린 손바닥으로 놀라 빠르게 뛰는 심장 박동이 전해졌다. 목구멍 밖으로 튀어나오는 게 아닐까 싶을 정도로 활발하게 뛰는 제 심장을 느끼며 단은 눈을 감고 마른침을 삼켰다. 그래도 쉽지 않아서 입술을 오므리곤 빠르게 후, 후, 하고 숨을 내쉬었다. 혼자서 참으로 다양한 표정을 보여 주는 단을 두고 무헌은 고개를 들었다.

"이만 물러나 있어라."

그 말에 그림자는 고개를 숙이곤 알겠다 하려 했지만, 단은 잽싸게 그림자의 손목을 붙잡았다.

단의 손이 닿는 순간 그림자의 턱으로 힘이 들어가고 동시에 손을 빼내려 했다.

"물어서 미안해요!"

반쯤 빠져나간 그림자의 손목을 더 세게 움켜쥔 채로 단은 조심스럽게 물었다.

"아팠지요?"

묻고 나서 멍청한 질문을 한 걸지도 모르겠다 싶었다. 늑대가 아닌 어린 강아지에게 물려도 아픈 법인데. 괜히 어금니 안쪽이 간질거리는 것 같다면서 면목 없어 고개를 들지도 못하는 단의 뒤로 고개를 숙인 황제 무헌이 나직하게 말했다.

"그였기 때문에 별 탈 없었던 거다. 보통 사람이었으면 죽었겠지."

"……."

황제의 말에 단의 얼굴에서 핏기가 가신다.

지금 황제가 제 등 뒤에 달라붙어서 하는 말은 마음에 들지 않았지만, 죽었을지도 모른다는 말이 마음에 걸렸다. 정말 그런 거면 어쩌나 싶었던 단은 조심스럽게 눈동자를 들었다. 그림자를 바라보는 그 얼굴 안쪽으로 '정말인가요?'라는 의문이 담겨 있었다.

꼭 해야 할 말이 아니라면 입을 여는 법이 없는 그림자였다. 때문에 잠자코 있으려니 황제가 말했다.

"솔직하게 말해라. 그때 네가 얼마나 아팠는지를 알려 줘야 앞으로 두 번 다시 그런 짓을 하지 않겠지."

그런 짓 운운하는 게 마음에 들지 않았지만, 그림자의 답을 들어 봐야 했다.

여전히 긴장한 채로 올려다보는 단을 두고 그림자는 천천히 입을 열었다.

"보통 늑대가 아니기에 회복하는 게 더디긴 하겠지만, 심각한 부상은 아니었습니다. 그러니 염려치 마시지요."

보통 늑대에게 물렸다면 금방 나았겠지만, 자신이 물었기에 아니라는 거였다. 예를 들어 하루면 나을 부상도 이틀 성도 서릴 수 있다는 거겠지. 딴에는 위로를 해 주려는 것 같은데 그렇게 느껴지지 않는 건 왜인지 모르겠다면서 단의 표정이 더 굳었다.

그림자는 재차 손에 힘을 주었고, 이번에는 끝까지 그걸 잡고 있을 수 없었던 단은 손가락에서 힘을 풀었다. 그림자는 뒤로 한 발 물러서며 옆으로 몸을 돌렸다. 안쪽으로 걸어가 버리는 모습을 확인한 단은 앞으로 뻗은 손을 내렸다.

사과를 했고, 상대는 염려치 말라고 했지만, 기분이 가라앉는다.

단의 뒤에 서 있던 황제는 앞으로 걸어갔다. 팔짱을 긴 채로 눈을 내리뜨며 단의 얼굴을 봤다. 눈에 잔뜩 힘을 준 채로 정면을 노려보는 모습이 대단했다. 화가 난 건지 심통 난 건지 알 수 없는 얼굴이라며 무헌은 손가락을 들어선 단의 어깨를 툭 건드렸다. 그 순간 곧장 인상을 쓴 단이 고개를 들었다.

"건드리지 마요."

그리곤 멀찍이 물러서선 무헌의 손가락이 닿은 어깨를 다른 손으로 문지른다.

별거 아닐 수 있는 그 행동이 묘하게 불쾌하게 여겨졌던 황제의 한쪽 눈썹이 올라갔다. 황제는 책상에 한 손을 올리고는 삐딱하게 서선 단을 물끄러미 보다가 말했다.

"령에게는 사과를 하고 내게는 왜 고맙다는 말이 없는 거냐."

"……."

"고맙다고 제대로 인사를 받아야 할 것 같은데, 설마하니 잊은 거냐."

황제가 몇 번이고 주장하는 말은 한 가지였다. 단도 황제가 없었더라면 이 정도로까지 일이 수월하게 해결되지 못했을 거라는 걸 모르지 않았다. 백 번, 천 번 고맙게 생각하고 그에 대한 확실한 인사를 해야 한다는 걸 잘 알고 있었다. 그런데 여전히 마음에 남아 있는 앙금 같은 게 있었다.

'그렇다고 내가 당장 움직일 필요는 없어. 내 입장에선 계속 기다렸다가 큰 건을 터트리기만을 기다리는 게 훨씬 이득이라 이거야.'

전날 황제가 한 말은 참으로 재수가 없었지만, 그렇다고 무턱대고 그를 비난할 수도 없었다. 누구나 다 본인의 입장을 먼저 생각한다. 무헌은 황제였고, 황제인 본인의 입장에 맞춰 생각하고 행동한 거였다. 그리고 결국 그는 단이 가장 위험했을 때 나타나 도움을 주기도 했었다.

한 손을 강하게 움켜쥔 단은 몇 번이고 망설인 후, 입을 열었다.

"애초에, 폐하께선 절 조금이라도 도와줄 마음이 있기나 하셨습니까."

자신이 황제를 보고 그가 누군지를 깨달은 것처럼, 황제도 마찬가지였을 거다. 갑자기 나타난 자신이 필사적으로 원하는 걸 알고선 '도와줘야겠구나.' 하고 아주 살짝이라도 생각한 적이 있을까.

묻고 나서 단은 숨죽인 채로 황제의 답을 기다렸다. 그 어느 때보다 진지한 단의 눈빛을 앞에 두고, 무헌의 입술이 열렸다.

"너를 생각하는 마음이 티끌만큼도 없었다면 밤새도록 달려서 그 험한 산길을 넘지 않았을 거다."

"……."

황제의 답을 듣자마자 단의 어깨가 살짝 내려간다.

정말로 황제가 무슨 말을 할지 몰라서 내내 긴장하고 있었는데 그게 탁 풀린 것처럼, 온몸이 저릿거린다. 손가락 끝이 얼얼해지는 것 같다면서 그 손을 강하게 움켜쥔 단은 나직하게 중얼거렸다.

"서로 안 피곤해지게 미리부터 손을 쓰면 좋았잖아요."

자신이 처음 나타난 날부터 함께 머리를 맞대고 준비를 했으면 좋았을 거다. 그리되었더라면 가족들이 그런 험한 일을 당하지 않았을지도 모르고, 자신이 무턱대고 황제를 비난하고 원망하지도 않았을지도 모르지.

단은 어느덧 자신이 재차 모든 책임을 황제에 돌리고 그를 탓하고 있음을 깨달았다. 이런 건 옳지 않았다. 황제는 함부로 움직여선 안 되고, 마음대로 궁을 벗어나서도 안 되었다. 그런 그가 그곳까지 와 준 것에 대해선 확실하게 고마워해야 할지도 모른다면서 단은 고개를 들었고, 동시에 무헌이 말했다.

"내가 움직이면 놈들은 더 안쪽으로 숨어들려 하겠지. 그리고 더 음험한 방법으로 네 목을 조여서 반드시 따르게 했을 거다. 성급하게 굴면 머리는 놓치고 몸통만 잡게 되는 셈이지. 그런 건, 의미가 없어."

황제의 말을 들은 단은 느리게 눈을 끔벅였다.

아까보다 지친 얼굴이었지만, 마냥 날이 서 있지는 않았다. 황제가 한 말에 대해서 알 것 같기도 하고, 여전히 알 수 없어 하는 것 같은 그 새하얀 얼굴을 두고 무헌은 설핏 웃었다.

"내가 무슨 말을 하는지 이해하지 못하는 얼굴이로군."

그럴 수밖에 없는 게, 머리니 몸통이니 하는 게 뭔지 도통 알 수가 없었다. 그렇게 떠들어 대면서 자신이 전부를 이해하기를 바라는 건 단순히 황제의 욕심이 아닌가 싶었던 단은 중얼거렸다.

"황제가 되었더니 어려운 말만 하게 되었네요."

그가 늘어놓는 어려운 말만큼, 자신과 입장이나 처지가 다름이 느껴졌다.

한 가지 일을 두고 그것만 보고 생각하는 자신과 달리, 황제인 그는 그 뒷면을 보지 않을 수 없는 거겠지. 황제인 그의 선택 하나에 참으로 많은 것들이 얽히게 될 테니까. 어쩌면 자신도 그 수많은 자들 중 하나일지도 모른다 싶었던 단은 눈을 내리떴다.

귓가로 점점 멀어지는 마차 바퀴 소리가 생생하게 떠오른다. 5년 전에 눈앞에서 놓쳐야만 했던 마차를 기억해 낸 단은 나직하게 중얼거렸다.

"5년 전에 올랐던 그 마차는, 폐하께 위험한 것이었나요?"

"……."

예상치 못한 말을 들은 걸까.

가볍게 안색을 굳힌 황제는 느리게 고개를 저었다.

"선황께서 날 위해서 보낸 사람들이고 마차였지. 하나도 위험하지 않았었다. 그때 넌—"

한 호흡을 쉰 후, 무헌은 덧붙여 물었다.

"내 뒤를 쫓았던 거냐."

"아니요."

생각을 하기도 전에 답이 먼저 튀어나왔다. 그날 밤, 단은 죽기 살기로 무헌이 타고 있던 마차의 뒤를 쫓았다. 분명 그리했음에도 단은 고집을 부려 그 일을 부정했다.

"안 쫓았어요."

"……그럴 줄 알았다."

그럴 줄 알았다는 말에 단의 안색이 굳는다. 그제야 자신이 내세운 고집이 쓸데없는 것이었다는 걸 깨달았다. 황제의 눈빛과 표정에서, 그가 이미 모든 걸 전부 알고 있는 것 같았던 단은 그의 눈앞에 서 있는 게 부담스러워 고개를 돌려 버렸다.

제 치맛자락을 강하게 움켜쥔 채로 외면하듯 고개를 돌려 버리는 단을 두고, 황제의 눈이 가늘게 떠진다. 그가 입을 열려는 것과 동시에 바깥에서 이태감의 목소리가 들렸다.

"폐하, 태상께서 입궁하셨습니다."

황제는 입을 다물었고, 그는 왼쪽으로 고개를 돌렸다.

붉은 천으로 가려진 그곳은 황제의 또 다른 집무실이었다. 상소를 살피는 것 외에 누군가 알현을 해 오거나 담소를 나누기 위한 장소로 흔히 사용되곤 했다. 태상은 화도문으로, 화부인의 부친이고 막강한 세력을 지닌 자였다. 그와는 이래저래 얽힌 일들이 깔끔하게 마무리되지 않은 채였다. 그의 방문을 마다할 수 없고, 오래 기다리게 둘 수도 없었다.

"나가지 말고 시끄럽게 굴지도 말고 얌전히 있어라."

황제의 말에 단은 고개를 들었다.

분위기가 심상치 않음이 느껴진 걸까. 명령조의 말에도 불편한 기색 없이 잠자코 있었다. 대답은 없지만 알겠다는 것처럼 물끄러미 바라보는 단을 두고 무헌은 몸을 돌렸다

발 빠르게 움직인 환관이 왼쪽에 나 있는 길고 묵직한 붉은 천을 치워 내고, 황제는 그 안으로 들어갔다. 먼저 와서 서 있던 태상이 그런 황제를 바라봤다. 눈썹이 짙고 다물린 입술이 완고한 중년 사내는 그대로 고개를 조아렸다.

"태상 화도문이 폐하를 뵙습니다."

인사를 올리는 그 뒤로 부쩍 수척해진 사내가 무릎을 꿇고 앉아선 깊이 고개를 숙였다. 뭐라 하기도 전에 스스로 죄인을 자청하듯 머리를 조아리는 자를 두고 황제는 무심하게 말했다.

"화영국 공과 함께 올 줄은 몰랐군."

동시에 안쪽의 부좌에 착석하는 황제를 두고 태상이 웃음기 없는 얼굴로 답했다.

"죄를 지었으니 폐하를 직접 뵙고 용서를 구하게 해야 하지 않

겠습니까."

"정말로 용서를 구하고자 함인지 단순히 내 화를 돋우기 위한 것인지 알 수가 없군."

황제의 질책에 화영국의 고개가 더 깊게 숙여졌다. 아예 바닥에 머리를 박을 것처럼 구는 그의 등이 덜덜 떨리고 있는 걸 확인한 황제의 입꼬리가 올라갔다.

"하나를 내어주었고, 하나를 취했지. 각자 하나씩 주고받았으니 그 건에 대해선 더 할 말이 없을 거라 생각했는데 아니었던가."

"폐하의 총애를 받는 여인을 위해서 보잘것없는 저희 가문 중 하나를 내어 드리긴 했지만, 길게 보면 오히려 영광된 일이 아니겠습니까. 강씨 부인께서 회임이라도 하신다면 그건 저희 가문 전체의 큰 복일 테니까요."

강씨 부인이 단이라는 걸 이곳에서 모를 사람이 어디에 있을까.

내세울 가문도 뭣도 없던 단이 부인의 위치로 입궁할 수 있었던 건 화씨 가문과의 거래 덕분이었다. 숲에서 나온 저주 인형과 얽히게 된 화영국은 그에 대한 질책을 받고, 그 인형이 대체 왜 숲에서 발견된 것인지에 대해 밝혀야만 했다. 그걸 제대로 알아내지 못했을 경우 불똥은 화영국뿐만이 아니라, 화씨 전체에게 번질 수도 있었다.

때문에 화씨 가문의 수장이라 할 수 있는 태상 화도문이 나서야만 했다. 윗사람이 움직이자 일은 빠르게 파헤쳐졌다. 그로 인해 몇 가지 정보를 입수할 수 있었지만, 황제에게 있어선 크게 새로운 것 없는 내용이었다. 때문에 그걸로 그냥 넘기기가 많이 아쉬웠다. 그래서 단이 입궁하는 데 이들의 덕을 본 거였다.

그리하기에 앞서 황제는 강부인이 화씨의 수많은 가문을 빌리긴 했어도 아무 상관없는 사람이라는 걸 분명히 해 두었다. 저주 인형과 관련해서 직접적으로 용서하고 넘어가겠다고 하지도 않았으니, 알아서 자중하고 조용히 넘어갈 거라 생각했거늘 바로 화도문이 찾아올 줄은 몰랐다. 이처럼 천연덕스럽게 마음에도 없는 말을 하다니. 오랫동안 중책을 맡는 동안 얼굴 가죽이 보통 사람들보다 몇 배는 더 두터워진 모양이라며 황제는 화도문을 주시했다.

뱃속까지 전부 다 헤집을 것 같은 황제의 매서운 눈빛에도 화도문은 태연하게 말을 이어 나갔다.

"이번 강부인의 일은 저희에겐 손해 볼 것 없이 더할 나위 없는 크나큰 기쁨입니다. 그러니 한 가지 더 폐하께서 원하시는 걸 바치겠습니다."

"나를 위한 인재를 바친답시고, 설마하니 그곳에 있는 저 사람을 내이주기라도 할 텐가."

황제의 말에 태상은 제 오른쪽 뒤에 납작 엎드려 있는 화영국을 한 번 보곤 마주 잡은 두 손을 조금 더 위로 올렸다.

"쓰임새에 맞는 자리만 있다면 얼마든지 폐하께 드릴 수 있지요."

"유감이지만, 지금 궁 안에서 인력이 부족해서 곤란함을 겪는 이는 이태감뿐이라네. 나이를 먹어서 그런지 귀가 얇아졌어. 본인의 일을 대신할 만한 자를 구하는 것 같은데 죄 보잘것없는 것 같더군. 하지만 이태감의 뒤를 잇기 위해서라면 사내 구실하기를 포기해야 할 텐데, 태상께서는 그렇다 치더라도 조카분이 받아들일지 모르겠군."

환관이 되기 위해선 거세를 해야만 했다. 어려서는 어떨지 몰라도 다 자란 사내의 몸으로 거세를 하게 된다면 살 수 있을지, 어떨지 알 수 없었다. 자신과 관련해서 가볍게 지나칠 수 없는 말이 오가자 당혹스러울 수밖에 없었던 화영국은 고개를 들었다. 태상에게 다급한 눈빛을 던졌지만, 화도문의 두 눈동자는 황제에게 고정되어 있었다.

"폐하의 손과 발이 될 수만 있다면, 얼마든지 포기할 수 있습니다."

화영국의 얼굴이 절망으로 일그러졌다. 덜덜 떨리는 손을 위로 들던 그는 제 쪽으로는 눈길조차 주지 않는 태상의 모습에 고개를 떨구었다. 모든 걸 포기한 듯 구는 화영국이지만, 황제는 정말로 그를 거세시킬 마음은 조금도 없었다. 의미 없는 말장난도 슬슬 지루하게 여겨진 황제는 태상, 하고 가라앉은 목소리로 화도문을 불렀다.

"이미 알고 있겠지만, 내가 궁 밖에서 나고 자랐어도 교육은 일황자 못지않게 받았네. 알 건 다 알고 있단 말이지. 그러니 의미 없는 입씨름은 이쯤 하도록 하지."

눈빛을 가라앉힌 후, 황제는 그 말을 입에 담았다.

"내보낼 사람은 내보내고, 남아 있을 사람만 남아 있도록. 그것이 우리의 대화법이지."

"남아 있을 사람만 남고, 쓰임새에 맞지 않는 자들은 죄 내보내라. 초대 황제께서 남기신 말씀이시지요."

무헌이 하는 말을 이어서 말한 후, 태상 화도문은 양 입꼬리를 한껏 올렸다.

"그 말씀을 남기시고 초대 황제께선 스스로 황위에서 물러나셨습니다."

의미심장한 그 말에, 무헌의 입가에 서린 미소가 한결 짙어졌다.

*   *   *

멀리서 불어오는 바람에 화소영은 눈을 감았다가 떴다.

저 멀리까지 끝없이 펼쳐진 파란 하늘을 두 눈 가득히 담고 나선 마음의 무거움을 덜어내지 못하고 깊은 한숨을 내쉬었다. 그게 몇 번째의 한숨인지 알 수 없었다. 부인의 고뇌에 대해서 모르지 않았던 나운은 화부인의 뒤에 다가와 서선 말했다.

"태상께서 곧 걸음 하실 겁니다. 서서 기다리지 마시고 이만 안에 들어가 계세요."

"기다리고 기다리다가 결국에는 지치게 만드는 게 내 아비의 수법이다. 때문에 난 힘들거나 지친 내색을 하지 않을 것이다."

"부인……."

그렇다고 언제까지 바깥에 나와 서 있을 순 없었다. 찬바람을 쐬다 보면 몸이 상하기 마련이었다. 안에 들어가 있다가 태상이 도착하시면 그때 알려 주겠다 말하려던 찰나, 바깥에서 인기척이 느껴졌다. 미리 바깥에 내보내 두었던 아이가 황급히 들어오는 걸 본 나운은 급히 말했다.

"태상께서 도착하신 모양입니다."

부친이라 해도, 입궁한 이상 쉽게 만날 수 없었다. 이번 만남도 참으로 오랜만이었기에 어찌 보면 반가워해야 할 일임에도 불구하고, 바깥을 내다보는 화부인의 얼굴은 어딘가 불편해 보였다. 그걸 두고 표정을 풀라 할 수도 없었던 나운은 눈치를 살피다 대문을 넘어 들어오는 태상을 보곤 급히 그 앞으로 달려갔다.

"오셨습니까. 때마침 부인께서도 나와 계셨습니다."

나운의 환대를 지나쳐 간 태상 화도문은 제 딸이자 황제의 부인인 화소영 앞으로 가 예를 갖춰 인사를 올렸다.

"마마, 오랜만에 뵙습니다."

"좋은 모습일 때 인사를 드렸다면 좋았을 텐데, 서로 면목이 없습니다."

인사를 하자마자 할 만한 말은 아니었다. 고개를 드는 부친의 안색이 좋지 않음을 모르지 않았던 화소영은 처소를 가리켰다.

"들어오시지요."

먼저 몸을 돌려 처소로 들어가는 화부인의 모습에 나운은 안절부절못했다. 이러다 무슨 일이라도 생기는 게 아닌가 싶지만, 그게 염려된다 해서 마냥 태상을 바깥에 세워 둘 순 없었다. 나운이 재차 안으로 들어가십사 말을 전하자 그제야 태상이 움직였다.

처소로 들어선 태상은 긴 의자에 앉아 있는 화부인을 확인 후, 건너편 자리에 가 앉았다. 황제 앞에서도 그렇지만, 딸을 앞에 두고 있는 지금도 마음이 썩 편하지 않았다. 애초에 사사로운 대화를 나누면서 화기애애해지는 사이가 아니었다. 때문에 화도문은 먼저 말을 꺼냈다.

"예전부터 마마는 제게 큰 정을 드러내는 분이 아니셨지요. 사사로운 감정 때문에 절 부르신 건 아닐 테고, 무얼 여쭙고 싶으신 겁니까."

"숲에서 흉물스러운 물건이 발견되고 난 후, 오라버니께서 절 찾아오셨습니다. 그리곤 절 위해서 일을 잘 마무리 짓겠다 하시더군요."

탁자에 한 손을 올린 후, 화소영은 옅은 미소를 지었다.

"어렸을 적에는 영리해 보여서 꽤 쓸 만한 그릇인 것 같았는데, 다 자라선 완성형이 되지 못했습니다. 아버님께서 많이 아쉬우시겠습니다."

"제가 부리는 사람들은 결국 마마를 위해 일하는 자입니다. 그들이 제대로 일을 못한다면 그건 마마께 손해일 수밖에 없습니다."

"제게 손해가 오기 전에 능력 많으신 아버님께서 그걸 막아 주시겠지요. 그래서 전 아무것도 걱정하지 않습니다."

바라보는 화소영의 눈매는 가늘게 휘어져 있었다. 분명 웃고 있으나 그걸 액면 그대로 받아들일 수 없었던 태상은 다음 말을 기다렸다. 언제나처럼, 정작 화부인이 묻고자 하는 중요한 말은 나오지도 않았음을 알고 있었던 거다. 흔들리지 않는 표정과 눈빛으로 담담하게 저를 주시하는 부친을 두고 화소영도 입가의 미소를 거두었다. 잠시의 망설임 후, 화소영이 물었다.

"강부인께서 새로 입궁하셨습니다. 그 사람은 어디에서 온 자입니까."

그 순간 내내 표정에 변화가 없던 화도문의 입꼬리가 올라갔다.

내내 말을 돌리더니 고작 그런 걸 궁금해하는 건가. 자신의 대범한 딸도 결국에는 지아비의 사랑을 바라는 평범한 여인이었구나 싶어, 화도문은 인자한 얼굴로 달래듯 말했다.

"부인이시다 보니 새로운 사람을 견제하시는 건 당연한 일입니다. 하지만 별 볼 일 없는 계집이니 크게 염려치 마시고―"

"오자마자 폐하께서 찾으시고 어젯밤에도 가셨습니다. 하룻

밤의 시간을 함께 보냈지요. 남녀 사이, 그것도 부부지간이니 서로 얼굴만 보며 대화를 나누었을 리가 만무할 터, 말씀을 조심해서 하세요. 계집이라 부르며 우습게 봤던 사람 때문에 아버님이 하시는 모든 일이 망쳐질 수 있습니다."

딸의 남편은 소율태국의 황제였다. 결코 한 여인에게 만족할 만한 사내가 아니니, 투기로 일을 그르쳐선 안 된다 조언해 줄 셈이었다. 하지만 그 전에 날아오는 매서운 일갈에 그는 입을 다물었다.

화소영은 자신의 부친이 자존심이 강하고 하나의 일을 처리함에 있어 다른 자의 조언에 귀 기울이지 않는 사람이란 걸 모르지 않았다. 허나, 부친이 그렇다고 해서 자신의 일에 훼방을 놓아도 된다는 건 아니었다.

"아버님. 오랫동안 많은 사람을 곁에 두신 분이니 제가 어떤 충고를 한다 한들 귀에 들어오지 않으실 테지요. 하지만 자중하셔야 할 겁니다. 아버님의 딸은 소율태국 황제의 부인입니다. 장차— 이곳의 황후가 될 사람입니다."

"……."

"그리고 제가 낳은 아이는 다음 황제가 되겠지요."

입을 다문 회소영은 뒤로 몸을 물렸다.

여기까지가 자신이 부친에게 해 줄 수 있는 말의 전부였다. 이렇게까지 하는데도 자신의 뜻을 몰라주고 하던 대로 계속하려 든다면, 그땐 화소영도 어찌할 수가 없었다. 새로운 사람의 등장으로 궁 안팎으로 많은 것들이 변하게 될 거다. 그때 어설프게 이어진 핏줄들 때문에 자신에게 곤란한 일이 벌어진다면, 결코 용서치 않을 터였다. 그것이 아버지라 할지라도 말이다.

가라앉은 화소영의 눈빛을 받은 화도문은 잠시 생각을 한 후, 느리게 고개를 끄덕였다.

"제가 하는 일로 마마께서 해를 당하는 일은 없으실 겁니다. 그러니 염려치 마세요."

"제가 아버님 품속의 자식입니다. 그 누구보다 아버님에 대해서 많은 걸 알고 있다 자신합니다. 그런데 어찌 염려치 않을 수 있겠습니까."

다른 사람은 몰라도 부친의 입에서 나오는 모든 말에도 안심이 되지 않았다.

결국, 화소영은 한 번 더 부친에게 경고했다.

"정체도 모를 자들에게 현혹되지 마세요. 아버님이 실수하신다면 저도 죽습니다. 절 생각하는 마음이 조금이라도 있으시다면 당분간은, 아무것도 하지 마세요."

"……."

설마하니 화소영이 이렇게까지 말할 줄은 몰랐을 거다. 화도문은 지금껏 일을 함에 있어 다른 누군가의 간섭이나 지시를 받은 적이 없었다. 때문에 암만 딸이라 할지라도, 강압적으로 구는 이런 유의 대화가 유쾌하지만은 않았다. 처음에는 딸이기에 앞서 부인의 마음을 헤아리려 했지만, 결국에는 빈정거리는 말이 새어 나왔다.

"전부터 생각하는 거지만 마마께선 참으로 폐하를 두려워하십니다. 그래 봤자 젊은 사내입니다. 마마의 미색이라면 얼마든지 그분의 마음을 얻으실 수 있습니다. 당장이야 해야 할 일이 쌓여 있어 주변에 소홀한 것뿐이지 점차 안정된다면 폐하께서 주변에 몰려 있는 수많은 꽃들 중에서 마마를 마음에 두게 되실 겁니다."

부친의 답을 들은 화소영의 얼굴에서 표정이 지워진다.

잠자코 있던 그녀의 입가로, 이윽고 한줄기의 긴 미소가 그려졌다.

위험한 부분을 건드려 가면서까지 '아무것도 하지 말라는 경고'에 대한 반응이 고작 이것이던가. 제 부친이 결국엔 자신이 하는 말에 대해선 단 하나도 이해하지 못했음을 깨달은 화소영은 탁자 위에 올린 손을 움켜쥐었다.

"내명부에 모여 있는 여자들이 단순한 관상용 꽃으로만 보이십니까. 가문과 외모가 특출 나지 않으면 독보일 것 하나 없으니, 그래요. 그렇게 여겨지실 수도 있겠지요. 하지만 명심하세요. 이곳에 모여 있는 꽃이 꺾이고 바닥으로 버려지는 순간, 모두가 그 짝이 될 겁니다."

부친의 성정을 알기에 말로써 잘 타일러 보려 했으나 역시나 불가능했다.

화소영은 지금 본인이 하는 말이 결코 농이 아니라는 걸 알려 주려는 듯, 매섭게 눈을 치떴다.

"앞으로는 일을 하실 때 제게도 귀띔하세요. 그래야 조금이라도 아버님 뜻대로, 저에게 해롭지 않게끔 일을 진행할 수 있을 테니까요. 아버님의 수많은 자식들 중 제가 단연 으뜸입니다. 그러니 제 말을 꼭 명심하세요."

황제와의 사이에서 어떤 거래가 오갔는지 알 수는 없으나, 다음에도 이처럼 새로운 사람이 나타났는데도 자신 모르게 진행한다면 가만히 있지 않을 터였다. 더는 결정된 상황에 대해서만 알리지 말고 처음부터 하나하나 다 알려 줘야 할 거라며 한 번 더 부친을 노려본 화소영은 고개를 돌렸다. 앞으로 두 번 다시 보고 싶지 않은 것처럼 고개를 돌려 외면해 버리는 화부인의 모습을 주시하던 화도문은 천천히 몸을 일으켰다. 두 손을 다소곳이 모은 그는 깊이 고개를 숙였다.

"이만 물러나겠습니다."

가보겠다는 말에도 화소영은 대꾸가 없었다. 그녀가 이렇게 나올 것이란 걸 모르지 않았던 화도문도 더 뭐라 하지 않고 조용히 밖으로 나섰다. 곁으로 다가온 나운이 요 며칠 화부인의 몸이 좋지 않았다는 식으로 떠들어 댔지만, 성가셨던 그는 손짓했다. 조용히 하라는 손길에 눈치를 살피던 나운이 안으로 들어가자 화도문은 긴 숨을 내쉬었다.

딸이지만, 더는 딸이 아니었다. 화부인이 한 말 중에는 가벼이 넘길 수 없는 것들이 아주 많았다. 덧붙여 부인이 되어 버린 딸의 입장을 고려해서 함부로 결정을 내릴 수 없는 것들도 분명 있었다. 하지만 당장은 무엇이 정답인지, 알 수가 없었다.

*　　*　　*

사방이 막힌 공간에서는 딱히 할 수 있는 게 없었다. 그리고 황제가 나랏일을 보는 곳에서 마음 내키는 대로 이것저것 건드리면서 함부로 행동할 수도 없음이었다. 때문에 뭘 만질 때마다 눈치가 보이고 조심스럽게 행동하게 되었고, 자연스럽게 졸음이 쏟아졌다.

참아보려 해도 잘 되지 않았다. 몇 번이고 눈을 크게 떠 보려 했다가 그걸 실패한 단은 결국 구석진 곳을 찾아 쪼그리고 앉았다. 눈을 가늘게 떴을 때 보이는 건 책상 앞에 앉아 있는 황제였다.

사람을 부른다 하기에 할 말이 있거나 달리 시킬 게 있어서 그런 건가 싶었지만 아니었다. 누군가 찾아와서 그 사람을 만나고 돌아온 황제는 본인 자리에 앉아 일에 집중했다. 간혹 자리에서 일어나 움직이긴 했지만, 그것이 단을 신경 써 주기 위함은 아니었디. 몸을 돌려 책이 잔뜩 꽂혀 있는 곳을 두무두무 살피더니 그것들 중 하나를 빼들어 그 내용을 살폈다. 다시금 책상 앞에 앉는 동안 단에게 눈길 한 번, 신경 한 번 제대로 쓰지 않았다.

그렇게 자연스럽게 방치된 단은 점점 무기력함을 느꼈다.

전에는 지금 입고 있는 이 옷들과 머리에 꽂은 비녀를 탐나는 듯 처다볼 때가 있었다. 그땐 그것들 전부가 자신이 쉽게 손에 넣을 수 없는 것들이었기에 초라한 막대기 하나만 머리에 꽂고 있어도 그게 그렇게 부러울 수 없었다. 하지만 부러워하던 그것들을 막상 머리에 꽂고 몸에 두르고 있어도 하나도 좋지가 않았다.

예쁘게 꾸며 봤자 봐 줄 사람 하나 없고 이걸 칭찬해 주는 이들도 없었다. 물론, 내가 좋으면 그만일지도 모르겠지만, 그래도 좀, 뭔가가 다르다는 생각이 자꾸만 들었다. 지금 이곳에 자신이 있는 게 맞는 건지, 잘못된 게 아닌지, 그런 생각만 자꾸 반복하게 된다.

입고 있는 치마가 구겨지거나 잘못되지 않을까 싶어 다소곳이 앉아 있는 동안 단의 의식은 점점 흐려졌다. 어느덧 단은 무릎을 끌어안은 채로 잠들었고, 그걸 가장 먼저 발견한 건 이태감이었다.

"아이고, 부인께서 이런 곳에서……."

구석진 곳에 웅크리고 앉아선 잠든 단을 어찌할까 싶었던 이태감은 여전히 상소만 붙들고 있는 황제에게 제안했다.

"폐하, 부인께서 많이 심심하셨나 봅니다. 사람을 시켜 산책이라도 하게 하심이 어떻겠습니까."

말하다 말고 이미 늦은 시간이라는 걸 떠올렸다. 정원은 어두웠고, 연등을 걸어 꾸며 놓은 상태도 아니었다. 그럴 때 함부로 산책을 하다가 오히려 다칠 수도 있음이었다.

"해가 다 떨어져서 힘들 것 같군요. 그렇다면 차 시중을 부탁드리면……."

과연 어떻게 하는 게 황제와 강부인에게 도움이 될 만한 조언인가 싶어 이런저런 말을 꺼내 보던 이태감은 턱을 괸 황제를 보곤 입을 다물었다. 물끄러미 강부인을 바라보는 황제의 얼굴은 평온했다. 그 모습을 보고 어찌할까 싶어 잠시 망설이던 이태감은 조심스럽게 말을 꺼냈다.

"부인께 모든 걸 솔직하게 말씀하신다면 이해해 주시지 않을까요."

그제야 눈동자를 들어선 저를 봐 주는 황제의 모습에 이태감은 고개를 조아렸다.

"주제넘은 말일지도 모르겠지만, 오해가 쌓이면 나중에는 쉽게 풀리지 않는 법입니다. 폐하의 부름이라면 아무것도 하지 않고도 곁에 서 있는 걸 기뻐할 부인들은 얼마든지 계시겠지만, 아닌 분도 있기 마련이지요."

그리고 내명부 안에서 기뻐하지 않을 유일한 사람이 단일 것 같았다.

하는 일이 없더라도 황제의 곁에 있다는 것만으로도 큰 기쁨을 느낄 부인들은 많았다. 하지만 강부인은 그렇지가 않으니, 왜 이런 식으로 불러들인 것인지 그 이유를 분명히 알려 준다면 서로의 감정이 상하는 일을 막을 수 있었다.

"알려진 바가 없고 기댈 수 있는 친가가 없으니 폐하께서 자꾸만 불러 명분을 주려 하신다는 걸 아신다면, 분명 모든 걸 기꺼이 받아들이게 되실 겁니다."

"그 짧은 사이에 용케도 거기까지 알아봤군."

이태감은 웃었다.

"기본이 아니겠습니까. 이 정도는 해야 폐하의 곁에서 일할 수 있는 거겠지요."

그런 그이기 때문에 황제 앞에서 이런저런 말도 할 수 있는 것이리라.

잠시 생각을 하던 황제는 물었다.

"선황을 모시기 전에는 내 할아버님의 곁도 짧게나마 모셨다 들었다. 그분들에 비하면 지금의 나는 어떻지?"

"폐하, 폐하께서는 잘하고 계십니다. 즉위하신 이래로 이 소율 태국은 더 발전하지 않았습니까. 모두가 폐하를 존경하고……."

"내가 지금 이 자리에 있는 모습이 어색하지 않은지를 묻는 거야."

"……."

"내가, 이 자리에 있는 것에서 기쁨을 느끼는 것처럼 보이나."

"폐하, 그것은……."

이건 무턱대고 대답해선 안 되는 일이었다. 황제가 무슨 의도를 가지고 저런 걸 묻는지에 대해서 우선 알아봐야만 했다. 난감해하면서 눈을 굴리던 그때 아래에서 신음 소리가 들렸다. 나직하게 울리는 그 소리에 반색한 이태감은 급히 단 쪽으로 허리를 굽혔다.

"부인. 언제 일어나셨습니까. 안 그래도 바닥에 앉아 계시는 게 불편해 보이셔서 깨우려 하던 참이었습니다."

여전히 무릎을 세운 채로 단은 고개를 들었다. 벽에 머리를 기댄 채로 위를 올려다보는 단은 가볍게 인상을 쓰고 있었다. 화가 난 것처럼 보이지만, 정말은 막 일어난 채였기 때문에 저런다는 걸 모르지 않았다. 그리고 그때 단의 아랫배에서 꾸르륵, 하는 소리가 들렸다. 왜 이런 소리가 나는지 모르지 않았던 이태감은 인지한 미소를 지었다.

"배가 고프신 거로군요."

황제도 아직 저녁 식사 전이었다. 때가 맞으니 식사 준비를 하겠다 하려던 찰나, 황제의 목소리가 들렸다.

"이만 그대의 처소로 돌아가라."

그 말에 단은 앞으로 고개를 돌렸고, 동시에 이태감이 말했다.

"그러지 마시고 함께 저녁을 드심이……."

말하다 말고 입을 다문 건 단이 자리에서 일어났기 때문이었다. 황제의 말대로 이곳을 나설 셈인가 싶었지만 아니었다. 단이 황제 앞으로 걸어가는 걸 본 이태감은 눈치를 살피다 뒷걸음질을 쳤다.

"전 이만 물러나겠습니다."

등 뒤로 문이 닫히는 소리를 들은 단은 황제를 내려다봤다.

표정의 변화가 거의 없는 황제는 눈빛으로 '할 말이 있으면 해.' 라고 묻고 있었다.

단은 아직 온전히 잠에서 깨어난 상태가 아니었다. 하지만 막 잠에서 깨려 할 즈음, 황제와 이태감이 주고받던 대화를 들을 수 있었다. 일부러 엿들은 건 아니고, 자연스럽게 들렸다.

"내가 너와 함께 있어야 안전한 거야?"

반쯤 잠겨 있는 목소리는 그렇다 치더라도, 말이 상당히 짧았다.

하지만 저를 내려다보는 단의 눈빛이나 표정이 잠에 취한 채라는 걸 확인한 황제는 천천히 몸을 물렸다. 의자에 등을 기댄, 편안한 자세를 취하고는 입을 열었다.

"이렇게 얼굴을 마주하고 대화를 나누던 사람이 내일 아침에는 우물 안의 시체로 발견되기도 하는 게 궁 안이지. 물론, 그런 일이 자주 벌어지는 건 아니야. 내가 즉위한 후 초반에는 시체 일곱 구가 한꺼번에 건져지기도 했지만, 이후로는 그런 일이 벌어지진 않았지. 하지만 그런 일이 발생하는 것도 문제고, 그걸 이상하게 받아들이지 않는 게 이곳 사람들이라는 것도 문제지."

하루아침에 갑자기 나타난 여자가 황제의 총애를 받는 건 마냥 좋은 일이 아니었다. 총애가 지나치다 보면 그걸 시기하는 사람이 생겨나고 그건 또 다른 문제가 될 수 있었다. 모두가 단이 어디에서 온 사람인지를 알아내기 위해 혈안이 된 상태였다. 그럴 때 성급하게 손을 쓰려는 무리가 있을지도 몰랐다. 그러니,

당분간은 곁에 둘 셈이었다. 아무것도 할 수 없는 입장이 답답하겠지만, 결국 그건 단을 보호하기 위한 일이었다.

이런 말을 해 두었다면 단의 불만이 조금은 덜어지는 걸까.

단의 표정이 점점 말랑해지는 걸 확인하면서 무헌은 그 작고 하얀 얼굴에서 시선 한 번 떼지 않았다. 그리고 그때 단이 다른 걸 물어왔다.

"아버지는 우리의 정체가 밝혀진 게 보통 일이 아니라 하셨어. 뭔가가 있는 것 같다고. 그래서 내가 이곳에 와 있는 걸까."

"……."

"내가 바깥에서, 네 곁에서 눈치껏 살아서 잘 행동하면 우리 가족들하고 일족은 무사해지는 걸까?"

잠자코 있던 황제의 입꼬리가 완만한 곡선을 그리며 올라간다. 하지만 그 미소는 바로 지워졌고, 책상 위에 팔꿈치를 올린 그는 팔짱을 낀 채로 단을 올려다봤다.

"딸자식이 열 때문에 의식을 잃고 있는데 바로 먹일 수 있는 약 하나 없지. 그런 상황이라면 네 열을 내리게 할 수 있는 약이 있는 장소로 기꺼이 보내려는 게 부모의 마음이겠지. 그곳과 다르게 대륙의 보고라 불리는 황실의 창고 안에는 온갖 귀한 약재가 수두룩하니까. 그저 그뿐이다. 네 열이 내렸으면 하는 마음으로 내 편으로 널 함께 보내셨던 거야."

"하지만 편지에는……."

"설령 뭔가를 알아내고 싶다 한들, 네가 이곳에서 잘할 수 있는 일이 뭐가 있을까."

"……."

"약점이 보인다 치면 당장 달려드는 곳 안에서, 네가 뭘 할 수 있겠어."

입을 다문 황제는 한쪽 눈썹을 올렸다.

뭘 할 수 있는지 내 앞에서 제대로 말할 수 있겠어?

뭔가 대단히 무시당하고 있다는 느낌이 들면서 기분이 가라앉는다. 동시에 단은 며칠 동안 아무것도 하지 못했던 자신이 굉장히 무능력하게 느껴지면서 불만이 튀어나왔다.

"아무것도 할 수 없는 나를 왜 군이 부인으로 앉힌 건데."

아무것도 못 하는 부인 따위 곁에 둬서 뭘 하겠나 싶었다. 차라리 시동으로 둘 것이지. 그랬더라면 지금처럼 무료하게 시간을 보낼 필요도 없었을 텐데.

"날 데리고 오면 번거롭기 짝이 없을 텐데, 그런데 왜……."

"바깥에 두면 분명 네가 다시금 궁에 들어오려 했을 테니까."

"뭐?"

이건 또 뭔 말인가 싶었던 단의 표정이 요상하게 변했다.

동시에 황제 무헌은 한쪽 눈을 가늘게 뜬 채로 또박또박한 어조로 말했다.

"이 몸이 보고 싶어서 매일매일 하늘만 보다가 병에 걸렸을 테니까."

"……."

가만히 있던 단의 입술이 서서히 크게 벌려진다.

무헌이 한 말을 이해했지만, 그걸 받아들이는 건 별개의 문제였다. 대체 무슨 자신감으로 저딴 말을 서슴지 않고 할 수 있는 건가 싶을 수밖에 없었던 단은 대단히 당황했고, 그 얼굴이 순식간에 달아올랐다.

"날 마음에 품고 있잖아? 그래서 수년 동안 날 못 잊었던 거고."

"아, 아, 아, 아, 아니거든?!!"

"뭐가 아니야. 날 못 잊고 계속 그리워했으니 이런 걸 버리지 못하고 계속 보관했던 거면서―"

동시에 무헌이 품 안에 손을 넣어서 꺼낸 건 붉은 비녀였다. 그걸 보는 순간 단의 눈이 화등잔만 해진다.

저게 왜 지금 저 품에서 나와? 당황한 단은 급히 위로 손을 뻗었지만, 어림도 없다며 무헌은 더 높이 팔을 들었다. 쉽게 이걸 빼앗아 가진 못할 거라면서 허공에 든 채로 좌우로 흔드는 걸 본 단의 얼굴이 더 달아오른다.

당장 무헌의 멱살을 잡아 허리를 반으로 굽히게끔 해서 저 손에서 비녀를 빼앗는 건 일도 아니었다. 하지만 황제였기에 그럴 수 없었다. 본인 편할 대로 황제를 내세워서 위엄을 부리려 하니 말이다. 정말이지 못된 놈이라면서 단은 자신의 물건이니 내놓으라고 난리를 피웠지만, 쉽게 돌려줄 마음이 없는 것처럼 무헌은 더 높이 손을 뻗어선 비녀를 좌우로 흔들었다.

닫힌 문 너머에서 두 사람이 내는 소리가 작게나마 들려왔다.

열이 단단히 받은 단이 뭐라 뭐라 하면 황제가 짧게 대꾸하는 식이었다. 둘이 주고받는 자세한 내용은 알 수 없지만, 뭔가 즐거워 보였다. 물론, 단은 상당히 화가 난 것 같지만 황제의 경우에는 저런 목소리를 낸 적이 있던가 싶을 정도로 뭔가 좀 편안하게 여겨졌다. 그 소리를 들으면서 이태감은 옅은 미소를 지었다.

그리고 그때 옆으로 난 작은 계단에서 올라오는 시비가 있었다. 단의 시비 영비였다. 아직은 이태감이 어려웠던 영비는 그 앞에 서선 작은 목소리로 말했다.

"저녁때가 되어서 모시러 왔습니다."

"오늘 식사는 함께하실 것 같으니 물러나 있거라. 부인께서 돌아가시게 되면 그때 연락을 주마."

"알겠습니다."

이런 식으로 건평궁 앞에서 돌아온 게 벌써 세 번째였다. 허탕을 친 셈이니 기분이 안 좋아야 하는데 영비의 입꼬리는 올라가 있었다.

여태껏 이렇게나 폐하의 총애를 받던 부인이 있었을까. 뭔가를 대단히 착각한 영비였지만, 폐하께서 마음이 없다면 이런 식으로 강부인을 곁에 두지 않을 거란 게 솔직한 심정이었다. 지레짐작만으로 강부인을 무시하고 업수이 여겼던 것들이 지금 이걸 봐야 할 텐데.

대문을 넘어서 바깥까지 나온 영비는 걸음을 서둘렀다. 오늘 밤에도 폐하가 처소를 찾을 수 있었다. 그때에 대비해서 준비를 해야 할 것만 같았다. 신이 나서 걸음을 서두르던 영비는 고개를 들었고, 저기 길목 앞에 서 있던 시비를 발견했다. 바깥으로 얼굴을 내밀곤 기웃거리던 시비는 영비와 시선이 부딪치는 순간 화들짝 놀라며 급히 안으로 들어갔다.

"……."

아직 내명부 안쪽에 대해서 잘 모르고 사람 얼굴을 봐도 낯선 것투성이였기에 조금 전에 그 시비가 어느 부인의 아래에서 일하는 사람인지 알 수가 없었다. 다른 꿍꿍이가 있는 게 아니라면 저런 식으로 도망치듯 몸을 피했을 리 없었다. 안 좋은 의도가 느껴졌던 만큼, 영비는 굳은 표정을 쉬이 풀 수가 없었다.

6장

화사하게 피어낸 형형색색의 꽃 위로 나비가 내려앉았다가 떠올랐다. 꽃에서부터 풍기는 달콤한 내음에 이끌려 왔지만, 안쪽 전각에 자리한 여인들의 불편한 심기가 전해진 것인지 오래 앉아 있지 못하고 금세 자리를 떴다. 암만 보기 좋고 달콤한 향을 뿜내더라도 벌과 나비가 꼬이지 않으니, 빛깔만 좋을 뿐이었다.

"날도 좋고 바람도 시원한데 다들 표정이 좋지 않으시군요."

한 부인이 꺼내는 말에, 다른 쪽에 앉아 있던 부인의 입가로 옅은 미소가 번진다.

"이렇다 할 소동도 없고 하루하루 조용하니 무료할 수밖에요. 내명부 안에서 가장 신명 날 사람은 하나뿐이고, 그 사람은 우리들 앞에 코빼기도 보이려 하질 않는군요."

"새로 왔으면 먼저 인사라도 건네러 찾아와야 게 아닌가요? 이런 식으로 며칠째 얼굴도 안 비추고, 배운 게 없는 겁니다."

"많이 배워 봤자 폐하께서 옆에서 손을 잡아끌고 가지 말라 하시면 못 움직이는 거지요. 별수 있겠습니까."

최근 내명부에서 가장 화제인 인물이라 한다면 단연 한 사람뿐이었다. 사람들 입에 오르내리기는 수만 번인데, 그 얼굴을 본 사람은 한 손에 꼽을 정도였다.

몸이 약하다는 핑계로 궁 밖으로 자주 나오지도 않으면서 황제가 부를 때마다 가마를 타고 하루에도 수시로 건평궁을 오가니, 그 또한 탐탁지 않았다. 요망한 것이라며 마구 욕을 하고 싶어도 황제의 총애가 깊으니 그리할 수 없었다. 그 누구도 받아본 적 없던 황제의 관심을 한 몸에 받다니. 그게 부럽고 부럽지만 그 내색도 하고 싶지가 않았다. 결국 애써 부인들은 다른 곳으로 흥미를 돌리려 했다.

"부인. 전에 새로운 팔찌를 장만했다 하지 않으셨습니까. 왜 오늘같이 좋은 자리에 안 하고 오셨습니까."

"아, 그게 말입니까. 실은 제가 하자니 어울리지 않는 것 같아서 따로 빼 두었습니다."

"그런 거라면 들고 오셨어야지요. 우리들 중 마음에 들어 하는 사람에게 비싸게 넘기면 되지 않으십니까."

"선물로 주면 줬지 어찌 값을 받고 드리겠습니까. 그리고, 달리 줄 사람이 있습니다."

"어머나, 그게 누구입니까."

되묻는 말에 부인의 표정이 굳는다. 괜한 말을 했다 싶어 살짝 후회의 기색을 내비친 부인은 대충 둘러대려 했지만, 동시에 뒤에서 날 선 목소리가 들렸다.

"새로운 사람에게 잘 보이면 폐하의 뒷모습이라도 먼발치에서 뵐 수 있을지도 모르겠군요."

목소리만으로도 그녀가 누군지 모를 사람은 아무도 없었다. 부인들은 약속이라도 한 듯 고개를 돌렸고, 다가오는 매소희를 발견하곤 안색을 굳혔다.

부인이라면 누구나 나 참여할 수 있는 다과 모임이긴 했지만, 상대가 매소희이기에 달갑지가 않았다. 난데없는 불청객이나 다름없었지만, 본인은 그걸 아는지 모르는지 매소희는 한 부인 뒤에 서선 그녀를 내려다봤다.

"이것저것 전부 다 써서 아우의 환심을 사면 기나긴 밤 중에서 하루라도 양보 받을 수 있을지도 모른다고 생각하시는 게 아닙니까."

매소희의 모욕을 받은 부인의 얼굴이 순식간에 달아오른다. 하지만 거기서 끝난 게 아니었다.

"어디서 굴러들어 온 건지 알 수도 없는 근본도 모르는 것에게 잘 보이려 하시다니. 부끄러운 줄 아세요."

처음에는 붉었던 얼굴이 파리하게 질린다.

궁 안에서 매소희의 제멋대로인 행동을 모르는 자들이 없었다. 같은 부인이라 할지라도 막말을 서슴지 않았고 그녀와 부딪쳐서 좋을 게 없기에 모두가 듣고도 한 귀로 넘기는 식이었다. 이번에도 그리될 것 같았지만, 아니었다. 모욕을 받은 부인은 느리게 몸을 일으켜선 몸을 돌렸다. 그리고 전과 달리 받아치듯 말했다.

"함부로 말씀하지 마세요. 알아보니 화도 강씨가 화부인과 먼 친척이라 합니다. 예전에 망한 가문이긴 하지만, 이전에는 명망 높고 훌륭한 관리도 많이 배출했다고 합니다."

설마하니 자신에게 말대꾸를 할 줄은 몰랐던 걸까.

안색을 굳힌 매소희는 이내 날 선 투로 말했다.

"그래 봤자 지금은 망한 집안의 여식이 아닙니까. 그런 한심한 계집에게 잘 보이려 어떤 선물을 줄지나 궁리하다니. 채신머리 없이 그 무슨 짓입니까."

"속이 든 것 없는 깡통이라도 입 벌리고 있는 것만으로 이것저것 죄 들어온다면 차라리 거기에 붙어 있는 편이 낫겠지요. 체통은 지킬 수 없어도 배곯는 일은 없을 테니까요. 지금이야 매부인께서 이래저래 호탕하게 구신다지만, 사람 일은 모르는 겁니다. 날이 바뀌고 해가 지나 내년에 새로운 사람에게 어떤 소식이 전해질지도 모르고요."

"……."

점점 파랗게 질리는 매소희의 얼굴에서 시선을 떼지 않은 채로 부인은 입꼬리를 비틀어 올렸다.

"가문의 힘이 중요하긴 하지만, 폐하의 총애가 그보다 앞섭니다. 그걸 모르지 않는 분께서 마음에 안 든다는 이유로 어찌 우리에게 분풀이를 하십니까."

"뭐라고요?"

"강부인 면전에 대고 말할 수 있는 게 아니라면 굳이 여기까지 오셔서 분탕질 치지 말라는 말입니다."

매소희의 얼굴이 일그러졌다. 난생 처음 당해 보는 면박에 새파랗게 질리는 얼굴을 보고 일말의 쾌감을 느끼며 부인은 눈을 가늘게 떴다.

"뭐, 호탕하게 굴고 싶으셔도 강부인 곁에는 늘 폐하가 계시니 아무 말씀도 못 하시겠지만요."

"─지금 날 모욕하시는 겁니까?!"

"모욕은 매부인께서 먼저 하셨지요. 체통을 지켜야 할 건 우리가 아니라 매부인인 것 같습니다."

그 말에 이를 간 매소희는 고개를 숙였다.

탁자에 모여 앉아 있는 부인들도 같은 생각인지를 물으려 했지만, 돌아오는 건 비웃음이었다. 아닌 척 고개를 돌리지만, 부인들의 입가에 하나같이 옅은 미소가 걸려 있었다.

전에는 자신이 뭐라고 해도 한마디도 받아치지 못했던 것들이 지금 와서 저러니 기가 찰 노릇이었다. 뭐 이런 경우가 다 있나 싶었던 매소희는 이를 갈다가 그대로 몸을 돌렸다. 성큼성큼 멀어지는 그 뒷모습을 보자니 10년 묵은 체증이 내려앉는다. 하지만 그런 것과는 별개로 여간내기가 아닌 사람을 화가 낸 채로 돌려보내도 되나 싶었다.

"저대로 돌려보내도 되겠습니까. 매부인의 성격이 저런 걸 모르지도 않으시면서 왜 맞서십니까."

"폐하의 총애도 못 받고, 회임도 못 하는 몸이라면 매부인이나 저나 다를 게 뭡니까. 저리 망둥이처럼 날뛰다가 분명 큰일 당하고 말 겁니다. 그때 가서 뭐라 하느니 차라리 지금 해 두는 편이 낫지요. 속이 다 시원합니다."

자리에 앉은 부인은 깊은 숨을 내쉬었다.

내내 당하다가 모처럼 받아쳤더니 온몸이 짜릿했다. 고작 한 번이었지만, 매소희의 콧대를 눌러 주었다는 생각에 기분이 좋았다. 다른 부인들이 대단했다며 한마디씩 하자, 더더욱 우쭐해진 부인은 기분 좋게 찻잔을 들었다.

그때 내내 조용히 있던 예부인이 새로운 말을 꺼냈다.

"강부인이 총애를 받는 것 같지만, 그 배후에는 화부인이 있다는 말도 있어요. 어찌 생각하십니까."

"생각하고 말 것도 없지요. 한 사람이 잘 풀리면 다른 사람도 덩달아 위세가 오를 수밖에요. 날을 봐서 화부인께 인사나 드려야겠습니다."

"숲에서의 일이 아직 제대로 처리되지 않은 것 같은데, 괜찮을까요?"

그러고 보니 그 일이 있었다.

내명부 소속으로서, 바깥 문제에는 관심을 두지 않는 게 맞았지만, 워낙 엄청난 일인지라 모르는 사람이 없을 정도였다. 마음에 걸리는 게 있으니 화부인에게 인사를 하는 건 다음으로 미루자 하려는데, 이부인이 혼잣말하듯 중얼거렸다.

"정리가 안 된 것 같아도 정말은 어떨지 모르지요. 그 일이 마무리되기도 전에 새로운 사람이 나타나 폐하의 옆을 꿰찼으니, 이제는 뭐가 뭔지 모르겠습니다. 폐하께서 숨겨 놓은 정인을 곁에 두기 위해서 그쪽하고 사전에 오고간 말이 있었을지도 모른다는 생각이 드는군요."

그 순간 모든 부인들의 시선을 한 몸에 받게 된 이부인은 이색한 미소를 지었다.

"제가 너무 앞서간 것 같습니다. 한 귀로 듣고 잊어들 주세요."

하지만 이미 탁자 주변으로 어색한 공기가 감돌았다. 슬쩍 말을 흘린 게 문제가 될 판이었다. 이대로 돌려보내면 다른 곳에서 어떤 말이 흘러나올지 모를 일인지라, 그걸 단속하기 위해서 이부인은 급히 다른 말을 꺼냈다.

"저희 집안에 질 좋은 진주가 많습니다. 날을 잡아서 하나씩 선물로 드리겠습니다."

"저는 목걸이를 더 좋아합니다."

옆에서 툭, 던져지는 말에 이부인의 안색이 굳는다. 쳐다보자 돌아오는 건 '고작 진주 하나로 입을 막을 셈이더냐.'라는 도발이었다. 분하지만 지금은 방법이 없었다.

"맞춰서 준비하지요."

여우같은 것, 기회를 놓치지 않고 악착같이 뜯어 가려 한다면서 이부인은 경련이 일어나려는 입꼬리를 한껏 올렸다.

*　　*　　*

볕이 잘 드는 전각에서도 바람이 드는 쪽에 커다란 지도를 걸어 두었다. 지금껏 산 너머에 어디가 있고, 어느 쪽으로 가면 어떤 지역이 나온다는 것만 알고 있었던 단은 난생처음 보는 제대로 된 지도였다. 하늘이 끝없이 펼쳐져 있는 만큼, 세상도 넓겠거니 싶었다.

그리고 지도를 앞에 두고 그런 자신의 생각이 얼마나 어수룩했는지를 알 수 있었다. 세상은 단이 생각한 것보다 훨씬 더 거대했다.

남과 동 사이에 있는 소율태국은 크게 한자리를 차지하고 있지만, 다른 곳에도 만만치 않은 덩치를 자랑하는 나라가 있었다. 바다 건너 머리에 붙어 있는 땅도 있고 그 너머에는 또 뭔가가 있는 것처럼 적혀 있었다. 눈으로 보고도 새로워서 보고 또 보던 단은 나직한 감탄사를 토해 냈다.

"난 고작 여기에서만 돌아다녔던 거로구나."

쪼그리고 앉아 지도의 아래쪽에 있는 산매골을 보고 나서 예전 남가주가 있던 지명까지 확인한 단은 뒤를 돌아봤다. 그곳에는 의자에 다리를 꼰 채로 앉아 찻잔을 기울이는 황제가 있었다.

"소율태국 말고 다른 곳에 가 본 적 있으십니까?"

"있어."

"언제?"

소율태국이 아닌 다른 곳에도 가 본 적 있다는 그 말에 단의 눈이 크게 떠진다. 암암리에 '너나 나나 소율태국 안에서만 돌아다녔겠지.'라는 생각을 하고 있었는데, 그게 아니라는 걸 알게 된 순간 묘한 경쟁의식이 생겨난다.

눈을 부릅뜨고는, 거짓말하는 건 아니지?? 그런 식으로 구는 단을 두고 무헌은 찻잔을 내리곤 다리를 반대편으로 고쳐 꼬았다.

며칠 동안 함께 시간을 보낸 덕분일까. 저 미묘한 다리 동작이 무얼 뜻하는지 모르지 않았던 단은 바로 요, 하고 미처 붙이지 못한 존대의 완성형 글자를 덧붙였다. 그럼에도 여전히 굳어 있는 무헌의 얼굴에 혀를 찬 단은 다시금 중얼거렸다.

"알겠다고요."

그제야 황제는 몸을 일으켰다.

거의 본인의 키만큼 크고 넓은 지도 앞에 서신 북과 서 사이에 자리한 작은 지역을 가리켰다.

"10살 때까지는 완전히 반대편인 태문도국에서, 15살까지는 강령제국에 있었지. 소율태국에 들어온 건 15살 무렵이었다."

"그러면 그때부터 남가주에서 생활했었겠네요?"

"그렇지."

대답을 들은 단은 턱을 괸 채로는 흐음, 하는 소리를 냈다.

그 소리가 미묘하다 싶었던 걸까. 이번에는 황제가 물었다.

"왜?"

지금이야 황제이니 궁에 있는 게 당연한 것이겠지만, 이전에도 황제의 핏줄이니 굳이 남가주에서 생활할 필요가 있었을까. 그 안에서도 도령처럼 편하게 기거했던 게 아니고, 일꾼으로서 필요할 때에는 노동을 해야만 했다. 물론, 다른 일꾼들에 비하면 한심할 정도로 낮은 강도의 노동이긴 했지만 말이다. 하지만 귀한 핏줄을 이어받은 사람이 굳이 그런 식으로 여기저기 떠돌이처럼 살 필요는 없어야 하지 않을까.

단도 15살 이전에는 깊은 숲 속에서 숨어 지내긴 했다. 그런 걸로 따지면 자신과 무헌의 처지가 크게 다를 것도 없는 것처럼 여겨졌다. 한곳에 처박혀 숨어 지내나, 여기저기 떠돌면서 위장한 삶을 사나. 똑같은 거지.

다른 사람이라면 눈치를 보면서 알아서 화제를 돌렸을 거다. 하지만 단은 그런 것 없이 정말 궁금하고 이해가 안 된다는 식으로 쳐다봤다.

피하지 않고 뚫어져라 올려다보는 그 눈빛을 보며 황제는 대수롭지 않은 투로 말했다.

"내가 살아 있다는 게 알려져선 안 되었기 때문에 숨어 지냈던 거다."

"……."

"알려지는 순간 날 죽이려는 자들이 사방팔방에서 달려들 테니까."

그런 이유라면 여기저기 옮겨 다녔던 게 이해가 되었다. 그렇구나, 하며 다 이해한 것처럼 고개를 끄덕이던 단은 이윽고 기어들어 가는 목소리로 웅얼거렸다.

"지금 제가 눈치 없는 질문을 한 거지요?"

"그래. 넌 정말이지 눈치라고는 하나도 없어."

"……."

돌아가는 상황을 보자니 확실히 잘못한 것 같긴 한데 그걸 또 저렇게 말할 게 뭔가 싶었던 단의 표정이 굳어진다. 너무한다 싶어서 입술을 비죽인 단은 앞으로 고개를 돌렸다.

이렇게 보니 전에 숨어 살던 숲도 있었다. 단은 소율태국에서 그 숲까지 가는 길을 확인했고, 이윽고 자신이 알지 못했던 새로운 길도 있음을 깨달았다.

일족 내에도 낡고 오래된 지도가 있긴 했다. 하지만 그건 소율태국의 일부분만을 기록해 두었고, 거기선 이 지도가 알려 주는 길목은 존재하지 않았다.

"여기에 이런 길이 있는지 모르고 있었어."

"생긴 지 몇 년 안 되었으니까. 지금 네가 보는 건 작년에 새롭게 그려진 지도다. 계속 수정되고는 있지만, 현재로서는 가장 정확하지."

이윽고 무헌은 단이 유심히 살피는 길을 보며 말했다.

"그 길 덕분에 늦지 않게 도착할 수 있었지."

"그래. 그럴 수 있겠다."

가족들에게 무슨 일이라도 생겼을까 봐서 단은 뒤도 돌아보지 않고 있는 힘을 다해서 달려갔다. 하지만 단이 알고 있는 길은 아주 오래전 것이라서, 이런 식으로 산 하나를 밀어서 새롭게 정비된 길 따위는 알지 못했다.

애초에 말을 타고 움직였을 황제가 어떻게 자신과 비슷한 때에 딱 맞춰서 나타날 수 있었을까 싶어 의문이 들었는데 이걸 보자니 완전히 이해했다.

"……."

시간이 좀 지나고 나니, 모주화와 있었던 일도 보다 차분하게 떠올릴 수 있었다.

전에는 모주화의 음모에 대해서 입 아프게 떠들어도 반응이 없던 황제가 마지막 순간, 움직였다.

덧붙여 지름길이 있더라도 늦지 않으려면 서둘러야만 했다. 그리고 그가 그렇게나 서둘러 이쪽으로 와야 할 이유가 대체 무얼까. 한 가지 떠오르는 게 있었지만, 애써 그 생각을 지워내 버렸다. 쓸데없는 생각이라면서, 차라리 하질 말자며 고개를 저은 단은 몸을 일으켰다. 똑바로 서선 뒤를 돌아봤고 정원 밖을 내다보는 무헌의 옆얼굴을 봤다.

단이 부인이 된 지도 스무 날이 넘었고, 이후로 황제는 하루도 빠지지 않고 매일 찾아왔다. 그가 오지 않으면 단을 건평궁으로 부르는 식이었다. 전에는 건평궁에 가서 하품만 하다 돌아왔는데 나흘 전부터는 눈치껏 이런저런 책을 뽑아서 읽고는 했다. 대부분이 궁 안에서 지켜야 할 예의범절과 관련된 것이었다. 재미는 없고 머리가 아픈 내용이 대부분이었지만, 궁에서 생활하기 위해선 알고 있어야 할 것들이었다. 여전히 자신이 부인이 된 상황에 적응이 되진 않았지만, 그래도 할 수 있는 건 할 참이었다.

그리고 그때 황제가 앞으로 고개를 돌렸고, 짧은 순간 눈빛이 달라졌다. 기분 탓인지 모르겠지만, 눈빛이 무헌에서 황제로 달라져 있었다. 애초에 어떤 게 무헌의 눈빛인지 명확하게 구분 지을 수 있는 것도 아니면서 말이다.

조금 전 지도를 봤기 때문일까. 남가주에 있었던 사람들이 어찌 되었는지 무척 궁금해졌다.

"구량 님은 지금 어디에 계시나요?"

"……."

"건강하신 거겠지요."

"그래."

바로 대답해 주지 않아서 완선 겁먹었다. 대답해 줄 거라면 바로 해 주지 뭘 그렇게 뜸 들였던 건가 싶으면서도, 건강하시다는 걸 알게 되어서 좋았다.

정말은 더 일찍 묻고 싶었지만, 어떤 대답을 듣게 될지 몰라서 망설이고 있었다. 그때도 꽤 나이가 있으셨고, 큰 화재가 나고 나서 어찌 되었는가 싶어 알아봐도 이렇다 할 소식을 얻을 수 없었다. 그리되면 자연스럽게 안 좋은 쪽으로 생각하게 된다. 난리가 났을 때 불길을 피하려 급히 움직이다가 넘어지거나 큰 부상을 입지는 않았을까, 하고 말이다.

그게 아닌 거였구나. 정말 잘되었다면서 한결 표정이 풀어진 단을 두고 무헌은 재차 자리로 가 앉았다. 동시에 단은 지도 앞으로 몸을 돌렸다. 이 진귀한 걸 조금 더 상세히 보고 싶었다. 그리고 그때 전각 바깥에 있던 이태감이 다가와 고했다.

"폐하, 화부인께서 찾아오셨습니다."

"화부인이요?"

설마, 그 예쁜 부인인 거냐고 물으려던 찰나 단은 바로 합, 하고 입을 다물었다.

전과 달라진 모습으로 지금은 매화당의 주인이 된 단이었다. 모두가 알고 있는 자신의 모습이 있을 텐데, 여기서 화부인을 알고 있는 것처럼 굴면 이상하게 생각할 거다. 스스로 깨닫고 알아서 입을 다물긴 했지만, 이미 황제는 '잘하는 짓이다.'라는 눈빛을 던졌다. 동시에 화소영을 떠올린 황제는 눈빛을 가라앉혔다.

황제는 며칠째 연달아 단의 처소를 찾거나 그녀를 건평궁으로 부르고 있었다. 처음에는 눈치를 살피던 자들이 이제는 단을 어려워하기에 충분한 사실이었다. 때문에 아무나 함부로 찾지 못할 거라 생각했는데—

다른 사람이야 계속 눈치만 보면서 함부로 행동하지 않으려 하겠지만, 화부인이라면 달랐다. 태상의 딸이라는 사실 말고도 여러모로 쉽게 대할 수 없는 사람이었던 만큼 무헌은 단을 바라봤다. 지도 앞에 선 채로 조용히 있던 단은 황제와 이태감이 자신을 보고 있음을 깨닫곤 '왜 그러는데?'라며 안색을 굳혔다. 이태감이 그런 단에게 도움을 주었다.

"화부인께서 찾아오셨습니다. 어찌할까요."

"……그걸 지금 제가 결정해야 하는 건가요?"

화부인이 찾아왔다. 그에 대해서 어떤 답을 하고 대응할지에 대한 선택지가 자신에게 넘어왔음을 깨달은 단의 표정이 오묘하게 변했다.

아니. 그걸 왜 나한테 넘기는데? 자신이 나서기 전에 황제가 손을 써주면 좋잖아. 지금은 바쁘다거나, 자신과 함께 있어서 다른 사람의 인사를 받을 수 없다거나 라고 말이다.

아예 모르는 사람이라면 모를까. 화부인이라니. 예전에 도움을 받은 게 있었던 만큼, 그녀가 찾아왔다는 걸 알고도 그냥 돌려보낼 순 없었다. 그거야말로 배은망덕한 일이 아니겠냐면서 고민을 하려니 이태감이 다시금 도움을 주었다.

"간식 준비를 해 오셨다면서 그것만 전하고 금방 가실 거라 하셨습니다."

예전에도 이런 일이 있었다. 하지만 그땐 시동이었고, 지금은 부인이었다. 물론, 달라진 자신을 화부인이 알아볼 수 있을 리가 없겠지만 말이다.

망설이던 단은 조심스럽게 말을 꺼냈다.

"간식만 받아 두는 거라면……."

"그렇다면 안으로 모시겠습니다."

아직 채 말을 끝내기도 전에 이태감이 고개를 숙이곤 빠르게 뒷걸음질을 쳤다.

자신이 제대로 된 선택을 한 걸까. 뭐가 뭔지 도통 알 수 없었던 단의 눈동자가 빠르게 좌우로 흔들렸다. 어찌해야 하느냐는 생각밖에 들지 않았던 단은 매달릴 수 있는 유일한 상대인 황제에게 도움을 구하는 시선을 던졌다. 하지만 무헌은 턱을 괸 채로 다른 곳을 보고 있었다. 그 순간 단의 표정이 확 일그러졌다.

무헌이 황제라는 걸 알고 있고, 종종 실수하게 되는 존댓말도 지키려 하지만, 저럴 땐 얄미워 죽을 것 같았다.

저도 모르게 한 손을 강하게 움켜쥐고 마는 단이었지만, 어느새 이태감을 앞세운 채로 나타나는 화부인이 보였다.

전에 봤던 모습대로, 머리부터 발끝까지 모든 게 완벽했다. 단도 그녀처럼 치장하고 머리도 틀어 올리고, 화장도 했지만, 뭔가 좀 어색한 느낌이 들었다. 그럴 리 없음을 알면서도 자신을 보자마자 알아차리면 어쩌나 싶었던 단은 숨을 죽였고, 황제 앞까지 온 화부인은 화사한 미소를 지었다.

"폐하, 정말 오랜만에 뵙는 것 같습니다."

그 말에 황제는 딱히 반응이 없었다. 다른 곳을 보고 있던 눈동자를 뒤로 옮긴 것뿐이었지만, 그거로도 충분한 것처럼 화부인은 곧장 단에게로 시선을 옮겼다.

"어머나―"

긴장해선 뻣뻣하게 서 있던 단은 화부인의 감탄사와 동시에 살짝 커지는 그녀의 눈동자에 식겁했다.

설마하니 보자마자 알아본 거야?

당황을 감추지 못하는 동안 화부인은 입가를 손으로 가린 채로 웃었다.

"저렇게나 큰 지도는 처음 봅니다."

화부인의 눈이 커진 게 자신 때문이 아니라 지도 탓이라는 걸 알게 된 단은 뒤로 물러나 섰다. 동시에 화부인은 조금 더 황제에게 다가가 섰다.

"폐하, 새로운 사람을 두고 일만 하시다니요. 이렇게 좋은 날에는 창고 안에 들어가 있는 그림을 꺼내 보셔야지요. 암만 귀한 그림이라 한들 답답한 곳에 들어가 있으면 곰팡이가 필 겁니다."

말과 동시에 화부인은 뒤로 손을 뻗었다. 두어 걸음 뒤에 서 있던 나운이 그녀에게 바구니를 건넸고, 그걸 받아 든 화부인은 황제와 단이 있는 전각 안에 올라와선 탁자 앞에 섰다.

탁자 위에 바구니를 둔 화부인은 그곳에 들어가 있던 그릇을 빠르게 꺼냈다. 좁지 않은 탁자 위로 형형색색의 간식이 놓였다. 한눈에 보기에도 정성이 가득했지만, 화부인은 겸손의 미덕을 발휘했다.

"입맛에 맞으실지는 모르겠지만, 마음으로 정성껏 준비했습니다. 새로운 사람과 함께 드셔 주시면 무척 기쁠 겁니다."

그제야 탁자 위에 자리한 음식을 본 황제가 노란빛의 호박떡을 발견하곤 한마디 했다.

"부인이 직접 만들었군."

"호박떡을 기억해 주셨군요. 기쁩니다."

딱 거기까지였다. 드셔 보라며 떡을 권하는 것 없이, 화부인은 한 걸음 물러섰다.

"저 때문에 좋은 시간이 망쳐져선 안 되겠지요. 이만 실례하겠습니다."

황제에게 예를 갖춰 인사를 올린 후 화소영은 단에게도 눈길을 주었다. 하지만 그뿐이었다. 옅게 남는 희미한 미소를 보낸 후 화소영은 빠르게 몸을 돌려 전각을 나섰다. 곁에 선 나운이 바구니를 받아 들자 이태감에게도 가벼운 눈인사를 남기고 그대로 멀어진다.

정말로 간식만 주고 갔다. 하지만 그 짧은 시간 동안 황제와 확실하게 대화를 나누고, 단에게도 좋은 인상을 남겨 주었다. 눈 깜짝할 사이에 벌어진 일이었지만, 대단하다는 생각이 들었던 단은 어깨를 축 늘어뜨렸다.

모르는 사이에 정말 긴장한 모양이라면서 단은 목에 한 손을 올리고는 고개를 좌우로 움직였다.

화부인을 몰랐던 게 아니었지만, 확실히 예전의 그런 모습이 아니었다. 어쩌면 입장이 달라진 자신이 그녀를 어렵게 느끼게 된 걸지도 모르겠지만—

거기까지 생각한 단은 탁자 위에 올려진 것들을 봤다. 하나같이 앙증맞았다. 어떤 음식이든 접시를 가득 채울 만큼 올려져야 그게 먹음직스럽다고 생각하는 단에게 있어 이건, 소꿉놀이 하는 것처럼 여겨졌다. 때문에 탁자 위에 두 손을 올리고 감탄만 하게 되는 걸지도 몰랐다.

"우와—"

접시는 전부 3개. 하나는 한과, 하나는 호박떡, 그리고 하나는 뭔지 잘 모르겠다.

이것들 중에서 가장 먼저 눈에 들어오는 건 호박떡 하나였다.

"먹어도 돼요?"

"먹고 싶으면 먹는 거지 뭘 묻는데."

"애초에 날 위해서 들고 온 게 아니잖아요."

황제인 너에게 먹이려고 준비한 걸 텐데 내가 함부로 손을 댈 수는 없잖아.

단은 재차 호박떡을 가리켰다.

이거 하나 먹는다? 눈빛으로 던지는 말에 무헌은 고개를 끄덕였다.

정성껏 준비한 게 분명한데 그것에 큰 의미를 부여하지 않는 것 같은 식인 무헌을 두고 단은 입술을 비죽였다.

하긴 전에 먹을 때 보니까 아주 상다리가 부러지게 차려지긴 했다. 다 못 먹을 게 분명한데, 낭비다 싶을 정도로 한상 차림을 두고 무헌은 젓가락질 몇 번으로 식사를 끝냈다. 그걸 보고 저도 모르게 '왜 젓가락을 내려놔?'라고 할 정도로 말이다.

적게 먹어서 배고프다 하면 챙겨 줄 사람이 잔뜩일 텐데, 뭐 신경 쓸 필요가 없으려나 싶었던 단은 호박떡을 손으로 집어선 입에 넣었다. 몇 입 우물거리던 단은 반쯤 남은 것도 입 안에 넣었다. 작아서 그런지 굉장히 맛이 좋았다. 눈 깜짝할 사이에 한 개를 먹고 또 하나를 집어 든 단은 어느새 의자에 앉아 있었다. 한쪽 다리를 까닥이는 게 꽤나 흥이 나 보인다. 그걸 가만히 지켜보던 무헌이 물었다.

"거기에 독이라도 들어 있으면 어쩌려고 그렇게 잘 먹냐."

그러고 싶으냐. 그런 억양의 질문에 빠르게 움직이던 단의 턱이 딱 멈춘다.

"……."

"뱉지 말고 삼켜. 괜찮으니까."

지금 이 말에 더 열 받는다.

단은 무헌 앞에 놓인 찻잔을 들고 가선 그걸 한 번에 들이켰다. 차 덕분에 어찌어찌 떡을 전부 다 삼킬 수 있었던 단은 눈을 크게 뜬 채로 무헌을 올려다봤다. 굉장히 어이없고, 억울하고, 복잡하고도 복잡한 눈빛과 표정이었다.

무헌은 턱을 괸 채로 단을 물끄러미 보다가 입을 열었다.

"궁이 어떤 곳인지 내가 자세히 알려 주지 않긴 한 모양이로군. 함부로 먹지 말고, 행동에도 조심해라. 너한테 웃어 주고 맛있는 걸 준다고 해서 그들이 널 살려 둘 거라고도 생각하지 마."

황제가 하는 모든 말을 좋게만 받아들일 수 없지만, 듣기 싫다고 귀를 틀어막을 순 없었다. 단은 접시에 담긴 음식을 봤다. 하나같이 모양도 색도 좋았다. 먹고서 바로 반응이 없는 걸 보면 독 같은 게 없는 것 같은데. 애초에 이건 황제를 위해 준비한 간식이었다. 정말 독이 들어가 있을 리 없었고, 황제가 이러는 건 어디까지나 충고를 해 주기 위함이라는 걸 모르지 않았던 단은 깊은 한숨을 쉬었다. 그 한숨을 가까이서 들은 황제가 나직하게 말했다.

"왜 이런 곳에 네가 들어와 있는 걸까."

"……"

그건 무헌이 해선 안 될 말이었다. 약 때문에 무헌과 함께 오긴 했지만, 단이 부인이 되어서 궁 안팎 모든 사람들의 주목을 받게 된 건 그 때문이었으니 말이다.

문제가 생겼을 때나 이상한 사람이 갑자기 해를 끼치려 할 때 그걸 두고 언짢아하고 화를 내야 할 건 무헌이 아닌 단이었다. 그럼에도 조용히 있는 건, 그의 눈동자를 봤기 때문이었다. 그 어느 때보다 어둡고 가라앉은, 지친 것 같은 눈동자를 앞에 두고 단은 더 뭐라 할 수가 없었다. 아직 손가락에 끝에 남아 있는 떡의 쫀득거림을 느끼면서 탁자 끝으로 시선을 옮겼다.

＊　　　＊　　　＊

며칠간 기도를 올리고 본인의 처소에서 움직이지 않던 화부
인이었다. 그런 그녀가 이렇게까지 멀리 나온 건 근 열흘 만이었
다. 숲에서의 일로 그녀의 입지가 불안해질 것이라 생각했던 자
들은 일부러 거리를 두거나 피하곤 했지만 지금은 아니었다.

화부인을 발견한 이들은 놀란 표정을 지어도 전처럼 어려워
하지 않았다. 먼저 고개를 조아리고 멀리서부터 달려와 인사를
하곤 갔다. 화영국이나 저주 인형과 얽힌 일이 무사히 마무리되
었기 때문이 아니었다. 황제의 총애를 받는 강부인과 화부인이
먼 친척 관계였기 때문이었다. 이번에 강부인의 처소에 가선 간
식을 전해 주었다는 사실이 알려지면 화부인의 입지도 예전으로
돌아갈 게 분명했다.

"지금 내 신세가 호랑이를 등에 업은 토끼로구나."

화부인의 곁에서 함께 움직이기에 들을 수 있는 말이었다.

대번에 안색을 굳힌 나운은 고개를 저으며 말했다.

"그런 말씀하지 마십시오. 부인은 늘 호랑이셨습니다."

"과연 그럴까."

나직하게 중얼거리고 난 후, 화소영은 황제 곁에 있던 강부인
을 떠올렸다.

지금껏 황제와 있는 사람들 중에서 그처럼 편안해 보였던 자
가 없었다. 단은 물론이거니와 황제도 좋아 보였다. 둘이 참으

로, 잘 어울렸다.

"어리고 예쁘더구나. 눈이 참 크고 맑았어."

"제 보기엔 부인이 더 아름다우세요. 볼 것 하나 없는 몸에 엉덩이도 납작했습니다. 그런 몸으로는 회임도 어려울 것 같았습니다."

무릇 사내들은 가슴과 엉덩이가 크고 살집이 있는 여인을 좋아하기 마련이었다. 하지만 이번에 본 강부인은 그렇지 않았다. 화부인이 곁에 서자마자 놀라선 크게 눈을 뜨고 어깨를 움츠리는 것이 나약하기 짝이 없었다. 화부인이 뭔가를 하지도 않았는데 괜히 겁먹은 것처럼 구는 것 같기도 해서 영 보기에 안 좋았다. 황제가 그걸 두고 안 좋게 생각하면 어쩌나 싶었다.

"말을 함부로 해선 안 된다. 폐하께서 가까이 두시니 분명 이유가 있는 거야."

"……죄송합니다."

죄송하다 해도 나운의 얼굴에 서린 불만은 쉬이 가시질 않았다. 자연스럽게 대답하는 목소리도 뚱했다. 옅은 미소를 지은 화소영은 재차 강부인을 떠올렸다.

"그런데 말이야. 묘하게 어디선가 본 것 같은 얼굴이더구나."

"주인어른께서 아무 사람에게 이름을 쓰게 허락하셨겠습니까. 부인과도 어느 정도 핏줄이 연결되어 있겠지요."

핏줄이니 끌리는 걸 수도 있고, 아니면 기억하지 못하지만 예전에 만난 적이 있을지도 몰랐다. 하지만 나운의 말이 우습다는 듯 화부인은 그녀를 돌아봤다.

"넌 정말로 우리 가문 사람이기 때문에 아버님이 성씨를 준 거라 생각하는 거냐."

"아니어도 상관없지요. 같은 핏줄이라 알려져서 부인께 이득이 되면 그만입니다."

노비로서 모시는 주인에게만 해가 가지 않으면 그걸로 좋았다. 다른 건 아무래도 좋다면서 굳은 시선을 보내는 나운을 두고 화소영은 실소를 흘렸다. 점점 더 궁에서 일하는 사람처럼 되어 간다면서 타박하려 했지만, 그 말을 삼켰다. 궁에 들어온 이상, 그들과 똑같이 행동하고 생각해야지 살아남는 법이었다. 그들처럼 변한다고 타박할 일은 아니었다.

말없이 앞으로 고개를 돌린 화소영은 재차 강부인을 떠올렸다.

다른 사람은 어떻게 느낄지 모르겠지만, 자신을 바라보는 그 눈동자 안쪽으로 반가운 기색이 느껴졌다. 어려워하면서도 자신을 거부하지 않았다.

전에 자신과 만난 적이 있었던 걸까. 그게 아니고서야 경쟁 상대라 볼 수 있는 자신을 그런 식으로 바라볼 순 없는 노릇인데. 눈이 정말로 크고 맑았다. 흔히 볼 수 없는 눈빛이었다. 그리고 분명 그와 비슷한 느낌으로 저를 보던 이가 있었던 것 같았고, 이윽고 한 사람을 떠올렸다.

"전에 텃밭을 정리하던 시동은 어찌 되었더냐."

"왜 갑자기 그런 걸 물으십니까."

"지금 어디에서 무슨 일을 하는지에 대해서만 알아봐라."

"네. 알겠습니다."

화부인이 아무 생각 없이 이런 지시를 내리진 않을 거다. 분명 이유가 있겠거니 싶었던 나운은 시동들의 감독인 용소를 만나야겠다고 생각했다.

*　　*　　*

궁인은 기다란 새장이나 다름없었다. 그래도 그 안에서 나름의 즐거움을 발견해 나가면서 잘 지내보려 했건만, 요 며칠 사이에 참으로 많은 변화가 일어났다. 그 변화는 매소희에게 있어 무척이나 불쾌하고 껄끄러운 것이었다. 전에는 화소영만 자신에게 대적했건만, 최근 들어 몇몇 부인들이 말대꾸를 하는 경우가 늘었다.

특히, 다과 자리에서 자신에게 대들던 부인을 떠올리면 자다가도 벌떡 일어날 지경이었다. 때문에 잠이 부족해서 늘 피곤한 상태였던 매소희는 문 열리는 소리에 곧장 그리로 시선을 던졌다. 매서운 눈빛에 움찔하는 시비를 확인한 그녀는 기다렸던 것처럼 물었다.

"그래. 왔더냐."

"그게 아니라, 화부인이 수상쩍은 거동을 보이기에 말씀 드리러 왔습니다."

마지막으로 본 화부인은 불당에서 기도를 올리고 있었다. 계속 그렇게 기도나 올리면서 당분간은 얼굴 볼 일이 영영 없으면 좋겠다고 생각했는데 수상쩍은 거동이라니. 무슨 일인가 싶을 수밖에 없었던 매소희는 빠르게 손짓했다. 몸을 일으킨 시비는 매소희의 곁에 다가가 빠르게 말했다. 말을 다 들은 매소희는 탁자를 내리쳤다.

"간식을 핑계 삼아 폐하 앞에서 꼬리를 친 거로구나!"

여기저기 자존심 없는 것들이 왜 이리도 많은 건가 싶었다. 하지만 화를 내면서도 동시에 드는 생각이 있었다.

화부인이 먼저 그렇게 움직였으니 분명 그걸 따라하는 사람이 있을 거다. 이번에는 간식뿐만이 아니라 그 새로운 계집에게 줄 것이 있다면서 선물을 바리바리 싸들고 움직일 가능성이 높았다. 투기가 아니라 새로운 사람을 챙겨 주는 척을 하면서 말이다. 그런 눈에 죄 보이는 한심한 수가 먹힐 리가 없다고 생각하면서 동시에 불안해진다. 초조했던 매소희는 아랫입술을 깨물었다.

지금껏 자신의 경쟁자는 화소영뿐이라 생각했다. 이럴 때 갑자기 튀어나온 계집이 영 마음에 들지 않았다. 그래서 어떻게든 제대로 트집을 잡아 끌어내리고 싶어서, 딴에는 궁리를 하느라 시간이 꽤 흘렀는데 이게 잘못된 생각이 아닌가 싶었다.

화소영보다 먼저 간식을 들고 갔어야 했던 게 아닐까. 물론

근본 없는 계집에게 잘 보이기 위해서 그렇게 움직이려는 게 아니었다. 겸사겸사 황제에게 눈도장을 찍기 위함이었다. 눈에서 멀어지면 마음도 서먹해지기 마련이었다. 지금이라도 찾아가 봐야 하나 싶었을 때, 바깥에서 목소리가 들렸다.

"부인, 상궁께서 오셨습니다."

"그래? 어서 안으로 모셔라."

눈을 빛낸 매소희는 곁에 있던 시비를 내보냈다. 동시에 안으로 들어온 건 보통 의복을 입은 상궁이었다. 궁을 다니다 보면 흔히 볼 수 있는 늙은 상궁이었지만, 예전의 그녀는 특별한 사람이었다. 아직 그게 몸에 남아 있었는지 매부인 앞에서도 기죽는 일 없이 상궁은 침착하게 인사를 올렸다.

"상궁 춘삼이 매부인께 인사 올립니다."

"됐네. 되었어. 나이도 많은 사람이 큰절이 다 뭔가. 그러다가 몸 상하니 어서 이리로 오게."

빠르게 손짓하던 매소희는 앞으로 움직였다. 본인이 직접 상궁을 부축해선 본인이 앉아 있던 자리 앞에 작은 의자를 내오게 해서 그곳에 앉혔다. 매소희 치고는 후한 대우였다. 그걸 모르지 않았던 상궁은 만족의 미소를 지었다. 그것도 매소희가 앞자리에 앉는 순간 곧장 지워졌지만 말이다.

탁자에 한 팔을 올린 매소희는 곧장 상궁의 근황을 물었다.

"그간 잘 지냈으려나 모르겠군."

"모시던 주인께서 폐위되신 이후로는 제 처지도 빤하지요. 살아도 산 것이 아닙니다."

지금이야 상궁이라 하지, 예전에는 황후를 모셨던 춘삼이었다. 어전 상궁으로 황후 못지않은 권세를 떨쳐 그 악명 또한 높았던 그녀가 이처럼 낡은 의복을 입게 되었으니, 현 생활이 만족스러울 리가 없었다.

모든 게 불만스럽겠지만, 어쩔 수 없는 노릇이었다. 모시던 주인이 몰락하면 그 아래에 있는 자들의 미래는 결정된 수순이었다. 억울해하며 가슴을 친다고 해서 달라질 일은 없었다. 이미 대부분의 사람들이 포기한 것 같지만, 눈앞에 있는 상궁은 그렇지 않았다. 여전한 욕심과 야망으로 가득 채워진 상궁의 얼굴을 확인한 매소희는 희미한 미소를 지었다.

"황태후께서 그리되셨으니, 자네 앞날도 빤하군. 그나마 주인과 함께 묻히지 않게 되었으니 천만다행이 아니던가."

그 순간 상궁은 헛기침을 하면서 고개를 돌렸다.

폐비에 대해 말을 꺼내는 건 역시나 부담스러운 일이었다. 하지만 그런 것 따위 상관없는 것처럼 매소희는 재차 말했다.

"죽지 않고 여전히 주인을 모시는 게 자네의 복이네."

한때의 인연으로 아직도 폐비를 모시는 춘삼이었다. 그렇기에 매부인의 궁에 오는 것도 여간 조심스러운 게 아니었다. 본인의 입장을 안다면 불러도 와선 안 되는 자리였다. 때문에 매소희는 여전히 춘삼의 마음속에 야심이 자리하고 있음을 확신했다.

"지금은 한심하지만 자네에게도 좋은 때가 있었지. 내가 입궁하기 이전, 황태후께 인사를 드리기 위해선 늘 자네의 허락을 받아야 했지. 그때 내 모습이 왈가닥이라면서 뭐라 했던 건 기억나시나?"

"왜 예전 일을 말씀하십니까. 제가 나이를 많이 먹어 너무 오래된 일은 떠오르지도 않습니다."

"그래? 그렇게나 나이를 많이 먹게 되셨던가. 이것 참, 그렇다면 자네에겐 중요한 일을 맡기지 못하겠군."

재차 춘삼의 눈빛이 흔들렸다. 이대로 계속 모르는 척 굴면 매소희도 더 말을 꺼내지 않을 셈이었다. 턱을 괸 그녀는 새초롬한 얼굴로 춘삼을 주시했다. 얼마나 시간이 흘렀을까. 초조한 듯 무릎 위에 올린 손을 꼼지락거리던 춘삼이 먼저 물어왔다.

"무슨 말씀이십니까."

춘삼이 여전히 욕심 많은 노인네라는 걸 확인 받은 매소희는 기분 좋게 웃었다.

해사하니 맑은 미소를 지은 그녀는 탁자에 한 팔을 올리곤 곧장 본론으로 들어갔다.

"이번에 새롭게 들어온 사람이 있는데 아직도 황태후께 인사를 올리지 않았다 하더군."

아까부터 매소희는 폐비를 황태후라 칭하지만, 그건 잘못된 호칭이었다. 분위기에 이끌려 똑같이 폐비를 황태후라 할 수 없었기에 춘삼은 망설이다가 답했다.

"폐비께서는 연금 중이시고, 지금은 폐위되셔서 예전의 지위에 걸맞은 예를 받으실 수 없습니다."

"황후가 있다면 황후에게 예를 올려야 하는데, 아직 부인만 있고 결정된 황후는 없지. 그렇다고 부인들 중에 회임한 사람도 없고. 내명부의 규칙에 따라 새로운 사람은 가장 큰 어른에게 인사를 올려야 하는데, 그게 제대로 지켜지지 않고 있어. 그러니 자네가 나서서 황태후께 새로운 사람 소개나 해 주시게."

슬슬 매소희가 원하는 게 무언지 알 것 같았던 춘삼은 난색을 표했다.

"제가 어찌 그럴 수 있겠습니까. 전 이제 힘없고 늙은 상궁일 뿐입니다."

매소희는 대답 대신에 옆에 서 있던 시비를 쳐다봤다. 그러자 안쪽으로 들어간 시비는 이내 적잖은 상자를 들고 나왔다. 그걸 탁자 위에 올렸고, 매소희는 그 상자의 뚜껑을 열어선 상궁 춘삼 앞으로 내밀었다.

상자 속에는 은화가 가득히 담겨 있었다. 눈으로 보고도 믿을 수 없을 정도로 엄청난 양에 당황한 춘삼은 반쯤 몸을 일으켰다.

"이것은 대체—"

"아직 자네의 것이 아니니 진정하게. 하지만 내가 부탁한 일을 처리해 주시면 여기에다 상자 하나를 더 챙겨 줄 수도 있어."

둔탁한 소리가 날 정도로 상자를 닫아 버리는 매소희였지만, 상궁은 조금 전에 본 게 아직도 생생했다. 저만한 돈이라면 궁을 떠나서도 떵떵거리며 살 수 있었다. 다 늙고 힘도 없어진 처지였지만, 그렇다 해서 삶까지 포기하진 않았다. 살아생전 누렸던 권력의 맛은 도무지 잊을 수 없을 정도로 달콤한 것이었다.

상궁 춘삼은 매소희 앞에 무릎을 꿇고 앉았다.

"제가 무얼 하면 되겠습니까. 뭐든 분부만 내리십시오."

뭐든지 전부 하고야 말겠다며 결연한 눈빛으로 올려다보는 춘삼의 모습에 매소희의 미소가 짙어졌다.

*　　*　　*

늙고 주름진 손이 내밀어졌다. 주변의 모든 사람들이 저것을 잡아 주었으면 하는 눈빛으로 바라봤지만, 무헌은 잠자코 서 있었다.

모두가 오늘내일이라 했던 선황은 꼬박 1년을 더 버텼다. 바깥에서 갑자기 나타난 황자가 황제가 되기에 무리 없이 기반을 다질 수 있는 시간이었다.

수많은 자식 중에서도 유난히 마음이 가는 아이가 있기 마련이었다. 많은 여인들 중에서 유일하고 마지막 사랑이라 믿었던 사람과의 사이에서 태어난 아이라면 더더욱 그럴 수밖에 없었다. 무헌은 선황에게 그런 존재였다.

선황은 실수하는 황자에겐 자비가 없는 사내였다. 별거 아닐 수도 있는 일에 대해서도 호통을 치고 벌을 내려 수많은 황자들이 그를 두려워했지만, 무헌은 아니었다. 그의 품에 안겨 본 적이 없기 때문인지, 꾸중을 듣지 않았던 탓인지, 1년 동안 함께했어도 여전히 그가 낯설고 남처럼 여겨졌다.

지금 제 쪽으로 뻗어진 저 손이 모든 힘을 끌어 모은 결과물이란 걸 모르지 않았다.

결국 보다 못한 누군가 손을 잡아 주시지요, 라고 말했다. 싫지만, 거부할 이유는 또 뭔가 싶었던 무헌은 앞으로 걸어갔다. 그리고 정말이지 무뚝뚝하게 그 손을 잡아 주었다. 기다렸던 것처럼 제 손을 감싸는 손길을 느끼며 눈을 뜨지도 못하는 자를 내려다봤다. 그렇게 한참 동안 응시하는 동안 그가 입을 열었다.

'내가 널 황제로 올렸구나.'

본인의 평생의 업을 이룬 것처럼 목소리 안쪽에는 짙은 만족감이 서려 있었다.

무헌의 손을 세게 움켜쥐고는 두어 번 흔든 후, 선황은 중얼거렸다.

'네 어머니가 이곳에서 함께했어야 했는데…….'

만약 그랬더라면 크게 기뻐했을 거다.

이미 모든 걸 확신하고 결정지은 투의 말이었다.

상황을 보아하니 자신은 태어나서도, 살아 있어서도 안 되는 황자였던 것 같다. 그런 자신이 결국 황제가 된 것이니 얼마나 감개무량할까. 분명 이들에게 크나큰 기쁨이긴 할 터였다. 하지만 무헌에게 황제가 된 게 기쁜 거냐고 묻는다면 확답은 할 수 없었다.

주변인들은 그의 망설임을 다르게 생각하는 것 같았다. 지금은 받아들이기가 어려워 뒤숭숭하겠지만, 금방 전부 나아질 거라는 식으로 떠들어 댔다.

정말은 그게 아닌데.

당신들이 생각하는 그런 게 아닌데―

마지막 힘을 끌어내 천천히 눈꺼풀을 들어 올리는 선황을 내려다보며 무헌은 입을 열었다.

'왜 제 생각을 묻지 않으십니까.'

'……'

'지금 제가 무슨 생각을 하는지, 어째서 궁금해하지 않으십니까.'

왜 꼭 자신이 황제가 되길 원했던 것처럼 말할까. 지금 이 순간 무슨 생각을 하고 어떤 말을 하고 싶어 하는지에 대해선 귀기울이지 않는 걸까. 자신은 이들이 원하는 답 외에는 아무 말도 해선 안 되는 사람인 걸까. 그건 좀 많이 이상한 게 아니냐고, 앞뒤가 맞지 않는 게 아니냐고 하려던 찰나 그대로 꿈에서 깨어났다.

다음 꿈속에서 무헌은 흔들리는 마차 속에 있었다. 자신을 지키기 위해서 더없이 심각한 자들 사이로, 마차가 빠르게 굴러가는 게 느껴졌다. 어떤 상황이고 무슨 일이 벌어지는지 명확하게 알 수 없었다. 때문에 잠자코 있는 동안 뒤에서 익숙한 목소리가 들리는 것 같았다.

무헌아, 무헌아―

목청이 터지도록 저를 부르는 소리가 들렸다.

하지만 그것이 정말로 들리는 소리가 아니란 걸 모르지 않았다. 그저 그렇게 불러 주었으면 싶었던 것뿐이었다.

분명, 그렇게 생각하고 더는 떠올리지 않으려 했던 적이 있었다. 그랬었는데 그 부르짖음이 환청이 아니었음을 알게 되었다.

정말로 자신을 불렀던 거다. 빠르게 굴러가는 마차를 끝까지 쫓아와, 자신을 놓치지 않으려 했었다.

단, 그 어린 계집아이가.

자신을 끝까지 따라왔었다.

*　　　*　　　*

"오늘따라 안색이 좋으십니다."

듣기 좋으라 하는 형식상의 말이었다.

평소 이렇게 말하면 황제는 눈길조차 주지 않고 손부터 내밀었다. 오늘 봐야 할 가장 중요한 상소가 무엇인지 하나 권해 보라는 거였다. 이태감이 정말 중요한 걸 알고 건네는지, 아니면 적당히 꾀를 부리려 하는지, 언제나처럼 그를 시험에 들게 하는 하루가 될 것이라 생각했는데 황제가 고개를 들었다. 흔들림 없는 눈동자로 주시하는 황제를 두고 이태감의 미소가 더 짙어졌다.

"정말로 기분이 좋으신 모양입니다. 새사람이 폐하를 기쁘게 하니, 화도 강씨 일가에게 큰 상을 내려야겠습니다."

지금 이 말이 얼마나 어이없는 것인지, 이태감도 모르진 않을 거다.

전날 건평궁에 들었던 강부인은 차 시중도 제대로 들지 못해서 황제의 소매를 젖게 했다. 이 안에 있는 동안 소매를 젖게 만드는 사람은 단이 유일했다. 그래서일까. 무헌이 말없이 소매만 보고 있자 혼자서 뭐라 뭐라 하더니 이윽고 '내가 빨아 드리면 될 거 아닙니까.'라면서 용포를 달라 두 손을 내밀었다.

안이 소란스러워지자 이태감이 중재에 나서려 했지만, 무헌은 허리띠를 풀어내고 용포를 벗어 단의 머리 위로 던져 주었다. 묵직하고 큰 용포를 뒤집어쓴 단은 정말로 벗어줄지 몰랐던지 황망한 눈동자로 무헌을 올려다봤다. 그 눈동자는 분명 말하고 있었다. 너 이 자— 까지 말이다.

'나는 아무 말도 하지 않았는데 네가 먼저 세탁해 주겠다

고 한 게 아니냐.'

황제가 그렇게까지 말하고 나서야 단은 누그러졌다. 하지만
그렇다고 온전히 불만이 가신 게 아니기에 뒤집어쓰고 있던 용
포를 돌돌 말려 했다. 그걸 본 이태감은 크게 놀라며 조용히 단
을 뒤로 불러서 주의해야 할 것에 대해 알려 주었다.

용포는 구겨짐이 안 생기도록 해야 하며, 수가 하나라도 흐트
러져선 안 되고, 혹여라도 얼룩이 생기면 그건 입을 수 없는 것
이니 주의해야 한다고 말이다. 덧붙여 바닥에도 끌리면 안 된다
면서 눈으로 바닥을 가리켰다. 이미 용포는 길게 바닥에 퍼져 있
었다. 이런 상태에서 끌리면 안 된다는 말은 의미가 없었다.

단에겐 벅찬 일이었다. 그쯤에서 못하겠다고 하면 이태감에
게 들고 나가라 할 셈이었지만, 알겠다고 하더니 결국 그 용포를
머리 위로 뒤집어쓰고 나갔다. 그걸 보고 또 궁에 있는 자들이
입방정을 찧어 대겠지. 황제의 용포를 두를 수 있는 건 지극한
총애를 받는 여인뿐이었다. 그게 아니면, 회임을 하던가 말이다.

"……."

거기까지 생각하던 무헌은 눈을 내리떴다.

황제가 표정이 풍부한 사내는 아니었지만, 지금은 평소와 좀
달랐다.

눈치가 없지 않았던 이태감은 넌지시 말했다.

"점심은 강부인의 처소에 마련할까요."

"일이 바쁘니 간단하게 챙겨 먹겠다."

"그러면 건평궁 안에 준비해 두겠습니다."

그러고 나서 강부인을 따로 부르면 될 일이었다. 이태감의 꿍꿍이를 알 것 같았지만, 황제는 아무 말도 하지 않았다.

이태감이 물러나고 난 후, 황제는 책상 위를 두드렸다. 그러다 의미 없이 보내는 시간이 아까워 근처에 있던 상소를 집었다. 그걸 펼치고 내용을 확인하려는데 바깥에서 대화 소리가 들린다. 뭔가 싶었으나 신경 쓰지 않고 옆에 놓인 붓을 집어 드는 것과 동시에 이태감이 들어왔다.

"폐하, 잠시 괜찮으십니까."

조금 전에 나간 사람이 다시 들어와선 저렇게나 어려워하는 표정을 짓는다. 무슨 일인가 싶어 잠자코 있자 이태감이 곁으로 다가와 나직하게 말했다. 이윽고 황제의 미간으로 가볍게 주름이 잡혔다.

*　　*　　*

내명부에 새로운 사람이 들면 가장 큰 어른에게 인사를 올리는 게 예법이었다. 하지만 지금 궁 안에는 이렇다 할 웃어른이 없었다. 하나 있긴 하지만, 그 사람은 폐비가 되어 냉궁과 별다를 바 없는 곳에서 한 발자국도 나오지 못하고 있었다.

누군가 말을 꺼내지 않는 이상 자연스럽게 넘어갈 만한 사항이었다. 하지만 걸고 넘어가면 얼마든지 문제가 될 만한 부분이었다.

"폐하의 지극한 총애를 받는 걸 두고 안 그래도 떠들어 대는 자들이 많습니다. 그들에게 괜한 빌미를 안겨 주어선 안 되지 않겠습니까."

불특정 다수인 그들이 바라는 게, 단이 실수를 해서 물어뜯고 씹어댈 건수라는 걸 모르지 않았다.

암만 좋게 둘러댄다 한들 몇몇의 검은 속내를 모를 수 없었던 황제의 표정에는 크게 변화가 없었다. 한기가 감도는 눈빛으로 매섭게 내려다보는 황제를 두고 말을 꺼내는 상궁은 여간 부담이 되는 게 아니었다.

괜한 말을 꺼낸 것일까. 하지만 이치에 크게 어긋나는 것도 아니었다. 내명부 안에서 한 사람에게만 총애가 쏠리는 것도 문제인데, 앞서 입궁한 부인들에게 인사도 하지 않고 본인 처소에만 있는 건 교만하다 비칠 수 있었다.

"폐하께서 진정 부인을 아끼는 마음이 있으시다면 더더욱 예와 법도를 지키도록 하셔야 할 겁니다."

"폐비에게 인사를 올리는 것만으로 강부인이 예와 법도를 지킨다는 걸 내세우는 척도가 되는 것이더냐."

"……."

"폐위된 사람에게 아직도 명예가 남아 있는 모양이로군. 참으로 흥미로운 사실이야. 지금껏 내 몰랐던 일이다."

그 누구도 언급하지 않았기에 문제가 되지 않았던 일이었다. 하지만 상궁 하나가 말을 꺼냈으니, 더는 모르는 척할 수는 없었다.

강부인에 대한 황제의 총애가 대단하다 하더니, 정말이었다. 지금껏 그 어떤 부인에 대해서도 이렇게까지 두둔한 적 없던 황제가 아니던가. 때문에 말을 잇기가 부담되었지만, 상궁은 몇 번이고 머릿속으로 '이는 이치에 어긋나는 게 아니다.'라는 걸 반복했다. 마음을 가다듬은 상궁은 재차 말을 이어 나갔다.

"폐하, 내명부에는 내명부의 법도가 있습니다. 이리하시면 다른 부인들이 원한을 품게 되실 겁니다."

"그 원한 때문에 5년 전의 그 일이 재차 반복될 수도 있다 말하는 것이더냐. 지금 그게 내 앞에서 할 말이냐."

5년 전, 지금은 폐위된 황후가 주술을 이용해서 난을 일으키려 한 적이 있었다. 적자였던 일황자를 황제로 세우고 선황이 암암리에 보호했던 무헌을 끄집어내 해할 계획도 담겨 있었다.

선황과 외척의 적극적인 비호와 도움 아래, 무헌이 크게 피해본 일은 없었지만, 그건 그에게 유쾌한 기억으로 남아 있지 않았다. 가능한 잊고 싶은 사실을 들먹이며 다음 행동으로 옮겨가도록 압박하려는 의도가 느껴졌다. 그것이 참으로 발칙했다.

날 선 황제의 반응에 상궁은 당황했다.

"폐하, 오해하지 마십시오. 전 어디까지나 폐하를 위해 말씀드리는 것뿐입니다. 그 외에 다른 의도는 없습니다."

고개를 조아리는 상궁의 안색은 창백했다.

무헌은 곁에 서 있는 이태감을 바라봤다. 눈빛으로 '저들의 의도가 어떤 것 같은가.'라고 묻자 이태감이 입을 열었다.

"강부인께선 입궁하신 지 얼마 안 되어 알아야 하실 것도, 배우셔야 할 것도 많으십니다. 혹시라도 모를 상황을 미연에 방지할 수 있도록 적절한 조치를 취해 두는 편이 낫겠지요. 그리고 내명부에는 내명부만의 규율이 있습니다. 내명부가 평화로워야 나라를 다스리는 데 수월하실 겁니다."

단이 건평궁을 찾을 때마다 꽤나 많은 서적을 읽었다. 그걸 통해서도 궁 안에서 어떤 식으로 행동하고 말하면 되는지를 충분히 익힐 수 있었다. 그걸로 대충 넘겼으면 싶지만, 안 될 일이라는 걸 무헌도 모르지 않았다.

이 넓고 답답한 궁은 그에 걸맞은 복잡한 절차가 지나치게 많았다.

"폐하의 총애를 받는 분이 부인들의 수장이 되실 겁니다. 그렇다면 더더욱 트집거리가 없어야 하지 않겠습니다. 상궁의 저 말이 갑작스럽게 여겨지시겠지만, 전에는 할 필요가 없었습니다. 하지만 앞으로는 아닐 겁니다."

부인이 여럿 있었지만, 그들 사이에 규칙이 유지되고 지켜질 수 있었던 건 총애를 받는 특정한 여인이 없었기 때문이었다. 그렇기에 부인들 사이에서 누가 더 잘나고 못난 것 없이 비교적 동등한 관계가 유지되었다. 하지만 그것은 새롭게 나타난 강부인으로 인해 미묘하게 금이 가게 되었다. 작지만 큰 변화였고, 그로 인해 내명부가 어떤 식으로 굴러가게 될지는 그 누구도 알 수 없었다.

입을 다문 이태감은 황제를 바라봤다.

주시하는 그 눈빛에 담긴 염려를 읽을 수 있었던 무헌은 앞으로 고개를 돌렸다.

그 또한 입궁하고 나서 새롭게 익히고 배워야 할 것들이 많았다. 단과 다른 점이 있다면 그는 바깥에 있는 동안에도 그것들을 어느 정도 인지하고 있었다는 사실이었다. 사전 정보 없이 갑자기 눈앞에 닥친 것들을 수행하려면 어려움이 있을 수밖에 없었다.

눈을 내리뜬 채로 한참의 생각을 더 하던 황제는 천천히 입을 열었다.

*　　　*　　　*

"인사 올립니다. 부인의 예의범절 교육을 맡게 된 상궁 박씨라 합니다."

두 손을 모아 얼굴 앞에 대고 빈절을 올린 상궁은 고개를 들었다. 예의범절 교육을 시킨다더니만, 자세가 곧은 게 보기에 좋았다.

단은 똑바로 서서 고개를 숙이고 있는 자들을 주시했다.

"앞으로 하루에 두 시진씩 궁 생활에 필요한 것들을 알려 드릴 것입니다. 잘 부탁드립니다."

점심 먹고 소화가 좀 된다 싶을 때, 들이닥친 이들의 수는 전부 여섯이었다. 단이 부리는 시비들과 다른 차림새에 박력도 남달랐다.

처음 보는 낯선 복식을 입은 그녀들은 나이도 지긋해 보였고, 인상도 셌다. 덧붙여, 곁에 선 영비가 안절부절못하는 걸 보면 쉽지만은 않은 상대로 여겨졌다. 그보다 가장 앞에 있는 여자가 한 말 중에 듣기에 거슬리는 게 있었다.

예의범절이라.

집에서 부모님에게 배운 일상생활에 필요한 예법 같은 거하고는 많이 다르겠지.

거기까지 생각한 단은 계속 고개를 숙이고 있는 그녀들을 보곤 가볍게 손을 들었다.

"이만 고개를 들게."

황제에게 불려가 옆에 있으면서 보고 들은 게 있었다. 물론, 그는 황제고 자신은 부인이었기에 조금씩 다른 게 있긴 하겠지만, 눈앞에서 고개를 숙인 자들을 마냥 이대로 둘 순 없었다.

그제야 고개를 든 상궁들, 그중에서 박씨가 단을 똑바로 응시하며 말했다.

"그렇다면 지금부터 바로 시작하겠습니다."

"밥 먹은 지 얼마 지나지도 않았는데 벌써 시작한다고? 도중에 졸릴 것 같은데."

"……."

영비는 단의 말투가 신경 쓰였다. 궁 안에서 단처럼 말하는 부인이 없었다. 말하는 걸 조금 더 신경 써야 하지 않겠는가 싶어 조언해 주고 싶지만, 바로 그때 상궁의 날 선 눈빛이 얼굴에 닿았다. 함부로 나서지 말라는 경고 외에 다른 게 느껴졌다.

안색을 굳힌 영비는 눈치를 살피다가 고개를 숙였다.

"부인, 첫날이시니 어떤 식으로 교육이 진행되는지 설명을 듣는 것도 나쁘지 않으실 겁니다."

귓가에 닿는 영비의 목소리 끝이 살짝 떨렸다.

단은 고개를 돌려 그런 영비를 바라봤다. 시선이 부딪치는 순간 영비의 눈동자가 떨린다. 긴장을 숨기지 못하는 영비를 확인한 단은 앞으로 고개를 돌렸다.

"첫날이니 가볍게만 하고 바로 끝나는 건가."

"그렇습니다. 첫날부터 부인을 힘들게 해 드리는 일은 없을 겁니다."

하지만 왜인지 '널 아주 많이 고생스럽게 해 주겠다.'라고 해석되는 건 왜인지 모르겠다.

내키지 않는 건 여전하지만 곁에서 영비가 권하는 것도 있으니 외면할 수만은 없었다. 탐탁지 않은 얼굴로 고개를 끄덕이는 단을 두고 영비가 물러섰다.

"차 준비를 하겠습니다."

서둘러 밖으로 나가면서 영비는 머릿속으로 단이 점심때 무엇을 얼마만큼 먹었는지를 떠올렸다. 식재료와 상성이 잘 맞는 차를 준비해서 단의 머리를 맑게 해 줄 셈이었다. 그리고 부엌으로 가기도 전에 누군가 영비를 불렀다. 걸음을 멈춘 영비는 뒤를 돌아봤고, 저를 부른 게 이번에 갑자기 나타난 상궁들 중 한 사람이라는 걸 깨닫곤 안색을 굳혔다.

저 사람들이 어째서 자신을 부르는 걸까. 안 좋은 예감이 들었지만, 그걸 애써 내리누른 영비는 상궁 앞으로 가 고개를 숙였다.

"부르셨습니까."

"부인께서 교육 받으시는 동안 넌 바깥에 나와 있거라."

물론 그렇게 할 셈이었다. 단이 마실 차만 준비가 되면 말이다.

"알겠습니다. 부인께서 필요하신 것들만 준비해 드리고 바깥에 나와 있겠습니다."

영비의 대답에도 상궁은 만족한 얼굴이 아니었다.

영비는 저런 눈빛을 하는 자들이 무슨 생각을 하는지 알고 있었다. 어떻게든 트집을 잡아 그걸로 압박을 하고 싶은 거다. 슬슬 시작하려나 싶었는데 그게 지금이로구나. 단과 단둘이 있을 기회가 생기면 살짝 귀띔을 해 줘야겠다면서 영비는 물러났다.

영비가 부엌으로 들어섰을 때, 그곳에서 일하던 몇몇 시비들이 눈총을 준다. 흘깃거리거나 노려보기는 해도 예전처럼 되지도 않는 비난 같은 건 없었다. 지금 영비는 단과 아주 가까운 사이였기에 괜한 말을 했다가 그게 부인의 귀에 들어가면 어쩌나 싶어 겁을 내는 거였다. 동시에 부인에게 가까이 접근할 수 없는 게 약 올라 기회를 틈타 싫은 말을 내뱉었다.

"이번에 제대로 해야지 아니면 큰일이 생길지도 몰라."

안색을 굳힌 영비가 돌아보자 말을 꺼낸 시비는 움찔했지만, 곧 보태어 말했다.

"내명부의 규율을 바로 잡는다 하면 암만 폐하라 한들 도와주실 수 없는 노릇이잖아."

시비가 크게 틀린 말을 한 건 아니잖냐면서 눈을 흘기자 영비의 표정도 점차 굳어진다. 전이라면 이렇게 노려보면 알아서 먼저 고개를 돌렸을 영비가 끝까지 마주 응시해 온다. 그러자 결국에 먼저 고개를 돌린 건 시비들이었다. 어색한 헛기침을 하는 걸 확인한 영비는 빠르게 차 준비를 했다.

단은 연약해 보이지만, 정말은 심지가 곧은 사람이었다. 이런 갑작스러운 일도 현명하게 잘 해결할 거란 걸 믿어 의심치 않았다. 곁에 붙어 서서 모든 걸 일러 줄 만큼 유능한 건 아니지만, 이런 차 준비 정도는 얼마든지 할 수 있었다.

서둘러 차 준비를 끝낸 영비는 쟁반을 들고 종종걸음을 옮겼다.

하지만 영비는 단이 있는 곳까지 들어갈 수 없었다.

"어딜 들어가려는 것이냐."

"부인께서 피곤하실지도 모르니 차를 준비해 왔습니다."

"내가 전달해 드릴 테니 이리 내놓거라."

"……."

"뭘 망설이고 쳐다만 보고 있더냐. 내가 이걸 부인께 제대로 전해 드리지 못할 것 같더냐."

"아니요. 아닙니다. 부인께서 차를 따르기 전에 주전자 속에 들어간 찻잎을 전부 덜어내는데 그걸 알려 드리려 했을 뿐입니다."

음식과 달리 차는 좋아하지 않는 단이었다. 때문에 차를 마실 때에는 찻잎을 많이 우려내지 않아야만 한 모금이라도 더 넘기곤 했다.

사실이었지만, 상궁이 듣기엔 단순한 변명으로 여겨질 수도 있었다. 실제로 아니꼽다는 듯 내려다보는 상궁을 앞에 두고 영비는 조심스럽게 쟁반을 내밀었다. 그걸 채가듯이 들고 가 버리는 상궁의 뒷모습을 불안하게 지켜보던 영비는 가슴 위에 한 손을 올렸다. 답답함을 느낀 영비는 짧게 한숨을 쉬었다.

*　　*　　*

단은 예전부터 몸을 쓰는 걸 선호했다. 늑대로 변해서 숲 여기 저기를 헤집고 다니며 노는 걸 좋아했다. 책 읽기와 다른 사람들의 이야기를 듣는 것도 좋아하지만, 한곳에 진득하게 앉아 각 잡고 공부를 하는 건 싫었다. 그런 단에게 있어 예의범절 교육이라는 건, 이름부터가 비위에 맞지 않았다. 암만 봐도 자신을 괴롭히기 위한 고문 기술 중 한 가지로 여겨졌다.

때문에 시작부터 자신이 없었지만, 그래도 정신은 바짝 차리려 노력했다. 처음부터 '네가 얼마나 하나 보자.'라면서 고깝게 내려다보는 상궁의 기분 나쁜 태도 때문이었다.

사람을 얼마나 우습게 본 건지 글자를 읽을 줄 안다는 말만으로도 눈을 동그랗게 뜨고는 '그럴 리가 없는데.'라는 반응을 보였다. 그 표정이 우습고도 언짢아 단은 눈 하나 깜박이지 않고 상대를 주시했고, 이색힌 헛기침을 힌 상궁은 다음으로 넘어가겠다면서 앞으로 있을 교육 일정에 대해 알려 주었다. 그러다가 중간에는 같은 내용을 반복하기도 하고 말하다가 단어를 씹기도 하고, 여러모로 많은 실수를 보였다. 본인이 생각하기에도 어이가 없다 싶었는지, 상궁은 대충 시간이 되자 도망치듯 밖으로 나갔다. 그렇게 혼자가 된 후에도 단은 기분이 좋지 않았다.

이 넓은 궁 안에 자신을 성가시게 하고 괴롭히는 게 황제 한 놈뿐일 리가 없었다. 넓은 만큼 사람도 많고, 다양한 방법을 써서 자신을 괴롭힐 만한 것들은 얼마든지 나올 수 있었다. 이번 일은 거쳐야만 하는 절차 중 하나일 수 있었다. 그렇게 생각하고 심각하게 받아들이지 말자 싶으면서도, 그리되지가 않았다.

왜인지 모르게 눈에 보이지 않는 음습한 기운이 느껴진다면서 단은 인상을 썼다.

"부인, 시간이 늦었으니 이만 주무시지요."

영비는 대답 없이 여전히 탁자에 엎드려 있는 단이 걱정되었다.

"갑작스럽게 교육을 받게 되셔서 기분이 좋지 않으시겠지만, 장기적으로 보면 부인께 좋을 일입니다."

그 순간 곧장 단이 고개를 들어선 영비를 바라봤다. 그녀와 시선이 부딪치는 순간 영비는 무슨 잘못이라도 한 건가 싶어 바로 입을 다물었다.

안색을 굳히는 영비에게 잘못이 없었다. 잘못이라면 자신을 건드리고 재수 없게 구는 것들에게 있었다.

"궁 안에서 나를 눈엣가시처럼 여기는 사람들이 많을 거야. 그렇지?"

"그렇지 않습니다. 그저……."

"솔직하게 말해도 괜찮아. 나도 알 건 알고 있으니까."

단은 처음 궁에 들어와 언덕을 올랐을 때의 일이 생생했다. 앞으로 무슨 일을 당할지도 모르고 궁 안에 어떻게 이런 공간이 있나 싶어 둘러보다가, 천막 아래에 앉아 있는 여자들이 눈에 들어왔다. 하나같이 꽃처럼 어여쁘게 치장한 그녀들이 전부 황제의 부인이었다.

낮에 상궁이 간략하게 설명해서 알게 되었는데, 지금은 부인만 있고 황후는 없었다. 그건 즉, 특출 나게 황제의 총애를 받는 여자가 없다는 거였다.

무헌이 황제로 등극한 지도 벌써 3년째였다. 그동안 저렇게 예쁜 여자들과 함께 있었으면 중간에 뭔가 소식이 들려왔을 법도 했지만, 유감스럽게도 아니었다. 지금껏 황제가 특정 부인에게 관심을 보이거나 가까이 둔 적이 없었는데 자신이 나타나면서 그게 달라졌다.

남들 보기에 하루가 멀다 하고 건평궁으로 부르고, 자신의 처소를 찾는 황제의 거동이 수상쩍게 여겨질 거다. 황제의 지극한 총애를 받는 것처럼 보이겠지. 그리고 지금껏 제대로 황제에게 관심을 받지 못하고 오랜 시간을 버텨 왔던 부인들은 자신이 얼마나 미울까. 영비나 이태감이 몇 번이고 '폐하의 총애를 받으셔서 다행입니다.'라고 하긴 했지만, 그건 마냥 좋기만 한 게 아니었다. 실제로 황제와 함께하는 건 남들 말처럼 총애를 받기 때문이 아니었다.

그저, 그저 단순히……

"내가 왜 여기에 있는 거지."

부인이 된 계기는 아주 단순했다. 숲에선 자신의 열을 내릴 수 있게 할 만한 약이 없으니 황제와 함께 다시 궁에 들어온 거다. 그런 이유라면 전처럼 시동인 채로 있어도 되었다. 의식이 없는 동안 어딘가에 두기 뭐하니까 부인으로 만든 걸까. 넓은 궁 안에 두면 누가 건드릴 사람도 없고 하니 한결 안전하다 생각한 걸지도 모르지. 하지만 단순히 그걸 위해서, 일부러 없던 가문 하나를 만들어 내기도 하나.

단도 여기에 와서 자신이 화도 강씨 사람이라는 걸 알게 되었다. 듣자하니 저 화부인과는 먼 친척이라 한다. 생전 없던 친척도 하루아침에 생기고, 이게 대체 뭔 짓인지.

웃기지도 않는다면서 피식거리던 단이지만, 점점 그 미소가 지워진다.

"……."

황제 저놈도 뭔가 이유가 있기 때문에 자신을 곁에 두는 거겠지.

처음에는 단순히 자신을 괴롭히는 게 좋은 거라면서, 변태 같은 놈이라고만 생각했다. 하지만 그뿐만이 아닐지도 몰랐다. 그리고 그 이유에 대해서 알 것 같기도 했던 단은 영비를 바라보며 말했다.

"이만 잘게."

"그렇게 하세요. 오늘 낮에는 일이 많이 피곤하셨을 테니까요."

얌전히 자리에 앉아서 독사처럼 자신을 노리던 상궁의 시선을 받고 있었을 뿐이었다. 하루 종일 서 있으면서 자신의 시중을 들고, 다른 시비들의 눈총을 받는 영비의 고됨과 비할 바가 아니었다.

옅은 미소를 지은 단은 그래, 라고 말하곤 몸을 일으켰다. 안쪽 침전으로 들어서자, 왼편에 넓게 펼쳐진 채로 걸려 있는 용포가 보였다.

전날 황제의 소매에 차를 엎었는데 그것 때문에 말려 오라면서 황제가 자신에게 던져 준 거였다. 옷에 뭐가 묻으면 빨아 버리면 그만일 텐데, 황제가 입는 옷이라 그런지 더럽게 안 되는 게 많았다. 그래서 일단은 안 구겨지게 영비하고 둘이서 조심히 들고 와선 침상 옆에 뼈대를 세우고 그곳에 용포를 걸었다. 뭘 한답시고 건드렸다가 더 엉망이 되면 곤란했기에 차라리 아무 것도 하지 말자 싶어서 말려 두고만 있었다. 나중에 황제가 와서 이걸 보고 뭘 하는 거냐고 하면 솔직하게 일러 주려 했는데, 오늘 돌아가는 상황을 보아하니 오지 않을 것 같았다.

단은 낮의 상궁이 했던 말을 하나 떠올렸다.

'폐하의 총애를 지나치게 맹신하셔선 안 됩니다. 궁은 넓고 사람 또한 많습니다. 사람의 마음은 연과 같아서 줄을 놓치거나 끊어지면 금방 시야에서 사라져 버리지요. 그러니 더더욱 매사에 조심하셔야 합니다. 영원한 총애는 없습니다. 그러니 내명부 부인들과 두루두루 좋은 관계를 유지하셔야 합니다.'

총애, 총애, 다들 말이 참 많았다.

애초에 황제의 총애를 받은 적도 없었는데.

그저, 지금은 기억도 거의 나지 않을 만큼 오래전에 마음을 나눈 적이 있긴 했지만, 정말 오래전 일이었다. 그리고 그땐 둘 다

어렸지.

지금 떠올리면 얼굴이 달아오를 만큼 풋내 나는 감정이었다. 하지만 그만큼 더 진실하게 다가오는 것 같다면서 단은 용포 위를 쓰다듬었다. 느리게 위아래로 쓰다듬다가 손을 움켜쥔 단은 푹신한 이불 위에 앉았다.

"……."

오늘은 달이 참 밝았더랬다.

보이지 않는 어느 곳에서 늑대가 길게 울부짖어도 이상할 것 하나 없는 밤이었다.

*　　　*　　　*

그들은 본인들이 정한 시간에 늦지 않고 꼬박꼬박 방문했다. 열흘 동안에는 얼굴을 마주하고 앉아서 교육을 받고 글을 읽고 나서 이후에는 몸으로 익히는 예법이 진행될 거라 했지만, 나흘째 되는 날 갑자기 뒤뜰로 단을 불러냈다. 그리고 상궁들을 일렬로 세우고는 그 앞에서 걸어보라 했다.

앞서 다른 방식으로 걸음걸이를 배우고 본 게 있었다면 망설임이 덜했을 거다. 하지만 그런 거 없이 무턱대고 걸으라 하니 하고 싶을 리가 없었다. 때문에 가만히 서 있기만 하는 단을 두고 상궁은 그녀를 바라봤다. 하지 않고 뭘 하느냐는 식이었다.

"어떻게 걸으시는지 한 번 보고자 함입니다."

"......"

하지만 그렇게 말하는 상궁이 이리로 나오는 동안 제 걸음걸이를 흘깃거렸다는 걸 모르지 않았다. 누가 봐도 사람들 앞에서 엉망으로 걷는 걸 보이고는 욕보일 셈이었다.

시간이 지나고 미동 없이 서 있기만 하는 단을 두고 상궁의 표정이 점차 굳어진다.

그때 뒤에 서 있던 영비가 조심스럽게 앞으로 나섰다.

"부인께서는 몸이 약하셔서 찬바람이 불 때에는 바깥에 서 계시면 안 됩니다."

대번에 여러 상궁들의 매서운 시선이 날아들었다. 주제도 모르고 어딜 감히 끼어드느냐는 식이었지만, 영비는 굴하지 않았다.

"첫날부터 많이 편찮으셔서 폐하께서 아침저녁으로 찾아오셨습니다."

그리고 그날 밤에는 부인의 곁에서 떠나지 않고 하룻밤을 같이 보냈다.

강부인이 황제와 합궁했음을 알리기 위해 이런 말을 꺼내는 게 아니었다. 어디까지나 단이 총애 받는 부인이라는 사실을 잊지 말라며, 그걸 상기시켜 주려 함이었다. 말뜻을 모르지 않았던 상궁의 얼굴 위로 불편한 기색이 서렸다.

단은 확실히 현재 궁에서 가장 총애 받는 여인이었다. 그런 그녀에게 억지로 뭔가를 시킬 순 없었다. 하지만 이대로 순순히 물러날 수도 없음이었다. 그리해서야 체면이 서질 않을 거라는 생각을 지울 수 없었던 상궁은 재차 단을 바라봤다.

"몸이 약하다 하시니 해야 할 일만 하고 바로 들어가면 되지 않겠습니까. 오래 서 계시면 고뿔에 걸리게 되실 겁니다."

지금 누구 때문에 이렇게 바깥에 나와 서 있는 건데 이제 와서 저딴 말인지 모르겠다. 사람이 고뿔에 걸리는 게 걱정된다면 지금이라도 들어가라 하면 될 게 아닌가 싶지만, 뻔뻔한 낯짝을 보자니 그럴 생각이 없어 보였다.

겉으로야 예의바른 척 사근사근 굴지만, 저를 바라보는 눈빛에 담긴 건 무시였다. 상대의 의도가 명백한데 당하고 있어야 하는 건가 싶었을 때 영비가 재차 나서려는 게 느껴졌다. 동시에 상궁의 눈빛이 빛난다. 영비가 입을 엶과 동시에 단이 앞으로 나서 앞을 막아섰고, 상궁이 호통을 쳤다.

"지금 이 자리가 어디라고 아까부터 건방지게 나서는 것이더—!"

빠르게 말하다 말고 입을 다문 건 영비 앞을 단이 막아섰기 때문이었다. 딱 맞춰 단이 앞으로 움직인 것이었지만, 의도치 않게 상궁이 그녀에게 호통 치는 것처럼 여겨지는 상황이었다.

당황해선 크게 눈을 뜬 채로 올려다보는 상궁을 두고 단은 한쪽 눈썹을 올렸다.

"지금 그 말, 나한테 하는 건가."

"그렇지 않습니다. 어찌 그리할 수 있겠습니까."

화들짝 놀란 상궁은 빠르게 부정했다. 그런 와중에도 영비를 노려보는 걸 잊지 않는 상궁의 웃기지도 않는 행동에, 단의 입꼬리가 뒤틀려 올라갔다.

"이곳은 내 궁이고, 폐하께서 자주 찾는 곳이다. 그러니 언성을 낮춰야 할 거야. 내가 아끼는 시비가 말한 대로 나는 몸이 무척 약해서, 자네처럼 듣기 싫은 목소리로 크게 말하면 심장이 빠르게 뛴다네. 내가 큰 충격을 받고 혼절이라도 하면, 그 일을 어찌 감당하려고 이러나."

가슴 앞에 한 손을 올린 채로 조근조근 말하자 상궁의 안색이 사색이 되었다.

지금 단의 말 속에는 분명한 경고가 담겨 있었다.

첫째, 영비는 아끼는 시비이니 함부로 굴려 하지 마라.

둘째, 언성을 높여서 그게 황제의 귀나 다른 사람에게 알려지게 된다면 네 입장이 곤란해질 거다.

셋째, 앞서 하는 말은 다 집어치우고 지금 여기서 내가 쓰러져 혼절이라도 하면 그땐 네 목이 계속 붙어 있진 못할 거다.

상궁 노릇 하면서 잘난 척하고 싶은 마음은 잘 알겠지만, 그것도 사람 봐가면서 해야 할 거라는 경고였다.

상궁은 제 정수리에 닿는 단의 시선을 느끼곤 마른침을 삼켰다.

겉보기에 단은 순하고 여리게 보이는 인상이었다. 하지만 지금 이 순간 보이는 게 전부가 아님을 깨달았다. 요 며칠 동안 입을 벙긋도 하지 않기에 만만하게 봤는데 그래선 안 되었던 거다. 크게 실수했구나 싶어 숨죽인 채로 있으려니 단이 손을 들어 코와 입술을 막았다.

콜록, 하고 작게 하는 기침에 상궁은 놀라 고개를 들었다. 때마침 영비가 들고 있던 겉옷을 들어선 단의 어깨에 둘러 주었다.

"부인, 벌써 고뿔에 걸리신 모양입니다."

영비는 단의 손을 살며시 잡았다 놓고는 화들짝 놀라 말했다.

"손이 왜 이리도 차십니까. 폐하께서 아시면 마음 아파하실 겁니다."

지금 눈앞에서 벌어지는 일들이 단과 영비의 수작이라는 걸 모르지 않지만, 그럼에도 뭐라 할 수 없었다. 단이 아프다고 하면 누가 그걸 의심할 수 있을까.

상궁은 급히 처소를 가리켰다.

"그, 그러시면 일단은 안에 들어가셔서ㅡ"

"무슨 일이냐."

나직하게 울리는 듣기 좋은 저음에 상궁은 사색이 되었고, 영비의 표정이 밝아졌다. 동시에 단이 뒤를 돌아봤다.

연못 사이의 다리를 건너 뒤뜰로 걸어오는 건 황제 무헌이었다.

전에는 하루가 멀다 하고 봐서 지겹기까지 했는데, 오늘은 좀 반가웠다. 그도 그럴 것이 나흘 만에 보는 얼굴이었다. 하고 싶지도 않은 예의범절이 시작하자마자 코빼기도 보이질 않아서 이

지긋지긋한 교육이 다 끝나야 나타나는 건가 싶었는데, 아니었나 보다.

황제는 눈 한 번 깜박이지 않고 자신을 보는 단 앞에 서선 그녀를 내려다봤다. 표정이 없이 빤히 올려다보는 단의 표정이나 눈빛에서 전과는 다른 미묘한 변화를 감지한 황제가 무언가를 말하려던 순간, 상궁이 급히 예를 갖춰 인사를 올렸다.

"폐하, 어찌 오신다는 말씀도 없이……."

그제야 정신을 차린 다른 상궁과 영비도 똑같이 예를 갖추었다. 그때에도 여전히 단만 보고 있던 황제의 시선이 옆으로 옮겨 가 상궁을 주시했다.

"강부인의 처소를 찾을 때마다 상궁에게 일일이 알려 줘야 하나. 궁 안에 그런 법도가 있었을 줄은 미처 몰랐군."

예의범절을 가르친다는 사람이 그런 것도 모르는 것이더냐.

황제가 말하지 않은 지적이 생생하게 들리는 듯싶어 상궁의 얼굴이 잿빛이 되었다. 하지만 황제의 빈정거림은 거기서 끝난 게 아니었다.

"궁에 있는 시비들에게 웃전 노릇을 하면서 존경을 받고 싶다면 작은 실수 하나 없어야 할 거다. 가볍게 입을 놀리고 사사로이 행동한다면, 그때부턴 상궁 일을 그만둬야 할 거야."

"물론입니다. 폐하의 명을 받아 부인께서 하루라도 빨리 예의범절을 익히게끔 노력하겠ㅡ"

"내가 언제 강부인에게 예의범절을 익히라 명을 내렸나. 너희들이 와서 내게 그리해야 한다고 시끄럽게 떠들어 대지 않았더냐."

그것도 갑자기 찾아와서 확답을 받아내더니 그날 바로 시작했다. 그런 주제에 누구 탓을 하는지 모르겠다. 본인에게 불똥이 튈 것 같으니 은근슬쩍 돌리려는 게 어이없었다.

"내가 아끼는 사람을 곁에 두려 할 따름인데, 간섭이 지나치게 많아."

"……."

무헌은 사색이 되어선 고개를 똑바로 들지 못하는 상궁들의 정수리를 하나씩 보고 난 후 단을 확인했다. 그곳에는 아까와 달리 참으로 기이한 얼굴인 단이 있었다. 왜 저렇게 질색하는 얼굴인가 싶다가 이윽고 깨달았다.

내가 아끼는 사람 운운한 게 소름 돋는 거겠지. 이쪽도 하고 싶어서 한 말이 아니었다. 그렇게 밑밥을 깔아 둬야 일이 좀 수월하게 풀리기 때문에 한 말이었는데― 괜히 했다 싶다.

단 못지않게 표정을 굳힌 무헌은 조용히 눈동자를 위아래로 움직였다.

표정 수습하지 못하겠냐.

입술을 씰룩이던 단은 입매를 바로 하고는 눈을 내리떴다. 차분해 보이는 모습으로 돌아온 걸 확인 후, 황제는 손을 뻗었고 단은 그 손을 붙잡았다.

둘은 어깨를 나란히 하고는 가 버렸지만, 그 모습에도 상궁들은 고개를 들지 못했다. 이런 식으로 황제에게 직접적으로 꾸중을 들은 적이 없었기에 뭘 어찌 해야 하는 건가 싶었다. 낭패스러워하는 동안 급히 단의 뒤를 쫓는 영비가 눈에 들어온다. 그 영비를 노려보던 상궁은 아랫입술을 깨물었다.

〈다음 권에 계속〉